中国文学佳作选

小小说卷

华文出版社

图书在版编目（CIP）数据

中国文学佳作选. 小小说卷 / 任晓燕编. — 北京 : 华文出版社, 2025. 3. — ISBN 978-7-5075-6108-1

Ⅰ. I217.1

中国国家版本馆CIP数据核字第20254MM399号

中国文学佳作选·小小说卷

编　　者： 任晓燕
责任编辑： 胡慧华
特约编辑： 王彦艳
出版发行： 华文出版社
社　　址： 北京市西城区广外大街305号8区2号楼
邮政编码： 100055
网　　址： http://www.hwcbs.com.cn
电　　话： 总 编 室010-58336239　发 行 部010-58336212
责任编辑010-58336197
经　　销： 新华书店
印　　刷： 三河市人民印务有限公司
开　　本： 710×1000　1/16
印　　张： 19.75
字　　数： 238千字
版　　次： 2025年3月第1版
印　　次： 2025年3月第1次印刷
标准书号： ISBN 978-7-5075-6108-1
定　　价： 98.00元

目　　录

弹弓杨

冯骥才

杨匡汉是一条中年大汉，身高八尺，长胳膊长腿，腰粗如树，人称大杨。他有蛮力，好吃生肉，一身上下全是肉疙瘩，冒着热气，立秋后还光着膀子，不穿褂子，顶多一个布坎肩。北门外侯家后“三不管”那块地上的重刀石锁，他都当小玩意儿玩。不过他本人不弄刀枪，只玩一把弹弓子，平时掖在后腰带上，撂地演艺时，才拿出来亮一亮真本事。

这位大杨是河北沧州人，沧州人个个武艺高强，可是到天津就不一样了。就像外省的能人去做京官，京城官场深不可测，能站住脚跟就算是有能耐了。天津这地方与京都不同，另有它的厉害。比如三不管这地界，看上去挺好玩，演武卖艺、打鼓唱戏、算卦卖药、剃头打辫全聚在这儿，各种能人高人超人也都混在中间。可这里绝非乐土，所谓三不管，一是乱葬乱埋没人管；二是坑蒙拐骗没人管；三是打架斗殴没人管；还有就是混星子们野狗一般窜来窜去，一个比一个恶。要想到这儿找口饭吃，不问南北，不懂江湖，就叫人抓起两条腿扔进白河里。

大杨初到天津码头，就觉得出这地方格外各色。普通人厚道，恶人凶狠；一如羊，一如虎。可是，虎不吃羊，虎只咬虎。大杨人高马大，站那儿就压人一头。他当时在南运河边租了一间小屋，一天晚上回家的路上，忽觉脚脖子给什么东西一拦，练武的人身子机敏，马上知道有人给他下了绊马索。他弯腰抓住绳子，猛一扯，把埋伏在街两边手里攥着绳子的两个小混混，都扯到自己脚前，还硬撞在一起，撞得满脸花。

他以为从此没人再敢惹他。三天后回屋躺下后，浑身奇痒，点灯一看，臭虫乱爬。哪来的这么多臭虫？原来是那些混混趁他不在屋时，把挺大一罐活臭虫倒在他床上。

这沧州大汉火了。头一天在三不管撂地卖艺时，上身光着膀子，斜挎一个黄布袋，里边是半袋子葡萄大小的弹丸。这弹丸是黑胶泥团做的，不知掺了嘛东西，乌黑梆硬像铁蛋儿。他手里的弹弓更是少见，一尺半大柳树杈子，拴着两根双股二尺长的粗牛筋。这弹弓子射出这铁蛋儿，还不和洋枪子一样？当大杨把弹丸捏在牛筋中间的皮兜里，好比枪弹上了膛，周围看热闹的人都怕他“擦枪走火”，一个弹丸过来，脑袋瓜不开了瓢!?

大杨坐如钟，站如松，一根树桩子似的立在场子中央，瓮声瓮气地说：“诸位放心，我的泥弹只往天上射！”说着举弓向上，一扯牛筋，把弹丸射上天。这一下射到哪儿去了，云彩上去了？

只见大杨把胳膊一伸，手一张，手心向上，一忽儿“嗒”的一声，射出的弹丸又落下来，不偏不斜，正好落在手心中央。多准的劲儿，多高的功夫，真是一手见神功。

不等众人叫好，大杨又从挎袋里拿出弹丸，这次是两个。他先是脑袋向后一仰，眼望天空，来个“犀牛望月”，一弹射上去。跟着飞速转身，一回头，又来个“回头望月”，一弹又射上去。看得出来，后边一下比前边一下劲大，弹丸飞得更疾更快。跟着，只听天空极高极远处，传来清脆的“啪”的一声，原来后边的弹丸追上前边的弹丸，击中击碎。众人应声叫好。天津人头次看到这般功夫——天津就服有本事的人。

这时人群走出一人，黑衣黑裤黑鞋黑脸，一脸恶气，横着身子走上来。这人在三不管这地界无人不知，出名的大混星子一身皂。

一身皂二话没说，叫一旁摆茶摊的老汉把一张桌子搬上来，中间放一把青花茶壶。他打衣兜里拿出一个玻璃球，稳稳地搁在壶嘴上，扭头对大杨说：“你看好了，这把壶是乾隆青花，值一根金条。你有本事把壶嘴上这玻璃球给我打下来，但不能伤了壶嘴。你要是打碎了这把乾隆青花，你赔！你要是没这能耐，给老子趴下磕三个响头，哪儿来的滚回哪儿去！”这话句句都是朝人抡棒子。

这茶壶只是茶摊上的普通壶，值个屁钱，凭嘛说是乾隆青花。可是三不管这地界一身皂说嘛是嘛。

大杨听他说话时，像听蝉叫，全没当回事。他从挎袋里摸出一个弹丸，对着茶桌后边的人说了一声：“请诸位闪开！”众人应声躲开。大杨一张双臂，一手举着弹弓在前，一手捏着皮兜里的弹丸在后，使劲一扯，中间的牛筋拉出三尺多长，嗡嗡出声。他扭身塌腰，这一招应是“霸王倒拔弓”。忽将捏皮兜的双指一松，皮筋翻飞，同时那茶壶上“叭”一声巨响。众人以为茶壶碎了，再一看茶壶没事儿，壶嘴也没事儿，只有壶嘴上的玻璃球粉碎，地上全是亮闪闪的玻璃碴。

众人全看呆了。一身皂立即没了神气。

大杨说：“我只有五个弹丸。刚才打了三个，现在打了一个，还留一个专打恶人。谁欺负我，谁欺负人，过了头，我给他‘换眼珠’只换左眼！”说着，他又把一个弹丸捏在皮兜里。现在这弹丸已是无人不怕。

这一下，大杨在三不管立了足，有大杨在，素净多了。他的弹弓比洋枪厉害，出手比洋枪还快，准头连洋枪也甘拜下风。他一弓子，眼眶子里换成泥球，谁能不怕？从此大杨有了一个威风十足的称呼，叫“弹弓杨”。

七年后，庚子事变时，天津城北这边叫洋人糟蹋得厉害，放火杀人，掳掠店铺，天津人不服，拼得很凶。据说一个洋人的军官被杀，不是刀砍，而是枪击。有人看见这洋人，左眼一个黑窟窿，呼呼往外冒血，死得挺惨。那时守天津的武卫军全有洋枪，多半中了武卫军的枪子儿了。可有人说这洋人遭的不是枪击，而是大杨的弹弓子，因为他伤的是左眼。据说这个洋人穷凶极恶，杀人如麻，准是叫大杨给换了眼珠子。

这话真假无人知道，反正庚子之后没人再见到过大杨，三不管也毁成了平地，二十年后挪到南门外的南市那边去了。

蜘蛛脚与翅膀

刘心武

跟老伴儿看完《梅兰芳》，从电影院出来，在人行道上缓步前行，议论着观影心得。忽然觉得身后有竹竿点地的声响，一回头，是一位戴墨镜的盲人，立即意识到不该占住脚下的盲道，我们让开后，忙道歉："对不起，真不好意思。"盲人却并不移动，还叫出我的名字来。老伴儿好吃惊，我倒并不以为稀奇，想必他从电视里听过我在《百家讲坛》揭秘《红楼梦》的讲座。一问，果然，于是说："感谢您听我的讲座，欢迎批评指正啊！"本是一句客气话，没想到他认真地指正起来："你讲得好听，可是，观点另说，你有的发音不对啊。'角色'不该说成'脚色'，该发'决色'的音。刘姥姥，你'姥姥'两个字全发第三声，北方人习俗里是前一字第三声，后一字第一声短读……这还都是些小问题，有的可是大错啊，你说史湘云后来'再蘸'，其实应该是'再醮'，那'醮'字发'叫'的音啊。奇怪的是，你明明是认得'醮'字的呀。前面讲贾府在清虚观打醮，'醮'这个字不知道重复了多少次，你都正确地发出'叫'的音啊！寡妇'再醮'，就是她再次举行了祈福仪式，改嫁的意思啊……"

老伴儿先替我道谢："谢谢啦，就是应该跟淘米似的，每一粒沙子都给他挑拣出来啊！"我非常感动，在这样一个傍晚，这样一个地点，陌生人如此不吝赐教，是我多大的福气啊！

万没想到，他跟着讲出这样一番话来："这世界上，大概只有我单拨儿一个人，知道你为什么出这么个错儿……那一定是，五十多年前，在钱粮胡同宿舍大院里，你总听见我奶奶说'再蘸'、'再蘸'的……那是俗人错语呀，词典字典不承认的，你到电视上讲，哪能这么随俗错音呀，应该严格按照正规工具书来啊！"说到这儿，他脸微微移向我老伴儿："嫂夫人，您说是不是这个理儿呀？"

我惊喜交集，双手拍向他的双肩，大叫："喜子，是您呀！"

他用左拳击了我胸膛一下："苟富贵，毋相忘！你还记得我！"

我们到附近一家餐馆，点几样家常菜，边吃边畅叙起来。

老伴儿问他："您怎么只听两句，就认出他来了啊？"喜子笑眯眯地说："他要没上电视，我也未必听出是他，我们半个多世纪没见过了。当然，我一直记得他那时候的话音，那时候我们都没变声呢。我呀，眼睛长在心上。成年人，只要听见过一声，那么，再出一声，不管隔了多长时间，也不管在什么地点，哪怕很嘈杂，好多声音互相覆盖、干扰，我多半都能'看见'那个出声的人，一认一个准儿啊！"

我说："我在明处，您全看见了。可您是怎么过来的？能告诉我吗？"他说："我从盲人学校毕业以后，到工艺美术工厂，先当工人，后来当技师，现在当然也退休啦。我老伴儿也是心上长眼睛的，可我们的闺女跟你们一样。不夸张地说，我差不多把咱们国家出版的盲文书全读过了。现在闺女利用电脑，还在帮我丰富见识。活到老，学到老，咱们这代人，不全有这么个心劲儿吗？"

我说："坦白：这些年，我真把您忘了，忘到爪哇国去了……"他说："人都有自己的命运，分离多年，遇上了能想起来就不易。其实我也曾经把你忘了，后来广播里、电视上有你出现，我才关注起来。如果不是今天我恰巧也来听《梅兰芳》，也没这次邂逅。闺女问过我：小孩儿时候，你就觉得这人能成作家吗？我就告诉她，是的，因为，他往墙上给我画过……"

回到家，我给老伴儿详细讲起半个多世纪以前的往事。那时候，在钱粮胡同宿舍大院，喜子奶奶常叨唠喜子他妈是"寡妇再醮"，给好些气受。其实，对他妈最不满的是，他的姐姐、妹妹都正常，可他生下来却双眼失明。那时候他常坐在他家侧墙外的一张紧靠墙的破藤椅上晒太阳。有一次，我们几个淘气的男孩，就拿粉笔，以他为中心，往黑墙上画出蜘蛛脚，还嘎嘎怪笑。我开头也觉得这种恶作剧很过瘾，但是，见到他脸上痛苦的表情久久不散，就有点儿良心发现。过了一阵，别的小朋友散去了，我就过去把那些蜘蛛脚全擦了，另画出了两只大翅膀。说来也怪，我也没告诉他我的修改，喜子却笑了，那笑脸在艳阳下像一朵盛开的花……

老伴儿听了说："做人，你要继续发扬善良。如果你还写得动，那么，画蜘蛛脚，得奔卡夫卡的水平，画翅膀，起码得有鲁迅《药》里头，坟头上花圈那个意味吧。"

古玉

陆涛声

一个秋天的晚饭后，老作家舒启正与老伴儿散步，走在街上，看到一家古玩店，下意识地摸了摸腰上系的古玉佩，便进店请老板鉴定鉴定。

古玩店老板接过去，先双手合着捻摸，又拿出放大镜，细细观察了一会儿，把玉佩托在手心里，以意外的口气说："老先生，恭喜你，这是真的，是春秋时的，本埋在地下，该是宋代出土的。"老板还请求给玉佩拍了照，叮嘱说："这可要好好保管呀！"

其实舒启正也早知道它是古货……

早在十年前，他还在职时，比他小六岁的好友赵自安第一本随笔集出版，是他作的序。赵自安在把新书送给他时，从腰里皮带上解下这块古玉佩递给他："你看看这东西怎样？"

玉佩是圆形，如月饼大，有近八毫米厚，中褐色，有深浅差异，中间有个直径一厘米的圆孔，一面刻有粗犷的古代装饰图案，一面是光的。舒启正平时对玉并没有兴趣，接过来礼貌性地看了看。他早在两人闲谈中得知，赵自安的父亲年轻时在上海一大资本家家里服务过，见识过主人爱好收藏古玩，新中国成立初回本城开了家中档饭店。一些食客家道中落，把家中藏品拿来暗暗抵账，他父亲便陆续收下许多大小物件。

舒启正料想是赵自安的父亲留下的，不过说不出名堂，只说："是块古玉。"

赵自安问："你喜欢不？"

舒启正生性淡泊，对古玩并没有浓厚兴趣；再说，为朋友作个序，岂能接受回报！他把玉佩放到对方手里说："你家传的，这我可不要。"

"送给你。"赵自安再次把玉佩放到舒启正办公桌上。

舒启正知道，赵自安是个十分谨慎的人，万事需经反复琢磨才会决定，送这玉佩实是来表示谢意的；可见赵自安对他写的序非常满意，他也感到安慰。面对赵自安的真诚，舒启正觉得却之不恭，便任赵自安把玉佩留下。

之后，舒启正也像赵自安那样常把玉佩系在皮带上，时间一久习惯了当成自己的东西。

古玉佩如今被行家这样肯定，在舒启正心里加重了分量。他觉得挂在腰上委屈它，就用一个精致的手镯盒装上锁在柜子里。

转眼又过了五年，舒启正年过七十，成了“舒老”。他参加一次市佛教文化研究会的活动，遇上了一个三十年前他辅导过的业余作者倪臻。倪臻告诉他，这些年一直从事古玉古瓷器研究。不久，倪臻又来看望舒启正，他便从柜子里取出玉佩让倪臻再鉴定一次。

倪臻随身带着放大镜，拿着玉佩走到窗前最亮处看了一会儿，也说：“是春秋时的，可值钱呢。”

舒老好奇，便问：“值多少钱？”

倪臻想了想，说：“二十万。”

值这么多钱！大出舒老意料。他将信将疑：“值这么多？”

倪臻随口又问：“舒老是否有意出手？如果出手，就让给我。”

舒老觉得这玉得慎重对待，说：“朋友送的，哪能卖钱？”

倪臻做了估价，古玉佩不再是玉，而是金钱，成了一块压在舒老心头的重石：再留着，岂不是占有朋友之财！于是，他决定归还赵自安。

可是，赵自安也退休四五年，去上海靠着儿子生活，头三年逢节日回故地还常来看看他，总留下吃顿饭，这两年却不知怎的没了信息，手机号也已是空号。他找了好几个人才打听到，赵自安手机已换成上海的号，这才联系上，便约赵自安再回故地时来他家小聚一次。他还约另一位老同事老金到时作陪，其实是为还玉时在场做个见证。

在等待赵自安期间，一天黄昏时分，舒老看电视，看到央视《鉴宝》节目展示出一块秦代古玉佩，样子、颜色与他这块非常相似，专家鉴定后估价竟高达千万元，他震惊得目瞪口呆：《诗经》曰“言念君子，温其如玉”，现在“君子”竟成天价商品！他更加急切地盼着赵自安早日来，于是又打电话催问。

终于，赵自安和老金同来了。

舒老便把玉佩递给了赵自安，以谐趣的口吻说：“代你保管了十五年，现在完璧归赵，保管的责任就交给你了。”

赵自安愣了愣，没有说话，收下了玉佩。

因为老金在场，舒老没有展开关于玉佩的话题，赵自安也没再提。两人留下吃过饭，便告辞，舒老特意送出小区，直到公交车站。等老金先上另一路公交车离开后，舒老把古玉两次鉴定过程和二十万出价，以及央视《鉴宝》中所见，坦荡地全对赵自安说了。这时刻，他被自己的真诚、无私深深感动，自觉得有神圣感。回家路上，他觉得一身轻松，也有灵魂洗涤一净的舒爽，还有人格升华的自豪。

过了些日子，有两个早年被舒老辅导过的作者来看他。他们也都已从报社记者岗位退休，与他最贴心，几乎每月都相约来陪他喝茶聊天。闲谈时，他把还玉佩的事告诉了他们。

两人都说了敬佩的话。年纪偏小的一个忽然问："你还给他，他推了没有？"

舒老说没有。

年纪偏大的也问："他该说些感动话吧？"

赵自安没有说一句与玉佩有关的话。不过舒老没有回答。

偏小的为舒老鸣不平："对老师这种高尚的举动竟不当回事了。"

偏大的也说："缺点儿礼貌。"

舒老的心弦也被两人的话拨动，还玉时他曾也觉得有赵自安欠点儿礼貌，心里曾隐隐不适，这时这种不适又加重了。

过后舒老冷静下来，又不由得反思：古玉本就是他的，何况是好友，怎还在意这些呢？他推与不推，与我要归还的心愿又有什么关系呢？难道我在乎的是那点儿客套？

他觉得自己的灵魂还有隐垢，心生惭愧。

我一般不经常坐出租车

阿成

我一般不坐出租车。因为坐出租车要花钱。当然它很便捷，不仅便捷，而且它还会给你一种有钱人的感觉。这种感觉特别好。也不是说绝对的好，应该说比一般的好要好一些。这您是能理解的，人总是在虚荣中前进。

一般地说，我不会选择很远的路坐出租车，那样消费成本太高，我受不了，我会心疼。我的心脏本身就不太好，我不希望用增加消费的方式折磨自己，残害自己。我通常会选择一段十块钱左右的路程，下了出租车之后，我再搭乘地铁或公交车去朋友家。朋友今天安排吃饭。几个朋友好久没见面了，他们都是些怀旧的人物。我的这位朋友总是把几个朋友叫到一起，他不在乎你有钱没钱，只要大家凑在一起能聊天儿就行。他就是这样的一个人。世界上这样滑稽的人很多，所以大家不要责备他，也不要责备我去参加这种聚会。

我站在马路边等出租车，很快就来了一辆出租车。我哈腰钻进了出租车里。坐出租的时候我特别喜欢和出租车司机聊天。因为我是个单身汉，平时没人跟我聊天，也没人愿意跟我聊天（不知道这究竟是为什么）。那么我就主动跟别人聊天。有的时候我聊着聊着刚聊在兴头上，还没说几句话对方就走了。并不是我说的话不好听，而是他们觉得我这个人很无聊。但是在出租车上就不同了，出租车司机必须得跟我聊天，我是主人，我花钱了，我很仗义，我很牛 ×。

我跟他聊了起来。不知道我们怎么聊到了彩票。出租车司机决绝地说："我坚决不买彩票。纯粹是扯淡。"我说："我说一句话你就能买。"他说："不可能，你说一千句我也不会买。"我说："我现在就给你说一句话，你注意听：不买彩票，你肯定不能获奖。"他说："真是没味儿的话，这还用你说？"我说："但是，你要是买彩票呢？你就有万分之一，或者千分之一，或者百分之一的希望。"他愣住了，想了想："你说得有道理，真的，非常有道理。我得去买彩票了，如果我不买的话一点儿中彩的希望都没有。"我说："我刚才的话只说了一半儿。我还要告诉你，你买了彩票以后，比如说你中了 800 万元。"他立刻打断了我的话，说："中 500 万就行。"我说："别客气，就 800 吧。中了 800 万以后，你会觉得钱不够花了。"他说："800 万还不够花？"我说："对呀。你想想，你一旦拥有了 800 万，你想干什么？我不知道，你是不是想换老婆吧？"他可耻地笑了："想啊！"我说："是啊，你想换老婆你得给你现在的老婆一笔钱。你想给她多少？"他说："我给她 50 万。"我说："你也太抠了，按法律说，你得分给她 400 万。"出租车司机立刻叫了起来："我的天哪，400 万哪，我宁可把她留在家里继续给我做饭，然后偷偷地出去找情人。"我说："找情人需要花钱不？"他说："那就无所谓了。"我说："好，你有了 800 万之后，你是不是还想换一下房子？"出租车司机说："对呀，我必须换一套新房。现在的房子没有电梯，我又住在六楼，干一天活儿回来，还得一层一层地爬楼梯，累死我了。"我问："你打算换一处什么样的新房呢？"他说："怎么也得换一处像样的，一百多平方米吧。"我说："是吧，你再加上装修费恐怕也得 50 万。你再算算还剩多少？"他说："600 万。"我说："你有 600 万是不是还想开出租车？"他说："我坚决不开。我要买一辆自己的车。"我说："买多少钱的？"他说："怎么说也得二三十万吧。"我说："二三十万。好了，800 万你还剩多少了？不多了吧？我们再接着说，你的家人听说你中大奖了，肯定都来找你借钱。你借不借？"司机不言语了。我说："你当然不愿意借，但你多少也得借一点儿吧。特别是那些过去对你有恩的人，在你困难的时候伸出过援手的人，人家来找你借钱，你不好意思回绝的。"司机勉强地点点头。我说："还有，有了钱以后你想不想出去旅旅游？"出租车司机说："我他妈的一天到晚光接送出去旅游的人了，那把他们牛 × 的，我看着他们就生气。"我打断了他的话说："比如说你想去美国旅游，多少钱？出国旅游了，你得带你的情人一块儿去吧？"司机说："叫你给算的，差点儿忘这茬儿了。靠，那就带吧，要不咋整，哭叽尿嚎的。"我乐了："兄弟，您这还没情人呢，就进入状态了。"他再一次咧开嘴无耻地笑了。我说："万一你没把持住，真假不知道，情人说自己怀孕了，你不给情人一份补偿？要不你就离婚，要不你就掏抚养费。二选一。怎么办？比如说，你要死狗，就是不给钱。你情人就很有可能把你告上法庭，法庭以强奸罪判你住个三年。"出租车司机叫了起来："我的天哪，你说得也太恐怖了，我宁可不中这个奖。这还没咋的呢，就判了三年徒刑。"我说："是啊，所以说，你还是消消停停开你的出租车吧。"司机说："哎哟妈呀，开过站了。"我说："那没办法，请你把我再拉回去吧。"出租车司机说："我宁可把你再拉回去。这趟活儿我没白干。你给我上了重要的人生一课。"

罗家村

聂鑫森

这块地方叫走马坪，周围虽是莽莽苍苍的大山，却懂事地让出一大片平地，真的可以走马。现在当然不必走马了，有一条很规整的公路通到这里，还有一个几十栋红砖青瓦屋舍的村子——长乐村。

长乐村原名罗家村，是从七十里外的大楚山麒麟谷易地扶贫整体搬迁来的。麒麟谷山穷水恶，村民靠可怜的山田维持半饥半饱的生活，交通极不便利，只有缠绕不清的羊肠小道，土产品要靠挑担子运出去，还变不了几个钱。一方水土硬是养不活一方人，要脱贫只有离乡别土。县里做出大规划，让罗家村整体搬迁到走马坪，又通过专家论证，把麒麟谷谷口封起来，形成一个湖，用来发展乡村旅游业。

村民在这里房子住得舒适，照样分了自留地自留山，只要愿意还可以加入专业的种植、养殖队，孩子们可以到离此不远的镇上学校去读书。就连老人最牵挂的祖坟，也考虑得周全，专门拨出一块山地安置。谁还会有异乡客居的烦愁？

下了好些天的春雨，终于停了，云缝里透出几缕曙光。

四十岁出头的村支书罗广文，匆匆吃过早饭后，快步走进村办公室。刚刚坐下，一个青皮后生就闯了进来，大声说："罗书记，出大事了！"

罗广文惊得从椅子上弹了起来，问："出什么大事了？"

"罗奉宗失踪了，他家的门也没锁，人却不见了。邻居说，昨晚碰见他出门，说是掉了一样东西，要去找。"

罗广文说："多叫几个人，去把他找回来！"

这个罗奉宗，按辈分是罗广文的叔公，读过私塾，当过乡政府的文书，如今八十多岁了，腿脚还算硬扎。老人是接到村委会的电话，前天才从长沙的女儿家赶回来的。长乐村按政策给他留了一栋房子，所有的东西都替他搬过来了，门也上了锁，他可以安心住在省城。谁知他雷急火急地赶回来，立即找到罗广文，捋着一把山羊胡子，火气冲天地说："村主任开会去了，我找你。不要叫什么长乐村，要用老村名，罗家村是上了族谱的！"

不断有手机电话打来，告诉罗广文，老人没找到。

罗广文猛地一拍大腿，老人只怕是去了罗家村。他有什么金贵的东西藏在老屋里？存折？金器？现款？不可能，这些东西即便有，他去省城也会带在身上。按规定，今天下午六时，麒麟谷谷口的大坝合龙，水位都会迅速往上升，罗家村是要淹在湖底的！罗广文看看电子手表，已是上午九点，离合龙只有九个小时了。只有打手机向镇政府求援，借用一下那辆破旧的吉普车，人命关天啊。

这消息一下子全村人都知道了。罗广文的妻子也赶来了，眼泪汪汪的。

罗广文说："我又不是去上刑场，赶快揩干这几滴猫尿，让人看见笑话。"

镇里的年轻司机罗广孝，把吉普车开来了。罗广文决定不带任何人去，这毕竟是件危险的事。

吉普车喘着粗气开始奔跑。

"快！快！"

罗广孝也是罗家村人，和罗广文虽不是亲兄弟，却是一个字派的同辈人。"罗书记，这车又老又破，就这个速度！"

两个小时后，吉普车进入麒麟谷，沿着一条窄窄的土路往山下小心地滑行。太寂静了，罗广孝不时地摁响喇叭，为自己壮胆。

"你把车停在猴石坪，从那里到罗家村，还有十里路。我下午五点前赶回，若是没来，你就赶快往回开，不要等我们。"

"罗书记，你一定要赶回来！这是我给你们准备的面包和矿泉水。"

车到猴石坪，罗广文跳下车，提着塑料袋，撒腿往罗家村跑去。崎岖蜿蜒的小路，树枝、棘丛挂得衣服哗啦啦响。

正午，他赶到了罗家村。

一片断垣残壁，房屋的木梁、木柱、木门和瓦，早卸下来运走了，菜畦上空无一物，只有一些院子里的树，还在无忧无虑地站着。罗广文一边喊着"奉宗叔公"，一边奔向罗家的小院子。

"广文——我在这里——"

声音从没有屋顶的卧室里传出来。

罗广文穿过堂屋，蹿进卧室，只见罗奉宗一身破破烂烂，满脸是土灰和血痕，瘫坐在地上。

"叔公，快走，要合龙了！"

"不！"罗奉宗说，"我的腿跌断了，我没有力气了。这里有把破锄头，快把墙角那堆破砖烂瓦扒开，里面有宝贝！"

“金银财宝也不要了，命要紧！”

“比金银财宝还金贵。快！”

罗广文赶快打开矿泉水瓶盖，又拿出一个面包，递给罗奉宗。“你先喝水吃面包，我来找宝贝。”

罗奉宗嘿嘿地笑了。

罗广文也喝了几口水，狼吞虎咽了一个面包，抡起锄头奋力扒开那堆砖瓦，露出一块青石板，再把青石板撬开，居然露出一个小小的石室，里面放着一个旧樟木匣。

“广文，快给我！”

罗奉宗接过木匣，抽开木盖子，里面竟是一沓古旧的线装书，封面上用毛笔写着“石城罗家村罗氏支谱”一行楷字。

“叔公，就为这个？你跑这么远的路，还跌断了腿！”

“这是罗氏总族谱的支谱，是罗家村的命根子。你知道吗？罗氏族人到这里来有几百年了。‘罗’字的繁体字，是张网捕鸟的意思，那是我们老祖宗谋生的手段。我们这一支的先人，肇始于湖北枝江的罗国。罗氏子孙繁茂，出过不少大人物，名将罗成，写《三国演义》的罗贯中，当过岳麓书院山长的罗典……如没有这个支谱，罗家村的后人就不知道自己是从哪里来的，岂不是成了无根之木、无源之水？”

罗广文很感动，眼圈红了。他赶快脱下外衣，把木匣包扎好打上结，再寻根废麻绳，横竖缠扎后挂到胸前。

“叔公，我背你走。还要快，五点合龙哩！”

“我不走，我不能拖累你。只要你来拿走这木匣，我就死而无憾了。”

“叔公，我求你了！”

罗广文边说边把挣扎的罗奉宗背到背上，大叫一声：“罗家村，我们走了！”

一路跌跌撞撞，赶到猴石坪时，五点还差十分！

罗广孝正在吉普车边，像一头困兽不停地在原地转着圈。见他们来了，赶忙去发动车，再去搀扶罗奉宗上车。

车轮子转动起来，罗广孝用力地摁响几声喇叭，一踩油门，车子开始加速。

“罗书记，叔公到底带回了什么好东西？”

“命根子！”

…………

十天后，长乐村经镇政府批准再改名为罗家村！挂牌的那天上午，村口响起经久不息的鞭炮声。

独霸角

李方

我第一次去帮扶户赖青久家，是队长龚海鹏陪着去的。车从刘湾、滴堖、下寨几个小队驶过，七扭八拐，从谷底爬上梁顶。道弯路窄，但都已硬化，还不算太难走。远远地看到，山嘴上有几株落完了树叶显得灰黑的树木和一户人家高耸的蓝色屋顶。龚队长让停车，说："前面车不能走了。秋天的时候已经挖好了路基，打通最后一公里，现在天冻了，没法硬化，停工了。"

我只好拿上扶贫手册、各种表格，步行前往。我一边躲避着挖虚的土，一边听龚队长讲赖青久。

"这人是个独霸角，跟谁都尿不到一个壶里去，大集体的时候，几乎和队里的每个人都闹过别扭。别说其他人，连跟自己一母同胞的两个弟弟都不对付，打架吵嘴住不成邻居，搬到这个山嘴上来了。"

我心里一沉。"独霸角"是西海固的土语，谓人性格孤僻，待人生冷硬倔。摊上这么一个扶贫对象，工作怕是难以顺利。

还未到门口，当路一根绳索，拴在路两边的枯树上。龚队长说："看！如何？好端端的人、车走的路，给你用绳子拦了。"

赖青久五十七岁，眼不花，耳不聋，腿脚灵便。赖青久问："干啥的？扶贫的？拿的啥？"

我说："今天只是来认个路，见个面，填表掌握一些基本情况。你抽烟吗？不抽？那我也不抽了，免得让你受二手烟的害。"我拿出烟敬他，以便拉近彼此之间的距离，见他不抽烟，只好作罢。我又问："老赖，干吗在路上拉绳子啊？"

赖青久很生气："硬路挖成了虚土，又不硬化，人来车往，尘土飞扬，挡住，不让他走。"

"这是路啊，怎么能挡呢？"我劝他。

赖青久大手一挥："条条大路通罗马，我这里不让走，他可以绕着走。山下边还有一条路，全硬化，又不远，不过多走 15 公里罢了。"

初次见面，不好搞得太僵，了解完大致情况，填好表格，我就道别离开了。

清明前后，栽瓜点豆。抽了空，我第二次去老赖家。这次因为正在硬化道路，施工车辆较多，所以车停得更远，我和陪同的妇女主任一同在人欢马叫的施工路段的边上走。

妇女主任说："独霸角就是独霸角，说话办事就是跟人不一样。前些年湾里种西瓜，也是个收入。他拉瓜到街上去卖，别人问瓜价：'多少钱一斤？'他说：'一毛。'别人说：'少价吗？'也就是那样随口一说，实际上瓜价人人都知道，就蹲下来挑瓜。结果他说：'少价。两个五分。'你想谁还买他的瓜？去年搞养殖，他老婆养了头母猪，下了猪娃子，让他用摩托车捎到集上去卖。别人问：'猪娃子好着吗？'他给人家来一句：'不好，害着病呢！'"

我说："这不纯粹跟人抬杠吗？"

妇女主任躲着驶过的车辆笑着说："就是呀，害得他老婆背篼里装上猪娃子集集不落地去卖，又不会骑摩托，被害惨了。"

好容易到了赖青久的门前，绳子没有了，换成了两根长竹竿，打着叉挡在路中间。进了门，妇女主任说："老赖啊，市上……"

老赖背着背篼，手里提着铲子要出门。老赖问："干啥的？扶贫的？"

我说："老赖兄，去年冬天我来过，今天来是核实一下，给你的化肥和薄膜送到了吗？送到了？送到了好，请在手册上签个字，也不敢耽误你上地。可是，赖兄啊，干吗还挡着路啊？拿掉吧。"

赖青久气得把手里的铲子扔了，说："拿掉？拿掉还不把我家门口当骡马市场了？化肥是拿来了，往家里抬的时候把袋子扯破了，化肥撒了一路，害得我扫了好半天。"

妇女主任脸上挂不住，说："他叔，你把路挡着车上不来，这么远的路抬上来，可不得扯破了？"

赖青久仰头怒目："你又没来，你又没抬，你见了？"

赖青久弯腰拾起铲子回手扔到背上的空背篼里，就要走。

我沉下脸，拦住他："赖兄，撒了的化肥再补给你一袋都行，但你得把路障撤了。这是众人走的路，你不能这样。"

"咦，一袋化肥两卷薄膜就能指挥我了？路是众人的，但家门前这一截儿是我的！"

我们只能跟在他的屁股后头出来，先走了，他在身后恨声恨气地锁着大门。

到了秋天，基础母牛入了栏，非得签字不可。但我心里发冷，不想再上山爬洼到山顶上去。我跟村支书说："你啥时候去老赖家顺便把扶贫手册带去，让他把字签了。"年轻的支书连忙摆手说："那绝对不敢。别人的可以，老赖不行。你去了他多少还给点儿面子，我去了那是拿着鸡蛋往石头上碰呢！"

这也是实情。现在村上的工作不好搞，村民和村干部之间，有着一层看不见摸不着的隔膜。我只好憋着气再去。车一直开到赖青久家门前不远。一根粗壮的长椽横空而过，两头用长钉死死地钉在路两边的那两棵枯树上。车只能停在这里了。

村支书说："我们钻过去吧。"

我说："不。"

我掏出手机拨打赖青久的手机。

"谁？打电话啥事？"

老赖将头从大门里伸出来，望了望，关了手机，向我喊："基础母牛已经拉回来养在圈里了，没啥事我关门了。"

我厉声喊："老赖，过来！"

老赖趿拉着棉拖鞋，吸着鼻子，边走边说："天气冻得人淌清鼻呢，出来干啥呀？"

我说："天寒地冻是实情，一万块钱的母牛也养到圈里了，签个字你都怕麻烦？你这人是不是太有点儿不知好歹？"

老赖签了字，手扶着拦路的横木，平视着我的眼睛说："别说一头牛，就是给上十头牛，也是政府给的，又不是你给的，我有啥不知好歹的？不是看你大冷天跑一趟，我连字都不给你签。"

我和村支书站在寒风里，显得很无奈，甚至看上去可能还有点儿滑稽。老赖看着我们，突然就笑了，是那种憋了很久终于绷不住的笑，他越笑越畅快。天上飘起了雪花，我和村支书仰头看看天，看看越笑越畅快的老赖，终于忍不住也笑了。

郝奶奶的大日子

季冬梅

天刚放亮，郝奶奶就悄声起床了。在灶房，老人家开始点炉子烧炕。这雪后的大寒天，后半夜炕梢就凉了。

半小时后，小铁炉子已欢快地吐火苗了。屋子暖了，炕也热了。小灶房也飘出了阵阵菜香。

过了一会儿，睡在炕头上的郝爷爷醒了。他从褥子底拽出热乎乎的棉袄大声咳嗽了一下。郝奶奶马上从灶房探出头来："老头子，你这病见好啦，昨晚咳嗽轻多了。"郝爷爷一边穿棉袄，一边长长地舒了口气说："喝了半年中药汤终于见效了。"说完，他用力吸了吸鼻子疑惑地问："咋这么香？这一大早，老太婆做啥哩？"灶房马上传来郝奶奶欢快的声音："做好吃的啦！"

郝爷爷洗漱完，郝奶奶已把小饭桌摆好了。望着直冒香气的大骨汤，郝爷爷皱紧了眉头："老太婆，又瞎花钱了，这两年生病还少让儿子掏钱了？"郝奶奶抿嘴笑着递给老伴儿一个白胖胖的大馒头，又从大骨棒上夹下一大块瘦肉放到老伴儿碗里说："昨晚你吃得少，现在肯定饿了。放心吃吧，今儿个是好日子，俺要领工资啦！"郝爷爷惊喜地睁圆了双眼："真的？"郝奶奶又给老伴儿盛了一大勺肉汤说："俺已在村里的扶贫车间干了一个月活儿了，会计说今天就给俺们发工资卡，工资已打在卡上了。"

凛冽的北风呼呼地敲打着玻璃窗，可郝爷爷和郝奶奶却在温暖的小屋里热乎乎地吃着早饭。

吃完饭，郝奶奶笑盈盈地问老伴儿："老头子，还想吃啥好吃的？今天下班俺去村东头小卖店给你买。"郝爷爷舒服地打了个饱嗝儿说："这不都吃肉骨头了吗？"他捏了捏炕沿上的旧花棉袄心疼地瞅了瞅老伴儿说："这棉袄穿好几年了，早不保暖了。下班你就到李二丫家，让她明天从镇上给你捎回一个新棉袄吧。"郝奶奶拿起棉袄轻轻拍了拍说："咱家离扶贫车间没多远，走一会儿就到了。明年再买吧。"郝爷爷坚定地说："必须得买个新棉袄了，老太婆都是有工资卡的上班人了，哪能总穿旧的呢？再说，村领导让你们这几个老太太也上车间干零活儿，就是想让困难的人家在农闲时也能挣些钱，好让大伙儿都吃好穿暖。”郝奶奶笑了，终于下了决心说：“那就买个新棉袄吧，再让李二丫给你也捎回一个新棉裤，省得你总腿疼。”

郝奶奶收拾完准备上班了。她不放心地叮嘱老伴儿说：“把煤都给你放到灶房了，别舍不得烧，过几天再让二柱子给咱家拉一小车大块煤。”郝爷爷摆摆手：“还买啥煤？省着点儿够烧了。俺整天在炕头坐着，冷了就盖上被子，不用总烧炉子。”郝奶奶笑着嗔怪道：“这大冷天不多烧煤哪成？知道你是心疼在城里打工的儿子，放心，以后不用他寄钱了，让他攒钱给自己盖个好房子吧。孙女大了，得有自己的小屋。现在，俺一个月能挣1500元呢，足够咱俩花了。”郝爷爷惊讶地睁大了双眼：“能开这么多？”郝奶奶底气十足地说：“那些干主力的年轻人能挣2000多呢，车间王主任说俺们几个老太太也保证最低1500元。咱们车间接了许多大订单，王主任说俺能上好几年班呢，并且还不耽误农活儿。”听完老伴儿的话，郝爷爷深陷的双眼立刻充满了希望的光辉。老人家早已驼了的背仿佛挺直了许多。他郑重地嘱咐老伴儿：“以后你就好好上班吧，别老在班上回来照看俺。咱得卖力干活儿，对得起良心。”郝奶奶笑道：“还不是因为你总有病，王主任总提醒我定时回家照看照看你。”郝爷爷马上做了保证：“现在病都见好了，俺能照顾好自己，你好好干活儿吧。以后俺的病好了，也去车间干活儿挣工资。”

郝奶奶穿上棉袄戴上棉帽刚要出门，郝爷爷突然孩子似的招招手：“老太婆，等一下。”只见他从炕梢的旧箱子里掏宝似的掏出一个塑料小包呵呵笑说：“这是俺让李二丫从镇上买回的新围脖，本打算你过生日时给你个惊喜，可今天是你的大日子，应该围新围脖去领工资卡。年轻那会儿你一直羡慕上班挣工资的人，今天可圆了你这个60岁老太婆的心愿啦！”

郝奶奶欣喜地捧着崭新的红围脖惊异地问：“大日子？”郝爷爷挠挠灰白的头发嘿嘿笑说：“俺从电视上学来的话。”

郝奶奶扑哧笑了，她摘下旧帽子围上了暖暖的红围脖，然后高高兴兴地上班去啦。

灭毒

孙春平

今年春节，我去南方的一个城市，原计划是与几位老友同过一个旅游春节的。万没料到，因为疫情，武汉市紧急封城。一夜间，满世界都紧张起来。老友们决定抓紧订票，各回各家。宾馆客服说，飞机就别想了，只能乘坐火车。我说，最好是下铺，我年纪大了，夜里好起夜，请多多关照。客服很快答复，说总算订到一张软卧，但只有上铺。我犹豫有顷，客服催促，请快拿主意，有客人在等候这个铺位呢。

时间还算从容，我推开软卧包厢的时候，只有 20 号上铺有个年轻人仰靠在行李上看手机，他倒是时髦，已戴上口罩了。当我去跟列车员提出调换铺位的请求时，列车员说，等 19 号下铺和 20 号下铺上车，你们自己私下商量吧。但这两位旅客迟迟没有上车，那一刻，我已心存侥幸了，要是有人漏乘，我倒省事了。

但站台上预备开车铃声响起的时候，眼见一辆救护车急匆匆停在软席车厢门口，列车长和乘警帮忙将一副担架抬送上车，一直送到 20 号下铺位置。担架后面跟着的，是一位四十岁出头的妇女，略显发福了，脸上满是汗水，看样子像是乡下人。细看病人，男性，六十来岁，谢顶的头上包着绷带，裸露的左小腿敷着药，上面还挂着医用胶管。女人在安顿好病人后，说我先垫补垫补，饿惨了，我吃完再喂你。病人“嗯”了一声，眼睛却一直眯缝着，看不出任何表情。女人泡好方便面，坐在 19 号下铺哧溜哧溜吃得那叫畅快，连汤水都喝得干干净净，看来真是饿得不轻。在我登铺的时候，她说，我应该喊您叔吧？要不您睡下边？

我说，你得照顾病人，咋好意思和你换呢，谢谢啊。只是我上下铺的时候，腿脚笨，别碰了你和病人就好。在说这些话的时候，20 号上铺的年轻人仍在摆弄手机。现在的年轻人呀，手机就是魂儿，都这德行。

不敢喝水，满以为这样可以不会起夜。可是过了半夜，还是去了两趟卫生间。我回来时，见女人已坐在过道的边座上，临窗远望。大地已是一片雪白。

我问，你家人是什么病？

女人叹息，脑梗，人一下子就废了。

我又问，你是他什么人？

大叔您看呢？

应该有点儿亲戚吧？

不沾点儿亲，这钱谁愿挣？

他没儿女吗？

老太太先走了。儿子打架，伤了人，坐牢了。当爹的一股火，就这样了。医院开了药，说回家养着吧。

上车时怎么来得那么晚？

这不是闹疫情嘛，又赶上过年，病人急着出院的多，手续好不容易办利索，奔车站的路上又堵车。

我又问，病人吃晚饭了吗？

女人说，怕他屎尿多，将就将就吧。

包厢里有了动静。20号上铺翻了个身，被子险些掉下来。女人忙起身，把被子往上掖了掖，对我说，不说了，别惊醒别人。

黎明时分，列车员来换铺牌，并提醒做好下车准备。原来病人在前方站点下车，那个20号上铺刚好也下车。列车已减速，列车长和乘警又赶过来，准备帮助抬送病人。女人对20号上铺说，大兄弟，拜托您帮把手，我手上带的东西多。

20号上铺没拒绝，他将双肩包背好，左手便抓牢了担架的把手。见他抓担架的前右方，我便抓担架的后左方。乘警说，老先生，后面我一个人就行。我说，多只蛤蟆二两力，我总比蛤蟆力气大点儿。几个人都笑，20号上铺也跟着笑。

列车进站，站台上很安静。担架放到洁净的站台上时，有个中年汉子悄然靠前，从20号上铺肩头接过背包，似乎还说了句什么，然后转身离去。

但就在那一瞬间，让我万没料到的一幕陡然出现。一直卧床不动的病人突然豹子般腾身而起，一下就将接包人扑倒在地。20号上铺见状，拔腿欲跑，却被一直跟在他身后的女人抓住臂膀，一个漂亮的背飞，眨眼间他就被重重地摔在了站台上。说话间，只见人群中闪出几名便衣，转瞬便将两人扭走了。

一切似梦，猝然反转，让人目瞪口呆。豹子般的病人站在我面前，用力地跟我握手，说，夏老师，一路委屈您了，但愿后会有期。我怔了，原来他不光身健如豹，还知道我的姓氏和退休前的职务，看来，一切都不简单啊。

会擒拿的女人也跟我告别，笑着说，我知道夏老师好写文章，如果写到今天，还是假语村言吧。我们缉毒警察的任务复杂又漫长，而且风险极大，还请多支持。

我知道，她这不是玩笑，缉毒工作极其隐秘，力求人赃俱获，且要顺蔓掘根，我把此篇小文中的具体时间、地点和车次尽皆隐去，也算是对缉毒工作的一点儿配合吧。

我说，真没想到，大过年的，又是全国防疫，警察同志的工作还这么紧张。

女警察说，越是在这种时候，越不能让毒贩们趁机作乱。

开车的预备铃声响了。女警察跟我说的最后一句话是：19 号下铺是您的了，内勤同志已打过招呼。祝夏老师吉顺安康。

一个人的火树银花

胡天翔

从后墙走到门口是九步。

掂起墙根的帆布提包，刘小海刚走三步，裤兜里的手机突然响了。将提包放到地上，刘小海摸出手机，食指滑屏，贴近耳朵，听到一个女子的声音。女子说的是普通话，吐字清晰，语音轻柔，可在刘小海听来却似五雷轰顶。挂了电话，刘小海愣愣地站一会儿，慢慢地走到床边，一屁股蹲了下去，床被压得“吱呀”一声。

城要封了，火车停了，订的火车票退了。

腊月二十九，武汉封城了。刘小海没想到疫情如此严重。刘小海打工的厂在郊区，租住的房子在厂边的小区里。离市区四五十里，进厂低头干活儿，回出租屋吃饭睡觉，每天两点一线的生活轨迹，刘小海脑瓜里装的事少，对网上的信息也缺乏敏感。

老家是回不去了，就在武汉过年吧。中午，刘小海煮了一桶方便面。午觉醒来，他在手机上刷了一会儿新型冠状病毒疫情的报道，急忙去药店买口罩。药店里结账的人排着长队，有人买三袋板蓝根颗粒，有人买四盒双黄连口服液，有人买五瓶医用酒精，不管有用没用，一溜儿的人手里都提着药品。口罩已涨价了，十枚装的两包口罩花了三十元。出门戴上口罩，刘小海赶到超市。超市的人更多，刘小海割了六斤肉，提着一袋小米、半兜土豆、两捆葱和蒜苗，排队八分钟才结了账。

回到出租屋，刘小海先给Z城的儿子打电话。刘小海严厉地教导儿子，要戴口罩，要少出门，儿子嗯嗯着，听起来并不上心。每次和儿子联系，刘小海鼻子都会发酸。儿子没读完高中就出来打工了，父子俩憋着劲儿干三四年想盖两层小楼呢，可是一场车祸让爷儿俩梦想成空了。前年夏天的一天，骑自行车的刘小海和一辆电动车撞上了。刘小海尾椎骨粉碎性骨折，那个人伤得也不轻，双方各负其责。刘小海出院了，攒的钱也花完了。打了十三年的工，单亲爸爸刘小海也没给儿子盖起两层小楼。

嘱咐过儿子，刘小海又联系老家的大哥。父亲去世五年了，八十岁的母亲偎着大哥生活。刘小海说了疫情的严重，劝大哥、母亲不要在村里四处走动。电话那头，老母亲叮嘱他别外出，大哥提醒他要备些好吃的。大哥说村里已经广播了，劝人们不要走亲戚了。大哥还告诉刘小海，他家的三间堂屋就快上楼板啦。

大哥说的三间平房是乡里盖的。

刘小海因病致贫，乡里把他纳入贫困户，还帮他盖了三间新房。

除夕夜里，刘小海不停地浏览着新型冠状病毒的新闻，武汉封城的消息，国家战胜疫情的决心，医生和护士的逆行，让刘小海心潮澎湃。看到武汉在建火神山医院的新闻，刘小海心里一动，知道建筑工地上需要很多的电焊工。能帮就帮，咱也去出一份力吧。奇怪了，下了决心，刘小海很快就入睡了。

大年初一，刘小海早早就起床了。吃过饭，刘小海将剩下的肉和蔬菜给了房东大哥，他要去火神山医院建筑工地当志愿者。

到了工程部，刘小海说我是来支援火神山医院建设的。

放下大提包，刘小海说俺是一名电焊工。

大年初二，数百台挖掘机在平整土地，成千名工人在工地上忙着卸建材。坑坑洼洼的地被填平了，建材整齐地堆在一起，有工人开始硬化地面。忙了一上午，刘小海边吃着快餐盒饭边看护施工定位旗，看见一个女子拿着手机朝他走过来。大概是录小视频，宣传火神山医院建设的吧。刘小海心里想。

师傅，你们很辛苦吧。

不辛苦，还可以。

几班倒啊？

俺是白班，看护定位旗呢。

师傅，您是河南人吧？

是的，俺在武汉打工，封城了，回不去，就来这儿当志愿者了。

谢谢，谢谢您！

录就录了，刘小海吃过饭就去卸建材了。刘小海没想到自己在网上火了。很多人转载他的视频，上百万人为他这个河南人点赞。晚上下班，刘小海正看自己的视频呢，儿子给他打来了电话。

爹，俺看到您的视频了，很多人都在夸您呢。

儿子是在为自己骄傲呢。刘小海却在电话里叮嘱儿子不要给老家的人说，更不要给奶奶说。刘小海不想让母亲为自己担忧。

中，您要照顾好自己啊。儿子爽快地答应了。

第二天，河南老家的很多媒体也希望通过视频连线采访刘小海。刘小海就在工作间隙接通视频，给他们介绍工地的情况。有一名女记者还问刘小海想对自己老母亲说点儿什么。刘小海说希望母亲好好的，疫情结束就回家，去陪陪母亲。

刘小海哽咽了。

刘小海能说什么呢。

刘小海希望母亲看不到这个视频。

夜晚，工地上的灯亮起来。上千个工人还在不知疲倦地忙碌着。刘小海也要上夜班了。他扛着焊机来到工作点，刚把焊机电线连接好，大哥打来了视频通话。

刘小海接了。

小海，俺们都看到你的视频了，都说你给咱村人长脸哩。大哥笑着说。

哥，你别给咱娘说啊，她该担心哩。刘小海说。

小海，娘也知道了，娘让俺给你打电话，娘要跟你说话哩。大哥把手机递给躺在椅子上的娘。

海儿啊，娘好好的，你别担心娘，你要好好干活儿。刘小海看到了娘的满头白发。

海儿啊，你做得对，大家都该出一份力呢。娘继续说。

海儿啊，照顾好自己，娘——娘等着你回家。娘流泪了。

娘——刘小海一句话也说不出来了。他哭了。

挂了电话，刘小海戴着口罩，左手拿着面罩，右手的焊钳稳稳地夹起焊条，一下一下地触碰着眼前的钢管，瞬间，四溢的焊花四处飞散，就像盛开的火树银花。

注：本文根据支援火神山医院建设的志愿者刘海龙的事迹创作。

樱花尽处

胥得意

江滨的那座城以樱花著称，每年樱花盛开之时，沿江两岸，大大小小的公园，交通要道旁，楼前屋后，一树树樱花迎着春风竞相抖出酝酿了一冬的心情，这树淡粉，那树象牙白，间或还有几棵浅绿，整座城每到此时都会裹进这芬芳的花事。她的初恋就定居在了这座城里，每年樱花开时，她会偶尔想起他。

樱花开得久了，名气也渐渐随着花香飘了出去。近十来年光景，此城的樱花几近国人皆知。每当樱花盛开时节，坐高铁的、自驾的，甚至乘飞机的，都向着这座城市纷至沓来，目的就是赏一赏樱花，在花下拍几张美景。她有时也想去江城看看樱花，因为靠近沙漠边缘的家乡一棵樱花树也没有。

这座江城是座历史名城，在江边有座望江楼，站在楼上，可见渔舟出没风波里，也可见江水缓缓流向天际，甚至有人还曾看见黄鹤在楼前飞过。在古代，一批批文人骚客登临此楼，留下了一首首脍炙人口的名篇佳作，这座普通的望江楼成了江城的名片。

如今，樱花的名气大涨，成为江城又一张靓丽名片。她也听说江城为了不让游客失望，又在沿江移植了更多樱花，建成了一条樱花大道，此处也成了游客必到之处。

然而，这一年深冬，一场突如其来的瘟疫袭遍了江城，整座城陷入了巨大的恐惧之中，随着官方的一道命令，全城封闭，市场停业，家家闭户，人人相隔。即便如此，瘟疫还是像长了无形的翅膀在江城里四处蔓延，使人们在不知不觉中被疫疾缠身，轻者浑身乏力，呼吸困难，干咳不止，重者抢救不及会撒手人寰。一时间江城疫满为患，人人自危。她不由得为生活在江城的他暗暗担忧起来。

其实，最为可怕的并不是封城，而是举全国之力竟然一时找不到降服瘟疫的良方。就在救治患者过程中，众多江城的医护人员相继感染，不断有医生殉职的消息见诸报端。江城人几乎沉在了绝望之中。城封了，城里的人出不去，但是城外的人倒是可以进来。全国各省、自治区、直辖市的医疗救援队或包机或包车从四面八方开始进驻江城，作为医生的她也随着救援队来到向往多年的江城。

那年，这场战斗整整持续了两个月，才使江城上万名患者陆续走出医院大门。在这两个月时间里，她没白没夜地忙着。直到疫情结束，她才发现医院外面一树树樱花已然开放。

支援江城的医护人员在此之前，基本都听说过江城的樱花之美之盛之多，也听说过江城的望江楼之名之诗之景，但由于距离太远，只能在电视或网络上看看这花这楼。而现在，身处此城，与花相亲，与楼相近，她的心中多有向往。然而按规定，瘟疫结束人们也不能聚集，各处公园景区不得开放。虽心向往之，她却不能前往观看。

她随医疗队撤离江城之时，回去的人比来时少了两个。她在新闻中得知，这次共有三十多位医护者的生命留在了江城的这场战斗中。

瘟疫彻底消散后，江城的人们发现，来此城观看樱花的人更多了。其中，这人群中就有休假的她。她不是冲着樱花而来的，而是想看看曾经战斗过的这座城市如今到底什么样，到底有多美。无非是赶在樱花盛开时，想用它最美的样子冲掉当年最痛苦的记忆。

那天，她随着游客沿着江城最著名的樱花大道一直往前走，一直往前走，直到尽头，便见到一座高大的纪念碑。纪念碑的正上方是一个鲜红的“十”，碑面上刻着四个乌黑的大字：英雄不朽。碑的四面基石上镌刻着一簇簇盛开的樱花。她仔细看时，雕刻在碑上的樱花竟然会动，一眨一眨，像是白衣天使忽闪忽闪注视着这个世界的眼睛。

离开江城时，她突然发现，已经忘记了一个人，而从此记住了一座城，还有一座碑。

鱼的故事

张炜

父亲也被叫到海上拉鱼了。我沿着父亲的足迹，去海上看那些拉大网的人。

网一动，渔老大就呼喊起来，嗓门儿大得吓死人。所有的拉网人随着号子嗨呀嗨呀地叫，一边后退一边用力。

大网慢慢拉上来了，岸边的人全都狂呼起来。我这是第一次看到这么多活蹦乱跳的鱼一齐离水。各种鱼都有，最大的有三尺多长，头颅简直像一头小猪。

父亲学会了把一种毒鱼做成美味。这种鱼肉最鲜，可偏偏有毒，毒死的人数不完。母亲一见它就吓得叫起来，说我们无论如何也不能冒这个险。父亲则把衣袖挽起，用一把小刀剖开鱼肚，用清水反复冲洗，又将鱼脊背上那两根白线抽掉，说："没事了。"母亲喘着把鱼做好。

一种奇特的鲜味儿飘出，真好吃。这才叫好吃。

父亲从酒葫芦里倒出一点儿酒，让我和母亲都尝了一小口。这天晚上很是愉快，父亲还唱起了一首拉网的歌。

父亲常把海上的欢乐带回来，又差点儿全部抵消。这次父亲又捎回几条毒鱼，扔在地上就睡去了。母亲仿照父亲上次那样方法把鱼剖开，从头全做一遍。做好的鱼还是鲜气逼人，我们又美吃一顿。

一个多钟头过去，我头有点儿晕，真的晕了。接着我看见父亲全身抖动，手指像按在一根琴弦上，又颤又挪，嘴里吐出白沫。母亲比我们好一点儿，但脸也黄了。

母亲摇晃着过来，我们扶在一起。母亲说："到外面采一点儿木槿叶，采一点儿解毒草。"

我往外连爬带跑。草地上全是一样的草窠，根本分辨不出有什么不同。

原野在眼前变成一片紫色，又变幻出更奇特的颜色。整个原野都有一层紫幔，下面像有一万条蛇在拱动。它不停地抖、舞，升上来，眼看就要把我给覆盖了。我不能挣脱。我想起了妈妈，睁大眼找着，四周一个人也没有。我喊，不知喊了多久，才听到一阵脚步声。

我躺在小茅屋里，旁边是父亲。母亲坐在那儿，旁边的碗里是捣成稀汁的解毒草。她说："孩子，你说胡话……"

吃毒鱼后一个多月的一天晚上，外面起了大风。风很大，搅弄得整个荒滩不得安宁，各种声响使我害怕。我睡着了，接着就梦见一条小鱼，好俊的小鱼，打扮得像一个小姑娘一样走进了茅屋。母亲把她抱到怀里，给她梳理透明的头发。真漂亮，除了有两个鱼鳍外，全身到处都和人一样。我扯着她的手在院里玩，一起逮蝉。

她说她要走了，但是还会常来小屋。走前她告诉我：她的爷爷、奶奶、哥哥、弟弟，所有的亲戚都给海上老大逮来了，它们死得好惨。她让我求求岸上的人，求求他们住手吧。

我哀求母亲去找海上老大，母亲答应了。

小鱼姑娘又来了。她哭着告诉我，人们还在捕鱼，海里那么多姐妹再也看不到了。她实在是没有办法了，所以刚才路过鱼铺的时候，给好多睡觉的拉网人腿上胳膊上都扎了红头绳："我把他们扎住了，他们就不能下海了。"

梦做到这儿就醒了。我觉得像失去了一位真正的朋友，竟然哭了。母亲赶紧把我抱到怀里，问怎么了，我就告诉了她这个梦。天亮后父亲要到海上去，母亲让他小心一点儿。她把我做的梦告诉了他，说："孩子梦见好多拉网人都给扎上了红头绳。"

父亲瞥了母亲一眼，走了。

后来我才知道：那天父亲把我的梦告诉了海上老大，老大只是淡然一笑。

那天傍晚风息涛平，老大就让小船出海。想不到一场风暴突然袭来，出海的五个人就在人们的眼皮底下跌进了狂浪。他们无一生还。

父亲跑回来时嘴唇都紫了，双手抖着跟母亲讲了突起的风暴。

母亲一句话也没说，只是直眼盯着我。

这就是鱼的故事。我再也忘不掉，一直没忘。尽管许多人说那只是一次巧合……

黄昏

大解

关于黄昏到底是从哪里冒出来的，人们一直有着不同的说法。长老认为黄昏是从地下升起来的，他看见过翻耕的土地里泛起的暗色，比炊烟还要浓郁；而木匠认为黄昏来自山洞，他去过一个山洞，里面一片漆黑，比黑夜还要黑，黄昏和黑夜都藏在那个山洞里。这些说法都有根据，即使不信，也很难反驳，唯一不靠谱的说法是，黄昏是太阳燃烧后留下的灰烬。而说这话的，竟然是铁匠。

铁匠说，我的炉子里烧过很多煤，再好的煤，燃烧后都有煤灰，太阳在天上燃烧了一整天，不可能没有一点儿灰烬。

木匠说，你看见太阳燃烧了？

铁匠说，看见了，最亮的火苗不是红色和白色，而是黄色，有时候还有一点儿蓝色。你们肯定看不见，但是我能看见。我经常盯着炉子看火苗，因此我能够看见太阳的火苗，有时能达到一尺多高，太阳最热的时候是黄色的，跟我炉子里的炭火差不多。

木匠说，你能看见太阳上的火苗，还不算厉害。我是木匠，经过我手的木头太多了，我用肉眼就能看出，一根木头里到底有多少火焰。所有的木头里都隐藏着火焰，但是你看不见。只有木头燃烧了，你才能看见他们释放出来的火焰。硬木里面火焰多，软木里面火焰少，还有一种木头，只是冒烟，没有火苗。

长老听见木匠和铁匠比起了能耐，就呵呵笑了。说，木匠啊，你能知道木头里有多少火焰，还不算厉害的，你知道树是从哪里来的吗？树是长在地上的，木头活着的时候都是树，树是从土里长出来的，因此，土地里暗藏的火焰，比树还要多。

长老这么一说，还真把木匠给镇住了。看来还是长老最厉害，说到了点子上。

这时三婶挎着一篮子桑叶从村口经过，看见几个人正在议论，当她听见长老说到土地，就顺嘴接过了话茬儿，说，长老说的在理，土地不光能够长出大树，还能埋人呢。

三婶心直口快，说话从来不过脑子，竟然说到了死，就把话题给说没了。在河湾村，人们忌讳谈论死，也不谈论与死有关的话题。当三婶说到埋人，人们就不接话茬儿了。三婶说完，也知道自己说走了嘴，就自己给自己下台阶，说，我回家给蚕喂桑叶去。

三婶走后，长老和木匠和铁匠，像是木头一样呆在那里，不知道说什么了。

这时，刮起了一股风，这股风似乎是从地下刮出来的，幸亏有大石头压着，否则这股风会直接从地下钻进人们的裤腿里。随着这股风的出现，远近的土地里隐隐约约冒出一些灰暗的雾状阴影。

长老和木匠和铁匠，几乎是异口同声地说，黄昏来了。

随着黄昏的到来，河湾村升起了炊烟，最初是一棵两棵，仿佛村庄里突然长出了质地松软的大树，不一会儿，炊烟就多起来，形成了一片炊烟的树林。当这些树林的树冠在空中逐渐膨胀和相互连接时，没过多久，整个村庄上空的烟雾就连成了一片。这时正好赶上夕光染色，高处的浮光中出现了烟霞。这些飘忽的烟霞，更加深了黄昏的浓度。

长老说，你们仔细看看，黄昏到底是从哪里来的？

木匠说，我还是认为黄昏是从山洞里来的，山洞里那个黑呀，从没见过那么黑。

铁匠说，太阳一走，黄昏就来了，可见黄昏与太阳有关。我还是觉得黄昏是太阳燃烧后的灰烬。

长老说，你没去过地下，你怎么知道地里不是黑的。地里更黑。我爹给我托过梦，说地里漆黑一片，点灯都没用。所以说，黄昏是从土地里冒出来的，到时候你们就知道了。

木匠和铁匠都愣住了，一齐问，到什么时候？

长老又重复了一句，到时候，你们就知道了。但是到底是什么时候，我也说不清。

铁匠说，不仅说不清，而且我还看不清了。刚才从我身边过去一个人，转眼就消失了，不知道是我看不清了，还是他真的没了。

木匠说，我也看不清了，我看长老就像是一个模糊的影子。

长老说，天快黑了，咱们都回家吧。

话音刚落，远处的山顶上突然出现一颗星星，好像是谁家点亮了油灯。

铁匠说，凡是最亮的光，都出现在天上。

木匠说，木头里也有光，点着了你才能看见。

长老说，还是土地深厚，长出了那么多能够发光的树木，却把黑暗保留在土地里。我死了，就埋在土地里。

木匠和铁匠说，离死还远着呢，你是老寿星，不死了。

长老说，哪有永远不死的人。

说完，三个人哈哈大笑，顷刻间就被夜色掩埋了，仿佛不存在，仿佛从来都不曾存在。

辛奇

方英文

城市生活的最大好处是不怕跟老婆吵架。吵架后手一背，下馆子。到处都是馆子，等于到处都有老婆。

点了一碗油泼面，9 元。辣子任意调，大蒜随便剥，心底便有赞歌升起。抽纸嘴一抹，出门碰见个壮年男子。

那男子正看着墙壁上的饭菜价目，见我就移目对视，伸出手："先生，能给我 9 元钱吗？昨天到现在，我没吃过任何东西了。"他斜挎着黑皮包——大概是人造革的，外皮磨出许多白点点，像是溅上去的石灰浆。此包没有几十年光阴打磨，不可能如此沧桑。

"能给我 9 元钱吗，先生？"

哦，我只被他的皮挎包迷住，竟忽略了他说的什么。可是他的眼神呢，木然，无所谓，犹带几丝傲气，这就与讨吃不配套了。讨吃的眼神应是乞求的、哀怜的嘛。"看你这年龄，"我说，"看你这身体状况，自食其力不成问题呀！"

"你不该这么说话，先生！"他缩回手，"我是问你要钱呢，你想给就给，不给也没关系——我并没有问你要人生道理呀，何况你讲的道理我八岁就懂。"

哟喂，咋说话呢！我拧尻子要走人，眨眼又拧回来，因为我觉得这乞丐的自负颇令人刮目。是啊，讨饭必定有难言之隐，没必要刨根究底。我赶紧摸口袋，却无分文。

"那咱扫码吧。"讨饭者从皮包里取出手机，先让我看他手机里的余额，果然仅剩3元。扫着码，我说："给你扫20元吧。"他说："不用不用，一碗油泼面9元刚好，谢谢。"又补充道："钱多了不好。"此言从一个乞食者嘴里出来，真叫天大的笑话。

"先生，我从你的神态看出，"他边装手机边说，"你给我钱并不说明你一年四季都仁慈，你今天因为嫌我衣着脏乱、碍眼，只想赶快打发我走开。"

真想给他一嘴巴。一想，掏钱找架打的事，傻子才干呢。

看他进了面馆，我干什么？气没消，懒得回家，就给附近两个棋友打电话。反正周末无事。巧得很，俩棋友也正闲着，也正想过棋瘾。老地方见，一个说过 20 分钟到，一个说 40 分钟后到。

进了茶馆，点了一壶红茶，要来象棋。棋子刚摆好，甲棋友来了，屁股一蹲，嚷嚷道:“我心情好得很，当头炮！”

原来，他昨天替外甥上初中摇号，摇中了。“中号率只有百分之二十，意味着什么？意味着替我小妹省了 3 万元！”

“难怪你满脸的人民币气色。——跳马！”

“我刚才途中碰到一个怪人。”他说，“一个讨饭者问我要 18 块钱，说晚饭想吃羊肉泡。18 元是普通泡馍，我身上零钱刚好剩下 22 元，就送他吃一份优质泡馍吧——”

“挎个烂皮包吗？”我插话。

“是呀！但他坚持只接 18 元，这我就不爽了。我摇号省了 3 万元，正想有人分享好运呢，那家伙居然扫人兴。——说好，今天我买单！”

一盘结束，我输了。第二盘走了五步，乙棋友来了，戴着口罩。我笑他贪生怕死，他说:“不戴口罩地铁呀公交呀不准上嘛。”

“我刚才输了，老规矩，你来。”

乙棋友取下口罩说不急，咕嘟一杯茶进了肚子:“我给你俩说说刚才碰见的奇事。

“今夏雨水多，烦人是吧？今儿放晴，太乙池周围全是人，转悠着晒太阳，突然发现一个美女拿着话筒，跟一个扛机子的小伙一起快步追赶一个挎包男——”

“斜挎个黑皮包？”

“呀嘿，你俩咋知道？我想可能是个逃犯，转身看后面是否跟着警车，因为电视台如今不景气，经常求警方提供线索，追拍现场吸引观众呢！

“后面没警车。我快步跟上去，因为那女记者两条长腿太迷人了！不要笑我好色，不由自主嘛——是不是证明我很健康？”

“少啰唆，赶紧讲！”

“那个黑皮包实在太陈旧了，你们见过乡下杀猪吗？猪一杀，开始吹气了，吹鼓起来，几桶开水烫过去，杀猪匠就拿个麻子石噌噌噌地煺猪毛——那男子的黑皮包就像是毛没煺干净的猪肚皮。”

“别闲扯！”乙棋友是讲师团的，滔滔不绝拖时间混讲课费是其长项。不如浓缩他的目击口述——

那位讨饭者姓辛名奇，是个大老板。武汉疫情期间，辛总先后三次捐赠物资，合计价值三百五十万元，却始终不接受媒体采访。但是他讨饭的事却被记者偶然发现，他们就跟踪上了。

“你们实在要听我讨饭的原因吗？好吧，我八岁时父母双亡，只好走村串乡讨着吃。吃过千家饭，看了万人脸，天气看天色，人脸看人心。就想着摆个卦摊也不愁吃喝了，可是谁会让一个少年算卦啊……后来嘛，由个体户起步，慢慢成了所谓的企业家……当然摊子小，压根儿不能跟马云比……反正我好赖算个有钱人吧，却发觉凡接触我的人，眼神多半是可怜兮兮的乞讨样，真让我受不了……我过去仅知道钱的好处，有钱后才明白钱的坏处更大！说老实话，依我看，花钱实在是比赚钱更难哩，还不如小时候讨饭快乐。于是我每月选一天，穿上这身几十年没洗过的旧衣服，背上烂挎包，分文不带讨一天饭，等于回到了简简单单的童年。——回到公司冲个澡，换上人模狗样的西装，往大套间办公室一坐，马上知道钱该怎么花了，花到哪里能让我快乐了！”

何张氏

石舒清

盐池县大水坑村何张氏孀居才一个多月，就有邻村的李风禄、马拐拐先后来提亲。何张氏以暂不考虑为由都回绝了。

1940年腊月二十三日，何张氏和同村妇女某某去乡上赶集，正碰上李风禄在集市上卖羊。李风禄就请何张氏和某某去小摊上吃饺子。何张氏拒绝。李风禄就给了某某十一块大洋，让某某自己留一块，十块请转交给何张氏。李风禄趁何张氏和某某争议的时候，忽然出手，把何张氏的一个手镯撸走了，一边忙着走开一边扬着手镯说，这就是信物这就是信物。

某某与何张氏，照现在的说法就是闺密，闺密的话一般是容易入耳的，在闺密的一再劝说下，何张氏收下了那十块大洋，同时让闺密告知李风禄：

一、把手镯先还回来。还回来就有诚意，不还回来说明诚意不够。

二、婚姻的事，不要逼得太紧，给她点儿时间让她想想，才当寡妇这么点儿时间，就另谋出路，听起来也不好听，看起来更不好看。

说话间就到了1942年阴历一月十二日夜，快要圆满了的月亮在团团的云层里出没，狗像是嗅到了地震的信息那样纷乱地叫着，某某的男人出远门了，某某就带着还在吃奶的孩子来给何张氏做伴儿。她们都已经在睡梦中了，忽然何张氏的门被猛地推开，一伙人进来，连灯都没点，就捂住何张氏的嘴把她掳去了，把某某娘儿俩几乎没怎么惊动就剩在了一边，像很高级的屠夫剔肉那样。原来是李风禄趁人不备，带着五个人把何张氏抢去了。

应该说，那时候，宁夏的某些地方有抢亲的习惯，只要能抢到手里，再从容地给主家赔礼说情，一般不会有什么大的问题。小时候就听母亲讲，我的大外奶奶就是被关桥堡人抢亲抢走的。大外爷被马鸿逵抓去当兵折了，留下大外奶奶在家里，也是在一天夜里，被数十里之外的关桥堡人抢走了，狗咬鸡叫，动静很大，但是同一个院里住着的大外爷的父母等，没有一个人被惊动，没有一个人出来看看自家的人被抢走了。这是什么原因呢？有一种说法是，抢亲的人，事先和大外奶奶的公公婆婆都商量通了，他们把钱都给了，把钱都收了，只有大外奶奶一个人蒙在鼓里。大外奶奶被关桥堡人抢去后，一发而不可收，陆续为他生了四个儿子三个女儿，一个女人能生这么多，也算是劳苦功高，到哪里也有自己的一席之地。

何家这边很快就知道是谁把他们的人抢去了，何家人普遍比较弱势，不然也不会不打招呼人就被抢去了。何家主事的人倒不是何张氏的公公婆婆等，这些人一辈子在人前头没敢说过一句话，什么主都做不了的。何家主事的人是何张氏的一个堂小叔子，叫何定平，何定平太阳刚出来就往乡上走着，要去告发李风禄。半路上却被李风禄一伙人劝回，李风禄一伙人拥着何定平回去，就像何定平是个皇上，他们拥他回去要他登基那样。到了何家又叫来几个何家人商量着处理这件事。应该说两边都算是干脆人，拉屎不必喘气，很快就商议妥了。人嘛已经抢去了，事情嘛已经成了，再说多也没必要，说就说实质性的，由李风禄一次性拿出大洋二百四十块，何定平作为主婚人一百六十块，何瑞汀（何张氏的公公）作为户族人四十块，何张氏娘家人二十块，为何张氏还债二十块，算下来恰好是二百四十块，两下晤谈愉快，皆大欢喜。而且李风禄快人快马，很快就把二百四十块大洋如数交给了何定平。这件事情就算是风波暂息。

1942 年阴历二月九日，何张氏的父亲病故，何张氏回家奔丧，碰到前来送葬的马拐拐、马环子兄弟俩。马拐拐对何张氏旧情不改，偷偷给了何张氏一个金戒指。何张氏就私下给马拐拐的弟弟马环子说，李风禄、马拐拐两个人比较，实际上她看上的是马拐拐。马环子又把这话说给了马拐拐。马环子对马拐拐说，哥，人都说我们兄弟是野粮食吃下的，可我们这是吃了个啥野粮食呢，连个女人都弄不到手里来。说话间就到了阴历二月十二，距李风禄抢走何张氏刚满一月，就在这天夜里，马拐拐、马环子等带着八个人，去李风禄家抢何张氏。那天夜里飘着雪花，像是有无数的生命的信息不期然地扑到人的脸上，将人的脸轻轻地咬开一个又一个小缺口似的。马环子一马当先，说吃下野粮食的都跟我来！刚翻过院墙，马环子手里的土枪就和它的主人的急脾气一样爆响了。李风禄家里的人还以为来了土匪，急忙开枪回击。一场乱战之后，两下都伤了人，关键是把马环子给打死了，出人命了。

免不了一场官司。

盐池县司法处初审之后，呈报陕甘宁边区三边分区高等法院分庭，经审核认为：

李风禄打死马环子，属正当防卫，不负刑事责任，但是强抢民妇成婚，构成妨害自由罪，判处有期徒刑一年；

马拐拐夜入民宅预谋抢夺，开枪伤人，构成妨害秩序罪和伤害罪，合并判处有期徒刑一年；

何瑞汀（何张氏的公公）强迫卖婚，构成妨害自由罪，判处有期徒刑六个月；

何张氏与李风禄婚姻无效，准予无罪释放；

涉案大洋二百四十块，没收充公。

李风禄、马拐拐服刑期间，都曾托人给何张氏带话过来。

马拐拐说的是，为了何张氏，他把一个亲弟弟的命都搭上了，让何张氏不要有二心，他头一天出来，第二天就会去找她。马拐拐带话说，已经把他弟弟的命送了，希望何张氏再不要歹毒着把他马拐拐的命也送了。

李风禄带信儿说，你肚子里要是有娃娃，那娃娃就是我的，要是没娃娃，你就安心等我回来，你总要给我生一个。

话是这样说，好在两个托人传话的人都还一时出不来。

就在这个时候，一个冬阳暖暖的下午，何张氏坐在她的闺密某某家伙房的门槛上，她只要稍稍一侧脸，就会看见被阳光照到近乎透明的汗毛，后背暖洋洋的。何张氏一边和伙房里忙着的某某说笑，一边从容地纳着一双不知谁的鞋底。

后父的老

刘亮程

我很小的时候，奶奶就已经老了，我们一家给她养老，又给她送终。奶奶去世后，轮到母亲老了，但她不敢老，她要拉扯一堆未成年的孩子。现在我五十多岁，先父、后父都已经不在，剩下母亲，她也老成奶奶的样子了，我们给她养老，也在随着母亲一起老。因为有她在，我不敢也没有资格说自己老。老是长辈享有的，我年纪再大，在母亲面前也是儿子。真正到了前面光秃秃的没了父母，我成了后一辈人的挡风墙，那时候，就可以心安理得地老了。

但老终究是一件不容易的事情。

记得有一年，我陪母亲回甘肃酒泉老家，在村里看望一个叔叔，院门锁着，家里人下地干活儿去了。等到大中午，看见两个老人扛着农具走来，远看着一样老，都白了头，一脸皱纹。走近了，经介绍才知道，是叔叔和他的父亲，一个六十多岁，一个八十多岁，像一对老兄弟，还在一起干农活儿。

我 8 岁时父亲去世，感觉自己突然成了大人。13 岁时，母亲再嫁，我们就有了后父，觉得自己又成了孩子。后父的父母走得早，他的前面光秃秃的，就他一个人，后面也光秃秃的，无儿无女。我们成了他的养儿女，他成了我们的养父。

我 18 岁那年，有一天，后父把我和大哥叫到一起，郑重地给我们交代一件事。后父说，我已经 50 岁的人了，你们两个儿子，该操心给我备一个老房（棺材）了。这个事都是当儿子要做的。说后面的张家，儿子早几年就给父亲备好了老房。

备老房的事，在村里很常见，到一户人家院子，常会看见一口棺材摆在草棚下，没上漆，知道是给家里老人备的，或是家里老人让儿子给自己备的。棺材有时装粮食、饲料，或盛放种子，顶板一盖，老鼠进不去。

我们小时候玩捉迷藏，也会藏进老房里，头顶的板一盖，就仿佛到了另一个世界，外面的声音瞬间消失了，待到听不见一丝声响时，恐惧便来了，赶紧顶开盖板爬出来。

家里的老人也会躺进去，试试宽窄长短，也会睡一觉醒来。

其实这些老人都不老，五六十岁、六七十岁的样子，因为送走了前面的老人，自己跟着老上了。

老有老样子，留胡须，背手，吃饭坐上席，大声说话。一般来说，男人五六十岁便可装老了，那时候儿女也已二三十岁，能在家里挑大梁，干重活儿。装老的目的，一是在家里在村里塑造尊严，受人尊敬；二是躲清闲，有些重活儿累活儿，动动嘴使唤儿女干就可以了。

也是我 18 岁那年，后父开始装老，突然腰也疼了，腿也困了，有时候抽烟呛着，故意多咳嗽两声。去年秋天还能背动一麻袋麦子，今年突然就不背了，让我和大哥背。其实我们两个的劲儿加起来，也没他大。

我后父打定主意，要盘腿坐在炕上，享一个老人的福了。

可就在这个节骨眼上，我大哥外出开拖拉机，我外出上学，留在家里的三弟四弟还都没成人，指望不上，后父只好忘掉自己已经 50 岁的年龄，重活儿累活儿都又亲手干了。

后父吩咐我们备的老房，也因为种种原因，一直没有做。其间我们搬了三次家，第一次，从沙漠边的太平渠村搬到天山半坡上的元兴宫村，过了些年又搬到县城边的城郊村，后来又搬进县城住了楼房。想想也幸亏没给后父备老房，若是备了，会一次次地带着它搬家，终究没有一个安放它的地方。

后父活到 84 岁，走了。

距他给我和大哥交代备老房那年，已经过去了 34 年。

后父去世时我在乌鲁木齐，晚上 12 点，家人打来电话，说后父走了。我们赶紧驱车往回赶，那晚漫天大雪，路上少有车辆，天地之间，雪花飘满。

回到沙湾已是大半夜，后父的遗体被安置在殡仪馆，他老人家躺在新买来的棺材里，面容祥和，嘴角略带微笑，像是笑着离开的。

听母亲说，半下午的时候，后父把自己的衣物全收拾起来，打了包，说要走了。

母亲问，你走哪儿去，活糊涂了。

后父在生产队时赶过马车。在临终前的时光里，他看见来接他的马车，要把他接回到村里。

但我知道，他的魂，一定被那辆马车接走，回到了故乡。我们在县城的殡仪馆为他操持的这一场葬礼，已经跟他没有关系。公墓里那个写有他名字和生卒日期的墓碑跟他没有关系。在离县城 70 公里的老沙湾太平渠村，他家荒寂多年的祖坟上，他几十年前送走的老母亲的坟墓旁，一定有了一串轻微的脚步声，一个儿子回到了那里。

英雄

毕飞宇

有一家健身房，坐落在城市的东北部，里面集中了这个城市最雄壮的男人。这些男人一个个肌肉发达，像放大了一百号的巨型青蛙。他们在健身房里都有绰号，有的叫泰森，有的叫施瓦辛格，有的叫张飞，有的叫拼命三郎，总之，都是享誉中外的人间枭雄。每天下午，他们就聚集在这家名为“黑森林”的健身房里，推胸、拉背、压腿、扳二头，健身房里的金属器械被他们弄得咣咣当当的。

周围的居民都知道这些人的厉害，他们在吵架的时候曾这样威胁对方说：“想打架？我可告诉你，‘黑森林’的武松是我朋友。”另外一个也不甘示弱，回敬对方说：“就你有？施瓦辛格见到我都喊哥。”这时候就会有人出面打圆场，说：“算了，既然他们是朋友，你们也就别伤了和气。”

当然，说起来，“黑森林”里最厉害的还是泰森。泰森的拳头和牙齿全世界都知道，这个就不多说了。“黑森林”里的泰森其实是一个二道贩子，专门做蔬菜生意，白云园菜场的人个个都知道他。泰森的块头大，肌肉大，最为关键的是，嗓门也大，一般来说，只要有泰森出场，一般的事情都能很快解决。比方说，到了年底，张三欠了李四几千块钱，一时拿不出来，张三就会找到泰森，对泰森说：“请你替我打个招呼吧。”泰森很爽快，说：“包在我身上。”泰森的口头禅就是“包在我身上”。只要他包下来，别人多多少少都要给他一点儿面子。但是白云园打烧饼的小高就不买泰森的账。小高是一个下岗工人，精瘦精瘦的，刚刚到白云园来混碗饭。小高的烧饼炉子就放在马路边上，早上人多的时候，挡住后面的报刊亭了。报刊亭的马大胖子找到小高，叫小高把烧饼炉子往左边挪一挪，说影响了他的生意。小高不同意。小高说：“真的。”这句话噎人了。马大胖子挺个大肚子，说：“这么说我就喊泰森过来了。”小高只知道美国的泰森，以为马大胖子是在和他斗闷子，耍贫嘴呢。小高说：“好哇，你去把泰森喊过来，我请他吃猪耳朵。”小高以为自己挺幽默，但是，周围没有一个人笑。所有的人都知道，小高这是在玩火，离倒霉的日子不远了。

当天下午，泰森就过来了。泰森显然是从健身房过来的，身子一横一横的，打了赤膊，浑身的肌肉紧绷在身上，上下都冒着热气。小高正在出炉，泰森已经走到了小高的跟前。泰森站在小高对面，“喂”了一声，大声说：“你要请我吃猪耳朵？”

小高不认识泰森，说：“你是谁？”

泰森说：“把炉子往左边挪一挪。”

小高眨巴了几下眼睛，马上知道了，眼前这一大堆的肌肉疙瘩不是泰森又是哪个？小高眯起眼睛，小声说：“你和马大胖子是朋友，和我怎么就不能做朋友？”

泰森大声笑了。好汉泰森就喜欢广交朋友。泰森说：“现在是五点半，你用十分钟把炉子挪了，五点四十咱们就是朋友。”

小高说：“炉子现在烫手，等夜里凉了，明天早上咱们做朋友怎么样？”泰森抱起胳膊，瓮声瓮气地说：“行。”

小高在当天夜里就把炉子挪到一边去了。但是第二天，他没能交上泰森这么个威猛的朋友。泰森已经躺在医院里了——一条腿断了，一只耳朵豁了，两颗门牙掉了，脑门上缝了42针，伤得非常严重。同时躺在医院里的还有“黑森林”的兰博、忍者神龟、佐罗、吕布、花和尚鲁智深、插翅虎雷横等十一条好汉。听“黑森林”的经理说，当天下午，泰森正在健身房里做深蹲，肩膀上扛了140公斤的杠铃！突然，他尖叫了一声，好像吓坏了，丢下杠铃就跑。他的腿就是在这个时候被杠铃砸断的。泰森拖着一条断腿，拼命地跑，一头撞到墙的拐角——天知道是怎么回事！周围的人哪里见过泰森如此慌张，又不知道发生了什么事。你想，既然泰森都吓成那样了，那就跑吧，“轰”的一下，噼里啪啦全跑了，跌跌撞撞地，全摞在了楼道里，伤了十几个人。泰森的老婆是一个非常漂亮的女人，她守候在泰森的病床前，哭哭啼啼地说：“你到底做了什么见不得人的事？欠钱还钱，杀人偿命，怎么就慌成那样？有事你自首去啊！”泰森叹了一口气，说：“别人不知道，你还不了解我吗？我哪里有那个胆子？是一只老鼠。要不是我跑得快，差一点儿它就蹿到我的脚面上来了。你说，健身房里怎么会有老鼠呢？”

跟着爱情回家

乔叶

她知道他有了外遇，但还是一如既往地对他好：他的早餐永远是他喜欢的金灿灿的小米粥，电视的开机频道永远都是他喜欢的中央五套，在床上轻咳时纸巾永远都在他最适手的那个位置……过于体贴或者过于平淡都是一种不正常，所以，她一直面如止水。

顺其自然。她知道自己只有这样。无论那个女人是谁，最终有权决定的，还是他。

那天晚上，他和她各偎一个被窝，她把自己这边的床头灯扭暗，他把自己这边的床头灯扭亮。她坐起来，预感到关键的时刻已经兵临城下。

“我的一个朋友爱上了一个姑娘，想和他的妻子离婚。如果，我是说如果，”男人说，“如果你是那个妻子，你会同意离婚吗？”

“他不爱他的妻子了？”

“是。”

“一点儿都不爱了？”

“应该是。”男人犹豫着，“或许。”

她的心被揪痛。傻瓜都知道，这个“如果”是个铁锤，一下，一下，要把他们的家击碎。

“我会离婚。”她平静地说。

男人沉默，有些吃惊，没想到这么简单。要知道这么简单，他就把如果给去掉了。然而过了一会儿，他心里又不舒服起来。她为什么会这么干脆？难道也有什么情况？

“为什么？”他终于还是问了出来。

“纠缠一个不爱自己的人没有意义。”

“一丝挽留的念头都没有吗？”

“心走了，留个躯壳干什么？再说，他若想留，就不会提出离婚。”

“孩子呢？你要吗？”

“当然。”女人说，“好事做到底，不给人家添麻烦。再说我也不放心。都说有后娘就有后爹。那还是让孩子跟着亲娘保险些。”

“那他是不是能常回来看孩子？”

“当然。他永远是孩子的爸爸。这不会变。”

男人的愧疚越来越重。

“其实，如果，”他又说“如果”了，“如果对方不是个未婚姑娘的话，他是不会想去为她负责的。”

“是啊，想当初，他之所以和妻子结婚，大约也是因为妻子是个未婚姑娘。”她笑，“现在，他已经把未婚姑娘变成了已婚老婆，自然该轮到去负责别的未婚姑娘了。”

“那姑娘说她心里只有他。没有他她活不了。”

“有道理。一个为爱情伤心的姑娘是活不下去的。至于那个女人，只要有孩子，母亲守着孩子相依为命地活下去，肯定没问题。”

男人沉默。

“母亲和孩子也不一定按照这种格局活下去的。”“当然，她还可以再找。运气不错的话，可以找个四十多岁的。如果运气不太好，可以找个五六十岁的。”

“你怎么这么说？”他仿佛自己受到了侮辱。

“你想要我怎么说？”她笑，“难道一个离婚女人还能找个和她年龄差不多的男人不成？有数据统计，再婚夫妇年龄差距在3岁之内的比率，只占百分之五。全世界的人都知道，因为男人越娶越年轻，所以女人越嫁越年老。若是男人不爱找年轻的，你那个朋友怎么会离婚找一个姑娘呢？”

“不是因为年轻。”他道，“是因为爱情。”

“爱情？他和妻子当初也曾有爱情吧？”

“那只是当初。现在，爱情死了。”

“他的爱情再生性这么强，用不了死这个字，太大。不伤及肉和骨，蜕皮这个词就足够形容了。”

“那她的爱情呢？”他隐忍着她的讥讽。

“她的爱情根本就没必要提。”女人说，“他若顾及她的爱情，他就不会想离婚。”

男人沉默。

“话说回来，无论现在的爱情如何，只要有过爱情，知道爱情曾经是多么美好，我就已经很满足了。”女人说，“所以，我谢谢你。”

“谢我干什么？”男人有些惶恐，“不过，不过是假设。”

“即使不是假设，我的答案也不会变。”女人说，“我会带着我没办法蜕皮的爱情活下去，尽可能找一个岁数大点儿的人品好的男人，把自己和孩子以后的生活安排妥当。我要吸取一切教训，争取成为下任丈夫爱情史上的最后一次运动。”女人微笑，“在做过首任丈夫的首任妻子之后，又成为末任丈夫的末任妻子，这种感觉一定很奇特。”

“你不能这么想！你不能这么对待自己！”

“为什么？”

“因为你是我的妻子。”他把她拉到怀里，“我心疼你。”

“心疼不是爱情。”她幽幽道。

“心疼——疼惜——爱惜——爱情。”他在手心里画着，玩起了“开心辞典”中的词语转换游戏。

“当然是爱情。”他对着她笑。而她的泪，也顺着笑纹，唰地落下来。

土狼

石钟山

在美国，山上或公园、旷野里，你会看到很多小动物，比如松鼠、野兔，还有狼。美国的狼被当地人称为土狼——是本地的意思吧。我刚到美国时，住在山下，虽听说过土狼，但没见过。后来搬到山上居住，邻居说这里有土狼，便特意留意起来。没过多久，早晨起床后，站在院子里，见院外的空地上果然有个动物站在那张望，通身土黄色，中型狗大小。我想，这就是传说中的土狼吧。

土狼不怕人，离它很近了，它只是望着你，眼神是那种漫不经心、司空见惯的模样。站了一会儿，它回转身子优雅地向前走去，远处是片草地，再往前走便是另一座山了。

土狼经常在晚上出没，它是在寻找吃食；只有离人越近，找到吃食的机会才会越大。每当有土狼出现时，狗便吠声一片，此起彼伏。我起初有些担心甚至紧张，久了，便成了常态。隔三岔五的，土狼就在这一带出没。有两次，晚上开车送朋友下山，在回来时看到了土狼。它不紧不慢地在路旁走着。车靠近时，它回过头，目光在车灯的照耀下呈现出异样的颜色。

土狼很少伤人，只是听说过它们伤害小孩和狗的事例。在美国，因居住得分散，几乎家家户户都要养狗——为的是看家护院和寂寞时的陪伴。土狼伤人和咬狗一定是饿坏了。土狼主要的猎物是野兔。在美国，野兔很多，七八月份是野兔的繁殖期，野兔出来觅食，漫山遍野地跑。在这里，各种小动物虽多，但没有人去伤害它们，包括土狼——虽偶有土狼伤人和伤狗的事件发生，但它们仍和人和平共处着。

去年春天，一天早晨，我又看见一匹土狼卧在不远处的草地上，显得无精打采。它的眉心处掉了一片毛，露出了灰色的皮肤。我家的狗隔着栅栏冲那匹土狼叫着，我制止了狗，在不远处望着那匹土狼。这匹土狼似乎病了，瘦弱不堪的样子。我挥手赶它走，它不动，求救似的望着我。

下午时，我见那匹土狼仍卧在那里，一脸的无精打采，身上的毛发也失去了光泽。我想这只狼一定是病了，走不动了，只能卧在那里了。我回屋，找了两片平时狗生病不爱吃东西时吃的药，又割下拳头大小的一块肉，把药片夹在肉里——狗生病需要喂药时，我就用这种办法。我把肉和药投给了那匹土狼。它看我一眼，先前戒备的眼神渐渐放松下来，探出头把那块肉叼住，并不急于吃，而是含在嘴里。此时，狗又凑过来冲它叫，我把狗赶走，看到土狼把肉吃掉了，才放心地离开。

翌日早晨，我又去看那匹土狼，昨天卧在那儿的地方已经空空如也。土狼走了。隔了几日，我又见到了那匹土狼——几日不见，它精神似乎好了许多，眉心处的毛也长出了一些，毛发也有了些光泽。

从那以后，那匹被我救过的土狼经常出现在我家院外。它不远不近地看着院子。每当我走近，它的眼神里就流露出友好的神色。我经常找几块即将过期的肉投给它。它却不马上吃，而是望着我，待我转身走了，它才不紧不慢地把肉衔在嘴里，优雅地离去。

秋天的清早，我看见院外的地上有只死野兔，再抬头时，就看见了那只土狼。它不远不近地朝院子这面张望着。我心想，这野兔应该是土狼的猎物，并没留意。但从那以后，我经常发现院外的空地上有野兔或山鸡。每次发现这些时，都能看见那匹土狼。我突然意识到，这些动物是它叼来的，且放在我视野所及之处——突然心生感动，我把这些被土狼咬死的动物又投向土狼。可第二天，我发现这些动物仍留在原地，它又把它们叼了回来。我心想，难道这是土狼来报恩？这么想过了，心里就异样起来。

从那以后，每次见到那匹土狼，我总会把一块肉或骨头丢给它。也就是从那时起，家里的狗再也不冲着土狼叫了。一狼一狗竟和平相处起来，隔着栅栏相互嗅着，很友好的样子。原来土狼叼来的那些猎物都让我家的狗吃掉了。

现在，那只土狼经常出现在我家院外，和狗友好地交流着。人走近了，它也不跑开，友好亲切地望着人。心想，家里又多了条“狗”——有灵性的狗。这样想过，心里陡然温暖起来。

俏姑娘

李浩

我们小镇最美的俏姑娘飞走啦——有本书上是这样说的，这个女孩在晾晒床单的时候忽然被一阵大风吹起，她紧紧地抓着床单随着大风飞向高处。“她离开了大丽花和金龟子的那个空间，最终消失在下午四点钟的那个时刻，飞向了就连飞得最高的鸟也不能到达的那样的高处。”说实话我并不觉得这是真的，我无法相信，虽然我一次次试图说服自己相信。

许多人都不肯相信，他们猜度俏姑娘也许遭遇了怎样的意外，他们猜度镇上最美的姑娘也许，也许……好啦不再纠缠那些无聊的猜测，它们只会把事实引向歧途，最终把事实完整地、一点儿痕迹也不留地掩埋起来。趁着事实还有一个小小的尾巴露在外面，我想我还是先把它抓住：事实是，俏姑娘已经“离开”了这个小镇，无论是飞走的也好，逃走的也好，被掠走的也好，遭遇了什么不便或邻居们说的意外也好，但她确实是不见了，很可能再也不会回到我们的小镇子。

我们之所以不肯相信俏姑娘已经离开了我们，是因为谁也无法接受这样的事实，小镇上的所有人都觉得小镇可不能没有她，那些和我同龄的年轻人当然更是如此：“俏姑娘飞走啦？不会吧？”“是不是她被藏在了一个什么地方……只要能找到她……”“飞走啦？那，她还会回来吧？”

我们当然期盼她能回来。一时间，我们整个小镇都患上了“疾病”，就是无论做着什么、和什么人在说着话，脸一定是抬着的，每隔不到十秒就会转过头去看看后面的天——我们很希望能看到俏姑娘的归来，她乘着那个旧床单从天上缓缓地落下，她，只是出门走了一趟亲戚，路途遥遥她不得不采取飞翔的方式。

期盼一次次落空，我们不得不慢慢地接受她已经离开并且可能永远不再回来的事实，这一事实本身就弥漫着阴郁的气息。一时间，酒吧里坐满了失意的、痛苦的酒徒，我之所以这样说是因为他们把失意和痛苦都明显地写在了脸上，根本不可能看不出来。至于酒吧里的话题，这么说吧，无论认识的和不认识的，新来的还是老顾客，他们的话题无论是从山峰还是河流开始，是从头发还是从关于海伦的战争开始，绕来绕去最终都会绕到这个俏姑娘和她的消失上来：我们谈着她，谈着那个认识的和不认识的她，关于她的那些闪烁着光的碎片。我看见邻桌的一个小伙子因为不同意另外一张桌子上几个小伙子的判断，在他眼里的俏姑娘不是那个样子的——于是他冲上去争吵，进而和正在喝着啤酒的两个小伙子殴打在一起。我们先是看着，然后将他们拉开。没想到的是这三个刚才还怒火冲天的小伙子竟然像多年的兄弟一样，哭泣着，拥抱在了一起。

俏姑娘的离开，让我们感觉……自己的生活就好像突然地少了一块儿，那一块儿别的什么东西还填充不起来……说这话的并不是我，而是我的一个朋友，他说这也是他的转述，他是听他的母亲说的。没错儿，俏姑娘离开了我们，让我们这个本来正常的小镇一下子空空荡荡。所有人都感觉到了这一点，包括那些已经做了母亲的人。我们想过她会被哪个到天上去的幸运男人娶走，但没想过她会消失，飞离我们的生活、我们的小镇。我们怎么能缺少她的存在呢。

可她，就是缺少了。

刚才我在叙述中谈到酒吧里的争吵和打架，谈到三个怒火冲天的小伙儿在打过一架之后哭泣着拥抱在一起——接下来的事情就变了样，他们还会哭泣但绝不肯再次拥抱。事情是这样的：

镇上的悲观主义者散布起一种流言。他们说，这个太过纯洁，纯洁得不知道什么是爱情的俏姑娘本是个天使，然而她怀着失望离开了我们，重新回到了属于她的世界。她把我们留在这个已被谎言、罪恶、仇恨以及苦杏仁般淫荡的气息所笼罩的世界上，再也不会回来了。她放弃了对我们的救赎，没有人能改变什么，只有接受它的堕落，并且与它一起堕落——“我不接受这样的说法！”在赌场里刚刚赢得一笔小钱、兴致勃勃的我的叔叔于勒不肯接受，他随口说了一句，“说不定她是魔鬼呢！要不然她怎么会那么漂亮，就连女人们都会心动，都不会妒忌她呢？”于勒叔叔说得无意，但令他没有想到的是和镇上的悲观主义者对应，他的这一说法经过变化之后成为“魔鬼派”的说辞。在“魔鬼派”那里，俏姑娘依然具有天使的性质，不过在她成年之后魔鬼便找上她，让自己附在她的体内，吸引小镇上的男人们，让他们神魂颠倒，丧失勇气、能力和希望。最后，仁慈的上帝不得不把她收回到天上去……

“她怎么会被魔鬼控制？不，这种判断里面充满了恶毒，说这话的人才是魔鬼！”“我们没有一个人，在她身上看到过魔鬼的影子！”“说这话的人不仅是对俏姑娘的侮辱，而且也是对我们的情感的侮辱！他们在污染我们的天使！”

很快，小镇分成了两派，各执一词。为了表明自己的态度，他们甚至把自己的房子涂成了鲜明的蓝色或黄色，悲观主义者们组成联盟，他们坚决反对“魔鬼派”的说法，而所谓的“魔鬼派”也是如此。他们不仅在酒吧里争吵，而且把战火引到了大街上、斗鸡场和餐桌上。一家人也可能分别是悲观主义者派和“魔鬼派”的拥趸，所以有的房子会按比例涂有蓝色或黄色，它能清楚地标明这家人拥护悲观主义者派的多些还是拥护“魔鬼派”的多些。再后来，争执慢慢地升级，甚至波及邻近的几个小镇，为了显示自己的正确和力量，两派人张贴了标语，并且各自组织了声势浩大的游行……最后，两股力量就像是来自不同区域的寒流和暖流，不可避免地冲撞在一起。那次骚乱实在刻骨铭心，我的叔叔于勒和我的一个哥哥就是在那场骚乱中去世的。需要说明的是我的叔叔于勒在说过那样的话后就后悔了，所以在涂刷房子的时候他把属于自己的那一块儿涂成了黄色。但在骚乱开始的那一天，我叔叔又觉得既然是自己最先说了那样的话就应当对它负责，于是他又跑到了“魔鬼派”的阵营中，并充当了走在前面的人。愿他安息，愿他在进入天堂的时候不会再那么混乱。

多年之后，小镇的分裂还是顽固地存在，被称为悲观主义者的人们和被称为“魔鬼派”的人们依然互不来往，他们的儿子和女儿也传染了这一疾病。大家似乎已经忘记了那个飞走的俏姑娘而只记得仇恨，大家似乎也忘记了那场旷日持久的冲突，是因为爱过一位飞走的俏姑娘而引起的。是的，小镇上所有的男人，都曾程度不同地爱上俏姑娘，包括我在内。

算命盲人

徐则臣

算命盲人走在回家的路上。夕阳很大，像剖开的鸭蛋黄悬在西天，天底下一片天鹅绒的温暖的味道。盲人的背影瘦弱，窄窄的骨头和薄薄的身板，陈旧的中山服穿在他身上，像挂在一根枯枝上，所以，从后面看，他像一片被秋风吹干了的叶子向太阳飘去。他刚从身后的那个村子里出来，和过去的许多年一样，他在村子的街巷里穿行，敲一下左手里的小锣喊一声："算命拆字！"走在他前面的是他的细竹竿，指指点点地告诉他，这儿能走，那儿不能走。

盲人就是盲人，什么都看不见，眼睛的位置上只有两堆凹陷的皱在一起的皮肤，像嵌着两个发霉的核桃。头发也不多，在秋风里一根根竖起，高矮不齐，有些混乱，看了让人觉得秋风吹进了自己的心里。他走得很慢，斜挎一个用来装干粮和水的黄书包，书包不停地拍打他干瘦的臀部。这条路连着好几个村子，盲人的家在斜对面的那个方向。路上布满石子和牛蹄印，坑坑洼洼的，惹得锣槌一下一下地轻敲发亮的小锣，当，当，当。

道路的一边是田野，另一边还是田野。田野里零散地坐卧着几座老坟，坟头上爬满了荒草，在黄昏的风里招摇。盲人感觉得到下午五点钟的凉风从左边的坟上吹过来，掠过他和他的衣服他的书包他的小锣他的竹竿，吹到右边的田野里。风像水一样漫过去，发出泥土被淹没的声音。前面有几条相隔很近的岔路，一条通往另一个村庄，一条通向他的家，其他几条通向不知去处的地方。他饿得厉害，突然很想吃米饭。米饭是什么味他都有些记不得了。黄书包空荡荡的，里面只有几枚硬币，这是他一天的收入。从早上他就在巷子里敲响小锣，他比黎明来得还早。要算命的老太太代她女儿问将来的命运，他把她女儿的生辰八字像诵经一样在嘴里念叨了三十遍，然后微笑着说："闺女好命啊，嫁能嫁贵人，生也是龙凤胎，真是好命。我算了这么多年的命，从没见过这么好的命相。"他很高兴地对着老太太的方向笑，他不知道自己的笑是什么样子，但他相信对方一定能看到，并且会相信这笑是发自内心的，是由上天提前安排好的。这笑无所不知，一切美好的东西都在这笑里头。

后来老太太就给了他几枚硬币，酬谢他开通了女儿未来的幸福之路。

现在他很想对着走了几十年的路也笑一回，却怎么也笑不出，他太饿了。笑它跑到哪儿去了呢？他有点着急，越着急越笑不出。突然，他站住了，竹竿停在空中好一会儿才落到地上，接着就在地上抖动。他应该拐上回家的小路了，可是他不知道往哪条路上走了。他站在几条路的中间，有的已经走过了，有的还在前头，还有的在身后。他像旋风一样在路中央转起圈来，他突然就找不到回家的路了。他把竹竿磕得啪啪直响，小锣也密密地敲，慌乱的声音在周围往返。天地间灰蒙蒙一片，他看不见的太阳已经落山。他知道时间不早了，没有比饥饿的肚子告诉他的时间更准确的了。

路边出现一个小孩。小孩对他说："往前走两步，右边的那条。"瞎子一下子笑了，他转向小孩，举着小锣让小孩听到他的锣声。"你是谁？"他问。小孩回答说："我是一个小孩，你上次给我饼吃的那个小孩。""噢。"瞎子仰脸向天，一副恍然大悟的样子，"给饼吃的那个小孩？到底是哪一个？哎呀，记不得啦，人老了记性就不行了。"小孩又说："往前走两步，右边的那条。"瞎子又噢噢两声，笑着自言自语："往前走两步，右边的那条。"然后按着小孩指点的道路离去了。

夜幕垂帘，天已经完全黑下来。小孩站在路边看着被黑暗消融将尽的算命先生的背影，咕哝着说："错啦，那不是他回家的路。为什么不掐指算一算呢？他不是什么都知道吗？"

三岔口

谢志强

那年冬天，雪特别大，大得罕见，雪花像来不及分开那样，一嘟噜一嘟噜降下来。

一匹白马打雪帘中闯出来，像是雪塑的马，浑身散着热气，鼻孔两股气一出就被寒气凝住。一个汉子骑着白马，马已够快了，他仍时不时地挥鞭。

疾奔的白马一路扬起雪尘，到了洞桥头，缓了脚步。山河镇位于杭州至宁波的官道上，官邮必经这个小镇，小镇前的洞桥又是唯一过口，桥头是一个三岔路口。雪在天空打着旋儿，公差已辨不清方向了。

公差朦胧中看见桥上有个人影。一个老人在扫雪，已扫出一条沟似的路。要是老人不移动，公差真以为是一个雪人，雪把老人罩得衰老了许多。

公差下马，冲着老人喊："喂，老头儿，去宁波走哪条路？"

老人眉毛胡子皆白，板着脸，随手将扫帚一抬，扫帚指向往南的一条路。

公差跃身上马，策鞭催马，不一会儿，就消失在往南的那条路上了。公差当然不知往南这条路是一条回旋的路。过了近两个时辰，公差以为在往前，可那条路已毫无察觉地打弯儿，等到他面前又出现了洞桥的三岔路，他暗暗叫苦不迭。

此刻，雪渐渐地小起来，看得出天色已近中午。他自杭州启程，小心携着那封免斩公文，按规定要在午时三刻之前送达宁波府。午时三刻，法场将要斩处犯人；误了时，按规定公差得斩首。人命关天哪，他一急，扯了缰绳。马在原地打转，像一股旋风，挟裹起雪雾。

老人仍在桥上扫雪，似乎没有什么明显的进展。

公差跳下马，来到老人身后，说："老人家，又打扰您了。"

老人仿佛没听见，扫帚还在雪地上划拉。

公差说："老人家，我投送的是公文，耽误了时辰，要出人命呢。"

老人转过身，说："啥公文？会出人命？"

公差说："送宁波府的免斩公文，有了这个，今天午时三刻要被误斩的人就会保住命。”

扫帚一下脱离老人的手，跌躺在雪地上。老人的声音冰柱一样竖起来：“那是我儿子！我儿子冤枉呀！”

老人一抹脸，抹去一层雪霜，露出花白的眉毛、胡楂儿，说：“我在这里扫雪，等那午时三刻，心如冰块。你没大没小地来问话，我伸出的扫帚是我心里的死神。我到底有口人气儿，后悔了，一心等你转回来。你能救我儿子？”

公差说：“老人家，恐怕来不及赶到法场救人了。”

老人指着另一条岔路，说：“去宁波该走沿江往东这条路，快去快去。”

公差在兜里摸索了片刻，说：“老人家，要是我赶不及午时三刻，拜托您用这五两银子，请石匠凿一块碑，刻上‘宁波沿江往东’的字样立在这儿。要是可能，再给我置口棺材。”

老人说：“你上马，快去快去，我随后就前去。”

公差跨上马，回头，说：“老人家，拜托啦！”

一溜雪尘腾起，直往东，往东，像是一条雪白的龙在翻腾。

过了两千年，那块刻着“宁波沿江往东”字样的石碑还立在洞桥头的三岔口，只是山河镇现在已更名为车厩村了。而且，过去的官道，现在已然冷落成了乡道。

据说，老人赶到宁波府的法场时，已刑毕。老人雇了一辆马车，装了两口棺材，运回来，葬入山河镇郊的坟地里。老人拿着那把扫帚，站在两座挨着的坟前。那场罕见的大雪，遮蔽了道路本来的面貌，坟前的老人知道他不可能再遭遇那么大的雪了。

一个老百姓

赵新

村里人把在国家机关正式上班的人叫作公家的人。

他就是一个公家的人：他在市政府上班，名字叫作张亦然，男性，35 岁，面皮白净，举止文雅，是某某局办公室主任。

过了中秋节，草木上有了一层霜雪的时候，张亦然到市郊的 S 县下乡。在县城办完公事、开着车往回走的时候，张亦然看见了大路旁边红了叶子的柿子树，看见红了叶子的柿子树上挂着密密麻麻的大柿子，那柿子就像灯笼一样，红得耀眼，红得透明。正是傍晚时刻，夕阳西下，山野苍茫，那一棵又一棵的柿子树就是一团团烈火，就是一簇簇落霞。

张亦然心里一激动，就放慢了行车速度。

张亦然心里一兴奋，就把轿车靠路边儿停了下来。

张亦然是个爱吃柿子的人，张亦然的夫人是个非常爱吃柿子的女人，张亦然 12 岁的女儿是个特别爱吃柿子的孩子。他们一家三口，脾气秉性各不相同，但是都喜欢吃柿子，都喜欢吃硬柿子、脆柿子，在这一点上和谐一致，口味相同。

张亦然下了车，立在田埂上四面八方地看了看，前边的村庄炊烟缕缕，朦朦胧胧，有饭香时隐时现地飘过来，却看不见一个人。

张亦然跑了几步，登上了一面斜坡，猛地仰头一望，一棵树上的柿子碰疼了他的额头，而那柿子也在悠悠地晃动。

张亦然感到很有诗意。他在心里问那颗柿子："你晃悠什么呢？我没有把你碰疼吧？"

张亦然感到很是奇怪：有这么大个儿这么鲜亮这么让人垂涎三尺伸手可得的柿子，有这么繁茂的一大片丰收的柿子树，怎么没有一位看护人员呢？不怕被谁谁偷了柿子，不怕被什么什么糟蹋了东西吗？

张亦然笑了。他想，谢天谢地，我今天算来着了。

张亦然抬手在树上摘了三颗柿子。他默默地说："够了，我们家一人一个，拿回去尝尝新鲜，意思到了就行了。我张亦然是干部是主任，切不可‘人心不足蛇吞象’，摘了一个又一个。树的主人非常辛苦，一年四季披星戴月，忙忙碌碌！”

张亦然走了几步又返了回来，又从树上摘了三个：啊，我反正也是摘了，反正也是来了，那就好事成双，一个人吃两个吧！

这一次他拔腿要走时，从背后响起一声怒喝：“站住！你为什么偷我的柿子？”

张亦然浑身一颤！他回头一看，一位老汉从柿树后面转了出来。老汉中等个头，黑红面孔，身体硬朗，年龄在 50 岁左右。

在一片落霞里，老汉手里握着的镰刀寒光闪闪，给人一种冷飕飕的感觉。

张亦然立在那里，低头说道：“大叔，您好。我错了，我不该摘您的柿子。”

老汉走到张亦然跟前，拍拍他的肩膀：“光天化日，你那是摘吗？你重说！”

张亦然血红了一张脸：“老人家，是偷，是偷。”

老汉不依不饶：“你说怎么办！”

还能怎么办呢？无非是拿出一些钱，赔偿人家的损失罢了。张亦然很虔诚地问：“大叔，您说吧，您是主人，您要多少钱我给您多少钱！”

老汉倒背着手，从头到脚把他打量一番，然后问他：“你能给我多少钱？”

张亦然没有说话。他从兜里掏出一张百元大钞，一伸手递到了老汉面前。

张亦然想早些回去，他不愿意在这里和一位农民老汉讨价还价，来回纠缠。

老汉斜斜地看了张亦然一眼，啐了一口唾沫说：“同志，你很有钱是不是？你太小看人了，我几个柿子能值那么多钱？你这不是侮辱我吗？”

张亦然觉得自己的脸火辣辣的，赶紧把那张 100 的换成 50 的。

老汉把张亦然的手推了回去：“多，还是多！”

张亦然又把那张 50 的换成 20 的。

老汉把脚一跺：“多，多，多！”

张亦然真的迷惑了。他说：“大叔，我还急着赶路呢。求求您，您老人家高抬贵手，放我早点儿回去吧！”

老汉缓和了口气，很认真地问他：“同志，看你也是一个公家的人，一个通情达理的人，你说这世界上只有钱才能解决问题吗？”

张亦然马上回答：“当然不是。还有政策，还有章程，还有纪律，还有思想觉悟，还有真诚和友谊，还有人格和品质……”

他把那六个柿子掏出来，整整齐齐地摆在了老汉面前。

老汉说：“还有规矩，还有教训，还有记性，还有良心！同志，你给我 5 块钱算了，5 块也不少啊！”

张亦然把一张 10 元的钞票塞到老汉手里，说自己身上再也没有比这小的零钱了。

老汉说：“你一位国家干部，为什么要在野地里摘人家的柿子呢？”

张亦然觉得很难堪，很羞臊。他眨了眨眼睛，低下头回答：“大叔，我老娘已经上了年纪，她牙口儿好，非常喜欢吃新鲜柿子，作为她的儿子，我……”

老汉挥了挥手：“明白了，你走吧，你也是一片孝心啊。同志，我想搭你的车回家，到前边那个村你给我停一下，行吗？”

张亦然拍手欢迎：“大叔，那太好了，您收拾收拾，就来上车吧。”

想了想，张亦然又问了一句话：“老人家，您挺好，您是村干部吗？”

老汉摇了摇头：“哪里呀，我就是一个老百姓，就知道耕种锄耪收获庄稼！”

太阳已经落山了，山野一片烟霭，一片朦胧。老汉坐上张亦然的车之前，张亦然足足等了他 15 分钟。

第二天，张亦然上班时突然发现他的车里有个鼓鼓囊囊的书包，书包里塞满了红得透亮的柿子。张亦然倒出来数了数，一共 18 个。

还倒出来一张 10 元的钞票。

张亦然沉默了，心里却波涛滚滚。

张亦然想，这柿子是给老娘吃的吗？可老娘远在乡下，离他有千里之遥。

张亦然想，这柿子不给老娘吃吗？可那话是他亲口说出来的。

张亦然拿起那张钞票看了又看，倏忽之间，闻到了一股汗腥。

寻找王 × 成

张港

1973 年的冬天，冷得邪乎，兴安岭上龙门农场，田鼠冻得钻进知青宿舍。于是，可怕的鼠疫暴发了。

1 月 27 日夜，狂风打鼓，大雪拍门。一辆马爬犁从三分场驰到卫生院，抬下上海人李志鹏。

李志鹏脸泛了青。高烧的人这个脸色，是真不行了。他要说什么，又发不出声音。他指指我上衣口袋，比画着。我明白了，他是要写字。我的破钢笔其实只是摆设，极少用。

李志鹏哆嗦着接笔，哆嗦着摸出一块挺旧的手绢包。在手绢上，他费力地写出个“王”，笔就不下水了。我接来笔，用舌头洇了洇，又下水了。他接着写，写得太费力，写了老长时间，之后他就闭上了眼睛。送他来的上海人比画：“把这个包——交给这个人——对吗？”

李志鹏点点头，我们几个人连声喊：“一定一定一定。”李志鹏的眼睛睁了一下又合上，就再也没有睁开。

上海小伙子李志鹏就这样走了。最后陪他的，只有三个上海知青加上一个东北的我。处理完后事，我们想起了那手绢包。

脏兮兮的旧手绢，里面是钞票，35 元。皱手绢上的字，歪歪扭扭，第一个是“王”；第三个是“成”；中间这个，有人说是“之”，有人说像“云”，有人分析是“立”。不管怎么说，一定要将这手绢包送到王 × 成手上——我们点头了，我们答应过李志鹏。

龙门农场也就五六千人，找一个人还不难。我们先从三分场开始，先从上海人入手，可是，没有王 × 成。

我们成立了“专案小组”，分工负责，分片包干，拉开大网。然而，还是找不到。

一转眼，上海知青大返城，专案小组成员最后剩了我一个。每一个人走时，都对我说“一定一定，一定要找到王 × 成”。

之后，我与上海书信不断，上海与我书信不断。

一晃，我也离开了农场，也娶着了媳妇。我给媳妇讲手绢包的事。媳妇手指在舌上抹湿，一张一张数过那 35 元钱。她将手指头塞进我的秋衣破洞里，一转一搅：“真的不少哩！够织件毛衣哩！”她枕在我的手臂上，日子穷而甜。

儿子降生，特能吃，而他娘没奶。因为钱断了，所以奶粉断了。媳妇先是骂我无能，然后又是骂我无能，最后，她摸出手绢包摔在炕上。我狠狠地瞪她，说：“不行！”

我与上海书信不断，上海与我书信不断。可是，那个王 × 成，就是找不到。

寻找王 × 成的队伍渐渐发展壮大，我们这些最穷的人家却最先安装上电话，打着长途电话研究王 × 成，研究手绢包。

那一年，上海来了兴致勃勃的电话：“找到了，在上海，原来的龙门知青。”电话要我带上东西，赶赴沪上。“邮不行吗？”“不行，面当面，物对人，得确认。”

想想那个大风雪之夜的李志鹏，我带上干粮，买了车票。

那人叫王子成，手绢不对，钱的数额也不对。虽然路费是上海人出的，可我欠了债，债是大田的野草，锄了又长。

一晃，我发现自己老了。这个手绢包，让我长出许多皱纹。可是，怎么办呢？那个大风雪之夜，李志鹏最后那样子，总在梦里，总在醒时。我与上海人通话，决定发起一次大规模的总攻——不管不顾地不分时间地点人物地大讲这个手绢包的故事，发动群众，搜寻王 × 成。

这天，我接到个电话，那人自称龙门农场的，在城里治病。事情重要，电话说不行，要我到医院会面。

路上，我忽然想到，这自称叫于诚的人，莫不就是找了 20 年的王 × 成？

比我还老的于诚，果然就是“王 × 成”。

于诚摸着手绢包：“是不是 35 块？是不是两张 10 块，一张 5 块，剩下 1 元的，还有两张 5 角？”

“是是是，对对对！”

“两张 10 块的，卖榛子钱；一张 5 块的，土豆钱……”于诚老泪纵横。

“找了 20 年呀！原来是你。”

在农场时，我是知青，他是山东移民，我们相隔二十多公里。

于诚翻来覆去地看手绢，翻来覆去摩挲那些市面上已难见的旧纸币。突然，他将钱拍我手上，说：“原来张眼镜就是你呀！这些钱是你的呀！”

我傻了，我不能不傻。

于诚缓缓气，说：“去过六分场吧。”

我没去过。

“去六分场的路，总走过吧！”

我记不得。

“一辆胶轮拖拉机着火，你们知青救火。这还不记得？”

好像——这事有。

“有个人，救火烧了毛衣。后来我打听了，他叫张眼镜。我就攒了钱，托人买上海毛线，我得赔人家毛衣呀！托来转去，没了下落。想不到，钱钱钱……钱在这儿，你你你……你在这儿。”

泪如水泼，我不会说话了。

长夜

胡炎

父亲从ICU转入呼吸科普通病房，就像从鬼门关转了一遭，有惊无险地回来了，林涛禁不住再次落泪。

夜色降临，陪护的家属们见缝插针，把简易床搭得连个下脚的地方都没有。林涛坐在椅子上，两肘支着床沿，看着父亲头顶缓缓滴落的药液。他不知道今晚的输液要持续到什么时候，但他愿意就这么一直输下去，看那些小小的液滴跳起生命的舞蹈。

房间里充满了各种声音，三个老人在熟睡，包括父亲。父亲的呼噜尽管不如平时底气十足，却依然雄壮，出气时偶尔发出悠扬的哨音。一个中年女性显然被吵得无法入眠，不时烦躁地翻着身。另一个精瘦的老汉始终坐着，嘴里自言自语。最让人受不了的是邻床那个黑脸男人，一声接一声咳，似乎要把肺叶咳出来。他的妻子为他捶着背，用了很大力，手下发出咚咚的响声。父亲显然受到了刺激，半梦半醒中间或抬起头，左右打量一下，又接着睡去。林涛索性用卫生纸团了两个球，塞进父亲的耳朵里。

“不好意思呀！”黑脸男人在咳嗽的间隙向他致歉。

“没事。”林涛表示理解。

黑脸男人苦笑了一下：“我这是自作自受，一辈子没别的爱好，就爱喝两口。没想到一口酒呛了肺，嗐！”话音未落，又咳了起来。

他的妻子许是憋久了，终于发了火：“钱没挣几个，都让你扔进了医院。接着喝呀，喝死拉倒！”她气呼呼地躺下，随自己男人没完没了地咳下去。

林涛送给黑脸男人一个讪笑，转脸看着父亲枕边的监测仪。他看不懂那些变化的曲线，但他知道那些跳动的数字代表什么：绿色的是心率，蓝色的是血氧饱和度，黄色的是呼吸频率，白色的是血压。此时，监测仪“嘀嘀”的鸣叫和父亲的鼾声，对林涛来说，不啻是人世间最美妙的音乐。

父亲的腿在往上蜷，身子也扭动起来。林涛知道父亲要小便。他把接尿器拿过去，一手捏着父亲萎缩的阳具。从小到大，这还是他头一次接触父亲的私密部位。父亲的尿很长，足足持续了一分多钟。接完尿，他看到那瓶药也输完了。他叫来护士，趁她换药的时候去了卫生间。倒完尿，他并没立刻出去，而是匆忙地抽了支烟。他发现，这段日子他已经有了不大不小的烟瘾。

已是凌晨，林涛感到困极了。在ICU时，虽然神经紧绷着，倒不必如此操劳。但在这里，什么事都得亲力亲为。他伏在父亲脚边打盹儿，可又不敢睡过去。恍惚中，他忽然闻到了一种怪味。仔细嗅嗅，竟是烟味。这倒怪了，病房里哪儿来的烟味？他抬起头四下张望，六个病人中的五个都睡着了，唯独那个坐在床上的精瘦老汉在偷偷抽烟。林涛气不打一处来，这还有点儿公德吗？一屋子呼吸道疾病的患者，竟然在接受二次伤害。他真想过去揍他，但他克制了，冲到护士台，说："有人抽烟！"

"什么？"满脸倦意的护士似乎不大相信。

"有人抽烟！"林涛大声重复了一遍。

护士蹙蹙眉，快步走进病房，不容分说夺了那个精瘦老汉的烟："干什么你！"所有人都在她尖厉的嗓音中醒来，大伙儿同仇敌忾，一起声讨这个害人害己的老人。

"家属呢？怎么也不管管！"护士厉声问。

老汉的儿子猫在墙角熟睡，疲惫已极的样子，眼泡也肿着。他终于从大梦里爬起来，张口就是一句"他妈的"，倒让大伙儿愣住了。

"他妈的，你作死呀！"

谁也没想到，老汉突然抬起两只手，左右开弓扇着自己的耳光。一边扇，一边咳嗽，后来开始哭哭笑笑。没人能够制止他。护士无奈，离去了。老汉的儿子对大伙儿说："叫他扇，神经病！"说完倒头继续大睡。约莫半个小时，老汉终于筋疲力尽，怪笑了一声，倒在床上，片刻便发出了雷鸣般的鼾声。

这一夜，林涛无眠。他发觉自己的愤懑正一点点儿散去，代之而起的竟是一种难以名状的感动。他看到那个老汉的儿子悄悄地为老汉掖了掖被角，还有黑脸男人的妻子，在丈夫骤起的咳嗽声中抬起头，观察着他……林涛想，不管怎样，在那些枯萎的生命前，他们和自己一样，陪伴着，守护着，也许有点儿麻木，有点儿怨怼，但他们始终和生命的长夜同在。是的，此刻，在这个病房里，每个人都是长夜的同行者，也是灵魂的慰藉者。

林涛似乎听到了药液滴落的声响，就像一只看不见的手，把那些下降的生命从冥暗的深渊里往上拉，一下，又一下，顽强地持续着……

堪舆师的黄昏

张晓林

如果不外出云游，到了黄昏，在白水巷的一处小院落里，堪舆师朱广就会坐在当院的两棵老楸树下，开始他的晚餐。寒暑不易。朱广不像想象中的瘦小，他身躯健壮、魁梧，饭量过人，尤其嗜好肥猪肉，每日食数斤。汴京天寿院产一种风药黑神丸，常人口服，不过一二丸而已，朱广却常以十丸压成肉块状，夹在胡饼里，顷刻而尽。

朱广早年中过进士，到钱塘县做了大半年的主簿，忽然有一天，他将乌纱挂在县衙的门楣上，人就失踪了。等有人再见到他的时候，他就是一个堪舆师的装束了。昔日的同僚颇不理解，他也懒得去给他们解释。但凡同僚中有找他卜看坟宅的，他也从不推托。出行之时，他手中持一布幌，上面写有两行字："有验则真，无验则伪。"与其同行颇不相类。

他装束很不讲究，芒鞋褐衣。因中过进士，他本可以戴幞头之类，可他不戴，只用一支竹签将发髻别起来，然后胡乱拿粗布条一扎。在白水巷的日子，他还保留着中举前的习惯，喜欢待在书斋里看看书，现在看的，多是一些闲书了。面前摆着火炉，上面煮着茶，吱吱地冒白气。书斋里有一溜儿书柜，除了下面放了一只茶碾，其余全是书，多半是堪舆之类。这些书几乎涵盖了文字的整个演变过程，甲骨文、金文、竹简、帛书，一直到眼下的雕版印刷。

当年同榜进士中，很多人都做了朝官。朝官和京官是不同的，京官不一定有资格站在朝堂之上。有官运亨通的，甚至都做到了宰相。当然，也有被贬谪到蛮荒之地的。到了那样的地方，瘴疠丛生，毒物遍地，能不能活着回来，都是个未知数了。这些官场上的沉浮逸事，朱广总能听到一些，或者笑笑，或者叹息一声。因为这些在朝中做官的同年，闲暇的时候，会隔三岔五来他白水巷的小院落里坐一坐。其中，当朝的韩宰相就曾来过两三次，无意间还透露出一个天大的秘密：当今皇上也喜欢堪舆之术。这个韩宰相，与朱广有着很深的渊源，他们既是同年，又曾是同僚。朱广在钱塘县做主簿时，韩宰相在那里做县尉。

一天黄昏，韩宰相突然造访白水巷，让朱广跟着他走，说当今皇上要召见他。朱广随韩宰相进宫后，韩宰相很快就退了出来，他却被留在了宫内。不久，就发生了那件事。

皇帝要到北邙山狩猎，让朱广随行。黄河岸边，天地苍黄，鹄飞兔走，久处深宫的皇帝很是兴奋，不停地挥舞马鞭。他座下的是匹神骏，疾驰二十余里，四处看随行的内臣，都不见了踪影。少顷，才见朱广跟了上来，已是人困马乏。皇帝放松了马辔头，让朱广得以喘息片刻。然后，缓缓地登上一座小山。

小山坡上，有一座新坟，土还没干透，经幡还在飘荡。朱广勒住马缰绳，对这座坟看了又看。皇帝问道："如何？"

朱广答："没葬对地方。"

"为什么这样说？"

"因为不该葬在被圣上看到的地方。"说完这话，朱广笑了笑。

皇帝没再言语。再往前走有一里许，见一茅舍，门口卧着只斑点犬，看到人也不狂吠，却不停地摇着尾巴。皇帝说："进去小憩片刻。"就见一个樵夫模样的汉子迎了出来，他的胳膊上，佩戴的孝布还没去掉。进到屋里，樵夫端出时令果子让二人吃。

皇帝拒绝了，问："山上新坟所葬何人？"

樵夫答道："是亡父。他说死后就把他葬在那里。"

"那并非吉地，你父亲还有别的遗言吗？"皇帝又问道。

樵夫思索片刻，说："父亲活着的时候，还说过这样一句话——三年之内，皇上将路过此地，看到葬所，会免除我家的差役。"皇帝大惊失色，一边叹息，一边看了朱广两眼。

返回京城的路上，朱广一直惴惴不安，总觉得哪个地方出了差错。向皇帝告别时，皇帝执着他的手，说："哪天再诏先生进宫。"然而，皇帝食言了。后来听说，皇帝回到皇宫后，即刻宣去了韩宰相，下旨免除了樵夫终身赋税和差役。

稍后的日子，朱广被一种莫名的情绪所攫取。他渴盼韩宰相能像以前那样出现在小院落里，可韩宰相一直都没出现。有一天，在白水巷的夕照里，他恍然有所悟：堪舆师也并非身处净土，只要出了差错，同样充满无尽的变数，也同样凶险四伏。他忽然想起来，书柜里的一本藏书中，记载了唐朝某堪舆师的一则公案。这个堪舆师因为给出了唐皇不想要的结果，就被罗织个泄露天机的罪名，下了大牢，差一点儿丢掉性命。

朱广反复地想，这次北邙山之行，可能皇帝会有一些想法，但不至于会有牢狱之灾。即使今后因过错入狱了，也没什么可怕的。他想像司马迁那样，在狱中写一本书出来，名字就叫《堪舆志》。这些年来，他收集的那些书籍，作为资料是绰绰有余的了。朱广还决定，要把自己也写进书里去。想透了这一点，朱广反而兴奋起来，似乎对监狱多了一些渴望。

黄昏到来的时候，朱广又坦然地开始他的晚餐了。不久，传来皇帝驾崩的消息，朱广愣一愣，随后就笑了，笑得很轻松。然后斟满一瓯酒，饮尽了，咂咂嘴。韩宰相被贬出了朝廷，离京前的某个黄昏，他来到了白水巷。朱广一如既往地接待了他。酒喝到耳热，韩宰相执了朱广的手，慷慨地说："我再回朝中，定让朝廷聘你为国师。"朱广看着韩宰相，没说话。等韩宰相告辞，人都走得远了，朱广才淡淡地说："当年你做宰相时，为何不说这样的话？"

金刚鹦鹉

于德北

半年前，我所居住的小区门口开了一家抻面馆，因为汤浓味儿重，我成了那里的常客。一般情况都是这样，中午饭口之前——我早晨吃饭早，所以午饭也会比别人提前一些——我便赶到馆子里，在靠窗的一张小桌前坐下，要一碗抻面、一碟牛肉、两瓶啤酒，慢慢地吃，慢慢地喝。我这样做有两个原因，一是我的职业，我是一个作家，靠写小说为生，所以我喜欢坐在这样的普通馆子里，看各色人等的表情，听他们纷纷攘攘的故事。还有一个就是，因着这个馆子里的抻面师傅老白。

在我看来，白师傅是一个乐观的人，喜欢唱歌和开玩笑。这家抻面馆里有一个帮厨和两个服务员，都是中年女性，大概是在一起工作熟了，彼此没有忌讳和隔阂。于是，这三个女人就成了白师傅调侃的对象，他时不常地编几句顺口溜，半荤不素的，逗得大家哈哈大笑。比如，服务员里有一个姓杨的，他就给人家起了一个外号“杨贵妃”，动不动就编排人家：“抻面馆里杨贵妃，一天到晚有人追。追出抻面一千碗，老板赏个大乌龟。”

就是这样“胡说八道”，却也烘托气氛，让人欢喜。心情好了，疲劳感也会减少许多。我在这家抻面馆吃中饭，基本是从上午十点半吃到下午一点半。到了下午一点多，便“曲终人散”。这时，抻面馆的伙食饭便开始了，大家都有了片刻喘息的机会，只有白师傅依旧嘻嘻哈哈。我坐的这张小桌不大，又居角落，放眼可观全局。日子久了，我和馆子里上上下下的人也熟了，时不时在他们的欢乐中加一点儿“佐料”。知道我是一个作家，白师傅便端个大饭碗坐到我对面来，天南海北地和我聊天儿，嘴里有说不完的故事。

起初我以为他是甘肃人，因为他车轴汉子的身量、一身的民族服装，实在可以引发我的误会。后来他告诉我，他实际上是安徽人，在西部学艺、打工十年，对西部的穿着打扮、饮食习惯渐以为常。

平日里他打趣服务员和帮厨，服务员和帮厨在一起也不饶他，他们总是半真半假地起哄，问他今晚是领“小三”还是“小四”回家，“小五”出门回来没，万一

“撞车”了怎么办。每每此时，他都会笑呵呵地、颇为自豪地说：“我的女人我最爱，我爱的女人真不赖，只要我不把心改，我的真爱永存在。”

仔细打量，白师傅还是很英俊的，枣红的圆脸庞，因为总有蒸汽熏着，颇显细嫩，像关老爷的塑像被手艺高强的匠人上了一层油彩。一双大眼睛，眼睫毛极长，鼻正口方，是个周正的模样。他吃东西也很有特点，一碗饭或一碗面——上面堆了厚厚的小菜、几瓣大蒜，一瓶啤酒。啤酒是一口即干，然后吃饭，惊天动地的，眨眼之间，酒足饭饱。

服务员总说他有情人，我是真信。我好奇地问他，他也不遮掩，今天给我看一张照片儿，明天给我看一张照片儿，都是手机上美颜 P 图的那种，女人穿戴各异，笑靥如花。

我说：“审美真是一个奇怪的东西，你喜欢的都是小眼睛的？”

他说：“小眼睛看得准。”

这是我们之间的玩笑。

今年的十一是个特殊的日子，中秋节和国庆赶一天了，抻面馆决定一号放假，二号营业。九月三十日这天下午吃伙食饭，抻面馆的老板特意把我请去了，说是大家一起热闹热闹。我也没客气，提着一瓶白酒赴宴了。酒席上大家依旧嘻嘻哈哈的，一派节日气象。白师傅是晚上的火车，一号早晨到家，在家十几个小时，夜车再赶回来，二号正式上班。如此不辞劳顿，一定是想家了。我举杯祝他一路顺风，安抵安归。我们碰杯喝了一大口白酒。

傍晚，大家陆续散了，只有我和老板留了下来。老板是等人修冰箱，我是贪恋桌上的剩酒。二人对坐，把杯闲聊，聊来聊去就聊到了白师傅。

我问老板：“白师傅真有情人吗？”

老板苦笑一下，说：“他哪有什么情人？他心里只有他女儿了。”

老板说：“他手机里的那些照片，其实都是他妻子的，挺好个女人，可惜病死了。他们有一个女儿，刚上小学三年级。白师傅之所以四处打工，就是想多赚点儿钱，让女儿将来过上好日子。”

我说：“我看，他还挺乐观的。”

老板说：“你不知道，他对我说过，他只要一闲下来了，就会想他的妻子和女儿。所以他特别愿意当一只鹦鹉，一只金刚鹦鹉。”

听罢此言，我彻底沉默。

我突然明白，生活中的许多真相往往让人哑口无言。

脸谱

女真

律师宣读过遗嘱，众人鸦雀无声。

太出人意料了。谁能想到召集大家来是做这事：先给老人家选一件盖脸的东西。

老人家住 ICU 多天，随时可能跟人世告别。把晚辈召集来，肯定是病情恶化了。白布或黄纸，除了这两样，人咽气之后，脸上还可能盖别的东西吗？家族财产大部分早已经分割清楚，想到了最后时刻会有考验，想到了老人家也许还有秘不示人的财富要宣布归属，想到的是有机会跟老人家再表达一次如何把家族产业进行下去、发扬光大，谁也没有这样的精神准备——后事应该有人专门去张罗呀！

律师拿出一沓白纸、一盒碳素笔，请大家半小时之内写好，署名字，摁手印。公证人已经到位。

他是最后一个交的，悲伤之下，字写得歪扭。离家多年，他是唯一跟家族生意不沾边的孙辈，但他忘不了孩童时跟爷爷一起去剧场听戏，爷爷摇头晃脑沉醉其中的样子。少年时他想去学样板戏，是爷爷说“随他去吧”，才过了爸爸那一关。这么多年，他无颜见齐家父老，无颜经常回来见爷爷。他没学出名堂。嗓子早坏了，他改拉胡琴。京剧团演出主要在国外，四处漂泊，能糊口，但不可能富，更不可能贵。每到年节，海外市场正有需求，他不能抽时间回来看望爷爷，顶多打电话问候。他是个不孝的孙子。好在爷爷另外四个孙子，各把一摊家族的事情做得风生水起。爷爷长命百岁，不缺钱，有人孝顺，他在外面不必担心。但爷爷这次可能真要走了，他真的伤心。想起在爷爷怀里看戏的往事，他在白纸上写下了两个字。

和公证人看过一沓白纸后，律师拿出第二个信封：“老爷子说，谁写的对他心思，老宅就归谁经营。”

在众目睽睽之下，他独自走进隔离病房。回光返照的爷爷，给了他最后的叮嘱。

两年后，齐家老宅改造成梨园剧场。每月一次演出，演的都是关公戏。

剧场不大，只有十八个座位，有点儿像从前有钱人家唱堂会的规模。不卖票，看戏人自取，凭心情给钱，却一票难求。唱戏出身的老人家是一个传奇，当年多数人以为他只是富家小姐一时冲动看中的戏子，没人想到他还有不凡的头脑和意志。政权更迭、运动不断，他几次倒下又顽强地站起来，领着众儿孙小心经营，富甲一方。老宅多年前被收为公有，变成了街道工厂，是老人家后来买回来又变成了家产。传说他年轻时只唱关公戏，关老爷保佑他呢。多年之后，当他老了，一次又一次住进医院，他开始怀念自己的年轻时代，怀念梨园。他喜欢的小孙子，虽然唱念做打都远不如年轻时的他，但毕竟一直迷这个行当，孙辈中老人家再选不出别人更适合做这事了。

剧场东墙，他挂上爷爷当年演出的剧照。老旧黑白照片，画质粗糙，框子古色古香，别有一番沧桑韵味。那些照片，是富家小姐出身的奶奶当年雇摄影师拍的，动乱年代卷在棉花套里保存了下来。爷爷演过《古城会》《战长沙》《斩华雄》《单刀会》。他清楚每一张照片爷爷在演哪一出。西面墙上挂着一排脸谱。黑脸的包公、白脸的曹操、黄脸的典韦、蓝脸的窦尔敦……每一张脸谱，或多或少都跟爷爷有那么一点儿连相、神似。比起改造剧场、谈演出班子、办营业执照，找高人画这些脸谱费了他更多心思。挂脸谱是老人家离世时要求的。舞台上那个红脸的关公，是他照爷爷年轻时的模样选的。伴奏的几位是曾跟他一起登台的老伙计，退休后来发挥余热。他自己偶尔也会登台秀手艺。过门响起，关云长上台亮相，耳熟能详的台词和动作、恰到好处的叫好声，让他思绪万千。爷爷是不是想告诉后人，一个人如果想在世上立住脚跟，要做红脸的关公，也还得会唱黑脸、白脸，什么样的角色都担当得起？可惜他还没来得及问，老人家就咽了气。

今天的台下观众里，有一位他的堂兄。这位堂兄曾在酒后问他："当初你怎么想到写那个？"他嘿嘿一笑，把话题转了。"脸谱"二字，除了他，谁都没想到，因为他们不够懂爷爷。

有时候，他感觉台下听戏的观众更像是把来看演出当成某种祈祷的仪式，大家心照不宣。但也许只是他的错觉呢。他深呼一口气，把一段快板拉得酣畅淋漓。

证人

津子围

华子正在吃早饭，母亲拎着熨好的衣服过来，看见桌子上的及第粥原封未动，不满地数落起来："你怎么还没吃粥？"华子说："我又不是参加考试，吃这个干什么？"母亲说："当年你参加高考，不是一考就中了？今天去法庭，图个吉利！"华子看了看漂着油星的大碗里盛的肉丸、大肠和猪肝，没吃就已经作呕了。

母亲坐在华子对面，看来她要紧盯着华子，监督他吃下去了。

堂屋大门敞开着，门外小雨淅淅沥沥，一只公鸡和五只母鸡躲进屋子里避雨，空气中弥漫着腥气。母亲嘟哝道："你爹都烧了七七了，法庭总算有了消息。如果法庭没动静，外人还不知道怎么看咱家呢！杀父之仇，换了西塘吴家老二，早拎着斧头去砍人了……妈不是鼓动你胡来，可你也太软脚了，当了几年小学教师，一年比一年文，一年比一年弱。"

华子尝试着吃了一个肉丸，不想，腻在食管中间就不肯往下走了。母亲很不高兴，用筷子猛地敲打着桌子。地上的几只鸡吓得四处乱窜。

华子说："妈，我今天是去战斗的，我爹说过，宁愿站着死也不跪着生，您尽管放心吧！"母亲眼里汪出泪来，说："魏强那个天杀的，头顶生疮，脚下流脓，十里八乡谁不晓得他是个赖头！政府都拿他没办法，咱小百姓还不任由他欺负？这回你爹冤死在他手里，只能你出头给死不瞑目的老头子讨个公道了！"

华子说："我知道。"

华子出门时，两只公鸡在院子里斗了起来，鸡冠子血红，脖子上的羽毛支棱着，哪个都不肯认输罢休。

在县法院门口，郝律师从轿车里移出了胖墩墩的身子，主动和华子打招呼。华子气喘吁吁地问郝律师："我没来晚吧？"郝律师说："没晚，开庭还要等一会儿，趁这工夫，我再和你说一说赔偿的事儿。"华子问："数额有变化吗？"郝律师说："有变化，增加了 8 万。"见华子用疑虑的目光瞅他，郝律师说："原来精神损失费是 2 万，现在 10 万，我们按上限提……不瞒你说，魏强那边托人找过我，他们的意思，刑期短点儿，钱可以多赔。”华子瞪大眼睛说：“想用钱来买刑期啊？门儿都没有！”郝律师说：“华子你放心，他们是收买不了我的。你也知道，我对魏强也是恨之入骨，这十来年，我参与了跟他有关的不少官司，窝心上火十来年了。我提高精神损失费跟刑期没关系，该判刑判刑，该拿钱拿钱，一点儿都不能便宜他。”

“这样，赔偿费就40多万了吧？”华子问。郝律师说：“41.5万。你看一下……”郝律师拿出笔记本，指点着对华子说：“丧葬费、被抚养人生活费、死亡赔偿金、精神损失费……这是合计……”华子思忖着问：“刑期能判多少年呢？我看法律规定最高三年。”郝律师说：“不、不，魏强是全部责任，醉酒，逃逸，情节严重，法律规定是3至7年。”

华子叹了口气说：“如果我爹有过错，那会怎么样呢？”郝律师愣了一下，说：“你爹有啥过错？一个老人大雨天过马路，他是弱者，他没有过错。”华子说：“假设，假设他也有过错呢？”郝律师看了看华子，低下头说：“那就要大打折扣了。”“刑期吗？”华子问。郝律师说：“不光刑期，赔偿金也大打折扣了。”

华子沉默了。郝律师摁了摁华子单薄的肩膀，说：“一会儿你要出庭作证，万万不可意志松懈、心猿意马……华子，你是受害人，不要怕他，不要好人怕坏人！我们要用法律的武器惩罚犯罪，讨回公道。”

开庭了，法庭里的人并不多，没有魏强那边壮声势和闹事儿的人，这出乎郝律师和华子的预料。天阴起来，尽管大厅里的灯都开着，整个法庭还是显得晦暗。双方律师开始陈述，华子瞥了一眼窗外，精神开始溜号。

出事那天下午父亲出现在小学教室窗前，他穿着修补过的黑色雨衣。华子从教室里出来，问他：“爹，你怎么来了？有事吗？”父亲说：“没事儿，就是想来看看你。”华子愣了一下，说：“我天天回家，又不是不见面……”父亲没说话，只是死死地盯着华子看，仿佛一眼没看住华子就消失了一样。华子说：“爹，没什么事我还要回去上课。还有，你回去时小心一点儿，下雨路滑。”爹点了点头，见华子转身，又补充说：“华子，爹跟你说两句话。你爹没本事，你没借爹的光，你娘也没跟我享福。你知道，爹剩下的日子不多了，如果爹走了，你要照顾好你娘！”

华子下班回家，爹还没回来，他打伞外出去找爹，找到十点半也没找到，再后来听到的就是噩耗……那个雨夜，魏强从经常出没的酒店出来，酒后驾车，快速拐过有监控的路口时，迎面撞到一个黑色的物体，车冲上人行道才停住。魏强冒雨下车，大概发现人已经死了，见四下无人，慌乱中驾车逃逸了。

除了事实，华子的脑子里还拼出了另一个画面——确诊癌症晚期之后，爹就开始精心谋划这起事故了。这个事故成立是有前提条件的：一、他之所以选择车祸的方式，是因为这个方式可以获得物质补偿，以至他离世之后还可以给妻儿留下一笔财富。二、明确的嫁祸对象。父亲是个好人，他不会有意去害人的，恰巧魏强是他的仇人。当年老房子动迁，乡政府动迁补偿协议是 9 万元，魏强找上门来，要给 12 万，强行让父亲签字画押转给他。他耍赖打横，从政府那里赖了 20 万，答应给父亲的 12 万却迟迟不兑现，拖了两年才给了 8 万元。父亲窝囊了一辈子，一口气憋在心里出不来，他用尽生命最后的能量复了仇，完成一次人生的壮举。三、魏强天天在酒店歌厅里厮混，时常酒后驾车，横冲直撞。于是，一起致人死亡的交通事故在雨夜里发生了，华子家将作为受害者得到几十万的补偿，而魏强也将受到法律的审判，还得蹲监狱。问题是，这个案子也有瑕疵，比如父亲的主观意图，被撞和故意被撞的性质是不同的，父亲那天下午去学校看他，说了什么只有他自己知道。这样看来，瑕疵掌握在华子一个人手里。

轮到华子作证了，他凝视国徽好一会儿，说："在此我要向法庭陈述另外一些事实，事故当天下午，我父亲去学校找过我……"法庭一片哗然。郝律师焦急地站起来，不顾程序地向华子提醒道："华子，你要维护法律的公正啊！"华子冷静地说："我就是在维护法律的公正！……"华子眼睛里噙满了泪水，他说："我是一名教师啊！"

平锅羊肉

王族

十余年前的一个夏天，我在帕米尔高原的一家塔吉克族人家小住，每天没有什么事可做，随便走走，看蓝天白云，听鸟儿好听的叫声。一天，一阵风刮起，一片树叶飞了起来。我远远地看着，觉得它像是一只鸟儿。我在心里说，再飞高一点儿，你就真是一只鸟儿了。像是我们之间有某种感应，它真的又飞了起来，像是正在运载大地，一直要飞到太阳中去。我又在心里说，飞到太阳中去吧，让太阳看看大地的狂妄。我盯着它看，它越飞越高，越飞越小。突然风停了，它飘摇着从空中落下，落到了村后的山谷中。这是一片幸福的树叶，被风的大手抓着，自己没有努力却完成了一次飞翔。

那户人家的房前，有大草滩和小河，屋后有雪山，雪山上偶尔有鹰飞过。在那样的地方居住，安静而又从容。有谚语说：人再高也在山下，山再高也在云下。在那户人家，我深切地感受到了这样的情景。

坐在院子里仰望对面的慕士塔格雪峰，发现雪峰上面的阳光比别处的阳光明亮，自上而下像是用斧头把山峰劈出了冷峻的纹脉。

一天傍晚，我看见慕士塔格雪峰上空出现一朵洁白的云，我尚未看出名堂，一个小孩却大叫：那是一只羊！那朵云看上去很健壮，真像是羊梦想的汇聚，行走在辽阔的天空中。晚云金黄，恍若一只羊慢慢移动，被天空中的金黄淹没。多好啊！一只羊行走在天空中，不用再驮负这个世界的梦想与痛苦。

慕士塔格有一故事，闻之让人震撼。有一年，一只猎鹰在半空发现一只小狼，它跟踪了一会儿后，以迅猛之势扑下，用尖利的双爪抓住了小狼。猎鹰本来想抓瞎小狼的眼睛，再去叼它的喉咙，不料小狼却很凶恶，一口咬住鹰的翅膀。鹰怕自己被狼拖入树丛中无法飞起，便扯着小狼疾跑，意欲将小狼甩掉，但是那只小狼咬住猎鹰就是不松口。猎鹰拖着小狼跑到悬崖边，想把小狼甩到悬崖下去，但无论它怎样扭甩，小狼都不松口。其实小狼明白，它若松口就会被甩下去摔死，所以它咬住鹰翅不放。猎鹰没有了力气，身子开始软了。但猎鹰并不服输，用尽最后的力气，拖着小狼向着悬崖跳了下去。它们一起掉到崖底，摔出两朵骇人的血色花朵。

一天早上，主人对我说，今天中午请你吃个“平锅羊肉”。也许他发音不准，起初我以为他说的是“苹果羊肉”，便揣测是把苹果和羊肉放在一起做出的美食。离中午还早，我便出去闲逛，碰到一户人家往墙上晒面粉，才知道“诺鲁孜节”到了。塔吉克人很重视这个节日，会在屋中对着透进阳光的地方晒面粉，意即感激天赐幸福。他们还会用面粉在墙上画图案，表示要把幸福永远留住。一人将盆中的面粉晒完画完后，说了一句：回去吃……我从他的语音判断，他要回去吃苹果羊肉。于是便想，看来过这个节日，人们除了吃诺鲁孜饭外，还会吃苹果羊肉。

直至回到我住的那户人家，才知道在这大半天中，我以为的“苹果羊肉”是错的，主人拿出一个铁盒一样的平锅，我才知道他要用平锅做羊肉，那么名字应该叫平锅羊肉，而不是苹果羊肉。

但他先不做羊肉，而是先在面中拌上羊油，用布盖住醒一会儿，再一边揉一边加入雪菊和玫瑰花，揉好后压出与平锅一致的圆形，再估一估大小，把四周抻抻，饼算是做成了。他挑出净肉切成块状，放上孜然和胡椒粉拌匀，以起到腌制作用。腌过一会儿，又把皮芽子丝放进去，在平锅底部铺上一层羊肉，把面饼铺在羊肉上面，又在饼子上盖了一层羊肉，再盖上平锅盖子埋进火堆。那火已经烧出一大堆火红的炭，平锅被埋入，就靠这堆火红的炭焖熟。

做完这些，他擦去额头的汗珠，对我说，你骑马玩去吧，等到你的沟子（屁股）被颠得开花了，平锅羊肉就好了。我闲着也是闲着，就去骑马。他的马看上去很不起眼，但一骑上去便觉得不对劲，它的速度很快，一迈开四蹄便狂奔，我在马背上东倒西歪，如果不是用双脚蹬着脚镫，恐怕早就掉下去了。

他在我身后扔过来一句话，放开缰绳，把沟子坐稳，配合马的起伏。我依照他说的方法，果然自如了一些。那匹马很快又狂奔起来，似乎不把我甩下马背不罢休。他又在我身后喊叫，骑不住了就紧抓缰绳，马就会停住。我赶紧猛拉缰绳，马嘶鸣一声停了下来，我赶紧从马背上跳下。

骑马不是一两天就能学会的事情，我怏怏地回到院中，喝了一碗奶茶，才觉得好受了一些。

在等待平锅羊肉的过程中，我四处闲逛，发现他家屋后有一盘羊头骨，我想用一百块钱把它买下，不料他却死活不卖，后来我才明白他的意思是我要出钱的话他不卖。但是他指了一下我手腕上的电子表，意思是可以用电子表换盘羊头。他在放牧时需要用电子表看时间，于是我们便欣然成交。

平锅羊肉从火堆中掏出打开后，一股香味儿扑鼻而来。也许是焖熟的原因，肉质看上去格外脆嫩，每一块都很诱人。主人说，吃这个平锅羊肉，先吃肉，再吃焖饼，最后又吃肉，享受得很。我尝了一块羊肉，外脆内嫩，尤其是焖熟的味道，与任何一种羊肉的做法都不一样。我注意到平锅羊肉中只放了皮芽子，或许封闭起来靠高温焖熟的东西，只有皮芽子才能够调味。吃完第一层羊肉，便露出那个焖饼，正犹豫着不知该怎样吃，主人用小刀子把焖饼划开，挑一块给我，我一尝便忍不住叫好。羊油在平锅中受到高温，对焖饼起到了煎炸效果，所以吃起来略有脆感。接着细品，便又尝出焖饼因羊油浸入，还夹杂着羊肉味儿，有一股奇特的香味儿。

两天后，我抱着盘羊头离去。现在每每想起这件事便有些后悔，如果我当时悄悄把一百块钱压在盘子底下该有多好。

以前

刘国芳

他慌不择路地走了一阵后，发现自己迷路了。离他不远有一个人，他走过去问路，走近了，他发现是个十三四岁的孩子。孩子见他走来，就咧着嘴笑了一下。他在孩子笑时看着孩子呆起来，还说：“咦，我怎么觉得在哪儿见过你呢？”

孩子说：“叔叔见过我？”

他说：“好面熟，觉得你像一个人。”

孩子说：“像谁呢？”

他说：“一时想不起来。”

孩子说：“叔叔到过我们这儿吗？”

孩子这样一问，他才想起自己迷路了。他问孩子：“这是哪儿？”

孩子说：“前面是华村。”

他说：“我要去夏村，怎么走？”

孩子伸手往另一个方向指了指，说：“你走错了，夏村往那边走。”

孩子指的方向是一座山。他说：“那儿是山，没有路呀！”

孩子说：“有山路。”

他就犹犹豫豫往孩子手指的方向去，孩子在后面看着。看了一会儿，孩子说：“错了，往那边。”说着，孩子忽然跑了过来。孩子说：“我反正没事，叔叔，我带你去吧？”

说着，孩子跑到他前面去了。

他跟在后面，还说：“你很像我以前哩，以前有人走错了路，我总给他们带路。”

孩子说：“是吗？那叔叔以前是个好人。”

他觉得这孩子挺可爱的，他问孩子：“你叫什么呀？”

孩子说：“邹华。”

他非常惊讶，说：“你叫邹华？”

孩子说：“叔叔好像很惊讶，怎么啦？”

他说：“没什么。”

他们说着话时，看见前面走着一个老人。老人正在上一个陡坡，好像上不去，气喘吁吁地站在那儿。孩子见了，就过去拉老人上去。

他见了，又说："你这也有点儿像我。"

孩子说："怎么像？"

他说："以前我走在山里，看见别人上不了陡坡，我总会拉人家上去。"

孩子这回没听他说话，孩子看见一只蝴蝶在前面飞着，孩子跑去追蝴蝶。蝴蝶飞哪儿，孩子跟着往哪儿跑。但孩子没有忘了他，孩子跑远了，还不忘往他这边看，还大声说："叔叔，一直顺着山路走，我捉到蝴蝶，就过来。"

过了一会儿，孩子就捉到蝴蝶了。孩子跑了回来，孩子说："叔叔，我捉到蝴蝶了，一只好看的红蝴蝶。"

孩子说着话时，一直看着蝴蝶，很喜欢的样子。但看了一会儿，孩子忽然一扬手，把蝴蝶放了。

他看孩子把蝴蝶放了，就说："我看你很喜欢这只红蝴蝶，怎么就放了呢？"

孩子说："喜欢不一定要捉着它，我觉得它飞起来还是更好看。"

他听孩子说过后，很认真地看着孩子。看了一会儿，他忽然说道："我现在明白你像谁了。"

孩子说："像谁？"

他说："像我。"

孩子说："像你？"

他说："是像我，我以前也是这样，捉到一只好看的蝴蝶，拿在手里不要三分钟，就会放了。"

孩子说："这么说，我们还真像呢！"

说着话，他们就下山了。不一会儿，他们又进村了。但才进村，他忽然看见了一辆警车。一看见警车，他脸色就变了。他转身想走，但几个人就从车上下来了，其中一个大声喊道："邹华，我们看你往哪儿躲？法网恢恢，你是躲不掉的！"

孩子听了，就说："我没躲呀，我带这个叔叔到这儿来。"

他木木地站在那儿，跟孩子说："他们不是说你，是说我。"

孩子说："你也叫邹华？"

他说："我也叫邹华。"

孩子说："难怪你会说我像你。"

他说："不是你像我，是我像你，我以前像你。"

说完，他让几个人给带上了警车。

人生如梦

唐风

太外公在县衙做笔吏，一介儒生，富贵四方。

太外公身居豪宅，正房，一张檀木方桌精致得如同藏品。县衙归来，太外公与三五好友相聚，吟诗作赋，激扬文字。太外公总是把四条桌腿垫高些，垫高桌腿的不是砖石瓦块，而是从柜中取出的四块金元宝。

“丰年好大雪，珍珠如土金如铁。”金元宝在四条桌腿儿下面金光闪闪，好友们惊得目瞪口呆。

太外公仕途得志，却不能人财两旺，太外婆仅生了我的祖母一个女儿，万贯家产后继无人。触及此事，太外公总是食欲不振，饱嗝儿连连。太外婆深知夫君之患，张罗着收养了一房童养媳，16岁与太外公圆房。此时，太外公已年近四旬。春江水暖鸭先知。童养媳连生四子，取名豺、狼、虎、豹。

山不转水转。解放大军的隆隆炮声逼近城池，太外公唯恐在县衙丢了小命，携四子星夜而逃，弃官为民。

此时，我的祖母已出嫁到城里。

“土地改革”时，太外公被定性为“官僚地主成分”，生活每况愈下，穷困潦倒。太外公在自己的小土屋里开设了一架纸烟摊，挣一分钱看得像一座楼房一样过日子。太外公装订了一个小本儿，起初记录着购货和赊账的项目，后来开发了第二产业，蝇头小字无休止地记录着各种中药材的用途。“秀才习郎中，不需一五更。”太外公的拿手好戏是医治幼儿肿脖儿瘟，即医书上的腮腺炎。太外公用多种中药材捣成灰色的药末儿，细细叮嘱患者用“无根水”“阴阳水”调和涂抹。

何谓“无根水”“阴阳水”呢？太外公自有一番说道。

“井水土生的，是有根的，天上的雨水便是‘无根水’了；‘阴阳水’即是水烧得七分时候，水在阴阳两界，即是‘阴阳水’。”

真不知“无根水”“阴阳水”调制药末儿会增加何等疗效。卖药末儿多挣些巧钱倒是毋庸置疑的，但不能算“江湖郎中乱用虎狼药”。

太外公购中药材到城里来，我家便是他的长途驿站了。太外公与祖母家长里短说些话儿，祖母总是问及她同父异母的兄弟们的情况。提及这些，太外公轻轻叹息：“我六十多岁的人了，不是小子养活老子，而是老子养活小子！”

太外公叹息里有一种自恃，似乎他很有才干，唯有犬子不才了。

后来，有一阵子“横扫一切牛鬼蛇神”，“无根水”“阴阳水”再也不是缝补家用的补丁了，太外公被打成“黑五类”。太外公名讳张泽霖，声震八方，时下却是大街小巷唱儿歌：“烂的是好盆，死的是好人，咋不死‘五类分子’张泽霖！”

太外公在万福声中走进1976年的春节。按习俗，祖母要去探视太外公的。儒门家训，祖母五六岁裹起了小脚，三寸金莲如何走得了二十余里的乡路？我拉着架子车载着祖母向太外公家走去。

太外公早在门口等待了，看到我和祖母，清瘦的脸孔笑成皱巴巴的菊花，指着我对祖母说：“千年的古路熬成河，百年的媳妇熬成婆，你行了啊！”

太外公的住所是顺着豺狼虎豹的屋山墙搭建的茅屋，既是住室又是厨房，屋内的重要设施就是一张三条半腿的方桌了。太外公走近木板夹起的地铺，手指抖抖地指着说：“这个冬天就指望它活了，很暖和的！”然后，太外公弓着身掀着地铺里的稻草翻找着什么，愕然说道：“丢不了它啊！”很久，太外公从稻草里捧出一个陶瓷瓦罐，笑眯眯地说：“我说呢，每天压在身子底下，飞不了它！”

瓦罐酱红色，上面扣紧盖儿。盖儿上，太外公写着仿宋体的四个字：招财进宝。

太外公取下盖儿，瓦罐里很多银亮亮的硬币。太外公有点儿张扬且又小声地说道：“豺狼虎豹都不知道啊，攒这么多！”

太外公把硬币一枚枚取出来，一二三四细数着，数到20枚，自语着：“不少了，就这样吧！”

祖母问：“您做什么？”

太外公笑嘻嘻地说：“给重外孙压岁钱啊！我再穷，不能不给孩子添岁！”

太外公把20枚硬币送进我的衣兜里，很珍视且有些无奈：“5分的，全是新的，20枚是1元。一元复始，三阳开泰——压岁钱，3元最好，可惜我没那么多……”

祖母问太外公每天怎样吃饭，太外公压低声音：“原先，轮着吃，好像我去谁家吃饭谁家冤枉。与他们理论，秀才遇见兵，有理说不清。我能动，自己做着吃。其实，我一人很简单，一块红薯就管饱肚子了！”

祖母许久无语。

太外公引我从屋里出来，指着春联：“几年级了？识得字吗？”

我仔细观望着太外公自编自写的春联：烟熏厨屋住半间，轮锅吃饭实在难！

走进屋里，太外公从枕头下掂出一条洋布缝制的小面袋，大大咧咧地说："这是高粱黄豆混合的面儿，咱们炸油丸子吃，过年哩，不省了！"然后，太外公从门后幽暗处掂来一口黑漆漆的小锅，又从窗棂上提来一瓶黝黑的棉油。太外公忙得不亦乐乎，好像在给我们做一顿丰盛的大餐。

祖母说："炸油丸子最好佐些萝卜，不然，炸出的丸子铁蛋一样硬！"

"萝卜？可惜，我没有！"太外公很谨慎，又显得无可奈何。突然，他欣喜起来，推着我："去，到你舅爷家讨要去！"

我的舅奶们见我这个城里来的孩子好像看到天外来客，大有我讨要星星她们也会去天上摘的样儿。她们亲自将萝卜送了过来。之后，豺狼虎豹舅爷们全过来了，他们是这席盛宴的重要食客。

这场合家欢几乎耗去太外公一个月的口粮，但好像没有什么比让自己儿女吃得称心如意更加欣喜的了。太外公不停地嘱咐着："慢些吃，喝点儿水，小心噎着，够吃的……"

饭间，太外公话里套话地向舅奶们为我讨要压岁钱，舅奶们笑笑："这年头，压岁钱，免了吧！"油丸子在她们嘴里反复翻嚼着，接下来的言语就有些含糊不清了。

下午，我和祖母欲归去，太外公颓然说道："夜观天象，我气数已尽矣！"

祖母泪眼以视。

太外公享年81岁。自古道，人过七十古来稀。按说，这应是喜丧了。舅爷、舅奶们欢喜不尽，说起话来像是早已打好腹稿的贺词："八十多岁的人还不该走吗？后辈人一茬儿一茬儿顶着呢！"

穗儿红

胡金洲

石湾，鄂西北靠近南河的一个小镇，茶楼酒肆俱全，人称“微汉口”。

石湾从地图上看像把茶壶，偏巧，也产壶。虽人口不过五千，制壶的竟有三十多家。最有名的数屈旺家，生产的壶人人叫绝。

绝之处有二。一是泥料，腻而不滑，黏而不润，颜色独特，红中显紫，紫中点黑。烧成的壶，壶腹上都有一嘟噜被紫黑两色围绕的红点儿，恰似开镰季节风中摇摆的高粱穗儿，当地称之为“穗儿红”。

二是壶的款式。壶中套壶，像俄罗斯套娃，可各自分开，亦可集中在一起。多的据说套了九把壶。壶中最小的一把能左右旋转。小壶盛上水，壶嘴插入外壶，茶水从最外层大壶嘴里流出，滴水不漏。

屈家祖上原是避难从浙江龙泉迁来。迁来的祖宗乃进士出身，当过县丞，被黜回家，承袭父业，心甘情愿也是迫不得已把文化和情感融进壶里头。起初，生产茶壶油壶醋壶酱油壶。后来放下身段，烧制男人起夜用的尿壶。除茶壶外，上档次的尿壶都刻有图案与文字，或山水草虫，或经文诗词。屈旺祖父那把尿壶上就有两句诗：“文秀玉璧夜夜满，壶落珠玑时时香。”他给自己也烧了一把，上面刻着：“夜阑春深通今古，半月如水落玉壶。”当地百姓戏言：胡（壶）泻胡（壶）尿。

一日，镇上来了一副特别生的面孔。上唇一溜八字胡，戴一副黑框眼镜，镜片后一对小眼，黑白各半，左顾右盼。生人弓身撩开竹帘，边走边喊：“屈老板！屈老板！”

屈旺正在出恭，屁股坐在茅缸大木杠上。此地茅房一口大缸，缸上架大碗口粗的榆树木棍。如厕时，光着屁股双腿悬空而坐，身子适度前倾，以防后仰掉进大缸。

听见有人叫喊，屈旺骂道：“叫你娘个球毛！老子拉屎闻不到！”生人听见回话，愣愣地站在店堂：“屈老板！不急！不急！”屈旺方便完毕，系紧裤子走出，见是生面，忙说：“咱还以为是隔壁邻居哩，包涵！包涵！”

生人一口东北口音，不时冒出一两个奶娃儿的叠音词，一下子引起屈旺的警觉。上个月，堂侄从武汉亡命逃回，说武汉三镇沦陷，日本鬼子要进军鄂西北，打通进川的通道。恩施是国民党第五战区司令部所在地。屈旺揪着鼻头思忖，此人若是日本探子，必会打听进山的路线，借机不妨演一场戏逗这小子玩玩。

生人说："我是东北哈尔滨商人，手上有一批玉米种子从武汉托运到谷城，联系了一个朋友帮助脱手。时间急，想找条近道去保康，不知屈老板愿否指道？"

屈旺不假思索地说："近道有的是！你走水路还是走山道？"

生人说："两条路都想走。"赶紧又说："主要是保险起见，用中国……我们中国人的话说，东方不亮西方亮。"

屈旺心下笑了，吩咐手下看好店铺，亲自带领生人分别走了一段山道和水路。走近群峦叠嶂，生人主动止步，兴奋地说："谢谢！你真是一个大大的讲义气的朋友！"

过了几日，生人来到屈旺店铺，跨进门槛就喊："老兄！你经不起夸啊！朋友的不是！"

屈旺问："啥事？"

"我按照你指的两条路线走了两天，结果都回到了出发地！"

屈旺故作惊讶："你看见一座像猴头一样的山头没有？"那人摇摇头。

"哎呀！怪我没仔细交代，水路山道都要经过猴头山！错过猴头山就进不了保康和恩施的！我们这儿有一句老话：低头不见抬头见，过了猴头保康现。抱歉！抱歉！"

生人脸上显出疑惑，听见屈旺的"老话"，满脸堆笑，说："今天我来不是说这个的，是向你讨教壶来的！"

屈旺说："哦，好啊！"

那人说："老兄！我们家原来也是制壶的。我爷爷那一辈就听说中国……我们中国产套壶，就是不知道具体在什么地方。后来战争爆发了，这事给耽搁下来。正巧现在我来完成爷爷的使命，知道了套壶原来就产在你们这里！"

一说到套壶，屈旺来劲儿了，双目放光："那是！不是吹，能产套壶的全中国仅咱这一地！"转身进屋，兴冲冲地抱出一套套壶搁在桌子上。

屈旺双手在衣摆上擦擦，把套壶小心翼翼地一把把取出。生人先看壶嘴，后看壶盖，最后看壶把，一副行家模样，随后眼睛一亮，钉子一样盯着第九把壶。壶腹上写满文字，有跋有诗。小篆字体，字如蚁蛹。跋文：吾平生四十余年穷工于泥如育儿育女知其艰辛得其愉悦产无数仅此九子可教也后辈应视其为同胞不可弃也。诗四句："波碧浮茗影，品酌袅生烟。忽看归鸟急，闻香立窗前。"生人看后，不语。

接着，生人要看窑，屈旺带他去。前些日子，南谷地区下暴雨，窑里进水，成了凼子。窑口坍塌了一块。那人走走看看，指着窑的风道口说："以后修补记住收好窑口。你们这儿处在山垭河边，风大，容易伤窑。"屈旺点点头，兴奋地骂道："球毛！何苦啊，你干这行多好！"

送走那人，屈旺速将九套壶细心收起，严严藏好，将自己仿制的一套九套壶抱出，放到原处。

这日，屈旺闲坐，突然隐隐约约听见枪声从深山里传来。过了半天，一群日本兵出现在小镇上，伤的伤残的残。中间一人骑着高头大马，抽羊角风似的，嘴里唾沫四溅，大喊大叫。经过屈旺店铺，看了几眼，嚷嚷着走了。屈旺从挑窗看到，马上之人好是面熟，想想，正是来店看九套壶那个生人。

马上之人叫石川，日本兵驻南漳谷城先遣队大佐。原来，石川率日本鬼子进入猴头山，遭到游击队伏击，损失惨重。自这次失败后，日本鬼子再也没有胆量进过保康。不日，石川派翻译官到屈旺家，转告：由屈旺亲自带路领他们再进保康，另外收购九套壶。屈旺有难，亦可二选一。屈旺心里明白，凭鬼子步行进山，给他们一百个胆也不敢。他们来索取他的九套壶是真。

屈旺佯装不乐意，连声谢绝。翻译官奸笑，说："你是我们石川大佐的朋友，这点儿面子不给？"指着货架上的五套壶说："好人做到底，给先遣队每人一套。"

屈旺和店里伙计连夜包装。

第二天清早，一百三十七套套壶装上日本人的卡车，屈旺另把自己的那把夜壶送给了翻译官。九套壶由翻译官抱着，鬼子们轰轰烈烈离去。

日本鬼子的兵营响起一阵接一阵的爆炸声是在屈旺带着伙计们连夜离开石湾，顺南河而下的第二天黄昏。屈旺站在船头，伙计们站在船尾，看见远处火光冲天，一个个像过家家占尽了便宜的孩子，嘚瑟地哈哈大笑。

镇纸

相裕亭

林廷玉一家，拿水缸上面的盖板当作饭桌、书案来使用时，林廷玉已经不在吏部行走。那时的他，被贬到离京千里的苏北盐区。

林廷玉，字粹夫，号南涧，福建侯官人。明成化二十年（1484）进士，留吏部做给事中。虽品级不高，但他属于言官，可以直接向皇帝进言。

其间，林廷玉因弹劾皇上身边的大太监黄赞花钱为其胞弟在京城买官，而埋下仇恨。之后，黄赞便伺机报复。最终，黄赞选在林廷玉上书某主考官考场舞弊一案时，暗中结党，颠倒是非。结果，被弹劾者官职没降反倒升了，而林廷玉则被贬到苏北盐区，去做一个小小的通判。

此时，林廷玉虽然还在官场这棵大树的枝丫间摇曳，可他那时的境况，如同冬日里枝头上的一枚焦黄、酥脆、不堪一击的残叶，随时都有坠落的危险。他的政敌——黄赞一伙儿阉党，正巴不得再踩上一脚，置他于死地。

由此，林廷玉来盐区赴任时，既没有京官欢送，也没有得到盐区官员的迎接，他独自揣着一张薄如蝉翼的赴任书，两眼茫茫地携家眷离开了繁华的京都。

盐区，等候林廷玉的，是一片白茫茫的盐滩和一个守门的老衙役。那老衙役将林廷玉一家老小，引进衙内门厅旁边的一间库房，指着屋内堆放的破旧锣鼓和几盏已经褪了色的旧灯笼，说：“老爷吩咐，大人您暂且就在这里歇息。”

衙役所说的老爷，自然就是本府的府台大人。

想必，林廷玉尚未到盐区，盐区这边的大小官员，就已经知道有个“外放”的罪臣，将要发配至此。

所以，林廷玉出现在盐区衙内后，官员们大都敬而远之，甚至避而不见。其中的奥妙，不外乎“近墨者，黑也”，大家都怕沾到他身上的晦气。

林廷玉没有怨天尤人，他自吞其果，俯下身躯，与夫人一道，挽起袖子收拾房间。

夫妻两人清理掉室内的杂物后，见墙角有一口小缸，高至灶台，粗若面盆。想必是当初涂刷房子时，用来搅拌涂料的，缸底还有厚厚的一层涂料残迹。夫人没舍得扔掉它，就手搬到院子里洗刷干净后，又找来一块盖板盖在上面。这便是林廷玉一家来到盐区后，所置办的第一份家产。

它，既可以用来蓄水，又可以在盖板上切菜、揉面。同时，还可以当作饭桌、茶几使用。

林廷玉有午后饮茶的习惯。

每天，林廷玉都借水缸盖板当茶几。此时，夫人会不厌其烦地把盖板上的碗筷一一拾掇到灶台上去，或临时端到窗沿上存放，精心把那小小的空间让给林廷玉。

林廷玉饮茶时有个习惯，或者说是洁癖，他端起茶杯时，容不得周边有半颗饭粒，或一丁点儿残存的菜叶落在他摆放茶具的盖板上。夫人把中午没有吃净的菜肴，用碗扣在盘子里，一同摆在水缸盖板上，看似宝塔一样雅观。可林廷玉还是要把那碗盘端到旁边去，方可饮茶。

在林廷玉看来，他蜗居在此，唯一能让他心静的，就是午后饮茶那一点儿空当了。每当他看到碧绿的茶叶，在沸水中上下沉浮，他总会联想到某一天他能东山再起。

入夜，林廷玉借助水缸盖板，伏案疾书，书写他心中的几多苦闷。他把自己的遭遇与冤屈，写给京城的同乡，写给他昔日的同僚，希望有朝一日，能唤醒皇上。

还好，事隔不久，一道圣旨，快马送达——任命林廷玉出任右佥都御史，负责江苏都察院的全面工作。都察院是监察弹劾机关，相当于现在中纪委的派出机构。可见当朝皇上对他是何等信任。

这消息，不亚于一声晴天霹雳。

转瞬之间，盐区的大小官员，都围拢到林廷玉的身边，前来道贺。

而此时的林廷玉，则十分冷静。他当面退掉了大家的贺礼与赠品，只提出一个要求，他要把那口小缸带走。

在林廷玉看来，那口小缸，在他落难以后，是他最好的陪伴，它深知林廷玉在仕途中的冷暖，可谓是他人生的风向标。他想把它带到省城去，以此来警醒自己，走好后面的为官之路。

盐区的官员，都说不能让林大人带着个空缸走，要往缸里装些鱼干、虾米等盐区的特产。对此，林廷玉没再推辞。

次日一早，林廷玉告别盐区时，盐区的大小官员及当地颇有名望的几家大盐商，前来送行。

其间，在搬移那口小缸时，上来四位衙役往马车上抬。

当时，林廷玉就觉得不对了，他走到那口小缸跟前，拨开上面一层薄薄的虾米一看，底下是白花花的饷银。

刹那间，林廷玉气不打一处来，他一把将那口小缸推下马车。瞬间，只听“咣”的一声脆响，五颜六色的金银珠宝，淌了一地。

林廷玉冷冷地看着那些价值连城的珠宝，慢慢地转过身来，目光如炬地扫视着诸位官员，沉默不语地从地上捡起一块巴掌大的缸片，不温不火地说：“多谢大家一片好意，我林廷玉只要这块缸片做个留念，就足够了！”

说完，林廷玉把那块缸片往怀里一揣，拂袖而去。

之后数年，林廷玉在江苏都察院的位置上，用那块缸片做镇纸，以此警醒自己清廉、刚正的为官之道。此人，七十九岁寿终正寝，这在明清两朝的廉吏中，可谓凤毛麟角。

习惯

韦名

人要没些兴趣爱好，那肯定少盐寡味、平淡无奇。

聂森就是这样，没了兴趣爱好，每天无所事事，总觉得度日如年。

一次，聂森得了个小病，看了无数医生，未愈。朋友推荐了一名老中医，专治久治不愈和未病，有奇效。

聂森慕名前往。

老中医须发皆白，却红光满面。

望、闻、问、切，了解了聂森的病情和状况后，老中医边切脉边问："抽烟不？"

曾经，高兴时抽，苦恼时抽，工作顺利时抽，压力大时抽，经常是"为节约火柴"，烟一根接一根，后来……唉！聂森摇了摇头，果断地说："不抽。"

老中医问："喝酒不？"

遥想当年，喝酒当喝水，一天数餐，一餐数场。革命的小酒天天醉，怎能不喝？可后来，这也不行了，那也不行了……聂森苦笑着答："基本不喝。"

老中医再问："爱女人否？"

当年可是有贼心没贼胆，现在是贼心贼胆和本领都没了，聂森小声说："不爱。"

老中医沉吟片刻，最后问："平时有什么爱好？"

聂森年少兴趣广泛，爱交游，善打球，喜读书，好练字……几乎无所不爱，无不略懂一二。后来忙，渐渐地，这不喜欢，那也没空玩儿……聂森想了想，心虚地说："没——有。"

"你不用看了，回去吧！"老中医把打开了的病历本合上，一字未落，退还给聂森。

"为什么？"

"啥兴趣爱好都没了，看了又有啥用？活着还有啥意思？"老中医一脸不屑。

…………

聂森回去后想想，也是，一个人如果啥兴趣爱好都没了，生活还有啥意思？

第二天，聂森便上街买回纸和笔，还有运动鞋，准备重拾旧爱——书法和运动。

开始练字，聂森学王羲之，临《兰亭集序》。练了一段时间，聂森感觉大有长进，每写一幅满意的字，犹如早年工作受上级表扬，兴奋异常。

运动呢，则是每天万步走，不达目标不歇息。

说也怪，每天走走路，练练字，聂森不再病恹恹了。后来一检查，久治不愈的病居然也好了。

一日，聂森正在练字：

永和九年，岁在癸丑，暮春之初，会于会稽山阴之兰亭……

练字的书房，静可聆针。

突然，窗外"呜——呜——呜——"急促响起火警声。

聂森的"修"字刚落笔，手抖了一下，一撇变成一大点儿。

火警声越来越近，越来越尖厉，越来越急促。聂森不仅手发抖起来，心也急促地跟着颤抖。

"着火了？"聂森放下笔，望了望窗外，好久才回过神来。

火警声渐远渐小。

洗脸。喝茶。大半天，聂森的手虽不抖了，心却还揪着。

字是练不下去了。聂森换鞋出门，去活动活动。

公园里阳光明媚，游人如鲫。

"老聂，出来走走啊！"常打照面的老王头迎面过来，热情地和聂森打招呼。

"是啊，老王早！"一声"老聂""老王"，让聂森备感亲切，逛公园的脚步也轻松了许多。

一圈儿走下来，微微出汗，聂森回家洗了个澡，顿时神清气爽，又练上了字：

夫人之相与，俯仰一世，或取诸怀抱，悟言一室之内；或因寄所托，放浪形骸之外……

一气呵成。

停笔欣赏，远观近视，左看右瞄，聂森越看越高兴：行笔潇洒飘逸，犹如行云流水；点画疏密相间，字体骨骼清秀，如得书圣真传。聂森看得手不释卷。

"吃饭了，老聂。"老伴儿做好了午饭，催促聂森。

"哎——你过来看看。"聂森叫老伴儿从来都用"哎"代替。

“不看。你是干啥都入魔！”老伴儿嘴上说着，脚却听从聂森的召唤，进了书房。

“再练一练，又可上个台阶。”聂森陶醉于书桌上那幅行书。

“可别学人家书圣，用馍馍蘸墨吃。”老伴儿原是文化人，为支持聂森，在家相夫教子，说起话来一套一套的，“吃饭去了。”

聂森恋恋不舍地离开书房。

又一日，练字、运动后，聂森和老伴儿早早上床。

“祝你做个好梦！”心情很好的聂森睡前对老伴儿说。

“You too.”老伴儿笑着用英语回。

聂森真的做了个好梦。梦里，聂森一袭中山装，满脸红光，在自己的书法展上指指点点，俨然是个书法大家。

“呜——呜——呜——”声音从窗外飘进来。

“着火了！着火了！”聂森从床上一跃而起，手不停地发抖。

“怎么啦？”老伴儿被吵醒了，睡眼惺忪地问。

“你听，火警！”聂森一脸紧张，心也和手一起颤抖起来。

老伴儿侧耳，果然听到了越来越小的火警声。

“老——聂，有人负责呢，睡吧。”老伴儿故意把“老”拉长，起床，给聂森倒了杯水。

“是的，有人负责。”接过老伴儿递过来的水，聂森明白了自己的身份，清醒了过来。清醒后，聂森心里平静了许多，心不再揪着。

再躺下去，梦自然续不上了。聂森没睡着，在床上“烙饼”。几十年的往事，如烙饼上的芝麻一样，一件件在聂森脑里闪过。

往事如烟，有苦有乐，有激动有苦闷。有两件事，却让聂森不能忘怀——半夜电话和“呜——呜——呜——”的火警声。

聂森总结，半夜的电话大半都不是什么好事，要么哪里出了安全事故，要么……多少年，聂森电话24小时不敢关机，就在等不想接的半夜电话。自从聂森成了“老聂”后，老伴儿每天睡前都把聂森的电话关了——其实白天也没多少电话。

“睡吧！”老伴儿也没睡着。

“嗯。”

夜深了，聂森终于入睡。

“呜——呜——呜——”

风干物燥，深夜，消防车的警报声再次响起。

“哪里着火了？”刚刚入睡的聂森，又从床上一跃而起，喊叫。

“老聂。”老伴儿再次被吵醒。

“发生火灾了！”半梦半醒的聂森起床穿衣服。

“老聂，睡你的安稳觉吧，你已经不是书记了！”老伴儿知道，自那次在聂森任职的地方发生火灾，楼塌死了十几人后，聂森就对火警声心存恐惧。

“哦。对。”聂森穿了一半衣服，停下来，良久又喃喃自语，“习惯了。”

“睡觉吧！”老伴儿示意聂森回床上睡觉，“要好好改改你的习惯了！”

聂森望着窗外三辆疾驰而过的红色消防车，久久不语。

火警声响过后，黑夜恢复了平静。

听到火警声手发抖、心颤抖的习惯，很长一段时间，聂森却改不了。

朱鹮

陈毓

老饕年轻的时候在华阳当知青，老了爱回忆，几次约我们陪他回去看看。

上次说是在早春，现在已经初冬。老饕感慨，离开这么多年，竟没回去过。老饕说，没回去也正常，没颜面，想一想，我们吃了村里那么多东西，却没回报啥。

老饕在华阳吃过娃娃鱼。

“味道实在不咋样。”

“不如鳖。”

“更不如桃花瓣鱼好吃。”

“熬一锅白汤，岛屿一般浮着鱼脊。”

“香气捂都捂不住。”

回忆弥漫口水中消化酶的味道。

好在出发了。车上高速、下高速，入国道、出国道，之后是盘山水泥路，所见干净清爽，像一个人睡到自然醒，精神饱满。

老饕感叹交通的方便，说他当年来这里，可是走了两天一夜，乘绿皮火车，坐长途汽车，再搭手扶拖拉机，最后进村那段，是被顺路的老乡用牛车捎带上的。

去看老饕耙过的地，地已退耕还林，现在种着一坡的厚朴。老饕记忆中的知青点，早先是生产队，现在重新划分归并，连名儿都不同了。

当年老饕插队的华阳村因为秦岭自然保护区的设立，现已升级为镇。保护区跨越汉中洋县、佛坪。佛坪的三官庙、大古坪和洋县的长青华阳，三大保护区呈“品”字形，摊在秦岭腹地的这块秘境中。大熊猫、金丝猴、羚牛和朱鹮，被称为“秦岭四宝”。羚牛、金丝猴、大熊猫三个保护区都有，朱鹮却只在华阳保护区内出现。

老饕带我们来，他是忆旧，我们呢，旅游顺带找点儿好吃的。

我们问老饕当年在华阳是否见过朱鹮，老饕不确定，说或许见过。

四十年前，被判定“已经灭绝”的朱鹮忽然在华阳发现，七只，引起国际自然保护专家的关注，最终促成一个国家级保护区的设立。

不时出现在路边的朱鹮广告牌，提醒我们这里的一草一木是和朱鹮相关的，是朱鹮和华阳关系中的因果。朱鹮喜欢山地、森林、丘陵、溪流、水田、河滩、池塘，华阳一样也不少，朱鹮捕食小鱼、河虾、泥鳅、青蛙、螃蟹，华阳样样生长。

保护区最初设立时，专家担心人。人百年来耕作生息在这片地域，现在鸟出现了，首先提醒专家的是人，需提防的也是人。但不能因此就搬迁人，人也是生态的一部分。华阳该是华阳人和朱鹮、大熊猫、羚牛、金丝猴共有的华阳。山石林木、每一滴水、每一条河流都是。百十年来人在这片土地上种稻子、种油菜、种玉米、种洋芋，现在人继续种，池里养荷花继续养，但森林茂盛甚至更茂盛，河流丰沛甚至更丰沛。

眼前的景象让我们惊讶、恍惚，像是回到了过去，农耕文明积攒下来的经验在这里被推广应用，比如堆肥和使用堆肥。垦殖区种植着本土的传统作物。田园如画图，如唐诗宋词，如果不是开着越野车来，那么我们也会给镀上古意吧。

初冬时节，木叶萧瑟，河流深长，阳光照耀山林，一片白如雪，一片红似火，一片灿如金。白的是白桦，红的是红枫黄蜡，黄的是青杨叶子，阳光照耀眼前长路恍若指引，收获过稻子的田地在初冬一片金黄，那是农人割过稻子的田地又长出了稻谷苗，农人任凭这谷禾枯黄在地，冬天割了喂猪牛喂鸡鸭。

白鸟悠悠下，朱鹮三五飞。这桀骜孤僻的鸟在起飞的那一瞬真是美艳，美在姿态，艳在颜色。红冠、红掌、红尾、雪白的羽毛，展翅的那一刻，显现出太阳鸟一般的明艳色彩。朱鹮慵懒滑翔，落脚在河溪边，长而弯曲的嘴插入水中捉鱼吃。等待它起飞，不料是何时。

远山覆雪，也可能是雾凇；峡谷云雾蒸腾，时不时雨滴答一阵。厚朴硕大的叶子积满林地道旁，如名贵的毯子，人走上去，噗噗响动。茱萸果实嫣红，看着喜人眼目。我们赞叹、赞颂，停车、再停车。

我们说回到了从前，但从前怎可比眼前的幽美富足。我们说去了未来，但不确定未来是否会有这么美好原始的生态和自然。农民在地里间苗的姿态是原始的、优美的，鸟掠过河谷，鸣声跌进河水是古意的、诗情的。

我们如此喜欢，全心全意。

老饕想起来，他在华阳吃过一种香米饭、喝过一种黑米酒。有人立即附和，这里出产一种香米，卖几十块钱一斤。

还有茱萸酒，价格不菲。还有五味子酒，真个是好滋味。

“白墙青瓦，还是传统的房子和山水搭调，我要画一组写生。”一个新近学绘画的人说。

“开车过来有好几个小时了吧？你看，我一直奇怪呢，现在明白了，这一路我没看见一个塑料袋，没遇见一个塑料瓶，这真实吗？”另一个说。

山头俯视，河流滔滔向前，河水清且涟漪，有人造句，最后总结，这河是从《诗经》里流淌出来的。

去看大熊猫，和“请勿挑逗熊猫”的牌子合影。三点钟，在饲养人的监督下给下山觅食的金丝猴投花生，有人尝一颗花生，慨叹花生新鲜，肯定是当季的。

我们去寻朱鹮，朱鹮飞过长着桦木和领春木的山坡，朱鹮飞过菜地，朱鹮飞过河谷……后来我们在一段清浅的河流边发现四只朱鹮，朱鹮吃鱼，长长的弯曲的嘴巴伸向溪流，再一仰脖子，把一条清流里的鱼儿吞进肚子。我们眼看着朱鹮逮鱼吃，一俯一仰，俯仰由它。

朱鹮的吃启发我们的饿，有人问，这大半天了，都没好好吃点儿东西，我们赶紧去寻点儿好吃的？

老饕冷淡地说，他倒是很想涉水过河，向对面地里拔萝卜的老乡讨一根带泥巴的萝卜，就用这河水洗一洗，吃一吃。但他要忍一忍。

我们眺望远处，河流泛着粼粼波光，像是涌动着一川碎银子。

老饕的话使我们迷茫。那个无所不吃的老饕，现在要对一根泥萝卜保持克制，这到底是怎么回事？

站岗

芦芙荭

秦大福住在麻城郊区，说是郊区，也只是和麻城隔着一条河。

河叫麻河，桥自然就叫麻河桥。这座桥就像是条扁担，一头挑着的是乡村，一头挑着的是城市。一水之隔，风景却是大不一样。就跟那时的家庭结构一样，父亲是城市户口，吃的是商品粮，而母亲却是农村户口，吃的是农业粮。我们麻城人把这样的家庭叫“一头沉”。

麻河桥也是一头沉的。沉的是南边是乡村。

晚上，南端的人站在桥头，就能看见桥北边城市的灯火辉煌。能听见城市的声音，能感受到城市的呼吸，感受到城市的脉动。可他们只能隔桥相望。只有到了白天，他们骑着自行车从桥上走过去，去帮这个城市建高楼，帮这个城市里的人清扫街道，他们甚至可以到高档写字楼里去送水，才算融入了这个城市。可一到了晚上，他们就不得不还原他们的身份。他们只能住到桥的另一头去。

秦大福每天早上都会骑着他的那辆二八自行车，随其他人一块到桥北边去“站岗”。桥北的桥墩下有个劳务市场，麻城人把去劳务市场揽零活儿叫“站岗”。他们的自行车或摩托车上都挂着自制牌子，上面写着他们的手艺，比如修水电，比如通下水道，再比如砌墙、粉墙等等。他们一天的收入全凭早上这站岗等来的机会。其实，到这里揽活儿，也是碰运气。平时，他们三三两两地聚在一起，要么抽烟谝闲传，东家长西家短地扯。或者一副扑克牌，挖坑，打三代，赌资 5 毛 1 块的，全是消磨时间。有揽客来了，好似鸟群里丢下一块石头，他们一哄而散，丢下牌抓起地上的零钱，也不管是揽什么活儿的，一拥而上。

秦大福坐在那里却是不急，别人揽下活儿了，需要人都会叫上他。老秦干活儿肯出力，又不在工钱上计较，谁要是揽下活儿了，都爱找他当帮手。可秦大福也有要求，干完活儿就得把工钱结了。他觉得钱放在自己的兜里安全。秦大福早先有个老婆，后来得病死了，也没给他留下一儿半女，日子是一个人过。一个人的日子，吃饱穿暖，再有点儿结余就很知足了。他把每天的钱分成三份，一份留着存起来，以防不需之用。有时候，揽工的人也会管饭，那么这吃饭省下来的钱，也都划转到存款里面。一份是吃喝开销，千里做官，为的吃穿。秦大福做的是苦力活儿，这吃是不能亏待自己的。秦大福喜欢吃面食，特别是手擀面。手擀面从揉面、醒面、擀面到煮面都是做面人手上的功夫，也很讲究，面与水的比例、揉面人手上的力道，还有醒面时间的长短，全凭的是经验。麻城西背街有一家小面馆，专门卖手擀面。面馆的门脸很小，老板娘擀的面却很筋道，特别是饭馆自制的油泼辣子往面上一浇，那面的味道一下子就提起来了。

秦大福每天干完了活儿，无论多远，他都会绕到那家面馆吃一碗那里的手擀面。要是吃饭的人不多，老板娘会给他拍一根黄瓜，用蒜泥调味，再浇上油泼辣子。或是一盘豆芽拌面筋，也得浇上油泼辣子。秦大福那酒喝得就特别有味儿，吱吱的，好像要把老板娘仅存的那点儿风韵都喝下去。临走时，秦大福去付饭钱，他会把饭钱和卷成一个卷的今天全部收入的三分之一一并扔进老板娘的钱盒里。

老板娘平时是不化妆的，过上几天，秦大福去吃饭，见老板娘化了妆，就不喝酒了，一碗面磨磨叽叽地吃到客人全走光了。

麻城的好多人都知道，秦大福挣的钱，其中一份塞给了这饭馆的老板娘。意思是说，他这钱花得不明不白，填进了一个无底洞。可这世上的钱，有几个花得明白的？老板娘一个人要做生意，还带着两个上小学的孩子，也是不容易。一个小面馆，要养活两个孩子，里外是不够的。再说了，这日子就跟这面一样，光有面没有那油泼辣子调味，味道是不一样的。

这样的日子过了有三年还是三年多？秦大福有点儿记不太清了。记忆力就是这样，坏日子刻骨铭心，幸福的日子都是一晃而过。

有一天，秦大福干完活儿依旧去面馆吃饭，见一个修着平头的男人在饭馆里帮忙。秦大福心里一下子明白了，老板娘的男人回来了。为了求证，他拿目光去看老板娘，可老板娘从他进门，自始至终都低着头。吃完面，秦大福依旧去结账，他依旧把那天收入的三分之一一并放进了老板娘的钱盒里。不过，这一次，那钱不再是蜷缩着，而是在钱盒里伸直了身子。

之后，秦大福每天收了工照旧去面馆里吃面。有时候，那个修平头的男人在面馆里，有时候不在。得空时，老板娘把眼神探过来，那眼神像是一条蛇，时不时地吐一下芯子。进门时，秦大福就发现老板娘是化了妆的，而且那妆化得特别醒目。秦大福却低头吃他的面，呼呼噜噜的，似乎要把那装面的碗也呼噜进嘴里。吃完饭，他照旧将饭钱和收入的三分之一放进老板娘的钱盒里。

秦大福走出面馆时，天已黑，他走向面馆旁边的自行车停放点，那里停放着一排自行车。秦大福突然就飞起一脚向那排自行车踹去，那些自行车一辆接着一辆倒了下去，发出哗啦啦一片响。

他抬头看天，一轮圆月正在天空中慢慢地升起。

舞美老孟

刘立勤

老孟进剧团时，清纯干净得像个奶油小生，老团长也有意把他培养成小生。谁想十四岁那年发育，他长出满脸络腮胡子不说，还倒了仓，喉咙里似乎安了一个卡子，把原本饱满圆润的声音挤压得又尖又细，听起来像是电锯解木板，十分刺耳。不说唱小生，唱个丑角都让人难以忍受。老团长叹息一声，让他去学舞美。反正是小地方的小剧团，把背景弄得红红绿绿就成。

可惜，老孟对美术一窍不通，把山画得像坟，把河画得像裤带。他尤其不懂色彩搭配，背景被他弄得乌七八糟不像样。好在他为人灵活，眼里有活儿，老团长给文教局建议，让他去剧团业务股当干事磨炼一下，说不定将来出去还能当个小领导什么的。

局长答应了，政工不答应，坚决要把老孟赶回去。老团长知道政工的爱好，叫老孟花十四块钱买了两瓶茅台酒，让他给政工送去。他咋都不送。十四块钱，那是半个月工资呢。老团长以为他舍不得，明说了送与不送的利害。他还是不送，唠唠叨叨地说："他越是这样对我我越是不送，我才不惯坏人的坏毛病。"

他不送，老团长也没办法。而政工发了一回善心，给了他三个月的期限，要是再学不会舞美，就让他滚回农村去修地球。三个月，除非是个天才。老团长也爱莫能助，继续忙着排新戏。

那是一部大戏，要参加省里会演，地区剧团还派来一个叫常笑的人来指导。常笑能写戏写文章，也爱指手画脚打哇哇，团里人都不喜欢。老团长就让没事的他陪着常笑玩儿，他很尽责，跟着常笑"常哥"长"常哥"短，叫得亲热。失落的"常哥"遇上了知音，不是拉着他打小牌，就是对着他喷艺术。打着喷着，老孟犹如被活佛摸了顶，一下开了窍。三个月里，他不仅为那台大戏设计舞美，在省里会演获得金奖，还迷上了油画，画也让人啧啧称赞。

老孟弄通了舞美，也学会了打牌喝酒。斗金花、打麻将、抹川牌，他都懂；红酒、白酒、啤酒，样样能喝。他为人豪爽仗义，牌桌上从不欠账，身边笼络了一批年轻人。老团长看出他的能耐，提议让他当业务股长，也许日后能成大事。已经当了副局长的政工，坚决不答应。老团长记得他的爱好，想起老孟当年那两瓶没有送出的茅台酒，让他拿去找找副局长。任老团长怎么说，老孟还是不答应。老团长说:“你都输那么多钱了，还在乎两瓶酒?”老孟说:“输了钱我心里受活;给人送礼，我心里不受活。”老团长气得直摇头。

老团长真是识人，老孟没当上股长，直接当上了团长——老团长撂挑子后，老孟拉了一帮人成立了一个演艺公司，走南闯北很是红火了几年。按说，那时他该学会了送礼吧。还是不会。他说:“我把节目弄好，没有人不喜欢看的道理。”

老孟真不送礼。那年老团长把演艺公司的人整回来，按说老孟可以顺理成章当个团长、副团长什么的，老团长还聊到当年那两瓶茅台酒。老孟搞演艺公司时，输的酒钱能买一车的茅台酒吧?他愣是装聋作傻不接话，也只好继续做他的舞美。

老孟觉得干舞美挺好，绝门，有空闲。私下他成立了一个装修公司，给人做装修设计，找工人做装修。老孟很是挣了几个钱，可那钱都让他受活了——输了。输了钱，公司还在，仍然可以挣呗，后来公司也让税务局给关了。朋友给他跑了一大圈，让他把那两瓶茅台酒送给局长，他咋都不愿意。朋友也以为他舍不得老酒，就说:“那你去买两瓶新茅台酒。”他还是不答应。朋友说:“我买两瓶酒，以你的名义送总该可以吧?”他说:“不是钱的事，我输的钱有百十万了吧，但我心里受活;让我送礼，那是花钱买不受活，我才不惯他们的坏毛病。”

从此，老孟安心做自己的舞美，偶尔也画几笔。他的舞美叫得响，他的画也画得好，可他最喜欢的还是打牌。没钱去大场子了，他打小牌。我和他一起玩过金花，那真是玩家，一把双 A 他能输上千。别人输钱时如丧考妣，他输了“唰唰”把钱一开，笑眯眯地走人。他从不欠账，也不借账，输得光明磊落。看他的神情应该是不在乎两瓶酒的人，可他就是不送那两瓶酒，让那酒把自己弄得磕磕绊绊。

又是十多年吧，常笑退休来到瓮城。老孟不忘旧情把他接到家，请老团长和我去作陪。他把那两瓶珍藏了近四十年的茅台酒拿出来，让我们喝。

老团长看看那酒，叹息一声说:“你硬是让那两瓶酒耽误了。”

老孟说:“老团长错了，这两瓶酒成全了我。它让我一辈子没有低过头，让我一辈子活得坦荡快乐。”

说罢，老孟拧开微微泛黄的红色瓶盖，老酒的醇香扑鼻而来。端起杯喝一口，唇齿留香，身心俱醉。

金相公

汪菊珍

金相公家在谢老师家北面，西厢靠北的两间，门前铺着一尺见方的青砖，地势比乔爹家的高出一尺。二房厅为明代大官的府第，为防范倭寇进犯，他们在家里养有兵丁。西厢是兵丁们的营房，这方正的青砖之地，是他们的练兵场。如今它成了二房厅人出入的通道，我去朋友阿红家，也走这里居多。

金相公是箍桶世家，祖上专门打造富贵人家的各种桶、盘。因为手艺好，用料讲究，他家的圆头木器一般人难以企及——光一个铜圈，厚至三分，描龙刻凤，金灿灿，亮晶晶，被人誉为金圈。加上他本来姓金，东河沿人有时叫他金相公，有时又叫他金圈。

当然，这是说从前，我还没有出生的时候。当我经过他家门口，他所切削钻刨的，不过是些平常的脚盆、圆盘，或者水桶、舀勺。都是白木，箍的是铁圈，有时是竹圈。然而，金相公还留着一套铜圈，因为找不到合适的主顾，他常常叹息。

金相公还有一个好大的不如意，就是没有儿子。已经去世的老伴儿，只给他生了两个女儿，这对于他手艺的传承，是个很大的不利。当然，女儿也罢了，可以招个进舍女婿。偏偏大女儿特别出挑，找了个吃国家粮食的——我家河对面粮站的工人。如此，他就剩下一个念头，女儿生个儿子，来继承他的手艺。

女儿终于称了金相公的心，果然生了个儿子。金相公笑得合不拢嘴，每天把钻啊刨啊使得顺溜，还几次把那套铜圈拿出来，套在外孙的坐车、摇篮上，逗外孙玩儿。我这才看到，这传说中的铜圈，其实只是几个黑不溜秋的圆环。要说它的好处，就是声音，叮叮当当，确实好听。

然而，好景不长，不到两年，金相公的眉头又皱拢了，因为外孙不会说话，连咿咿呀呀的声音也不发一声。女儿女婿着急，抱孩子去了无数医院。被上海的医生确诊后，他们搬离二房厅，去了粮站宿舍。金相公也只闷头干活儿，再不说话。人们说，金相公家一下哑巴了两个。

金相公的小女儿，只比我大两岁。没娘的孩子可怜，她平时就不声不响，至多和路过的我点个头。如今连姊姊也搬走，父女两个烧饭洗衣的家务都落到了她身上。不久，商店里的塑料脸盆、水桶这样的生活用品越来越多，金相公只能给人修个旧。他赚的钱连嘴巴也顾不住，小女儿辍学，父女两人开始绩麻了。

绩麻这事占地方，需要大场院。好在青砖道地儿很大，尽可以摊放、收晒。此外，他家北边还有一堵砖墙，是二房厅第二进的围墙，很多砖头已经损毁，裸露出一个个豁口。金相公用毛竹扎了个四方的棚架，靠在墙上，棚架上悬挂着一卷卷粗麻。这麻泛着黄绿，在阳光下散发出一阵阵清香。

终于，金相公时来运转了，这便是东河沿人最难忘的大旱年。那年夏天，九九八十一天没有下雨，我家门前的漕斗底翻天了。人们在河底掘了土井，早晚打水。万安桥那边三江交汇，河底很宽，搭了戏台，时常唱戏。看戏的人黑压压的，挤满了河底。也有人站在河岸上，观望着这难得一见的奇观。

这时，金相公家的门槛被人踏断了，大家争相订购水桶——土井里的水，只能用来清洗，而吃喝的，须到小镇前面的山洞里去挑。没有劳力的人家，让人代挑，便宜的八毛一担，最贵的时候一元两角。当时，只要有劳力的人家，都前呼后拥地去挑水了。

金相公自然高兴了，他日日夜夜箍水桶，恨不得一天有四十八个小时，饭也不吃，觉也不睡。订单实在太多，他把箍桶分成了几道程序，依次做圆的底盘、弧形的把手、桶身木板。如此标准化作业的好处是，转手快，出货多。简单的工序，比如用砂纸打磨之类，让女儿帮着做。

我父亲从绍兴挑来一副水桶的木板，特意让金相公去加工。金相公本来不接外加工的，但看在我父亲路远迢迢挑来的分上，收了下来。一直没完工，父亲上门催促，我跟了去看，才第一次进入金相公的家。古旧的厢房板壁里面，那套金圈一个个排着队，黄铜的颜色一点儿也没有了。

金相公做桶极其仔细，几块木板比画来比画去，已经看不出拼接的缝隙，他却还在耐着性子比对。父亲接过我家的新水桶，连声夸奖金相公好手艺。金相公抬起头来说："大旱天的水桶比不得平时，你们要挑着它爬山过岭，怎么可以含糊呢？"这副水桶灵巧结实，我家用了几十年。

这年十月，东河沿人终于迎来了第一场透雨。金相公忙乎了一个夏天，人瘦了好几圈。他的背本来就驼，此时几乎弯成了九十度。那天，他和大家一起站在河岸上，看小河里的水涨起来，船高起来，清风从河面吹来，他脸上的皱纹，慢慢地舒展开了。

就在这年年底，我在他家门前的方砖院子里，看到了一个白皙瘦长的少年。也没人告诉我这少年是谁，但从他窄窄的脸和特别长的眼睫毛，我一眼就认定，他就是金相公的哑巴外孙。他在玩一个铜圈，使劲儿甩出去，让它不断转动。如果停下，他就再甩一次。

奇怪的是，这个时候的铜圈，不再是褐色，而是金黄的了。它在暮色里一闪一闪，偌大的二房厅院落，回响着叮叮咚咚的声音。

传说

老海

我上大学学的是美术，可现在成了作家（其实我领受这个光荣称号有点儿心虚）。也许我的这个转变与那时读的一篇小说有关。

我是星期天在大学阅览室的一份文学杂志上看到这篇小说的，竟读得如痴如醉地忘了自己，一个大老爷们儿没出息地掉下了眼泪。

那是一篇爱情小说，毫无疑问，爱情题材是最吸引大学生们眼球的。何况，这位才华横溢的女作家把“母亲”的那段可谓柏拉图式的纯美爱情写得如绵绵细雨，润物无声地潜入心底，让读者和主人公一起久久难以释怀。不知是不是这篇小说让我“中毒”太深，大学毕业后，没有继续四年苦练基本功的画画，而是鬼使神差地改行写开了小说。

我的天分不高，加上性懒，写了几十年小说也没混到名流，当上心向往之的专业作家，始终是一个为作家们做嫁衣的编辑。如果说有什么“长进”的话，是我从市里调到了省里，从小刊调到了大刊。也算是“人往高处走”了嘛。

我不是主编，和大家在一个大办公室里，也就是四五个编辑共“居”一室。这样的好处是热闹，不寂寞。人和动物的最大区别就是，人会说话，动物不会。在编稿之余，或工间休息的时候，编辑们也会伸伸懒腰喝喝茶，喷喷闲话聊聊天的。聊天嘛，什么都说，无主题变奏，文学政治、市井八卦、名人逸事、旅游奇闻……总之，聊天是人和人之间的黏合剂、润滑油。试想，同事们在办公室从早到晚埋头工作，一句“废”话不说，多无趣啊！

那天我们聊起国内知名作家和经典作品，我说我上大学时读的那位女作家的爱情小说真棒，至今记忆犹新……这时我们编辑部一位资深女编辑突然说了一句话，把我惊呆了。她说：“她写的那篇小说的男主人公原型你知不知道是谁？”

我说：“我怎么会知道？”

“是咱杂志社的老主编 ×× 呢！”

“啊？!”我吃惊得嘴巴张得像个横卧的鸡蛋那么大，半天没合上，“不会吧？”

我不敢相信，或者说不愿相信。我没想到那么委婉凄美的爱情故事就发生在我身处的这个办公室内，只不过时间往前移了 30 年而已。这个老主编我知道，他不仅是我们省这份文学杂志创刊后的第一任主编，同时还是我们省赫赫有名的作家，在号称“中国式文艺复兴”的 20 世纪 80 年代，他的中短篇小说得过多项国家大奖。我还知道，他后来不当主编了，成了我们省“十年浩劫”后第一个最有实力的专业作家。再后来，顺理成章地成了我们省文学界的领导。现在，已退休多年。

“怎么不会？”资深女编说，“咱单位老人都知道，女作家当年在咱杂志社当过两年编辑呢。”

“真的吗？”这就更让我惊讶了，“我看过她的介绍，说是出生和上大学都在京城，怎么会到下面来当编辑？”

“是啊，”资深女编说，“开始大家也不理解，直到她回到京城写了那篇小说后，大家才恍然大悟了。”

“那……”我仿佛在听神话，“你们当年就没看出来一点儿……蛛丝马迹？”

资深女编笑了：“那是哪年哪月的事儿呀，我到咱编辑部时，她早就离开了。他们的事我也是听编辑部的老同志说的。”

“这样啊？”我还是有些将信将疑。

“女作家调回京城两年后，咱们的老作家和老伴儿离婚了。”资深女编继续说，“离婚后他将房子重新装潢了一遍，我们是邻居，我还去看过，老作家还买了新家具家电。栽上梧桐树，自然凤凰来，很显然，他是想再开始新生活。”

“我看过有评论家写的京城女作家传记，好像说她和她的高官丈夫也离婚了，可他们……”

“大家都猜测他们要结婚，可这么多年过去，他们并没有走到一起。有说是女作家不愿再到咱们这个省来，而习惯了中原生活的老作家也不愿到京城去。当然，这只是人们的猜测，真正原因只有两个当事人知道了。”

“是啊，每个人都是一座神秘库啊！”

“老作家一直独自生活，自食其力。”资深女编谈兴正浓，“那年年终我老公陪同文联领导按惯例去慰问老同志，见老作家屋里乱得像个炸弹坑，床上、沙发上、地上横七竖八躺满了各种各样的书报杂志。甚至还有几本翻开着里面夹着纸条的精装书竟是关于宇宙起源星球演化的。卧室里被子未叠，脏衣服堆了一堆，厨房水池里泡了一池子碗筷。老作家吃一次饭用一个碗，等把家里的二十几个碗都用完后才统洗一次，他说这样节省时间和精力。电脑桌上的灰尘厚厚一层，只有胳膊放置处蹭了两个干净印儿。若非文章停断处的光标一闪一闪，显示着活力，真以为那台老式电脑是出土文物。”

“怎不请个保姆呀？”

“文联领导也这样问他，不过老作家说，他喜欢清静思考，不想让外人打扰。”

“哦，是呀，写作的人喜欢清静，永远不会孤独。”我说。

…………

如今，我们省的这位德高望重的老作家也已过世多年了。回到京城的那位著名女作家仍然高产，又写了许多堪称经典的文学作品。就在她事业如日中天的时候，突然不写了，自此在文坛上销声匿迹。

不知是不是巧合，她封笔不写，正是我们省的这个老作家去世之后。

传说她信了佛，同样不知真假。

酒神

宁春强

狗剩饭量大，大得惊人。一次，有人在村代销店设下赌局，说是若谁能一口气吃下 15 个月饼，就分文不收，白送。没人敢试。狗剩来了，嚷着："还有这等好事？"遂抓起月饼就吃。狗剩一口一个，越吃越欢。当只剩下最后一个月饼时，设局的人慌了，哀求道："这个留给我吃吧，算你赢了。"狗剩迅即把那块月饼塞进嘴里，一眨眼便吞了下去："给你？想得倒美，我还没吃够呢！"

狗剩酒量也大，一顿喝上二斤老白干，丁点儿不醉。而今，石门村里的小卖店也多了起来，从村东到村西，共有四家。狗剩馋酒了，就去小卖店，从东到西，一家接一家地喝。每家半斤，不多也不少。

"都一个村住着，怎好去他家，不去另一家？"四家小卖店都去，是狗剩喝酒的一项基本原则。打上半斤散白干，或就一根黄瓜，或就两块饼干，或什么也不就，款款地喝。半斤酒喝完，便起身奔另一家。如此喝罢四家，刚好二斤，浑身就有说不出的畅快。二斤白酒对狗剩来说不多，虽脸有些微红，却不醉。刚刚好。

也有喝大了的时候。比如，在第一家小卖店喝酒时贪杯，多喝了二两，那么到其他家也得多喝二两。每家多喝二两，总量便接近三斤了，狗剩就容易兴奋。

狗剩一兴奋，定然是喝大了。喝大了的狗剩闲不住，好去老宋家干活儿。老宋的女儿麦穗，当年跟狗剩好过，后来却嫁给了复州城里一阀门厂的工人。那年月，工人吃香，月月开饷，谁能不稀罕？后来，阀门厂倒闭了，麦穗跟随下岗的丈夫去广东打工，很少回石门。老宋的家，就越发显得有些孤寂了。

狗剩借着酒劲，风风火火地闯进老宋家，抓起两个水桶，就去老井打水。老宋家有两个水缸，一个在屋里，一个在屋外。狗剩挑水不用扁担，一手一桶，提水行走，健步如飞。片刻，老宋家的两个大水缸，就被灌满了水。

有人见了，打趣地问："狗剩，又给老相好家送水了？"

狗剩眼珠一瞪，反问："咋的？犯法？犯法不犯法？!"

狗剩饭量大，酒量大，胆量也大。狗剩有辆马车，有三匹枣红色的马，这些马也是他的最爱。喝大了的时候，狗剩好套上马车，在村道上奔跑。当然是给老宋家拉东西。或往田地里送粪，或往回拉庄稼。石门人见状，全都躲到道边上，惊恐地看着狗剩坐在马车上，不时地扬鞭催马。这要是从车上掉下来，再被载重的车轮碾压着，可怎么得了？

奇怪的是，狗剩喝再多的酒，也不曾从车上掉下来。“酒神！”就都这么说。

狗剩是村里的“忙头”。石门不管谁家，逢有红白喜事，狗剩都不请自到，帮着忙里忙外，仿佛是这家的主人。狗剩帮忙，从不要报酬。哪怕人家给一瓶酒，他也会翻脸：“干什么干什么?! 谁家还没有点儿事儿？乡里乡亲的，帮把忙是应该的。给东西？外道了啊！”

冬天说来就来了。村两委换届，按上面要求，搞直选。结果出来后，吓了狗剩一跳——他居然高票当选为村主任！大家都说狗剩这人公道，有没有能力不说，单凭公道这点，就值得信赖。

狗剩上任后，喝过一场大酒。是乡长约狗剩喝的。那天，在政府招待所，乡长让狗剩陪信用社马主任喝酒。马主任说：“都知道你狗剩海量，今天你喝一杯，贷两万。想多贷，就多喝。”

石门缺水。不解决水的问题，搞设施农业就将成为一句空话。狗剩当选村主任后，想的第一件事，就是贷款建水塘。

“好，咱一言为定！”狗剩端起酒杯就喝。乡下的酒杯大，一杯四两。连喝十杯，狗剩抹抹嘴，说：“二十万。我明天就去信用社办手续，马主任可不要反悔啊！”

回到村里后，狗剩召集村民代表开会。狗剩说：“请大家共同监督我，以后，我若是再喝酒，就甘愿被罚，每次一千！”

狗剩想，不能靠酒量带领大家脱贫致富。要当好村干部，必须有真本领。之后，狗剩频频进城，科普大集、农业推广中心等地方，常常有他的身影。酒神真的把酒戒掉了！

转眼，又是一个冬天。冬天来临的时候，老宋去世了。麦穗匆匆赶回来时，见狗剩正在守灵。

“谢谢，谢谢。”麦穗不知该说些什么好。狗剩对她家的照顾，她早有耳闻。

“不用谢。”狗剩说，“以后石门不管哪家孤寡老人去世，作为村主任，我都会去守灵的。”

就有眼泪，雨点般从麦穗的眼里滚落下来。

陪我坐会儿

丛棣

某天，我的电话响了，是个陌生号码，这让我很紧张。犹疑着接通了，对方跟我很熟的样子，声音有些慵懒："忙吗？有没有时间？"我嘴上"哦哦"着，同时脑子飞速旋转，过滤掉一些名字，听他继续说："就今天下午，出来陪我坐会儿？"

想起是谁了……

城市不大。两家离得不远，却有些年没见了，也不通电话，我们之间的友谊似乎还停留在少不更事的年代。我一时语塞，不知该如何应对。他也没有察觉出我的慌乱，语气近乎哀求："我想见见你，出来坐坐嘛。"

"出来坐坐"，一度是社交辞令，时真时假，最多会牵扯出一场无意义的酒局，我对此一直很抗拒。好在，他的话及时跟进："去西山吧。下午两点，我在秋千那儿等你！"

西山，勉强能称之为山，已作为公园向市民敞开，是休闲健身的好去处。不是周末，避开一早一晚，看不见几个人影。我是循声找去的，秋千上，他在轻轻晃荡。那排铁架子有些年头儿了，是某家工厂捐赠的，很结实，荡起来吱吱扭扭，动静挺大。他变化也挺大，脸色苍白，单薄得像张纸片，我生怕他会被一阵风吹走……

没有寒暄，他眯起眼睛点点头，仿佛我们天天打照面一般，这让我很释然。

秋千也是座位，有点儿凉，被无数屁股打磨得锃亮。我挨着他坐下，也轻轻地悠荡起来，一度两脚离地。

"最近怎样？"

"还那样，你呢？"

"也还那样。"

之后，就是吱吱扭扭的声响。我俩都眯起眼睛，看向别处，好像都在走神。

我递过去一根烟，他不好意思地摆摆手："戒了，早就不抽了。"又说："你也少抽点儿，烟不是什么好东西。"

好像一下子找到了话题，我问他：“酒还喝吗？”

“喝不动了，也停了。”

“呵呵，你这是要成仙啊……”

他愣怔了一下，随即赔笑：“以前净瞎折腾……”

我知道他说的是年轻时候，十多年前，或者更早，有段时间我俩形影不离，无酒不欢，除了嘻嘻哈哈没别的事干。那时候我们都没结婚，喜欢说过头话，做出格事，总觉得飞黄腾达是指日可待的事，天天欢快得毫无理由。此时，他应该也沉浸在悠远的回忆中。午后的秋阳很暖，天空出奇地蓝，我们头顶的树叶也跟着绚烂起来……

不知过了多久，他站了起来：“走，带你去个好地方！”

盘山步道很平缓，也迂回，他大口地喘着气，像个佝偻的老人。我们停歇在山腰某处，他说了句俏皮话，有点儿突兀：“哈，见证奇迹的时刻到了！”他开始从口袋里往外掏东西，左手一把花生，右手一把榛子，摆在石台上，然后抱着胳膊往上看。我也好奇地望向山坡：杂树、荒草、怪石……直至亮点出现。

是松鼠。三两只，警惕而敏捷，矜持片刻就全都跳跃着过来了。

一点儿都不认生，伸手喂它们，还知道立起来用两只前爪去接，很有礼貌。个个皮毛油亮，尾巴蓬松，它们捧食坚果的样子呆萌又虔诚。我从没亲昵过野生小动物，不禁怦然心动。他又分给我几颗榛子：“你看，一个个多肥，都让大伙儿惯坏了！”我俯下身引逗：“真好看，真好玩儿……”

他的手很纤细，毫无血色，手心的花生和榛子也越来越少，终于空了。

好像察觉到什么，他撸起袖子给我看，还要和我比比手腕粗细，结果，相差悬殊。问题是白，惨白，皮下血管异常清晰，很扎眼。

“白吧？”

“你以前就白，我比不了。”

“来时我还特意洗了洗，尤其手腕，我每天会洗好几遍……”

他扯扯嘴角，脸上现出一丝怪异的笑。

我很费解，也没再问什么。我没问他的身体他的生意他的家庭生活，就像他没问我一样，我们似乎早就懒得诉说和倾听了。早前隐约听说他日子不好过，这也正常，大家都不好过，这些年也都这么过着。我无法理解的是，他怎么会忽然想起我并叫上我，真就是陪他坐会儿那么简单吗？如果没那几只小松鼠凑趣，这个下午将变得毫无意义。那只是倏忽而过的一抹亮色，如果是单纯来给松鼠投食也说不过去，大把时间，两个大男人……

之后，他还给我打过一次电话，还是那两句话，好像一个字不多，一个字不少。我推说忙，走不开。其实我一点儿都不忙，我丢了工作，又离了婚，整日宅在家里，连电话都不想接。我实在不想出去，也没什么心情陪谁坐一会儿……

他死了。两个月后我才知道，其时外面大雪纷飞。

什么癌晚期吧，就算不出意外他也看不到今冬的雪。算算，应该是在我拒绝他后不久出的事。嗯，他是自杀，还是割腕自杀。

我踩着雪去了西山，先是荡了会儿秋千，吱吱扭扭的声响尖锐又寂寥。后来我又找到了那个给松鼠投食的地方，掏出一把花生，坐在那里等。松鼠一直没有出现，它们应该已储备好了过冬的食物，此时都躲在隐秘的家里，耳鬓厮磨，睡意昏沉……

雪又下了起来，沸沸扬扬。忽然想打个电话，随便给谁，只说："能陪我坐会儿吗？"

“食在人”早餐馆

七戒

“民以食为天”大酒店对面，有个不起眼的早餐馆，名字叫“食在人”，已经开了近二十年。我揣摩，老板这个店名是取“实在人”的谐音。的确，老板老吴是个特别实在的人。

老吴不到五十岁，听口音有点儿不像本地人。他只经营早餐，老三样：油条、油饼、豆腐脑。每天凌晨三点起来忙活，上午九点左右打烊，然后他就回家待着，平时与周围的人基本不交往。

老吴的媳妇也在餐馆里帮忙，夫妻俩关系很好。儿子在外地读大学，放寒暑假也到餐馆帮助招呼食客，挺斯文的一个小伙子，待人处世特有礼貌。

老吴经营的早餐“老三样”都可圈可点，用料足，味道正，价格合理，回头客很多。如果谁哪天忘记了带钱，用餐完毕，喊一声“老吴，记账”，就可以抬腿走人，该干啥干啥去。有的人用餐完毕，走了，把背包、手机、雨伞什么的遗留在老吴的餐馆里，待想起来了，回头找，基本都不会差事儿。也有的人用完餐忘记了付钱，也不说赊账，抬腿就走，老吴也不会阻拦。有人日后想起来，把饭钱补上；有人压根儿就不提钱的事儿，白吃。

一天，老吴的媳妇对老吴说：“老吴啊，咱店里装一个摄像头吧。”

老吴说：“花那个大头钱干吗？”

“怎么是大头钱？”媳妇一边擦桌子一边说，“有人吃饭是真忘记了给钱，有的人是故意装糊涂。你不好意思，他好意思，贪便宜没一个够儿。我跟你说，这摄像头不装不行！”

老吴憨厚地一笑，说：“不要把人看得那么不堪，如今不是过去，谁还吃不起个早餐！三块五块的，算啥啊？这个摄像头，没有必要。”

老吴坚持不装摄像头，媳妇也不能来硬的，装摄像头的事，暂时就搁了下来。一次，一个陌生食客，用完早餐离开，十分钟后满头大汗地跑回来，说是公文包遗留在餐馆的凳子上，里面有一块价值几万的劳力士手表，问老吴看见没有。老吴说："没注意啊！"

"你是干什么的？!"那人火了，一把薅住了老吴的脖领子，老吴媳妇急忙劝解。那人掏出手机报警，警察来了，在老吴餐馆里搜查，没找到公文包。警察最后要了老吴的身份证，让老吴拿着身份证拍照。

事后，老吴媳妇说："看来摄像头不弄是不行了，出事了有嘴难辩，他奶奶的……"

摄像头装上了，食客们没觉得有啥，老吴自己觉得特不自然，总觉得有一双眼睛时时刻刻在监视自己。在烙油饼的时候，一个不小心，还把手烫伤了。媳妇说："你看你这点儿出息，摄像头是我们自己的，你紧张个啥？"

老吴被警察抓走的时候，大家都特别奇怪。有人说："难道是老吴真的贪财，留下了那个装有劳力士的公文包？"有人说："人不可貌相，一块劳力士几万块，也难怪，这次弄不好要蹲'笆篱子'，不信，你就看吧……"

后来，老吴果然蹲了"笆篱子"。也就是说，蹲监狱了——被判有期徒刑十五年。不过，老吴确实没有拿那个莫须有的公文包。

警察根据"大数据"，锁定老吴是一个杀人在逃犯。老吴不是本地人，来自千里之外。二十年前，老吴正年轻气盛，在老家开饭店，酒后与一个吃霸王餐的人撕巴起来，用剔骨刀误伤了对方。那人在医院里死亡。老吴怕坐牢，就逃到这里，隐姓埋名，洗白身份，并结婚生子……

老吴坐牢了，他媳妇就撑起了"食在人"早餐馆。她说："不能让老吴的餐馆黄了，要好好干下去，等待老吴刑满释放。"如果有人误解，说老吴因为盗窃罪坐牢，老吴媳妇就会纠正说："老吴是杀人犯！"

布伦木沙

宗利华

盖孜峡谷变得更加幽深，两边儿似乎随时会有岩石滚下来。前方的路有时看似突然消失，逼近后却又像硬生生在悬崖边凿出了一条道来。稍远处，可见冰山，冰雪从那里消融后，形成小溪，一路千条万条汇聚下来，流到我们身边儿，已是激流奔涌的一条大河。

我的手紧抓车把手，开车的老李却气定神闲。此人肤黑，额宽，头发有点儿卷，猛一瞅，像个蒙古人。他甚至还哼起歌儿。歌词我一句都不懂。

目的地是塔县。那里具有无穷而又神秘的魅力。此前，我对其印象仅仅是那部老电影，冰山、戈壁滩、寒风呼啸以及那忧伤的歌儿："花儿为什么这样红？"

"个小巴郎子，他真是勺子！"老李笑着说。

一个内地记者，一个边疆老警察，两中年男人偶遇却很快喜欢对方，似乎是件怪事儿。在喀什刚见面儿我就认定，老李是我的最佳采访搭档。不仅因为他跟采访对象熟，还因为我一眼就看出，此人身上写满故事。——我认识的新疆警察，哪个身上没有一大把故事？男人间交流，要靠酒做媒介，前一晚喝至酣处，彼此端起酒碗，哐啷一碰，仰头干掉，朋友关系立马敲定。

"巴郎子"指男孩儿，"勺子"则是傻瓜。

"当年，部队转业，他完全可以留乌鲁木齐，可他非愿意回去。"

"还说别人，你不也跑那里去啦？"

"我是内地人嘛。你想，红其拉甫、哨所、边境线、雪莲花、慕士塔格峰、昆仑山、雄鹰，哎哟，这些词儿、画面，活蹦乱跳，叫人热血奔流！这不就是一个男人想要的吗？一个男人，这些让人热血沸腾的东西就摆在眼前，你不去看看，不去经历下，将来不后悔死啦？可他不一样，他是地道的塔吉克呀。"

"他为啥坚持回来？"

"这人从来不说原因，几乎都不说话。你知道吗？他刚到塔县，立马被安排到马尔洋派出所，当所长。"

“一转业就是所长，多好！”

“好个勺子！你知道他前任是谁？就是我。我开车送他去报到。半路上我一瞅，这孩子挺激动，忍不住想泼冷水。我说：‘布伦木沙你先别高兴，那地方，只有你一个人。好处就是，所有职务都没人跟你抢，所长、教导员、副所长、户籍员、治安员，你想当啥当啥，随便挑。’”

“有这样的派出所？”

“当然有！那地方就一平房，没水没电。晚上点蜡烛，要喝雪水。白天好说，一到晚上，方圆多少里地，一点儿灯光都没有，除了狼叫就是风声。一个人呀，那种寂静、孤独，简直要人命啊！可你猜怎么着？他一听，兴奋得两眼冒光，说：‘我就喜欢那样。’我瞅他一眼，心说，你就是个勺子！”

我心里忍不住酸痛片刻。

“咱们到不了那里，暴风雪快要来临，万一挡在达坂那边儿，你就在那里过年吧。自从勺子去那里，两年多，我俩没见过面儿。我当时在班迪尔当所长。那儿人多，仨大老爷们儿。我们盖了个蔬菜大棚，里头挂个油桶，洗澡用。有时候仨老爷们儿，光溜溜一块儿洗，要不水不够啊。”

一个人的派出所，那是啥样子啊？我依然沉浸于此。

“他后来生活的场景，比在那派出所还惨。高原帐篷哥嘛！”

布伦木沙独自一人，背个帐篷，攀行在高原上冰山深处，寻找散落的牧民。塔吉克牧民随时转场，居无定所。有的一家三代，都没有身份信息。布伦木沙要把信息记在本子上，带回县城，输入电脑。此非一日之功。可能在山里转半个月，一个人都碰不到。他随时随地安营扎寨，在山里一转，就是好几个月。帐篷外面，竖一杆红旗。方圆数公里，只要看见红旗，就能找到流动派出所。

“有一回感冒，发烧，要不是牧民发现，这勺子就把命扔那里了！整整一个月，用草药把他救过来的！常年一个人，现在他都不会说人话啦！”

老李早就提醒过我，采访布伦木沙难度极大，人怕是不好找。到目前，塔县公安局还没反馈信息。我们俩极有可能扑空。再一个，此人连句囫囵话都说不好。厅里将他树为旗帜，专程邀他赶到乌鲁木齐，进电视台演播室。稿子写好，配俩老师做指导，折腾整整一星期，结果此人一登台，脸憋得通红，硬是一句话没说出来。“紧张得哟，差点儿尿裤子！”老李哈哈大笑。

“布伦木沙是啥意思？”我突然想起这问题。

“那是一条河的名字。塔吉克人认为，世界是由水、火、土、空气组成。水排在首位。牧民靠水生存嘛，转场就是沿着河走。塔吉克小孩子，就以河呀，与水有关的东西呀，来取名字。文艺点儿的翻译是，相信对你会有帮助。还有种说法很简单：木头筏子，河上渡人用的木头筏子。有些山里小孩儿上学，要过单边绳索桥，不是走上边，是用绳子捆腰上，悬挂着，划过河去。布伦木沙就经常护送小孩儿过河。”

有意思！布伦木沙，木头筏子。

前方峡谷出口，叫作布伦口。路标显示，海拔三千三百米。车子因为缺氧，发出吭哧吭哧的声音。好不容易爬出峡谷，视线突然开阔无比，面前骤然出现一片幽蓝的水面。稍远处，则是灰白相间的一带沙山。

我和老李站在沙湖旁，望着远处的公格尔雪山。老李又哼起一首歌儿，然后扭头解释：“这是塔吉克民歌。意思就是：只有翱翔蓝天的雄鹰知道，帕米尔高原的宽广。只有古老的鹰笛知道，年轻猎手的忧伤。”

捡漏儿

程宪涛

十年以后，吴征已是鉴宝专家，古玩行业的翘楚，古董界的权威。吴征经常参加鉴宝秀，出现在电视上、课堂上，或一针见血巧辨真伪，或化腐朽为神奇。但是，最让他引以为豪壮的事，依然是那次捡漏儿。“漏”摆在楠木架上，在各朝历代器皿中，虽然显得不起眼儿，地位却是举重若轻。

那一年，吴征到河南出差，完成公干后逛古董摊儿。地摊儿上多是仿冒品，他没指望淘到什么。无心插柳柳成荫，在最西侧一摊儿上，他发现了这个物件。摊主50岁左右，黑黝黝的脸庞，浑身筋骨分明。正面多是一些赝品，角落里蹲着“漏”。

吴征的心怦怦乱跳，仿佛饿狼要冲出山。吴征把欲望关进笼子，表现得轻松平静。他采取声东击西的策略，拿起一件做旧的砚台，询问价格。摊主回应的价格离谱。吴征又拿起仿制香炉，摊主说出实情——是假货。在古董市场里，真真假假虚虚实实，含含糊糊模棱两可。现在吴征准备围魏救赵，他装作对罗盘感兴趣，开始认真地砍价，挑拣罗盘的毛病，那是民国时期的器物，本就不值几个钱。吴征把价格压得低，双方自然无法谈拢。

然后，他终于拿起“漏”，仿佛漫不经心地刚看到一样。吴征第一眼就断定，那是唐朝时期的瓷器，时代特征不明显，恰恰因这一点，让很多人失之交臂。吴征问：“这小家伙什么价？”摊主伸出了一个巴掌。吴征故意说道：“五十块？”摊主显出不屑，道：“五百。”吴征用指鹿为马战术，道：“寻常百姓家的东西，花哨但缺少质感和气度。”其实，摊主再添两个零，吴征购买的意志依然坚定。这时有人走过来，吴征侧身挡住“漏”，唯恐被抢夺走，或者来人哄抬物价。好在那人没发现。吴征继续道：“四百我拿走。”摊主道：“四百九，给你留个打车钱。”吴征显出无奈的样子，从衣兜里摸出钱递上，接过找的十块钱，捧着“漏”撤退。

业界人士来欣赏“漏”，有人出百倍价格，有人出千倍价格。物以稀为贵，世上孤品，奇货可居。“小小的古董，是时代的断面，包藏着历史、地理、文化……”后来吴征在各种场合，描述这段捡漏儿的经历，面对电视台主持人，面对礼堂黑压压的人群，面对来访的朋友同事，经过无数次加工润色、添枝加叶，使其成为一段传奇故事。吴征在故事里斗智斗勇，占据主动控制节奏，而摊主顽固无赖，始终被蒙在鼓里，最后变成了一个傻瓜，与财富擦肩而过，把珍品拱手相送。其中，吴征添加了自己忐忑、惶恐、害怕等心理活动，人物有血有肉，故事具有可听性。吴征娓娓道来、侃侃而谈，引来听者的艳羡感叹。吴征总忘不了煽动、蛊惑听众去小摊儿，说不定有意外收获。

若抛开文化和历史，用金钱衡量古董，吴征仅凭这个“漏”，就能跻身小康水平。他现在已成为专家大师，各种头衔称呼里饱含着对吴征的敬佩尊重。吴征每天坐在楠木椅子上，品味着上好的红茶，目光停留在古董上，内心滋润且满足。

某天，再次去河南那座城，吴征想到古董摊儿上看看，重温下历史，缅怀下过往。他很少到摊位来淘宝，即使来，也是以居高临下的眼光，用达观的心态闲逛。遗落民间的珍宝少。十余年了，那个摊主还在。十多年的风霜雨雪染白了吴征的头发，摊主没有大变化。看来摊主没有发财，没有淘到值钱的货色。以前摊上还有民国造物，现在全是仿制品。

彼此咫尺天涯，吴征一步登天，摊主平淡平庸。吴征拿起一个盘子，即使是初入门的人，也一定看得出来，这是一个低劣的赝品。尤其可笑的是，盘子上居然烧着字，画蛇添足欲盖弥彰。吴征说：“一万元卖吗？”摊主正在吃盒饭——一碗浑浊的麻辣烫。他吃惊地抬起头来，下意识地说道：“卖！”吴征道：“可以转账吗？我没有带那么多现金。”摊主放下麻辣烫，重视起生意来，道：“如果你执意买的话，给二百块钱得了。”

“为什么？”吴征问。

摊主道：“那是赝品，我不能骗你！”

吴征不知如何离开市场的。他从此不再讲述捡漏儿的故事。那个“漏”放在角落里，有人问起来历，吴征就说：“骗来的！”

询问的人审视吴征，道：“吴大师，你的意思——？”

吴征认真地说：“真的！”

猎人

王小忠

一个深秋的后晌时分，旺秀穿过一片草原，找了些树枝，靠一段矮崖搭了一个临时的窝棚，打开炒面袋，开始了深山里的生活。

玉盘般晶莹剔透的月亮一动不动凝滞在空中。微风的骤然停歇并没有使人感到有一丝暖意，反而使人觉得有点儿冷森森的。猫头鹰一阵紧似一阵地嘶喊，山雀扑棱棱在夜空里乱撞着，野狐喊冤叫屈一般……

旺秀躺在窝棚里，双眼迷离。

一只光溜溜的金黄色猞猁从眼前箭般穿过，旺秀也箭般奔出窝棚。猞猁进了洞。洞口很小，只允许旺秀的腿伸进去，而无法满足整个身子畅通无阻。望了一会儿洞口，旺秀带着巨大的失望原路返回了。

——原来是一场梦。

阳光斑驳，透过树枝射在旺秀脸上，旺秀醒了。旺秀朝昨夜追猞猁的地方走去。很快就到了，可那儿没有猞猁进出的洞口，那里只有一个悬崖。令人眩晕的悬崖。旺秀脚下的石子滚下去，半天才传来一阵空旷的响声。

旺秀转过几道山梁，不见任何活物的影子，也没有发现一个洞穴，旺秀觉得胃里像有万千条毒蛇在搅动。来到搭好的窝棚前时，太阳已落山。打开炒面袋，取出木碗，迫不及待的旺秀向眼前的山泉边跑去……

这是第一天。旺秀躺在窝棚里，暗暗算着日子。

大山里的夜，一半是诗，一半是谜。旺秀睡不着，他开始想起早年在草原上的经历，想起牧场上的酥油花和蕨麻花。酥油花和蕨麻花是太阳底下最灿烂、最美丽的花，但由于生命短暂而很少有人去歌唱或在意。人和这些花有什么不同呢？想到这里，他感到有点儿难过。微风忽东忽西地摆弄着眼前浓浓的枝叶，泛着铁青脸色的苍穹，那样神秘、幽邃、遥不可测，忽隐忽现的星星仿佛打着哈欠。黄鼠狼擦着树枝，弓起脊梁，发出吱吱的叫声，开始在旺秀装有炒面的袋子四周盘旋。

旺秀是当地出了名的猞猁手，早年他用细铁丝挽成的套子专门套猞猁。猞猁有灵性，当它钻进套中的时候，就来回打滚儿，直到翻滚许久仍无法挣断铁丝套子时，就抬头发出呜呜的悲呼声。

徒奔了整整四天的旺秀没有寻到一只猞猁，他想起老人们的说法：做一个出色的猎人，不但要有百发百中的枪法，而且还要有打败一切天敌的胆量和能忍受所有寂寞与等待的气度。可旺秀不是猎人，他是牧民。他知道，一旦到深山密林来捕猎，就是一名猎人。

暮色已至，山林静得有些异常，仿佛一切都进入了梦乡。旺秀踏着疏松的衰草，一步步向窝边走去。所有的希望都已幻化成一股强烈的食欲。的确，踏遍了所有山梁，再不能这样待下去，炒面只能凑合一两顿了。

暮色越来越浓，道路难以分清了。垂下的枝条在旺秀脸上抓下条条伤痕。今夜可以安稳地休息，天明就回去，这片山林里并不像老人们说的那样富饶。

——啊！一个巨大的如缸一样圆的东西从旺秀眼前奔驰而过，四周的枝叶发出了哗啦啦的声音。旺秀的血管像充了气一样，剧烈地膨胀起来。

野猪。感觉告诉旺秀，窝棚已完蛋了。

旺秀蹑手蹑脚地来到窝棚前，点着火，眼前是一堆被糟蹋得七零八落的树枝。

——炒面！旺秀在最短的时间内扒开所有树枝，然而袋子已经变成了几片巴掌大的碎布。旺秀的骨头开始变软，他渐渐地瘫倒在地上。

山林里最可怕的是野猪，人一旦遇上它，难保全尸，老人们都这样说。旺秀感到脊梁上像插进去了一根冰棍一样。野猪还会来，那点儿炒面，怎能让它安然入睡呢？

猫头鹰怪异的啼泣不断传来。无边的夜幕严严实实覆盖着广袤的原野和山林。世界仿佛在突然间凝重了许多，神秘了许多。

多待一会儿，等于拉近与死亡之间的距离。旺秀的骨头又慢慢变硬了，他站了起来，向林外走去。

树林中仿佛有一双双布满杀机的眼睛在盯着旺秀，脚下也仿佛布满了陷阱，旺秀抓着身边的树枝，试探着把脚缓缓放到地上时，才敢出一口大气。这时候，旺秀才感觉到，在大自然面前，一个人的生命力并不比一只幼小的昆虫强大多少。

远处的山梁上传来了声声猞猁的呜哇叫喊声。多么富有诱惑的声音啊！旺秀的心在咚咚乱跳着。可是，他已咬定了牙，决定走出这片山林，永远定居下来，不能让儿子继续这种冒险的生活了。

住地窨子的人

安石榴

满天星屯外就是一大片庄稼地，顺着山谷望去，没有尽头。两边的山错综复杂，那山看起来不远，可望山跑死马，你走去吧，小半天也难走到山跟前。有的近，就在眼皮子底下，仿佛一抬头就能撞着鼻子。

这片肥沃的土地大多数属于张化远。老早以前，张化远的先辈以每亩地一块钱的价格买到手，风里雨里开垦出来的。

张化远专门雇了人看青。可并不是看人的，这地方不大有人偷庄稼。来往的行人掰几穗苞米，拢一把火烤着吃了也没事，这是可以的。雇人主要是看动物，鸟啊野兽啊，它们糟蹋庄稼。单说野猪，一来一群，践踏一遍就是一场灾难，损失可不是零零星星的，挺要命。

张化远雇的看青人是一对夫妻，外来的。当时他们都已人到中年，光板两人，不见子女孙辈。两个人倒也齐整干净，头是头，脸是脸的，都那个年龄了，还这么周正，一看就能猜到年少时必是一对妙人。看起来这两人没什么家底，一人背一个包袱，只不过男人背的包袱大，大很多。除此之外别无他物了。

他们给张化远看青，看得挺好的。以前，张化远去他的地里察看，回来一路都吵吵嚷嚷、骂骂咧咧的，不是乌鸦啄坏了苞米棒子，就是雀子们偷瘪了谷子，要么就是黑瞎子祸害了一大片，野猪把一亩黄豆全给拱了。

“完犊子了！全是废物！”他骂着骂着，就把看青的人也捎带上了。

自从那一对夫妻来后，张化远就消停了。夫妻二人住在屯外的地窨子里，地窨子半截地上半截地下。有人站着说话不腰疼，说它冬暖夏凉，那你就来试试吧，其实暖也不暖，凉也不凉。窝棚呗，还能咋地？

夫妻二人平时不大进屯子，需要什么东西了，一般由男人进屯，到杂货铺买好东西并不急着走，也不掺和闲人们扯闲篇儿。他沉默无语，坐在窗子边上，干拉二两小烧，有一搭无一搭地看着街景。赶巧有死乞白赖爱说话的，问他：“你是咋整的？”

男人转过头，平静地看看跟他说话的人，没吱声，可能他不想接茬儿。

还问："你是咋降住那些个畜生的？"

男人回道："火。"然后恢复原来的样子，继续干了他的酒，看街景。喝完，走人。

一年秋天，豆腐坊老李的老婆带着老丫儿上山采蘑菇，经过地窨子，见到了看青的这对夫妻。二十多年过去了，这对夫妻明显老了，干瘦枯槁，像要不行了似的。出来碰见了，两人唠了几句，唠得挺好，老太太就请老李的老婆坐坐，她们就坐在地窨子前面一块空地上的木条凳上了，接着唠嗑。

老李老婆说："你的儿女们呢？"

老太太说："我们没有。"

老李老婆"哦"了一声，有点儿不好意思，冒失了。

老太太倒也不在乎，说："我也生养过，还好几个呢。"

老李老婆明白这是没活下来，就点点头，说："有这样的，你瞧我，也只剩下这一个老丫头。"她拍了拍老丫头儿的肩头。

老太太说："生下来都是活的，让老头子给整死了。"

老李老婆就吃了一惊。

老太太说："这里有个缘故……"老太太稍一沉吟，倒不见得不想说，她在琢磨怎么说。老太太看了一眼庄稼地，立秋之后苞米棵子立马就变了，那么大的一片苞米地，之前还是翠绿的嫩嫩的样子呢，忽然有一天早上起来，就见一片苍绿，沉沉的，让人觉着冷，觉着那个落败的秋天，不管你乐意还是不乐意，它马上就要到了。老太太收回目光，说："我是跟着老头子私奔的。"

老李老婆又吃了一惊，看着她。

老太太说："我十八岁嫁了一家，不好，男人总打我，我跟婆婆也不对付。后来，我跟老头子跑了，我那夫家就在后面追我们。不瞒你说，有一次好悬，逼得我们两个藏到黑瞎子洞里了，幸亏黑瞎子没在，要不小命儿早没了。那个人是个啥人呢？有仇必报，我们走到哪儿，他就追到哪儿，追了我们半辈子。没招儿了，我们才躲到这山沟子里的。"

老李老婆不自觉地张开了嘴。

老太太说："我和老头子都想好了，我们也不藏着掖着了，我那男人要是没死，我们就在这儿等他了。"

悦见山

许仙

柏君的骨灰就藏在儿子松子的双肩包里。我带他们乘火车去八百里外的浙东南山区。那是柏君的老家，也是我的老家，但我们不同镇。这是今年春天的事。柏君在遗嘱里说，这是他唯一的心愿。我没有理由不帮他实现，尽管我们离异 10 年，但他毕竟是我前夫、松子的父亲。

去浙东南山区的，仍旧是绿皮火车。午后我们抵达县城，在街上匆匆吃了碗面，赶汽车进山，九曲十八弯，回到悦见山下林家漾村时，已近傍晚。山里原本暗得早，淅淅沥沥的小雨，又平添了几分忧愁。松子的爷爷奶奶已在村口候了半天，见到孙子，他奶奶直抹老眼。他爷爷默默地抢过行李，沉重地走在前面。家里准备了丰盛的晚餐，但谁也没有胃口。松子 15 岁了，已经懂事了。他爷爷让我们早点儿歇着，说明天要起早上悦见山。

是夜，隔壁呜呜咽咽，如泣如诉，我也整宿不能入眠。

第二天天蒙蒙亮，我们吃了点儿热的，就出门。他爷爷带路，我和松子在中间，他奶奶走在最后。我们哑巴似的绕过神奇的林家漾，找到小路上山。林家漾是山脚下一个不大的水潭，为何叫"漾"，不得而知。据说村里早年失踪的人，都是跳进漾里不见的。我们跟着他爷爷在白雾裹腰的山上绕来绕去，原始森林难走，头上冷不丁就浇下一阵小雨。走了个把时辰，松子累了，问我在找什么。我说："在找你爸的树。"

"我爸的树？"松子不解地问。

我说："你爸灵魂所寄居的那棵树。"

"迷信！"松子嘴巴一噘，一脸真理化身的表情，很可爱。

无论性格、神情，还是说话口气，松子都像他父亲。我告诉他："山下那些村里人都相信人是有灵魂的。这是种信仰。他们相信在出生前，他们的灵魂就寄居在山上的某棵树上。你有你的灵魂树，他有他的灵魂树。所以他们稍微长大点儿，就会年年上山来找自己的灵魂树。"松子清澈的双眼望着我："我爸找了吗？"

“找啦！”我说，“他八岁那年找到的。”

“他是怎么找到的？”

柏君是个诗人，他应该出生在唐朝，而不是当今。虽说他是写现代诗的，但和贾岛一样属于苦吟派诗人，一天能熬制一句诗（而不是一首诗）就狂喜不已。我和他是在省城相识的，因为是老乡，我们非常谈得来，就谈进了婚姻。当时他在市公交公司当司机，开车时经常灵魂出窍，跑去找诗了——出过几次车祸后，就被降为修理员。但修理员他也绝不称职，常常丢三落四，四颗螺帽只拧上三颗是常有的事。最后，他就拎着水桶和拖布，沿着国道去清洗一路上的站牌。即使如此，他对诗的狂热依旧不减丝毫。某天吟得一句“夕颜耽于殉道，耽于攀缘”，或“今夜，所有的故事都微张着眼”，他就能狂妄到发疯，跟我滔滔不绝。过去，我敬重他，但诗当不得饭吃、当不得衣穿，有了松子后，被生活所逼，我就不得不带着儿子离开了他。不然，我们都会被他毁了。他一天抽两包烟，饮酒无度，购书成癖，家里连生活费都没了，我们还得掐住脖子供他的诗。他不食人间烟火，可我们得食呀！我跟他说了多少年，首先得生活，然后才是诗，但他不听，他说让他放弃诗，不如死了来得痛快。

我是不懂什么叫诗，吟到一句“大地有时也不在地上”这样的诗句有意思吗？我带松子离开后，柏君依然故我，贫困潦倒，颓废消沉。今年春天柏君病故时，他只给松子留下半箱子每张白纸上只写了一句诗的零散的诗稿。他在生前尚未用这些碎片拼凑成一首完整的诗。我把半箱诗稿收藏了，等松子再大些，他上大学时再交给他。

终于找到了。那是株苍劲奇特的老栎树，冠如华盖。松子的爷爷和奶奶在树下摆上供品，焚香点烛、施酒，祭奠山神和树神。松子突然叫：“那儿有个人！”我问：“哪儿？”他手指着上坡道：“那棵树下。”可是没有人呀。他爷爷问：“是怎么个人？”松子说：“老人。”他爷爷说：“柏君八岁那年，就是在这株树下遇到了成年的自己。”他还说：“在自己的灵魂树前，童年的你会遇到年老的你，年老的你也会遇到童年的你，因为灵魂是永恒的。”我听得头皮发麻，浑身起鸡皮疙瘩。

我们将柏君的骨灰撒在老栎树的根部。

我们双手合十，默默祈祷，愿他的灵魂在此安生。

当我们离开时，松子的爷爷带我们去找松子刚才见到过人影的那株树。距离老栎树不远，隔了数株大树。那是株高大的三角枫，孤傲而从容。松子拍拍粗糙的树干说：“老人站在这儿，还冲我笑呢，忽然就不见了。”他爷爷说：“那是将来的你。”又郑重其事地说：“这是你的树，你的灵魂树。”松子不信，问他爷爷：“怎么才能证明是我的呢？”

他爷爷从三角枫树上剥下一块手掌大的老树皮，让松子带回去。他爷爷说：“你把泪水滴到它身上，久而久之，它就会在黑夜里开出雪白的花朵。那是食泪花。只有自己灵魂树的树皮，用自己的眼泪浇灌才会开花，你懂了吗？”他爷爷又说：“你父亲也有过一块。”

“是吗？”松子将信将疑，双手紧紧地握住它。

返回省城后，那块老枫树皮就成了松子的宝贝疙瘩，他喂以泪水，天天问我啥时候开花。那段时间我忙于把半箱诗稿整理到电脑上，读着这些诗句，我常常落泪。想到悦见山，想到柏君，我对松子说：“那天悦见山上本无风，但我们听到树林的风声，知道为什么吗？因为风生在树的心里。”松子一愣，夸我挺有哲学头脑的。我说：“这是你爸说的。”

细雨中的宋三哥

宋以柱

宋三哥高考落榜，大伯把宋三哥的书本埋在了墙角的猪粪里，沤了肥。那一刻，宋三哥靠在门框上，黑着脸，不发话。小弟和小妹趁机出去，一下午不敢回家。大娘中风瘫在床上，半年多了，嘴角不断往外流脏东西。她看着自己的三儿子，只是眨了眨眼，很响地打了一个嗝儿。

宋三哥一言不发，走出门来，九级台阶下，路正中央光滑的石板上，依次摆着锄头、扁担、粪筐。这是宋三哥熟悉的农具。锄头反照着黄色的阳光，扁担若弯月，足有两米长，粪筐像老年人的脸，是给成年人用的。宋三哥还是一言不发，把锄头、扁担、粪筐扔到猪圈里，顺便撒了泡尿。宋三哥去瘸子的小卖店买了一包丰收烟，去南园的树林里打了一下午扑克，回来把锄头、扁担、粪筐又从猪圈里拿出来，擦干净猪屎，坐下来吃晚饭。

半晌无话，夺过大伯的酒杯，一口喝净，落下两滴泪来。

高考落榜可以复读一年。这是大伯定下的规矩。宋大哥、宋二哥都是复读了一年，一个去了兰州，一个去了沈阳，都读了师范学院。这个规矩到宋三哥头上倒要改一改了。宋三哥看了看大伯窟窿密布的老头衫，黑裤子膝盖上的蓝色补丁，又喝净一杯酒。大伯也没言语半个字。

生在农村的男女孩子，不管上十年学八年学或者小学初中大学，周末和假期都要糗在地里，大人干啥活儿，孩子就干啥活儿，磕了碰了甚至胳膊脱臼，那只能怨自己。那个时候，家家都是刚刚吃饱饭，家家的钱包一年到头也都瘪着。能吃饱饭，捧上书本，坐在教室里念书，安乐村没有几个孩子有这福气。大伯家孩子多，宋大姐、宋二姐都嫁出去了，宋大哥、宋二哥一个西北，一个东北，啃着咸菜棒念大学，天天掰着指头盼着上班，好早一天把工资递到大伯手里。下面的弟妹，一个念初中，一个念小学，一年中三季打着赤脚去学校。宋三哥一下学，弟和妹都躲着他。

那个暑假以后，宋大哥毕业到县里一所学校教书。大伯的老脸有了笑模样。原本见到点儿笑容的宋三哥，突然之间又沉默了。

那天下午，飘着细雨。宋三哥穿着的确良白衬衣，蓝裤子高高地挽着，夹着一把伞，站在细雨中，看着我家的后墙。我看着雨中的宋三哥，意识到有事要发生，赶忙去叫爹。我爹是大伯的亲弟，也是生产队的队长。他明白宋三哥的心思。他站在我家的墙堰上，和宋三哥对视着。宋三哥的身后是北山，在雨中变黑。宋三哥站在一块卧牛石上，任凭雨水冲刷他那黑糙的面皮。成群的卧牛石，像青色的飞毯，集聚在宋三哥的脚下。爹扭头回屋继续喝酒啃煎饼。

我长久地注视着雨中的宋三哥。后来，我知道宋三哥想去学校念书的原因，是国家有了新政策：学校的代课教师可以随应届生考师范。因为这个消息，宋三哥在一天晚上，直接进了我家，又是喝酒又是吃菜，最后只说了一句，当然是对我爹说的，他说你只要保证我爹同意就行。说完，他站起身扭头就走了。

过了年，宋三哥到镇联中做代课教师，住到学校。周末和假期，只要干完地里的活儿起身就走。有那么一两次，见他骑着一辆飞鸽自行车回来，车子亮闪闪的，铃声清脆，问他也不说，只是一笑。他脸色不再那么黑，衣服也干净整洁了，每次回来，给瘫在床上的大娘带一包桃酥、一包冰糖，给大伯带大半桶辣酒，还给我爹带回一整条的丰收烟。我爹说，这小子可买不起这好烟。

那一年宋三哥没能参加高考，因为有规定，代课必须满一年以上。从那以后，宋三哥回家的次数就更少了。周末让同村的学生捎话回来，或者捎些点心回来，有时还让给他捎一包煎饼回去。那年的寒假，宋三哥一声不吭地跑到新疆去，年后开学才回来。这件事在安乐村，在很长时间内是个疑案，任谁也没有问出结果。一个过年的假期，宋三哥一个人跑到天寒地冻的西北干吗？宋三哥不说，众人就都蒙在鼓里。

那年高考发榜，宋三哥考上了市里的师范专科。出嫁了的宋大姐、宋二姐回来，给宋三哥庆祝。宋三哥骑着飞鸽自行车，带回了一个洋气的姑娘，给我们介绍说，这是高中同学，去年年前全家搬新疆去了，人现在在新疆读大学。大家这才“哦”的一声。

“她叫王雪艳，去年我去找她辅导数理化了。”三哥说。大伯把茶碗一蹾，说：“就没有你不敢干的事。”又说：“来了就快坐下，吃饭吧。”

宋三哥念了两年师专，按要求必须回本地工作，就服从安排在镇上教书。这个时候，小妹上了中专，小弟恰好到镇上念初中。

有一次去宋三哥的宿舍，见迎面墙上一幅字，正楷，笔画仿欧：人生不相见，动如参与商。

丁铁伞

练建安

一

丁记篷船是在午时来到杭川水西渡的，从汀江回龙湾顺春潮而下，满载土纸。

靠岸，跳将下来一精壮汉子，四十开外，灰布长衫，后背斜挂铁骨雨伞。

汉子回头说："康旺，会子（供货清单）交给昌泰行，归船歇着。阿妹的花布，俺会带回来。"

康旺说："大哥，小心哪！"

汉子笑："老行当啦。管好你自家。"

早有斯文人和两个伙计候在前头，点头哈腰。

斯文人说："铁伞师傅，老邱在此恭候多时了。"

那精壮汉子——现在该叫铁伞师傅了——说："不必客气，俺这就去会会他。"

一行人向城东的土岗走去。

二

康旺，三十出头儿，黑脸，粗壮，憨憨的。他来过几趟杭川城了，熟门熟路。不需他说话，约定的武邑挑夫一拥而上，卸货装担，忙而不乱，将满船土纸挑往昌泰行仓库。

康旺手提褡裢，蹦跳进城。

走入瓦子街昌泰行，康旺将会子奉呈给乌面老者。

老者扒拉了一通算盘，抬眼打量来客，微颔首，不时推一下滑下来的石头镜片，扯过白纸，提笔，濡墨，唰唰唰，写好收据，画押盖章，查看一番，交给康旺，说："细老弟，你可要收妥喽。丢啦，铁伞找俺要，可没得有。"

"俺不是傻瓜。"康旺将收据装入褡裢。

忽听叮叮响动，一摞铜圆递近：“便饭钱，九只壳子，莫要嫌弃哟，数数看？”

“哎呀，陈老伯，您客气啦。”康旺接过铜圆，谢声不迭，转身出了店门。

三

“嚯呔，唔好搞哟，打个照面，就弄残了两个高手！”

“潮州伍哥？”

“正是此人。”

“哦。”

“他那两把八斩刀，有名堂，有鬼怪。”

“嘿，嘿嘿。”

“铁伞师傅，可得当心哪。”

“大先生，您老瞅瞅，俺那铁伞还在吗？”

“铁伞？铁伞在后背挂着哪。”

“这就是了。”

斯文人和丁铁伞说话间，土岗在望。

平地空旷，阳光热辣。百十人聚集两群，阵线分明。

见来人，黄老头儿颤巍巍地抢奔上前，拉着丁铁伞，唉声叹气。

“老先生，不能和吗？”

“人家就是不愿意呀。”

“晓得了。”

决斗起因，乃风水之争。黄家要建一座土楼，隔江邱家不允许，要强拆。决斗，各邀高手。黄家连败两场，再败，就该自毁墙基；不服，势必械斗，愈演愈烈。

中人是老关刀。此公仁厚，擅武艺，门徒遍汀州。

阳光直射，红壤土升腾起丝丝热浪。

“远道而来，可要歇息片刻？”

“勿使。”

“这样！行前来，签字画押。”

丁铁伞走过去。生死文契上，伍哥笔迹，银钩铁画，大名伍文豪。铁伞姓名，为丁康文。

伍哥外貌豪壮，静立场中，八斩刀厚重，烈日下，闪烁着耀眼光亮。

步步走近，丁铁伞驻足，一把铁伞瞬间持握于左手之中。

“当！”

铜锣响，开打。

白光黑影，搅作一团。

“叮当，叮当。”两声脆响，双刀插入泥地。

收伞，斜挂后背，丁铁伞拱手：“承让。”

两肘软绵晃荡，伍哥前额流汗，问：“你不是左撇子？”

“不是。”

“你是撑船的？船头师傅？”

“要过几天竹篙。”

“三年。三年后，定当再来讨教。”

“丁某恭候。”

双脚钩动，八斩刀跳入腋下。任凭东家叫喊，伍哥不理不睬，孤零零地走下土岗。

有人问：“嘀嘀咕咕的，讲嘛介呀？”

老关刀捋髯大笑：“老弟呀，咋不开窍呢？船过险滩，风急浪高，铁竹篙在石壁孔眼上点点戳戳，丝毫莫失。以此化入武功，那五哥的双刀能不落地？”

四

康旺沿街溜达，途经邱记鱼粄店。七棵枫树，枝叶婆娑。清香阵阵飘来，康旺咽着口水，捂紧钱袋子，快步走过。

阿妹过些天就要出嫁了。砍柴，割草，耕田劳作，阿妹过得勤苦。大闺女了，几件衣裳，都缝缝补补。好日子，做阿哥的，总要送件礼物呀！康旺想省下铜圆，买一块便宜的新花布。

肚子咕咕叫。哦，还没食昼呢。

转角处店铺，招幌道：“山东大馒头。”

蒸笼热气飘散，麦香弥漫。山东大汉扯开嗓门儿：“大馒头啊，大馒头。三文铜板一个呀，两个管饱。一顿吃下十个，不要钱；吃不了，价钱翻倍啊！”

康旺问：“老板，一顿吃下十个，不要钱？”

“老弟，你瞧瞧，枕头似的，就没人吃得下。吆喝生意嘛。”

“俺想试试。”

“开啥玩笑？别瞧你人高马大的，撑坏喽，俺赔不起。”

“咋啦，说话不算话？”

“老弟，俺是个伤残兵丁，县太爷赏碗饭吃，借贵宝地开个小店，不容易啊！咱们就不赌了吧？俺奉送你两个大馒头。”

康旺掏出大把铜圆，拍在木桌上：“看清楚喽，俺有钱，现钱。赌！”

歪拖着一条腿，山东大汉四向作揖：“诸位高邻，这小老弟硬要和俺赌，烦请大家做个见证。”

瓦子街闲人围聚过来。

一堆大馒头摆在木桌上。

康旺要了碗免费的猪骨头汤，端坐开吃。

风卷残云，康旺吃下了六个大馒头。

山东大汉嘴角搐动，嗨，这小买卖，今日要蚀本啦。

拿起第七个大馒头，康旺左看右看，比比量量，吃得越来越慢了。

第八个，伸长脖子，吞咽艰难。

第九个，双眼暴突，脸色发青。

第十个，半截大馒头刚塞入嘴巴，人却翻滚落地。

五

丁铁伞和他的一群江湖朋友火速赶到现场。外来的山东大汉结结巴巴叙说缘由经过，两膝颤抖。众多目击者证实了他所言不虚。丁铁伞摸出一把铜钱，慢慢地数，算好六十文，叠妥，推向山东大汉：“馒头实在，俺家愿赌服输。”

丁铁伞眼角潮湿，抱起亲老弟，排开众人，向水西渡走去。

丁铁伞抱着亲老弟坐在船上，入了梦一般，看天看水，一程又一程。他感到怀抱里的亲老弟动了一下，又动了一下，他低头看，亲老弟的脸色已回转，竟是活了过来，他大滴的眼泪落了下来。

演唱会

李广宇

去师大体育馆的路堵得厉害。等得太久，金强忍不住用力按了两下喇叭，这声响引得前面车里的司机探出头来，阴着脸，挑衅地瞪着金强。金强不愿意惹麻烦，转了头，不去看那人。金强从上衣口袋里掏出一张门票。门票很精致，大字写着"××个人演唱会"。××！看到这个名字，金强好像被烫到了一样。

门票是从网上订的。等快递那天，金强几乎什么都干不进去。门票并不难买，过气的中年女明星，很容易被湮没，连快递似乎也很怠慢，直到快下班的时候才将门票送到金强手里。

金强的工作很简单，但很重要，稍有疏忽就可能出大事，所以领导一直很看重老实稳重的金强。每年金强都得先进，每年领导都会拍着金强的肩膀夸奖一番。张婷却不高兴，一边把先进证书扔进垃圾桶，一边数落金强的懦弱——四十岁的人了，还当个科员，周围比他年轻的人都升职了，金强却还是原地不动！张婷急了，就骂："你就是条臭咸鱼！"金强心里不服气，咸鱼可以翻身，只是机会没来！金强这么安慰自己，他不跟张婷吵架。金强并不在乎钱，虽然他也需要钱。金强是个安于现状的人。

这种安静的生活却突然被××的演唱会打破了！这让金强有些猝不及防。

金强找遍了通讯录也没找到孙薇的电话。金强有些泄气，曾经让他刻骨铭心的一个人，就这样被时间轻易淹没，好像从来没有存在过。

那时候，××还很年轻，刚刚在乐坛崛起。孙薇对××的经历如数家珍，所以得知××要来这座城市开演唱会，孙薇几乎毫不犹豫地从黄牛手里买了两张高价票。演唱会现场××柔情似水的演唱让孙薇疯了一样，跟着唱跟着叫，然后把头埋进金强的怀里，大声地哭。那时，孙薇已经开始准备去日本留学，没人看好他们的爱情。去机场，孙薇怕金强被她的父母骂，就不让他去送行。金强答应了，但还是忍不住悄悄地跑去了。远远地看着孙薇离开，金强想起××唱的歌　　离开的人永远离开，不要再眷念。

× × 后来又来开了两次演唱会，金强都去了。那时 × × 已经放弃青春路线，改扮摇滚少女，台上激情四射，金强周围的观众像被点燃一般又蹦又跳，这让金强已无法聚精会神地悲伤。忘记，成了唯一的选择。后来 × × 开始走下坡路，经历了嫁人、离婚和酗酒丑闻之后，× × 终于消失，她的名字只是偶尔被提到。不知道为什么，听到她的负面消息时，金强总会在心里轻轻地叹口气。

那天收到快递送来的门票时，金强并没有急着走，而是在电脑上写了一篇日记。金强已很多年不写日记了，写起来有些生涩，但他还是一路写下去，写得很长。金强写完了日记，办公室里已经完全黑了下来。金强把鼠标移到左上角，迟疑了一下，将日记保存到电脑里。他心里想着，就从这一天起，重新开始写日记。

师大的体育馆不大，稀稀拉拉地坐着十几个人，都跟金强的年纪差不多。体育馆后排几个工作人员正在安装电子板，上面 × × 的名字闪闪发光。

等待的时间有点儿长。已经到了演唱会开始的时间，依然没有人出现在舞台上，有人等得不耐烦了，大声喊着 × × 的名字。金强的心情也变得焦虑起来，这种怒火中烧的感觉已经很久没有了。金强忍不住也跟其他人叫喊起来，但还是没有人出来解释一下。体育馆似乎变成了歌迷的舞台，大家在叫嚷，在怒骂，在质问。

金强的电话突然振动起来，是张婷，问他在哪里。金强还没说话，张婷已经在问："怎么这么吵？"张婷根本不需要金强的回答，她喋喋不休地说道："儿子明天要去科技馆参加校本课，老师让买……"金强放下手机，站了起来，迟疑了一下，然后转身从一群吵吵闹闹的人中间挤出体育馆。拉开车门时，金强心里还在想，等明天，他一定要把电脑里的那些日记给删了。

第十张奖状

张玉强

如你所知，农村的房子，正房是不叫客厅的，而是叫堂屋。在我的家乡，这个“堂”字又发生了奇怪的音变，后鼻音变成前鼻音，所以堂屋听起来是“坛屋”。事实上，我家乡的方言中充满了这种无法解释其原因的很无厘头的音变。它们使家乡话土味浓重，牙碜得让人直打寒战。但是，不管喜欢不喜欢，它们已经像母乳一样被我吃进骨头里，永远无法摆脱。我四十多岁了，嘴里至今仍然会在毫无防备的情况下下意识地蹦跳出几个土音，让我刻意营造的优雅形象瞬间土崩瓦解……

抱歉，扯远了。如你所见，我讲话啰唆，喜欢跑题，这一点务必请读者原谅。

作为正房的堂屋，它的门却往往偏在一侧。正对着堂屋门的，一定是一张四四方方的八仙桌，左右各摆着一张很郑重的大椅子。桌椅不能紧挨后墙，它们与墙之间还隔着一张长长的、窄窄的条几。条几比桌子高半尺，条几正中往往会摆放着神龛或者祖先牌位，也可以摆老式的座钟、收音机、录音机……条几很长，有很多东西可以摆。我从小所见的、我家和别人家，大多摆的都是各式各样的空酒瓶子，酒瓶子里可以插鸡毛掸子，也可以插几枝红红绿绿的假花。在由桌、椅、条几构成的这组家具的背后的墙上，往往要悬挂一套巨大的“中堂”，中间是画，两边各一条对联。当然了，除了特别讲究的，绝大多数人家的这套中堂是从乡村大集上买来的印刷品便宜货，内容往往是艳俗不堪的山水画。以上所说的这些占据了堂屋的一半空间，另一半通常是灶台和土炕。

在我家堂屋的东墙上，挖了一个很大的壁橱，壁橱旁边，这个相当显眼的位置，贴满了我的奖状。

奖状这个东西，薄薄一张纸，分量却很重。一张散发着油墨香的奖状，印着红旗绶带，中间是一颗硕大的散发着光芒的五角星，端端正正写了你的名字：“×××同学，在××年——××年第×学期，德、智、体全面发展，被评为三好学生。”“三好学生”四个字还要放大、加粗。另起一行，是八个文绉绉的字“特发此状，以资鼓励”。落款处还要盖一枚圆圆的红色印章，那样庄严而不容置疑，神圣而凛然不可侵犯，哪个孩子不心驰神往？谁领到它的时候不欣喜若狂？

何止孩子，家长们也是乐得合不拢嘴呀！所以必然要找家里最显眼的位置张贴起来。家里来了客人，一眼就可以看到，顺口也就恭维一句："哟，又领了一张，孩子不错，有出息！"爹妈们心里甜蜜，嘴上还得谦虚："一张纸呗，有啥用！"

我领第一张奖状的样子据说十分可笑。我说"据说"，是因为我实在是记不大清楚了，都是我奶奶一遍又一遍地叙述给我听的。我上一年级的时候学校里还没有统一的板凳，需要学生自己带"杌子"，就是高方凳。我家的杌子真材实料，缺点就是太沉了，放秋假的时候我自己把杌子扛回家来，累得直哭。可是放寒假那天，我扛着杌子，手里举着平生得到的第一张奖状，一路健步如飞，边往家门里跑边喊："我发奖状了！我发奖状了！"然后一个磕绊就把杌子扔了出去。我父亲心疼杌子，上来就给我一脚："喊什么喊！"我奶奶讲到这里就乐不可支："俺孩子头回领个奖状回来，扛杌子也不嫌累了，进门就让他爸爸踢了一脚。"

踢归踢，奖状还是给我贴在了墙上。从此，陆陆续续地，我的奖状逐渐占满了壁橱北边那两尺多宽的墙面。得奖状对我来说，也就渐渐地成了一件习以为常的事。

我上的小学是五年制的。五年，十个学期，按说我应该得十张奖状，可是实际情况是我只得了九张奖状。五年级下学期的奖状，也就是小学的最后一张奖状，没有我的。

现在的小学生、中学生，领到的奖状五花八门，三好学生、学习标兵、优秀班干部、进步少年、文明标兵……世事洞明的成年人需要仔细思考一番才能掂量出它们不同的含金量，知道有的是真有分量的，有的不过是哄孩子高兴、搪塞家长的。但我小时候，没有别的名目，只有一个——三好学生。如你所知，三好就是德、智、体三方面都好。但是实际上，最要紧的是"智"，也就是学习成绩。只要学习成绩好，其他的马马虎虎过得去就可以。如果学习成绩不好，那任凭你有再高的"德"、再壮的"体"，也没用。别人我不好说，我自己我是知道的，我其实就不怎么"三好"。当然我也没什么大不了的，就是懒，迟到旷课、装病不上学，这都是常有的事。大约三年级以后我就不怎么做作业了，假期作业从来都是"丢"了。另外，我还有点儿轻浮，管不住自己，小错不断，嘴皮子欠，上课搭下茬儿、起哄架秧子的事儿也没少干。但是无论如何，我的成绩总还是不错，所以最后总能发一张"三好学生"的奖状。不是自鸣得意，事实就是那样。而且，又能怎么样呢？我今天不也就混成了这副灰溜溜的模样？

我只得了九张奖状，没有得到我以为会稳稳拿到的第十张，也是最后一张奖状。我的小学生涯变得如此不完美。那面墙上留下了一块永远也无法弥补的空白，像一个虚幻的嘲讽，之前的九张奖状瞬间变得臊眉耷眼、黯淡无光。

为什么没有得到这第十张奖状呢？说实话我现在确实想不起来了。肯定没有闯什么大祸，否则我不会不记得，那么应该就是因为我的种种琐细的劣行导致我的老师对我的不满超过了某种限度，他决意惩罚我。

我能记得的是我当时早就有预感，从老师冷漠的表情隐隐觉得大事不妙。此前，每到要发奖状的时候，老师总是把将要得奖的学生一个个叫到办公室褒奖和训诫一番，可是那几天他今天叫这个、明天叫那个，就是不叫一直暗暗渴盼着的我。直到开校会之前我还残存着一丝侥幸。我支着耳朵一个字不落地听着校长念表彰名单。到我们班了，念完了，没有我，没有我……

我悄悄从队伍中溜出来，愤怒、嫉恨和巨大的羞耻感令我无法自持。我躲进厕所，蹲下，眼泪哗哗地流下来。

君子之风

马宝山

温庭筠是个性格怪异的人。

温庭筠为唐初宰相温彦博的后裔，出身显赫，只是到了他这一辈家道败落了。家学渊源的温庭筠还是想走科考取仕这条路，可是多次应试都没有考中，直到唐宣宗大中九年，他已经四十二岁了又去应试。这次考官沈询主春闱。沈询在考场单为温庭筠准备一顶帐帘，单请温庭筠一人在帘里应试答卷。

这是为什么呢？

因为温庭筠有“救数人”这么一个绰号。绰号来源是，上次科考他竟然无视考场规矩，帮助左右考生做题解疑，一场科考被他搅成儿戏弄得满城风雨。这次考试为防范温庭筠旧戏重演，特设帐帘，请君在帘里试之。温庭筠因此又大闹起来，再一次扰乱了科场。这次考试，温庭筠自然又是不中的了。

一些典籍上说温庭筠行为放浪，恃才不羁。其诗辞藻华丽，浓艳精致，内容多写闺情。

看出来温庭筠是个轻薄之人。轻薄的人就有轻佻的故事。

下面是温庭筠与一个叫鱼玄机的女子的故事。

鱼玄机，原名幼薇。她七岁作诗文，十岁时诗名远播，被誉为“诗童”。

温庭筠听说了诗童的事，很想见这个女孩子。

那是一个暮春的下午，温庭筠来到长安东街平康里一个小院，敲开门，迎出来一个婆婆，问：“先生是谁啊？”

温庭筠报了名。婆婆一怔，说：“先生是找幼薇的吧？”

“正是。”温庭筠说着就要迈步进门，却被婆婆拦住：“小女不在家。”婆婆返身关住门，把个兴冲冲跑来的诗人拦在了外面。温庭筠并不恼，坐到了门外一块石上。

其实，家里来人，在屋子里的幼薇是看见了的。她问过母亲，母亲说是个过路的，她也就没在意。一个时辰过去了，门外那人还坐在石上，幼薇又问母亲：“那人怎么还坐在咱家门外呀？”母亲没好气地说：“八成是个疯子吧，甭理他。”这时候淅淅沥沥下起小雨来，那人移到门外柳树下躲雨。幼薇实在不忍，要母亲去请他进屋来避雨。

母亲这才对女儿说：“你道那人是谁？”

“不是过路的吗？嘻嘻，你还说是个疯子呢。”

母亲说：“他是温庭筠，来找你的。听说他名声不佳，被我拦在外面了。”

幼薇一听就急了，拿把伞就到院外，把温庭筠迎进家门。母亲有些不好意思地说：“不知是大名鼎鼎的诗人，休怪！”

幼薇翻出一身干净衣衫给先生换过，又捧来一碗热茶，说：“不知先生找小女何事？”

温庭筠仔细端详，见幼薇果然如皇甫枚所言“色既倾城，思乃入神”，看得眼睛都直了。直到幼薇让茶：“请先生吃茶。”他才把眼睛从幼薇身上移开，呷一口茶说：“素闻小姐才思过人，尤致意于一吟一咏，不知小姐可否即兴赋诗一首？”

幼薇活泼灵秀，毫无扭捏：“先生可给个题目？”

温庭筠想起来时路上柳絮飘飞、江风拂面的情景，说了三个字“江边柳”。

幼薇一手托腮，略作沉思，一行行诗句便如水一样飞流在一张花笺上：“翠色连荒岸，烟姿入远楼。影铺秋水面，花落钓人头。根老藏鱼窟，枝低系客舟。萧萧风雨夜，惊梦复添愁。”

温庭筠拊掌称赞。这个刚刚十三岁的女子竟有这般才情，诗文不仅平仄合韵，而且意境诗情俱佳。若非眼见，真不敢相信是出自于一个少女笔下。

后来，温庭筠就做了幼薇的老师，出入鱼家，指点幼薇写作。他们既像师生，又像父女、朋友。

不久，温庭筠离开长安，到襄阳任职去了。

温庭筠走了两个月，就到了秋天。秋风落叶，幼薇思念恩师日甚，便写了一首五言律诗《寄飞卿》：“阶砌乱蛩鸣，庭柯烟露清。月中邻乐响，楼上远山明。珍簟凉风著，瑶琴寄恨生。嵇君懒书札，底物慰秋情？”

“飞卿”是温庭筠的字。

温庭筠一遍一遍读着幼薇寄来的诗札，眼睛就模糊了。他怎么能不知道幼薇的心呢？她那火辣辣的眼睛，眼睛后面的那颗滚烫的心早就让诗人感觉到了。他是害怕被这颗心融化了，才离开长安到襄阳来的呀！温庭筠摇摇头：“幼薇呀，你太年轻啦，你还小啊！”

秋去冬来，幼薇一直得不到温庭筠的来信，她看着摇曳闪烁的灯花，忍不住又提笔写《冬夜寄温飞卿》诗:“苦思搜诗灯下吟，不眠长夜怕寒衾。满庭木叶愁风起，透幌纱窗惜月沈。疏散未闲终遂愿，盛衰空见本来心。幽栖莫定梧桐处，暮雀啾啾空绕林。”幼薇的诗文夹带着一颗少女的心，再一次飞往襄阳城。

温庭筠读罢幼薇的诗札，心如针扎。想想自己长得如“温钟馗”，年龄又相差悬殊，怎么能让一个如花似玉的女子枯死在这个老枝上呢？

温庭筠还是没有回信给幼薇。

咸通元年，温庭筠返回长安。几年不见，幼薇已经出落得亭亭玉立，明艳照人，愈发叫人怜爱心动。可是温庭筠把这颗怜香惜玉的心紧紧地锁在道德和理智的笼子里。师徒二人来往愈频，把酒临风，所谈的多是诗词歌赋、文辞义理。幼薇的诗词写得愈发娴熟圆润。

幼薇是个聪明的女子，她看出老师的心思，便渐渐淡去那份心思，反而对亦师亦友的温先生多了许多崇敬。

咸通七年，幼薇已经是个二十二岁的成熟女子了，诗名艳容闻名遐迩，慕名来访求婚的人越来越多。幼薇的一颗心全不在此，实在心烦，就到长安城外的咸宜观出家做道人去了，道名:鱼玄机。

古籍里几乎所有介绍温庭筠的文字都写他放浪形骸，行为无束，诗词多写女子闺情，且秾艳华巧，为花间派诗人之首。这样一个花间老手、风月情种，竟然对自己一往情深的苦恋女子不动邪念，不做妄情，守住了男女私欲的道德底线，着实令人赞叹。

已在朝廷做翰林学士的沈询，听了温庭筠幽婉的故事，呵呵一笑:“乃温庭筠作为也。也是一种君子之风啊!”

五太爷

张望朝

五太爷在家行五，大名应该叫刘玉堂，或者刘一堂，“玉”还是“一”，记不清了。

父亲叫他五爷，我就只能叫他五太爷。

那些年我们同住阳明街上的一个大院。记忆中，五太爷终日坐在院子里一棵老槐树下，也不嫌地上的尘土脏，就那么席地而坐，像是一尊坐佛。五太爷年轻时出过家，还俗后也一直心宽体胖。因为胖，脸上的皱纹被肉撑开，老了也看不出年纪。如果不是嘴唇上下长着几根白胡子，没人会相信他已经是快九十岁的老人了。

人一老，身体怎么也不行，五太爷三伏天也要穿着厚厚的黑棉裤，说句话都很吃力，要喘上好几口粗气。四五岁的时候我特别喜欢听大人讲故事，在外边玩累了，就跑回大杂院，跑到五太爷跟前。只要我说一句“五太爷，我要听故事”，五太爷马上就开讲，不管喘得多么厉害。邻居家的一些成年人，做人做得虚。当着我家大人的面，他们会不遗余力地表达对我的喜欢；面对我一个人的时候，对我理都不理，甚至用呵斥来制止我的顽皮。五太爷则不然，他喜欢我就是喜欢我，不是为了讨好我父母。

五太爷有四个儿子，三个都在外地，跟他一起生活的是他的长子，叫刘贵。刘贵跟我的祖父是好兄弟，我父亲叫他二叔，我叫他二爷。管刘贵叫二爷，管刘贵的老伴儿自然要叫二奶。二奶在当时是一个很有亲切感、敬重感的称呼，与现在说的那个“二奶”不是一个意思。二奶对五太爷不是很好，我从来没听见过二奶管五太爷叫过爹，喊五太爷回屋吃饭她都不叫。“喂，吃饭了！”一到饭口，二奶便从家门里伸出一张冷脸，冲坐在树下的五太爷来这么一嗓子。五太爷一手撑地，一手扶树，好半天才能站起来，二奶从不上前扶一把。有一次二奶在院子里晾衣裳，五太爷喘着粗气对她说：“二丫（二奶的小名），来碗水，我渴。”二奶却像是根本没听见，阴着脸，只顾往绳子上搭衣裳。我奶奶气不过，从家里端出一碗水送到五太爷跟前，愤愤地吼了一句：“她聋了，听不见人话！”二奶脸上挂不住了，忙向我奶奶解释："大嫂，我刚才真没听见，真没听见。"

二奶后来一再跟我奶奶解释："我不是对我公爹不好，是这老头子太不听话。都那么大岁数了，老实家里待着得了，偏要一个人跑大树底下坐着，万一哪口气上不来，死了都没人知道，可我怎么说他都不听。"我奶奶觉得二奶的话也在理，就去树下劝五太爷回屋坐着。五太爷摇摇头，喘着粗气说："我这叫坐禅，坐禅而死叫坐化，我在等着坐化。"我奶奶不懂什么叫坐禅什么叫坐化，见五太爷不肯听从，也就不再硬劝。

有一天，我和几个小朋友在院外爬大烟囱。那根大烟囱拔地而起，有现在的三层楼那么高，在当时是阳明街上的地标性建筑。也不知道是干什么用的，只记得上面写着一行大字："危险，请勿靠近"。当时我们几个小朋友都还不认识这几个字，见烟囱上嵌有一道一道的铁把手，可以用来攀爬，便决定比赛，看谁爬得高。有的小朋友爬到一半就晕了，不敢再往上爬，而我一直爬到最顶上。站在最顶上向下望，整个大杂院，包括老槐树，包括坐在树下的五太爷，尽收眼底。我得意地向五太爷招了招手，喊了一声五太爷。五太爷耳背，我一连喊了好几声他才听见，听见之后一抬眼，见我爬上了大烟囱，也不知道哪里来的力气，呼的一下从地上站了起来，拼着老命向我大吼："下来，快下来！"吼过之后就一动不动了。

大约是动作太突然，致使心脑血管出了什么问题，五太爷就这么死了。

他是站着死的，没能如愿坐化。

特等射手

喻永军

发小马紫荆是个退役的特警，获得过“特等射手”的荣誉，虎口和食指上结着厚厚的老茧。我在西安高新区的一家酒店里碰上他，吃饭，喝酒，闲聊。酒喝多了，海阔天空地瞎吹。他说他奉命射杀过一只东北虎，而且是一只虎王，六百多斤重，年龄只有四岁。

那天，他从警营急行三百里去往长白山的一个林区，任务是协助处理一只从野性训练基地逃跑的老虎。因为这只老虎即将脱离人们的控制，逃进附近的山林，后果非常严重。

请求特等射手的帮助，意味着什么，马紫荆心里很清楚。为了尽快进入工作状态，在车上，马紫荆联系训练基地希望获得一些资料。很快基地的总工传过来几段视频，是关于这个四岁虎王的一些野性训练的生活细节，捕食、猎杀、进食、吼啸、嬉闹、睡眠等等。虎王从形态到神韵完全具备西伯利亚虎种的所有特性，而且是基地人工繁育几十年来最优秀的一只。其体长超过三米，头硕如斗，目光如炬，毛色斑斓，特别是颈子两侧飘逸着一尺多长的金色丝毛，增添了威猛的气势。马紫荆看着视频，莫名地喜欢上了这只虎王。待他从视频中回过神来，已经来到野性训练区的门口。接待他的是个戴着眼镜的小伙子，说话腼腆，有点儿惊慌失措。他跟马紫荆握手的时候，马紫荆感觉到了一股强烈的激动，同时也瞬间理解了总工传给他视频的用意。

总工带他们进了训练区，指着一棵松树看，树身上是密密麻麻的虎爪印。马紫荆根据总工的指示，目测了一下这棵树到围栏铁丝网的距离，认为这里若是这只虎王的出逃地点，说明这只虎王除会爬树之外，还应是一只飞虎。能让如此硕大的身躯跃出围栏，它身上潜藏着多么深邃未知的野性！

多优秀的一只虎王！

这是马紫荆从总工眼里读到的信息。

马紫荆是六个处置小组中第四组的成员。这个组包括他、总工，还有一个扛着麻醉枪的射手。他们一起趁着夜色向密林深处前行，松树的剪影划拨着深远的夜空，灌木占满地面的间隙，行进起来非常困难。实施方案是先通过总工的呼唤，让虎王回到训练区，因为总工是虎王的训练师，负责虎王的日常生活和野性训练。他说曾经对虎王的习性了如指掌，但目前是一个突发情况，加之人为的干扰刺激，结果很不好说。其次是用麻醉枪麻醉，最后的方案是击毙。

不知走了多长时间，在密林深处的一个水池边，人与虎不期而遇。当虎王从林子里跳出来，总工的目光就和虎的目光相遇。虎的目光明亮深邃，闪射着对原始林莽深处的渴望。总工努力地接近它，他希望虎王能够让自己接近它，在十到十五米的距离上，让麻醉师有机会射出麻醉弹，因为麻醉枪的有效射程是十到十五米。但结果让他们很失望，也很着急——虎王在林子里也许忘了自己的身份，灵动自如，很友好，但很任性，转身就没入了更深的林莽。

这无形中绷紧了三个人的神经。因为再这样下去，虎王将脱离人们的视线，消失在山林中。

总工不停地向基地汇报事态的发展状况，接受基地的最新指示。终于等来了最后的指令，击毙。

总工知道这个指令是向六个协助小组同时发出的。

有两次，虎王都将硕大的脑袋暴露在马紫荆的视野里：一次是身子隐藏在灌木丛中，露出一双摄人心魄的眼睛；一次是身子隐在白桦树后，露出一颗脑袋。但马紫荆都失掉了最佳的射击时机。

最后在一座山冈上，马紫荆开了枪，老虎中枪后长啸一声，仍然没入了林海。

总工问："射中了？"

马紫荆说："射中了两枪。"

完成任务后，马紫荆当晚就离开了。剩下的就是搜寻虎王的尸体。

年后的一天，总工找到马紫荆，两人聚在一起喝酒，总工抱拳向马紫荆致谢。马紫荆说："啥意思？"总工举起酒杯说："这杯酒是我跟虎王一起敬你的。"

"那只虎王没有死？"马紫荆问。

总工说："这个结果你那天晚上就应该预料到！"

马紫荆笑了笑，说："你认为我没有尽到自己的职责。"他看着总工说："你是要追究责任？"

总工说："追究什么责任？那只虎王没有死，因为它碰上了你。如果与其他五组成员相遇，生还的希望很小。就虎王自身来说，它在训练中袒露了真正的野性，真正的野性既在它身体里，也在它灵魂里，更在森林深处。这样说来，虎王的逃生有什么错呢？”

总工说：“第二天晚上，虎王回到了训练区。我仔细地研究了它的伤口就明白了，应当说你喜欢上了虎王。我给它做了缝合包扎处理，但它调皮执拗，总是用舌头将伤口舔开，反反复复，直到愈合。老虎是一种记忆深刻的动物，枪击可能给他留下了深刻记忆。为安全起见，第二年就让它退出了训练区。”

马紫荆说：“你在讲一个并不存在的故事。”

总工说：“你几次都有机会射中它的头部，但你借故没有开枪，最后却选择了它的后腿胫骨，向这个最难射中的部位开枪，而且准确射中。你是一位真正的特等射手！”

马紫荆讲完他的故事，我俩好长时间没说话。我端起酒杯举向马紫荆说：“你想什么呢？”

他瘦削的身子靠在沙发背上，眼神有点儿迷离。他说，他射击的瞬间，非常清楚地看到虎王抬起的虎掌上深色的肉垫，肉垫周围几根弯钩似的虎爪，爪子根部是透亮的肉红色。他扣动了扳机。

乘凉

宗晴

爹肩上扛一架凉床，嘎吱嘎吱地走。长生跟在后面，一把篾扇啪啪地摇动，心早已飞到晒场。

晒场不远，地势高，通风，向阳，耗费了几块肥土修成，又宽又大。那时集体的小麦、玉米、稻谷等都运到这里晾晒。如今包产到户了，晒场按户头被分化成一些小方块，方便家家户户都有地方晾晒粮食。

天气炎热，夜不能寐。那时候农村很少有电风扇，更别说空调了，为了避暑，村民们经常把篾席之类的拖到室外睡觉。

玉米丰收后，堆在晒场上，几个烈日一照，颗粒松动，需要一粒粒地搓下来晒干后才能存放。一到晚上，村民们不约而同地来到晒场，一边乘凉聊天，一边忙手里的活计。长生知道，这段时间，晒场的晚上最热闹，他的一帮小伙伴们都会去那里玩儿。

刚搁下饭碗，长生就吵闹着到晒场上乘凉。娘说："光贪玩不行，你得帮手搓玉米。"长生爽快地答应了。

黄澄澄的玉米堆在晒场上，一家围成一个小圈子，留有过道，便于区分。爹来到自家那堆玉米旁边，把凉床平放上去，转身去保管室取出两只箩筐，笑着对长生说："如果今晚你把筐装满了，说明你没白喝这几年玉米羹。"

长生看见个子差不多与他一般高、肚子却比他胖好几倍的箩筐时，他暗暗叫苦。到处瞅了几眼，他的小伙伴们一个都还没到，他只好坐在凉床上，把箩筐放在跟前，握住一个玉米，先用两只大拇指搓动，等到露出两排齿印，再把手掌上那团凸出的肌肉按上去，用力一搓，玉米粒脱落，掉进筐底，发出沙沙的声响。

爹坐着没动，默默地吸烟。长生想，爹白天太累，难得清清静静地休息一会儿。谁知长生刚搓完几个玉米，爹就行动起来，一双大手转得飞快，玉米粒冲进箩筐，欢腾跳跃，像哗哗的流水。

每个玉米都留有太阳的余温，像刚从蒸笼里取出来似的发烫。而整个晒场，则像一个刚熄火的瓦窑，热浪翻滚，暑气逼人。没有风，蚊子少了露水的滋润，旱死得所剩无几。晒场外边的老槐树上，几只知了沙哑着嗓子，有气无力地哀号。

长生浑身淌着汗，两只小手开始疼痛，但他没有停下来的意思，憋着一股劲儿，巴不得在小伙伴们到来之前完成任务。

一轮月牙儿悄悄升上天空，缓缓地移动。满天星斗，忽明忽暗。不知何处吹来一丝风，凉凉的，柔柔的，在晒场上匆匆露个脸，又调皮地溜掉。

夜色渐浓，来晒场的人越来越多，那场面，绝不亚于开会和看露天电影。人们嘻嘻哈哈地说笑，心照不宣地相互传递着丰收带来的喜悦。几个老年人躺在凉椅上，手里搓着玉米粒，嘴里抽着旱烟，不慌不忙地讲着老故事，不时吞掉一口唾液，把烟管扯下来搕一下，很享受的样子。

长生那帮小伙伴们来到他面前，叫长生跟他们一起去玩儿。长生指指那只大箩筐，可怜巴巴地说："我还有很多玉米没搓。"

娘忙完家务也来了。娘手里抱着篾席、被单和枕头，还有一条木板凳。娘将木板凳放倒，长生看见其中一只板凳脚上挂着一只破胶鞋，鞋底朝上。娘拿着玉米往鞋底上使劲儿一搓，玉米粒就像摇风车似的溅下来。

长生觉得好神奇，迫不及待地说："娘，让我试试。"

娘说："你四五岁的娃儿，手上力气不够，不是你想象的那么简单。"

长生噘着嘴，身子摇晃起来，双手按在娘肩上推搡："让我试试吧。"

爹在一旁嘿嘿地笑着："这娃儿，不到黄河心不甘，就让他试试。"

娘起身让开，长生就学着她的姿势，拿一个玉米在鞋底上搓动。可怜得很，只稀稀拉拉地掉下几粒。长生吸溜着鼻涕，要哭不哭的样子。

娘环顾一眼晒场，说："你去玩儿吧，别把身上弄脏了。"

长生望着箩筐，玉米粒只在筐底薄薄地铺了一层。长生犹豫道："离完成任务还差得远啊！"

"谁给你任务了？"娘问，瞪了爹一眼。

长生嘟着嘴不作声儿。

爹又嘿嘿地笑着："你先去玩儿吧，转来把任务完成。"

娘把一个玉米芯扔过去，爹身子一闪，顺势倒在凉床上，笑得打起了滚儿。长生一溜烟儿跑得无影无踪。

长生和小伙伴们玩捉迷藏。晒场宽，人多，长生随便往哪里一蹲，对方要花许久的工夫才能发现。长生先捂住嘴哧哧地笑，笑对方太笨。一旦被发现，他拔腿便跑，好开心。

正玩得起劲儿，萍姐姐和玉松哥来到晒场。萍姐姐一头黑发披在肩上，可能刚洗过，用一把梳子不停地梳理，散发出淡淡的清香。玉松哥左手抱着一捆玉米梗，右手递一根到嘴里边咬边嚼。孩子们一拥而上——那些玉米梗是玉松哥去玉米地里挑选的，甜甜的像甘蔗。

玉松哥把玉米梗依次分发，一人一根。孩子们认真地啃嚼着，咝咝地吸出汁水。长生听娘说过，玉松哥和萍姐姐在“耍朋友”，他缠着他们教唱歌。萍姐姐也不谦虚，放开歌喉，长生和小伙伴们随声附和。歌声如潮，从晒场飘向很远的夜空……

不知过了多久，晒场上的余热渐渐地消退，水泥地上有了冰凉的感觉。皓月当空，繁星点点，夜晚显得祥和静谧。长生累了，眼皮直打架，想睡觉。多数人沉沉睡去，偶有年迈之人在有一句无一句地闲聊，伴有玉米粒稀疏的跌落声。

临睡时，长生问娘：“我睡哪里？”

娘指指凉床：“你和我睡这里，让爹滚篾席。”

长生看见不远处，玉松哥和萍姐姐挤在一张篾席上，用被单蒙住全身，被单在微微抖动。长生懒得细想，打了个哈欠，倒头便睡。

半夜，长生起来撒尿，发觉自己睡在了篾席上。他嘀咕道：“娘不讲信用，怎么让爹溜到凉床上去了？”

陈大拿

赵长春

大拿，啥都能干的主儿。

袁家班里，陈大拿如此。生旦净末丑、皇王、小丫鬟、箱倌儿，他都能来。前台，后台，干完自己的活儿，烧水，叠衣，啥活儿都能称手。

陈大拿是大角儿，已经有了跟包的。看着他忙活，跟包的不开心："爷，我伺候您呢，您再伺候别人？"陈大拿就拢了袖，嘿嘿一笑："听你的，我歇会儿。你把那盔帽收好。"陈大拿没有架子，要是别的角儿，跟包的这样说话，早开了。陈大拿不。陈大拿说，都是混口饭，差不多得了。

陈大拿戏路宽，会补台，也能救场。跟他上场，不用担心出错，他能给你补回来。有年，袁店河春会，演《大西厢》，他演红娘。"崔莺莺"许是心慌，唱着唱着，把"四扇窗开了整对扇儿"顺溜成"四扇窗开了整六扇儿"，愣住了神。

那时候，演戏规矩、讲究，前排票友在舞台细铁丝上挂好红纸包的"封子"，就闭目晃脑敲着拍儿听，抠字词音韵。嗯？ 错了！立马瞪出眼珠。陈大拿忙回首，看了台口"大弦"一眼："我说小姐呀——还有那两扇儿没装上……""大弦"明白，左手划，右手拉，弦子跟着词韵跑，伺候得舒舒服服，"崔莺莺"就接唱下来。

"好！好！好！"一片叫好声，"崔莺莺"知道是为陈大拿喊的，为"大弦"喊的，没有取"封子"。煞戏，"大弦"说："陈爷，中！"陈大拿拱手："您中，小妮儿中！"说着，把"封子"分给了"大弦"和"崔莺莺"："给，小妮儿，你接得好！"

演崔莺莺的，叫小妮儿，人小腔好，袁家班的台柱子。小妮儿扮相俊，戏路广，就多了小脾气，与大家多不对眼。陈大拿喜欢小妮儿，一直在心头搁着，牢牢的。小妮儿知道，不动心性。舞台上，两个人倒是不少配戏。台下，小妮儿绷着脸，不理大拿目光的温爱。有时候赶台口，陈大拿叫挡路的小妮儿让一让。她不让，却把一只腿忽地竖起，直一字马。陈大拿侧身过去，一脸的红。小妮儿看不出来，收腿，嗑瓜子。

后来，小妮儿到底跟了汉口的大剧团。她要陈大拿一起走。陈大拿不走。她说："你不后悔？"他说："袁镇长好戏，办起袁家班，咱得知情懂礼。再者，咱俩都走了，袁店河上下咋能隔三岔五看戏呢？不走。"小妮儿就坐船走了。船在水中游，陈大拿岸上走，目光咬着小妮儿……船快了，陈大拿也跑得快，眼泪汪汪。人们说，从那以后，陈大拿走路特别快。

陈大拿走路快，七十多了，还是步行如飞。步行，袁店河方言为"地下走"，念快了，吃音，发"嗲走"音。他说："走为百炼之祖。腿，就是走路的。走走，去百病，舒筋骨。"

陈大拿走了一辈子。舞台上走，田野里走，城里走……走了多少路，不知道。大饥荒那年，腿肿了，他说，走不成了。就买了寿衣，置了棺木。徒弟哭，汪着泪。他说："哭啥？爷不走，吃闲饭，连累你——你们？"一句一顿，用韵白。

就这样，过了一天，他叫徒弟请了丰山寺的和尚来，给他念经。和尚，半路出家，就是当年跟包的。两人在屋里不知道说了啥，说了好大一会儿。走时，和尚说："好，爷，我后天来。"

第二天，陈大拿不吃不喝，呼呼地喘气。大家心头慌慌地拾掇他的寿衣。他靠坐床头，眼一瞪："今儿个不走，不然头七那天大雨，给你们添累。"

第三天一早，丰山寺的和尚进院，陈大拿走了。

陈大拿，原名陈啸惷。惷，"春"音，不好认，叫不响。人们就叫他陈大拿。顺口，合意。

不过，要是小辈人这样称叫他，他会叹口气："大拿，不是个好听的词儿，是红白口儿生意管事的。"过去，办喜事租轿子的喜轿铺、出售纸人纸马的扎彩铺、办白事丧葬事务的杠房、办红白事筵席的酒铺、搭设喜寿丧席棚的棚铺等，各专各工，都设管事的，叫大拿，专词，专用。

头七那天，和尚领着一个女人。在人们走散后，女人进了坟地，给陈大拿圆坟。女人很齐整，勒了白孝，跪着，泪珠儿扑簌扑簌，哭不出声。

上岁数的，细看，那人好像当年的小妮儿。小妮儿穿白衣，依然好看，俏。

陈大拿说过："小妮儿啊，你好看得要命。我比你大得多，一定走得早。到时候，你到我坟前戴个孝，我好好地再瞅瞅你……"是在舞台上，演哭戏，陈大拿入戏，现加了一段词，悄悄说的，附在她耳边，水袖遮着两人的脸。

为这段小词，大弦多拉了一会儿过门，扽着，"嗯——嗯——嗯——嗯——嗯——嗯——嗯——"，直到水袖放下。

僵卧

岑燮钧

杨小娟下放时叫刘红旗，这是她的本名，她没打算再做杨小娟。她是一个随遇而安的人。

但是，回团的前一晚，她还是失眠了。她的脑中，一直回响着《英台吊孝》的唱段，结尾的那句，反反复复地缭绕在耳际："梁兄啊，不求同生求同死！"这是母亲杨素娟生前演的最后一出戏。很多剧团演这一场时，只摆出素桌白帷，以示梁山伯已亡。而他们团，一直是旧式演法，梁山伯必须直挺在床上。母亲曾说："只有这样，才能演得感天动地。"有一回演这一折时，母亲就让她僵卧在床上，充当梁山伯。"梁兄——"母亲的喊声由远而近，这一声喊，直听得杨小娟汗毛倒竖。"不求同生求同死！"结尾时一个高八度的"大跳"，响遏行云。那种凄厉可怖，杨小娟多年后回忆起来，依然觉得是一种不祥之音！

生死事大。果然，在那场运动中，母亲跳楼而死，凄惨决绝！

从此，演戏成了她的忌讳。她已不能再承受生离死别，哪怕在舞台上都感到是一件可怕的事。然而，杨素娟得到平反了。

杨小娟是战战兢兢地重上舞台的。演《英台吊孝》这个折子戏时，她总觉得母亲影影绰绰在身边。她并没有坚持梁山伯必须僵卧在床，这是无可无不可的。但是母亲的一个老姐妹站出来说："老团长当年一直坚持这样演的，我们不能改！"大家都不大愿意挺僵尸，只有周密挺身而出，说："杨老师，我愿意！"杨小娟觉得这小姑娘倒是挺上进的。母亲说，她当年就是这样挺尸"偷戏"的。但是，杨小娟在舞台上，总感到有什么束缚着她。直至她靠近梁山伯，开唱"见梁兄一眼闭来一眼开"时，发现"梁山伯"真的半开着眼，不由心中一惊，仿佛再次见到了母亲口眼不闭血流满地的惨状。这时，一阵大恸袭来，杨小娟才开始入戏。当她唱最后一句时，一个"死"字，声音从牙缝间喷出，一直缭绕在舞台上空，久久不散。戏结束了，她依然沉浸在悲痛中，站起来要走时，才觉汗湿内衣，一阵寒意沁入骨髓。

这种寒意，总是在一些莫名其妙的关头涌起。自从母亲"自绝于人民"之后，她的资料几乎都被焚毁了。所以，杨小娟也就恢复了几个折子戏。周密老是怂恿她去跟领导提，周密说："我就是演个书童，演个丫鬟都愿意！"杨小娟感激地看着周密，但是，麻烦大家的事，她总是很犹豫。

团长说："当务之急还是抓新戏。"

一天，从排演厅出来时，团长像是无意中遇见了杨小娟一样，斟酌着字句与她说道："小娟啊，我们团里还没有一个梅花奖，说出去不响亮。团里觉得周密还不错，想冲冲看。她是你的搭档，你扶持着点儿。她若得了奖，是团里的光荣，也是你妈妈的光荣！"杨小娟很客气地说："我好好配合！"下楼梯时，杨小娟一脚踩了个空，一个趔趄，惊出一身汗。"也是我妈妈的光荣？"她觉得团长的话有点儿怪怪的。团里早不起意晚不起意，偏偏在她过了年纪的时候，要去争夺梅花奖了。

周密得了梅花奖。但争夺梅花奖的戏太豪华，演一场亏一场。过了一阵，就不演了。

杨小娟是看着周密一步步上去的——业务骨干，副团长……后来，周密做了团长。

一天散会后，周密叫住了她。她不知道周密有什么事，心里琢磨着。这时，周密泡了玫瑰茶，端过来："杨老师，你知道，我们团有三年没有商业演出了。上面拨的经费总是有限的，我总得找米下锅吧……"

"剡剧团都不景气啊！"杨小娟算是安慰。

"我们也不是没接到过商业演出的业务，但是，演出公司就是点您的名，没您挂牌，票卖不出去！"

杨小娟第一次听到这样抬爱自己的话。"不会吧……"她一边谦虚着，一边心里咯噔了一下。这演出的事儿，从你做副团长时就开始管着了，以前咋不说呢？

但杨小娟也懒得计较。团里决定以《梁祝》作为开门戏，杨小娟、周密领衔。果然，巡演收到的订单不少。

那天上台前，杨小娟在后台默戏。这些年来，她心中一直有一股长长的气需要抒发。这会儿，这股气仿佛托着她，让她很快进入了角色，嗓子越唱越亮，几乎每唱一段，都会引来热烈的掌声。两人的对手戏，尽管周密使出浑身解数，终不敌她浑身是戏，如有神助。当周密演完"山伯临终"回到后台时，只见她额头全是汗珠，以至于把妆都毁了。周密说："我胸口有些闷。"杨小娟说："那索性我们临时改一下，你先休息，不用再上台了，我们就改为素桌白帷吧。"周密说："这样不会影响你'吊孝'吧？"杨小娟说："没关系。"她在上场处，看着白光荧荧的舞台，宛若进入一种巨大的虚空，让她忘记了场下的一切。一声"梁兄"，杨小娟碎步紧移至梁山伯灵前。一个跳跪，让她忘记了自己的年纪，场下顿时一片喝彩，但她似乎没听见，只感觉四周下了大雨一般。嚣板托着她长歌当哭，而“回龙”之后，又是如泣如诉、如怨如慕的清板。虽然周密没有僵卧在场，但是她有足够的悲哀需要倾诉。一声哽咽、一次小小的痛哭失声，让她的唱腔声情并茂。这不是预先设计的，这是临场发挥，情不自禁。当她终于把这场戏演完之后，全场沉默了好一会儿，才响起如暴雨般的掌声……下了场，杨小娟的脸上并没有汗珠，但是她的背上已经热汗淋漓。

周密说：“杨老师，这一场你比老团长的录音都唱得好！”但是杨小娟的心里并不受用，她其实不想跟母亲比较。毕竟，母亲过世这么多年了。

她多想仅仅是她——杨小娟，或者干脆就是：刘红旗！

炸鱼

江岸

如果在黄泥湾偶遇某个人，隔老远就闻到对方一身的鱼腥气，没错，这个人一定是胡大炮或者他的老婆孩娃。

胡大炮天生会逮鱼，他家饭桌上一年四季就没断过鱼，因为缺少足够的油盐和烹调必备的作料，吃多了这种寡淡的鱼肉，他们浑身上下就不可避免地有了浓郁的鱼腥气。哪一天他们家人脸上长出鱼鳃、身上生出鱼鳞来，村里人应该都不会感到稀奇。

胡大炮的眼睛非常毒，他能准确知道洗脂河里的鱼群在何时出现，在何处出现。他更能透过绿莹莹的水面，看到水潭里游动的是凶猛的鳍划鱼还是温顺的螺丝青，是箭一般穿梭的翘腰还是焦炭一样乌黑的火头。只要他往河边走，一群男人就尾随他，往河边走去。胡大炮站在高高的岩石上，若无其事地吸烟，偶尔眯着眼睛瞟一瞟绕岩石而流逝的河水。大家也像胡大炮一样看河水。河水波光粼粼，绿绸缎似的水面上不时涌起白色的浪花，浪花碎了，泡沫似一朵朵白色的小花朵在水面上盛开。除了这些，大家什么也没有看出来。

胡大炮轻轻地说："鱼来了，这群鱼是胖头鲢子，那条二十多斤的白鲢是我的。"

说着，他猛吸两口烟，左手从嘴角拿下明晃晃的烟头，右手从裤兜里掏出墨水瓶做的炸药包。说时迟，那时快，大家刚刚嗅到一丝引线燃烧的火药味儿，炸药包就在水潭里爆炸了，腾起丈余高的水浪。水面立即漂起一片耀眼的白，有的鱼被炸死了，有的鱼被炸晕了。大家下饺子似的扑通扑通跳进了河里，多多少少都有收获。当然，那条最大的白鲢没有人去动。胡大炮不紧不慢地一个猛子扎进水潭，浮出水面的时候，怀里已经抱住了那条大白鲢。

"不就是用墨水瓶装点儿炸药，埋上雷管，接上引线，往水里一扔吗？然后就是跳进水里捞鱼。这没有什么难度嘛！"有人不服气，也去河里炸鱼，炸了三五回，连个鳞片也没捞上来。

胡大炮知道了，就嘿嘿地笑。笑够了，他说："你以为鱼像你一样傻？它们精着呢。你的引线恨不得有一拃长，等炸药包响了，鱼早跑没影儿了。"

大家这才明白，胡大炮不仅眼睛毒，而且胆子大。他做的炸药包引线极短，几乎是一出手，扔进水里就爆炸，鱼群即使想逃跑，也没有机会。

这个火候太难掌握，也太冒险，大家知难而退。尾随胡大炮，捡一两条小鱼，拿回家打打牙祭，是黄泥湾其他男人的唯一选择。

洗脂河下游，有一座水库。水库管理局在水库里放养了很多鱼苗，平时用铁丝网将鱼群拦住。天长日久，有的鱼长得很大。夏天洪水泛滥的时候，有些大鱼就跃过铁丝网，一路往上游而来。每年的这个时候，便是胡大炮大显身手的时候。即使洪水浑浊，胡大炮依然能够准确无误地判断出鱼群游走的方位。

有一年夏天洪水暴发，胡大炮又在河里放炮了。这一次，他炸翻了一条三十多斤的螺蛳青。他跳进水里捞鱼，却扑了个空。浮出水面一看，有个陌生的年轻面孔先他一步，抱住了大青鱼。这个愣头儿青喜滋滋地将大青鱼拖上了岸。

“你给我放下！”胡大炮的儿子胡小炮喝道。

“凭什么？”愣头儿青扭头瞪了胡小炮一眼。

“你不懂规矩是吧？”胡小炮质问。

“谁逮住了，就是谁的。”说着，愣头儿青扛起大青鱼，一路狂奔而去。

胡小炮手提鱼叉赶了上去。赶了一会儿，眼看追不上，他投出鱼叉，一叉将愣头儿青叉翻在路上。

大家都提着自己捞的鱼，团团将愣头儿青围住。胡大炮也走过来，劈手扇了胡小炮一耳光。他蹲下身子，一把拔掉了愣头儿青腿上的鱼叉。鲜血泉水似的从伤口里流出来。胡大炮从汗褂上撕下一个布条，将愣头儿青的伤口紧紧地包扎起来。

原来，这个愣头儿青是来黄泥湾走亲戚的，陪姑父一起到河里捞鱼，确实不懂当地规矩。他姑父黑着脸，责骂了他几句，又转脸对胡大炮说：“你家小炮下手也忒狠了！”

胡大炮替儿子小炮赔了一堆不是，他说：“这条螺蛳青我们不要了，送给他了。我们现在送他上医院，医药费算我的。”

著名作家冯骥才说过，能人全都死在能耐上。胡大炮虽然没有死在能耐上，却残疾在能耐上。有一次炸鱼的时候，他没有来得及将炸药包扔出去，炸药包就在他的手中爆炸了。一声震耳欲聋的轰响之后，河边冒起一股白烟，胡大炮倒在了血泊中……

失去了右手的胡大炮从此以后再也没有在洗脂河里炸过鱼，他和他的老婆孩娃便很少吃鱼了。说来也怪，他们身上浓郁的鱼腥味儿竟然慢慢地消退了，后来一点儿也闻不到了。

高山流水

蒙福森

夕阳西下，郁江两岸的村庄农田茅屋，笼罩在残阳之下，一片血红。其时，山寒水瘦，秋风萧瑟，他孤身一人，一身灰衣，一顶斗笠，一壶浊酒，一把古琴，坐一叶扁舟，随江而下。

至贵县渡口，下船，登岸，沿石阶上去。他的眼睛满含忧伤，似乎在搜寻着什么。

他在一间废弃的破屋住了下来。

白天，他四处寻找，见人就问。晚上，他临江抚琴。江风习习，冷月无声，琴声沉郁悲怆，如泣如诉，闻者无不揪心动容，潸然落泪。

他沿江一路寻访，走遍了郁江两岸几乎所有的村庄。兵燹之后，这一带民不聊生，人烟稀少，田地荒芜，杂草丛生，到处断墙残垣，满目疮痍。

转眼，一个多月过去了。

黄昏时，他来到了一个萧索的村庄。

“你问的那个女人啊？有过这么一回事，唉，她呀，死啦……”一个须发皆白步履蹒跚的老人正在院子里洗红薯，他停了下来，遥指远处，“你看，那座寺庙，就在江边，还有她的坟……”

一瞬间，他的泪溢满了眼眶，心口似万箭穿心，痛彻肺腑。

暮色降临，村庄寂静无声。茅屋里，火苗像舌头一样，舔着漆黑的锅底。锅里咝咝冒着热气，一阵红薯的味道飘散在破旧的茅屋里。

“你的家人呢？”他小心翼翼地问老人。

“他们……都死了。”暗淡的火光下，老人老泪纵横，沿着脸上的沟沟壑壑淌下来。

“叛军围攻城池，天天炮声轰鸣，杀声遍野，倒下去的人，像被割倒的麦秆，一个又一个；像被砍断的蚯蚓，在血泊中挣扎蠕动……”老人讲述几年前那段悲惨往事。

“城破了，死去的人一大堆一大堆，血流得到处都是。叛军要杀死所有的人，无论知县、兵勇、男人、女人、老人、孩子。当时，那个叛军的最大头目好像姓吴，叫平什么王。他的一个王妃，年轻貌美，死死地拦着，哭着，跪着，求他：‘不要再杀人了！不要再杀人了！’可他不听，冷酷地挥了一下手，屠杀就开始了，号哭惨叫之声响彻原野；锋利的刀剑捅进心窝，或砍向头颅，一刀一颗，一刀一颗，头颅像西瓜一样，滚落在地，血像喷泉一样喷出来……

“那王妃，目睹这一惨状，悲愤至极，跳江自尽了。

“叛军撤离后，那女人的尸体，在牛皮滩前——哦，就是离寺庙不远的那个地方——几度冲去，又冲回，浮起不沉，幸存的百姓捞起来埋葬了她。后来，朝廷感念其以死抗争，立庙祭祀。

“人们不知道她的名字，只知道她的家乡在四川梓潼县，遂将寺庙命名为——梓潼寺。”

他的泪，早已遮蔽了眼睛，眼前的老人、锅下的火苗、茅屋、破床、椅凳，一片模糊。

他告别老人，背着古琴，在月光下往梓潼寺去。

很快，他到了寺前。借着月光，他看见寺门的楹联：逝者如斯紫水源泉达海，所立卓尔南山文笔凌云。殿前一石碑上，刻有长长的文字，记录了当年那段刀光剑影、生灵涂炭的往事。

寺里空荡荡的，渺无人迹，一片寂然，清冷的月光静静地倾泻在琉璃瓦上。

进了大殿，抬头看见一尊大像，端庄秀丽，眼含忧郁，依稀她当年模样。他站在大殿中，思绪万千，往事一瞬间如他的泪水奔涌出来。

当年，他和师妹鸣凤随着戏班子到平西王府献戏贺寿，连演十场。戏唱完了，鸣凤却没能走出王府——她被平西王吴三桂强留下，成了他的一个王妃。否则，戏班子所有的人都必须死。

后来，听说她随军北上，路过广西贵县时跳江自尽了。他一路寻来，历经几个月的艰难寻找，终于见到了纪念她的寺庙。她的墓就在寺庙后面的山岭上。

他走出大殿，来到寺后不远的山岭上，找到了她的墓。

他站在墓前，凝视着，良久，坐下，轻抚琴弦。琴声起了，如漫天梨花飘落。月光照着他的脸，他凝然不动。琴声幽幽，在山野上飘荡，继而，传到大殿，传到江边，传到附近的村庄。曲稍停，再起，琴声悠扬，起落，似山间淙淙流水，似山风吹拂，草间有蛙虫温和，林中有鸟鸣，有水声。曲再停，又起，如风起，如云涌，如水流，仿佛云烟渺渺，碧水悠悠，黛山远眺，轻舟泛波，韵律清扬，如梦如幻，意境幽远，仿佛身临其境。

他弹奏的是《高山流水》，师妹最喜欢的一首曲儿。这一生一世，他记不清为她弹过了多少回。

此曲凡四十八拍，曲调清雅轻扬，起承转合，抑扬顿挫，恍如天籁。

那琴声，自夜至晓，响了整整一个晚上。

第二天，村民们发现他倒在坟前，嘴角鼻孔流血，气息全无，已死去多时了。身边有一张溅满血迹的纸，上有血书：“请将我和鸣凤埋在一起，生不能同衾，死求同穴。”

面鱼儿

侯建臣

园圃里的草木在一年中最盛的阳光下自在生长。

爹突然说话了，爹说："面——鱼——儿。"

娘没听清楚爹的话，娘正在做着啥事情或者发呆。但娘知道爹说话了，就怔怔地看着爹。爹的眼睛里有好多话。娘知道爹的眼睛里有好多话，但爹的嘴一直动着，动好长时间了，话却没有出来。娘叹了一口气。

过了一会儿，或者过了好长好长时间，娘又听到了爹的声音。

"面——鱼——儿。"爹的嘴又动了，爹这一次很坚决地把这三个字从嘴边上抿出来了。

娘就看爹，见爹也一直看着娘，一直看着，眼睛里塞了满满的内容。

娘又看窗外，窗外的天很高，七月的天空总也是满满的，说不上是啥东西，但总感觉很满很满。院子里的那棵老榆树晃了晃身子，一片树叶开始往下飘，然后又是一片。

怎么就想起面鱼儿了？娘看了看日历，可不是？阴历七月十五了呢。

爹是在突然的某一天不能说话的。那天中午，爹迷迷糊糊地醒来，说做了个梦。爹说梦见女儿了，梦见女儿给包饺子了。爹说着话，嘴里就有口水流下来。娘想，爹是想吃饺子了，就和了面，做了馅儿，包饺子。爹和娘都不吃肉，爹小的时候吃，但娘来后两个人就都不吃了。娘做的是土豆鸡蛋馅儿，先把土豆擦成丝，再把稍微炒了一下的鸡蛋拌上，放点儿香油和调料，吃起来挺香。饺子还没熟，隔壁的二婶送来了黄糕，爹吃了一口，又吃第二口的时候，就噎住了，脖子伸了几次含在嘴里的糕都没有咽下去。最后糕吐出来了，爹却说不出话来了。

娘尝了尝饺子，皮子软了，馅儿也熟了，给爹捞了放在跟前，跟爹说话，却见爹嘴张得大大的，舌头朝后抽着，一句话也说不出来。

"你出啥洋相？看看你，出啥洋相！"娘说着话，给爹的饺子碗里倒了醋，却见爹真是说不出话来了。

“你说话啊！你说话啊！”娘慌了，一遍一遍地说，一遍一遍地说，却是再也没有听到爹说话的声音。

原来已经是七月十五了，娘看着爹就想到了那些年做面鱼儿的事。

那时白面不多，一年分不到多少，留着过中秋节和大年的时候包饺子。但过七月十五的时候，家家都给孩子们捏面鱼儿，娘就叫孩子们到收割完的田地里去捡麦穗，捡回来的麦穗搓下麦子来到碾坊里碾了，就能做面鱼儿了。面多的时候面鱼儿就大一点儿，面少了面鱼儿就小一点儿。娘把面揉得软软的，一揉一捏就变成了鱼儿；往鱼儿脖子上绕一圈儿面，用梳子在两边压压就成了翅膀；野地里有一种草，尖尖上结了角，角里边的果实正好熟了，扁豆大小，黑黑的，把它安在鱼头的两边，就成了眼睛，好多人把那草叫“鱼眼草”。做完了这一切，娘从柜子里翻出一个纸筋笸箩，从里边找出一个纸包，展开，从里边取出一块粉红色的东西，少掰下一点儿，放在水里化开，就用筷子头儿沾上，在鱼的身上点红点儿，鱼一下子就好看了。鱼儿上笼，不大一会儿家里就飘出了香味。差不多十分钟后，揭开笼，胖嘟嘟的鱼儿就在腾腾的蒸气里活了。

娘开始和面，现在面不缺了，柜子里的面倒是好长时间都吃不完，放着放着就不新鲜了。

好长时间不做面鱼儿了。孩子们一个一个从家里离开以后，家里就只剩下两个老人了。屋空人疏，没有了打闹，没有了争吵，原本拥挤的屋子竟就显得有点儿空荡荡的了。起初每当七月十五到来的时候，娘也会想起从前，想起一群孩子围坐在一起看她做面鱼儿，后来就渐渐地忘了。这时候经爹一说，娘想起了不知道哪一年从窗户外边射到面鱼儿上的阳光，孩子们的面孔却已模糊。

生疏了呢！娘想着以前的程序，一点儿一点儿的记忆也在这回想中给拉回来了。

和面，捏鱼儿，用梳子压鱼翅，娘做得很认真。

爹靠着被子坐在炕上，目不转睛地看，大气都不出。好几次娘以为爹睡着了，看爹，爹的眼睛却睁得圆圆的。

爹一直看着，娘就认真地做着。娘感觉周围围着一群孩子，娘感觉一个孩子说了一句啥，另一个孩子回了一句，两个孩子就吵。娘感觉面鱼儿有了翅膀，两个孩子又不吵了，他们一齐说：“呀，这鱼儿或许能飞起来。”娘就笑了笑，脸上竟然飘起了一朵红云。

娘是感觉到了屋子里的热闹，娘是又回到了从前，一绺头发挂在娘的额前。以前也是这样子的，娘顾不上理理，看看手上都是面，只仰起头让头发稍稍拢拢。那时候娘的青丝让屋子里满是阳光，而现在垂下的白发让老屋愈显得老了。

爹像是睡着了，他僵硬的脸上露出了一个歪歪的笑。

娘出去了，娘出去了好长时间，回来的时候，见爹看着面鱼儿发呆。

阳光铺在炕上，面鱼儿沐在阳光里。

娘是出去找鱼眼草了。以前每到七月，娘总会早早从野地里把鱼眼草拔回来，放在院子里的窗台上，到捏面鱼儿的时候用上。娘已经好久没有再拔鱼眼草了。

坐在灶上的锅开了，水汽飘在屋子里，让那阳光一晃一晃，看上去面鱼儿像是在游动着。

娘还在屋子里找着，娘总怕丢了什么东西。娘听到了锅里的水“咕咚咕咚”响着的声音，娘听到了鱼儿们游动的声音。娘仿佛听到锅里的水在说“快来快来”，炕上的面鱼儿在说“好的好的”。娘不找了，娘满足地从一个布包里拿出一个方方的东西，放在嘴上哈哈，看看不行，就又在红水里蘸蘸……

蒸笼上锅以后，是最安静的时候。阳光安静了，雾气安静了，爹也安静了。娘看着爹的眼睛，爹的眼睛这时候变成了那些年一群孩子的眼睛。

喧腾腾、胖嘟嘟的面鱼儿出笼了，娘顾不上烫手不烫手，吸着气两手捧着面鱼儿让爹看。爹好奇地看着，爹一直看着，最后他的目光定在了面鱼儿身子中间的一个“戳”上，那个“戳”方方正正的，上面是四个醒目的红字。

爹的嘴咧了咧，想要说啥，可是啥也没说出来。

爹没有忘记，看来爹真的没有忘记，他的名字就叫“陈面鱼儿”。

宋思元

伍中正

宋思元不愿意结婚。

宋庄人觉得他很怪。起初，庄里为他做媒的人十来个。每次他都摇头拒绝。后来，为他牵线搭桥的人没了。

郭红莲细皮嫩肉长得好，又落落大方。广太死死追她不放。广太是村主任的儿子。郭红莲不拿正眼看他，明里暗里也不跟他好。

广太那天在化云寺前叫住宋思元，对他说了一通话。宋思元听完，脸色就变了。

郭红莲特别愿意跟宋思元好，愿意跟他好到同床共枕的程度。宋思元却摇头不同意。

郭红莲认为宋思元不开窍，只好离开宋庄，打工去了。

郭红莲走的那天，天气很好，云淡风轻。宋思元远远地跟着，送了她两里地。

两年后，郭红莲回来，身边还带了一个男人。回来不久，她跟带回的男人结婚了。

结婚那天，很是热闹。宋思元还去吃了喜酒。

酒桌上，不胜酒力的宋思元醉了，然后，身子一歪一歪地走回家。郭红莲见了，泪水在眼里打转，差点儿掉下来。

庄里人有人说:“宋思元出手迟了，好端端的郭红莲，成了别人的新娘。”宋思元听后笑笑。

宋思元跟庄里有名的漆匠盘桃学艺。学了半年，盘桃只教他如何在家具上打底子打纱布，不教他调漆刷漆。宋思元觉得没什么。

有一回，盘桃带宋思元到桂花家刷家具。宋思元在前屋的柜面上打底子，盘桃在后屋跟桂花调情，两人搂抱在一起。宋思元脾气一来，故意把柜面的底子打得全是疙瘩。

第二天，宋思元跟师父说，不学漆匠手艺了。

宋思元不给盘桃讲理由，只是要走。盘桃也没有真心留他。宋思元知道在做漆匠的路上走不多远，盘桃没给他工钱，他也没怪盘桃。每次见到盘桃，宋思元还是声音很大地喊他师父，算是对他的尊敬。

宋思元门口有一株梨树，他一直看重。

树是黄皮梨树。树高三丈，枝繁叶茂。春天梨花一树，白了树身。秋天，梨子熟了，是宋庄一景。梨花开时，宋庄小学的老师和学生对着梨树，重一笔轻一笔地画过来画过去。

梨子熟了，谁都可以上树摘梨，宋思元一点儿也不计较，只当树上少结了梨。

东芝是庄里嘴馋的女人，按辈分，宋思元叫她婶。

东芝见了树上的梨，动了心，每次都要摘三五个梨回去。

有一年秋天，东芝又来摘梨。宋思元劝她慢点儿爬树小心点儿摘梨。没想到，东芝从树上掉了下来。

东芝在地上疼得起不来，被送到医院照片检查，断了三根肋骨，还兼大腿骨折，卧床休息半年，才下地走路。

宋思元为东芝治伤出了三万块钱医药费。

宋思元当时拿不出那么多钱，第一个跟郭红莲开口。郭红莲没打他的脸，借给他一万。宋思元提出，立个字据。郭红莲说："一个庄的，立啥字据！"

宋思元跟盘桃开口。盘桃也不打他的脸。那天，盘桃刚好结了两万块工钱回来，借给了他一万。宋思元提出，立个字据。盘桃说："喊了我几年师父，立卵字据！"

东芝的三女儿字梅，跟男人离婚了，一时找不着合适人家。东芝对宋思元说："你把字梅领回去过日子！"

宋思元看了看一脸忧郁的字梅，没说啥话，低着头走了。

第二年春天，依然是满树梨花白了日夜。

宋思元决定锯倒梨树。梨树大，一个人锯不了，他喊了庄里的汉皮。宋思元跟汉皮挑明，给一天工钱，还请一顿酒。

汉皮很快答应了。

树锯倒，梨花散落一地。树锯倒，汉皮在宋思元的餐桌上喝了酒，还得到了锯树的工钱。

汉皮回家的路上，一脚没走稳，跌到坎儿下，摔断了一条腿。

汉皮躺了三个月才下地走路。

宋思元为汉皮治伤出了一万块钱医药费。那一万块钱，他找郭红莲借了五千，又找盘桃借了五千。

2013 年，宋思元成了庄里的贫困户。

我在宋庄扶贫时，扶贫对象就是宋思元。

见到宋思元的那天，他跟我说了两件事。

第一件事，他是这么说的。他不愿跟郭红莲好，原因是村主任的儿子广太在他面前放了狠话，只要跟郭红莲好，广太就要打断他一条腿。说完，宋思元眼里含着泪水。

“那第二件事呢？”我问他。

宋思元擦了擦眼里的泪水，跟我说了第二件事情。

第二件事，他是这么说的。盘桃是他师父，他不跟师父盘桃干漆匠这一行，原因是有一回盘桃背着师母跟外庄的桂花亲热。他把这件事一直装在肚子里没说。后来，干脆不跟盘桃干了，眼不见，心不烦。

那天，宋思元还说了他的心事。

他是这么说的。他本来不会成为贫困户的，就是门前的那棵梨树害了他。树长着，害了他；树锯了，又害了他。欠着郭红莲跟盘桃的钱，他心里不是滋味。

我劝宋思元想开点儿，慢慢来，有了钱，再慢慢还。

2014 年春天，宋思元拿着我借给他的 100 元钱进城买了彩票。没想到他那天手气出奇地好，中了大奖。

回来，宋思元很兴奋地对我说，他再不是贫困户了。

望着宋思元，傻傻地，我说不出话来。

打锡壶

张志明

吃罢早饭刷了锅碗，水玉抓了两把玉米撒到院里，倚着门框，看着鸡们争先恐后地吃。枣红色公鸡叼起来一颗玉米，咯咯咯叫着又放到地上，招呼母鸡们来吃。母鸡们一过去，它就趁机跳到她们背上了。

瞧着鸡冠血红、雄赳赳的公鸡，水玉想起了男人。天阴着，刮起冷冷的风，再过几天就是八月十五了。上次走的时候，男人还穿着单裤短褂，天冷了也不知道回来拿衣裳。

水玉正盯着公鸡母鸡们出神，街上传来锡匠打锡壶的嘹亮吆喝声。想起男人拿回来的锡丝锡块，水玉忙忙地迎出去叫住了锡匠。

锡匠是个三四十岁的南方人，方正、红铜色的脸膛儿，剑眉挺鼻，一脸随和的笑。

锡匠在街边放下货担，木炭、风箱、烙铁、模板、火炉，一样一样卸下来，刚摆好摊子生着了火，天却噼里啪啦落下了雨。

“大哥，挪过道里吧。”水玉一边招呼着锡匠一边帮着把那些家什往自家过道里拿。

这边刚帮锡匠弄好，水玉“哎哟”一声急忙忙跑进院子蹬梯子要上房。

“咋了？”正摆弄风箱的锡匠转脸问道。

“房上还有一包稻，本想再晒一天哩，这天！”水玉一边上梯子一边说。

“嗨，我来嘛，下来下来。”锡匠扔了手里的家伙，奔过来摆手叫住水玉。

锡匠噔噔噔上了房，又噌噌噌下来，把一包稻子背进了屋里。

火旺旺地烧了起来，锡匠把水玉家的锡丝锡块放进锅里，抬了脸笑笑，问：

“暖脚的不在家吧？”

“你咋知道？”水玉脸红了。

锡匠指指锅里的锡块：“一看就是从厂矿上拿的。”

“嗯，在煤矿。”水玉点了头。

“放心，打了这暖壶，你今年冬天不会冷了，白天睡觉也不怕，能热到第二天下午。”火光把锡匠的脸照得更红了。

化锡、倒模、塑形，锡匠粗糙厚实的两只大手麻利、熟练，左旋右转，上敲下打，满手大大小小的新伤老疤在水玉眼前飞来舞去。

“大哥，一年到头在外跑，看你这手上，也不容易！”水玉肃了脸，眼里有了些许的心疼。

“小事，习惯了。”锡匠盯着手里的活儿，轻描淡写地说道。

锡匠一边忙着，一边有些自豪地跟水玉介绍他的手艺。

听见叮叮当当的敲击声，南院的河生嫂冒雨跑过来钻进了过道。

“水玉，这暖壶光暖脚可不中呀！”河生嫂站定就冲水玉笑着说。

水玉脸一红，伸手要去打河生嫂：“脚不冷哪儿都不冷了！”

“那可不一定！”河生嫂阴阳怪气地挤挤眼，看看水玉，又看看锡匠。

经过了锤面、焊接的工序，锡匠手里的暖壶已经成型了，他讪笑着看看水玉再看看河生嫂，继续自己下一道工序——修刺、磨光。

“你不做饭？”水玉问河生嫂。

“寻饭吃，一会儿不下雨了去俺妈那儿。”

这一片就水玉和河生嫂两家，周围都是竹园。

三人说着话，锡匠又在锡壶盖和壶身上精心地刻了鸳鸯和并蒂莲，一个光滑、精巧的暖壶便做成了。

“大哥，多少钱？”水玉问。

锡匠一边收拾自己的东西，一边掂了掂剩下的一块锡：“不要钱了，管我一顿饭，剩下的锡给我就行了。”

水玉搂着暖壶紧点头答应着。

河生嫂看看过道外还在下的雨，道：“哟，还不叫寻饭吃了！”

“恁娘家三步路，一抬脚就到了。”水玉说。

“下着雨，冷飕飕的，不去了。”

河生嫂娘家在胡家桥东边喂马庄，出了村就是，没有半里地。

水玉搂着暖壶匆匆回了屋，麻利地扎开火，焖米洗菜。河生嫂和抽着烟的锡匠说了会儿话，就冒雨回家了。

饭做好时，雨下得又大了些。

“大哥，来屋吃吧。”水玉舀好了饭，站在屋门口喊还在过道里的锡匠。

“不用，就在这儿吃吧。”锡匠站起来，回道。

“来吧来吧，舀好了。”

锡匠刚要出过道，河生嫂在南院喊：“水玉，啥饭？”

“大米饭，过来吃吧。”水玉脆生生地应。

“哈哈，我过去，恁俩都不够吃了。”

“没事，我不吃。”水玉又喊。

两家之间只有木头棍、玉米秆扎的一人高的篱笆墙，跟一个院一样。

等河生嫂回了屋，锡匠看着水玉，犹豫着。隔着雨丝，水玉也在屋门里犹豫。

尴尬间，水玉只好端起满满一碗大米饭用盆扣着，送到过道来。

趁着锡匠吃饭，水玉找出来男人在矿上发的雨伞，举着去了隔壁河生嫂家。

进了南院，就有酸菜味道飘出来。

“你吃啥？”进了门，水玉问。

“我拌玉米面疙瘩，暖和。”河生嫂正在锅里搅着。

“俺哥哩？”

“老头儿今儿个过生，他跟俺瑞瑞晌午去那边吃。”

“你也去呗，好饭。”

“不去，有些人不想瞧。”河生嫂拍着蒜瓣，撇撇嘴。

“给你拿个伞，想去恁妈那儿去吧。”水玉指指门口。

“饭都好了，不去了，明儿个再说。”

“……听说，明儿个还有雨。”水玉其实并不知道。

“那就后天，离十五还有好几天哩。打壶的走了？”

“没有，正吃饭哩！”

“那你还不赶快回去陪着，小心偷你。”

“瞧你说哩！”水玉白一眼河生嫂，又指指雨伞，“真不用？”

“不去了不去了，你快回去陪人家吧！”

水玉又撑开伞，走进滴滴答答的雨水中，回家去。

锡匠吃完饭，去了下茅房，出来站在门外，像要告辞。水玉站在门内，望了望南院，听到河生嫂在丁零当啷地刷锅洗碗，又瞧瞧天，心里怨雨还不停。

锡匠默默地走到过道，从货担一个抽屉里拽出来两张小油纸盖了货担，又拽出来一张破油纸披上，挑起货担，回身望一眼水玉，点了点头。

水玉跟出来，倚在过道墙上，瞧着锡匠一悠一悠走进蒙蒙的秋雨中。

薛定谔的猫

同学

虽然远在千里之外，但尤齐还是第一时间收到了他妈发来的通报："娃，奶奶走了。"

然后呢，然后就不知道说什么了。像是说什么都不匹敌，没有回应可以配得上死亡。他对着手机对话框愣了半天，先是打了"哦"，觉得太轻描淡写；又打了"呜呜呜"，但虚拟哭泣又太轻贱；还打了"唉，天堂里没有病痛了"，也不对，几乎所有人生悲剧都可如此回复，而且矫情，可是这位是他奶奶。他不知如何表达自己淡漠的生死观，似乎用一点点力都觉得多余。人嘛，终有一死。

过年的时候，老人家身体就不行了，医生说回去等吧，于是一行孝子贤孙乌泱泱地把人弄了回去。每天都得有人守着，天冷，谁都不好受，奶奶本人则进入了薛定谔的猫状态。大姑排了班，尤齐作为长孙必不能缺席。奶奶屋子里自此没断过人，再小一点的孩子就都搁家里了，姑姑姑丈大伯二伯，打麻将不合适，于是每天最大的活动就是做饭，少说一桌，再喝点儿酒，妇女们一个个都有点儿烦了。尤齐他妈身体不大好，跟尤齐嘀咕了一句："唉，你奶奶啥时候走啊？"尤齐一时语塞，他妈接着说："以后我这样了你不用守着，存折密码我脑子灵的时候就都会告诉你的，你该玩，玩去。"尤齐说："你还是先支付宝转给我吧，省得去银行。"他妈说："也对，行。"

大姑给尤齐排的早班，一日之计在于晨，要早起而不能睡觉，无比丧。他双肩紧耸夹住头，呵着气，走路去守床。到了奶奶家，姑丈在："来了啊！""嗯。"然后，就跟大家一起开始等。奶奶早不能言语了，嘴巴微张，双眼虚合，非常具有迷惑性。他问姑丈怎么才知道人走了，姑丈说走的时候就知道了。这话高级得像哲学，他只能开始玩手机。奶奶就像一般的奶奶人设一样，自从他记事起，就是慈祥温和的样子，会记得他最喜欢吃芋儿炖鸭干煸刀豆，即使他现在已经不喜欢吃了。也不是不喜欢，长大之后，对很多东西都没有办法投入最高度数的感情。每次别人问"那你最喜欢的电影最喜欢的歌是什么"，都会茫然，就是"最"不起来，都挺喜欢的，也就是说都差不多吧。

那么奶奶最喜欢吃什么？从来没听她谈过自己。像她这样年纪的老人，一生仿佛只有天下太平一个念想。尤齐他爸说过，管教孩子时这位如今弥留状的妇女下手非常重，他们弟兄几个没少恨过，咬牙切齿，但成家之后个个比赛孝顺。打是真打，爱是真爱，在中国人看来，没毛病。但中国父母另外有个毛病，无原则地疼爱孙辈。尤齐他爸稍微举高点儿手，奶奶就把尤齐拉到身后，说："你敢打试试。"想到这里，尤齐开始有点儿悲伤，奶奶还是爱他的。

可是这种爱只是人类繁衍之爱，施与方觉得义不容辞，受赠方自然也觉得天经地义了。当然，很多人会陷于这种绵密的惦念，全身心沐浴在慈爱中。这种慈爱不求回报，越是年迈越觉得其可贵。尤齐后悔的是，没有在年迈之前多了解一下奶奶。他们这一生，即使不说颠沛流离，也是饱经苦难。可每年尤齐就像候鸟一样，只是过年时在奶奶那儿歇一歇脚，说几句吉祥话，便算功成身退了。大概应该喝酒，中国人只有在喝多了才把心拿出来互相看一看。所以他得跟奶奶喝酒，问问她这一生是怎么过来的。于是，他在朋友圈发了一条"想跟奶奶喝酒"，莫名其妙。过了十分钟，删了。

这么守了几天，大家就开始松懈了，因为"我们正在等待母亲死亡"的氛围有点儿荒诞，是时候打场麻将冲淡一下了。大伯提的议，说："我们还是热闹热闹，让妈知道我们都在呢！"于是，大家心照不宣地坐了两桌，没轮到的尤齐他爸做军师，他妈拔出一张牌犹犹豫豫的时候，问他："这张？"他说："行吧。"喂一颗定心丸，然后点了炮，全场大笑，他妈当然得"怒其不争"地骂他。这群妇女不用做饭，尤其开心。二伯母说像过年，三伯母说不是像，正过着年呢，二伯母说哦对哦，然后又是一阵大笑。

这种"我们正在等待母亲死亡顺便打打麻将"的氛围终于让尤齐松了口气，他感到了做四川人的幸福，笑对困境是每一个中华儿女与生俱来的品德。他想起新闻里采访过的普通人，都觉得生活在一天天变好。其实他明白变坏也没关系，很多人照样能扛过去，大概一半人的底线都是好歹还有口饭吃，真实的饭。也许麻将给奶奶续了气，农历丁酉年过来了。打了几天麻将之后，警报解除，各回各家。

尤齐开始约同学撸串，办理去台湾交换的手续，问他爸要钱，被他妈骂成天在家啥都不干，除了没学习，啥都没耽误。他爸倒是每天去奶奶那一回，但例行公事般签个到就回来了，奶奶还是没说话，不过气色又好了一些。他妈也是只敢跟尤齐说大概是回光返照这种话，尤齐听完假天真地说了句："说不定真好了呢！"尤齐回学校之前，亲戚们还是大聚了一下，纷纷举杯恭贺新年，一点儿都不濒临丧母，非常好。

尤齐终于知道回什么了："那我要回去吗？"他妈说："不用了，台北太远了，你也算送过终了，奶奶知道的。"他觉得如果有一场葬礼，打麻将那时候就挺合适的了，大家都开开心心，热热闹闹，人嘛，终有一死。大伯说："咱妈这一辈子真没享过什么福啊，碰。"二伯母说："我刚怀老大的时候，妈每天给我烧红枣粥，我都怕了——啊，慢慢慢，哦，没和。"三伯对着尤齐他爸说："老幺啊，妈对你是偏心的，你不要不承认，这套房子是说要留给你吧，等等！和了。"

吃茶

袁省梅

茶叶是二婶给的。

我妈嫌太金贵，推着不要。二婶说："不金贵能给媒人喝？媒人嘴甜了，给小找个好媳妇。"小是我舅。舅得过小儿麻痹，三十多了还没娶下媳妇。我妈的脸倏地暗下一层，把麻纸包着的茶叶捏得紧紧的。二婶走时，我妈给她装了两碗黄豆。

媒人是个小个子女人，脸圆，眼睛也圆，鼻子也圆，浑身上下鼓鼓的，像个吹足了气的气球。她坐到我家炕头，嘴就没有停地叽叽喳喳，野雀子一样。我和小哥在柜边用烟盒叠宝，小哥悄声对我说："野雀子。"我拿眼角扫了"野雀子"一眼，低头吭吭笑。我妈把茶碗递到她手上时，就听见她抓着碗呀呀叫得欢喜，也顾不上臊了，埋头抿一口，又抿一口，说："还是这茶好喝。"我和小哥叠宝的手慢了下来，眼里长出了钩子般紧紧地钩住茶碗。

等野雀子放下茶碗，我妈送她出去时，我用胳膊碰碰小哥，低声道："妈送她去了。"小哥说："妈肯定会把她送到村口。"几乎是同时，我和小哥扔下手里的烟盒，跑到茶碗前。但碗里没有剩下一口茶水，就是茶叶，也没有一片，只有铜钱大的一块光斑在碗底跳，好像那女人欢喜的眉眼。

小哥说："她把茶吃得光光的。"

我说："碗柜里还有。"

小哥踩着板凳从碗柜里找出了裹在黄麻纸里的茶，把纸包放在鼻下使劲儿地嗅闻，我也趴在纸包上使劲儿地嗅闻——麻纸有股淡淡的草香味。

小哥问我："敢吗？"

我扭脸看了下院子。院子里阳光白亮，蝉在香椿树上嘶嘶嘶地叫，鸡们眯着眼卧在南墙根儿下。"没有人。"我说。

小哥龇着大板牙笑，黄黑的脸上白牙一闪一闪的。解开纸包，拿出茶时，小哥掰了一下，没有掉下一粒。小哥又把茶放在膝盖上掰，放在炕沿上掰。茶硬得砖头一样，纹丝不动。小哥说："我咬一口试试。"他果然咬了一口。好半天，他捂着嘴不说话，黑黄的脸皱成了烂抹布，泪花在眼里闪。我急得问他："咬下没？"他挤出一串眼泪，噗地把嘴里的茶吐到手心，小指头大小的茶上粘着一点儿白亮的东西。他的牙给别掉了。

小哥哇地哭了。

小哥兀地止住哭，是听见妈回来了。他抹了把眼，看着手上的茶，慌张地问我："咋办？"我也不知道咋办。小哥说："拿个宝。"他把烟盒叠的宝包到黄麻纸里，用线绳胡乱捆了两圈，放进了碗柜；茶呢，塞进了他的衣兜。

我妈在门口跟二婶说话，我们拎了铁环，从门口挤出去跑了。

我和小哥坐在场院的柳树下开始吃茶。这次，他不敢咬，我也不敢咬。我俩用石头把茶砸下几小块，他捏起一小块吃，我也捏了一小块吃。他皱着眉说不好吃。我嚼了一下，噗噗地吐了出来，茶咋跟药一样苦呢！我们都纳闷儿，这么难吃的东西，为啥被妈和二婶说得金贵呢？还有那个野雀子，咋就把茶吃得跟吃点心一样香呢？

我们还没来得及把茶换回去，妈就发现了。因为妈要把茶借给三婶。三婶的新女婿来了。但三婶借走没一会儿，就抓着麻纸包大呼小叫地来了。

妈看了眼，就扯着小哥的耳朵，照着他的屁股啪啪地打。小哥呜呜地哭着，从裤兜里掏摸出茶举在手上。

妈抓过茶，说："等我回来收拾你。"

妈从三婶家回来时，手里的茶剩下火柴盒大的一块。妈没有"收拾"小哥。妈经常忘记她说的话。妈说："咱也尝尝茶味。"妈喜滋滋地掰下一小块，用水冲了，又挖出一勺子白糖放到碗里，叫我和小哥喝。我说："小哥的牙掉了。"妈把小哥抱进怀里，叫他张开嘴，说："看，淘得牙都掉了。"妈看我们喝得吱吱响，骂我们饿死鬼。妈说："真是两个饿死鬼呀！"妈说得轻柔，也温和，唱歌一样。我和小哥端着茶碗，他喝一口我喝一口，抢着喝。我们都说真甜。水喝完了，小哥又添了水，却不叫我喝。小哥说："叫妈喝。"

妈抿了一口，不喝了，说："等你爸回来喝吧。"

爸从地里回来了，小哥把茶碗递给他，说："可甜哩。"爸端起碗喝了一口，喉咙里咕咚响了一声，很响亮，很动听。小哥缠磨在爸的一边，我缠磨在爸的另一边。我们都说："可甜哩。"爸呵呵笑，把碗端到我的嘴边，叫我喝，我喝了一口。爸又把碗端到小哥的嘴边，叫小哥喝。我和小哥把碗里的茶水喝光了。

妈做饭去了，爸去喂猪了，我和小哥看着碗里黄绿的茶叶，软软的，香香的，就捏了一片放到嘴里嚼。

小哥说："不好吃。"

我说："苦。"

我们都觉得茶水好喝，茶叶不好吃。可是，那个野雀子怎么把茶叶吃得那么香呢？

棋王

张国平

旺旺超市的老板姓王，王和旺同音，图个吉利。

超市很小，位置却很好，就在小区的入口。

这天王老板叮叮当当地钉了三副棋盘，又买了十几把小凳子，在超市门口摆了三个棋摊儿，于是门前便“拱卒”“出车”地聚集了一帮好棋者。

王老板对外说只是图个乐，下着玩儿，其实他心里有自己的小九九。做生意全凭人气儿，如果顾客稀少，门可罗雀，纵然你商品再怎么物美价廉，态度再怎么好，又有何用！

王老板的棋力实在是不敢恭维，常常是输多胜少，不过他只是在没人的时候才出手，等棋友们一堆堆围上来，他便会主动起身让位。

人多了，要抽烟，要喝茶，于是王老板便笑盈盈地忙里忙外，不亦乐乎。人气儿聚集起来，王老板的生意也就好了起来。

棋友多半是固定的，闲暇时便来捉对厮杀，渐渐成了一处景观。下棋者噼噼啪啪地厮杀，观棋者“拱卒啊出车”地叫嚷，好不热闹。

聂老头儿是棋摊儿上的常客。

聂老头儿约莫七十多岁，满头银发，体形消瘦，弱不禁风的样子。聂老头儿几乎每天都会来，拎着保温杯，提溜着水杯。保温杯里是熬好的粥，来了就是一整天。

聂老头儿耷拉着眼皮，走路轻飘飘的，仿佛一阵风都能把他刮到天上去，但在棋盘上他却大刀阔斧，摧枯拉朽，势如破竹。聂老头儿朝棋盘前一坐，那双浑浊的眼便立马放出刀子一样的光。聂老头儿胜多负少，胜率极高，被大家公认为棋王。

据聂老头儿自己说，他年轻时曾获得过全市象棋比赛冠军。每当聊起当年，聂老头儿那张灰黄的脸上便会泛出红润的光。聂老头儿惋惜地说：“老了，功力少说也减了一半。换成当年，你们一堆人全上也非我对手。”是真是假，无从考究，不过按他现在的棋力推算起来，此话应该不假。

因为太厉害，几乎没人愿意跟他过招儿，聂老头儿常常被冷落为观棋者，很有点儿高处不胜寒、孤独求败的味道。

聂老头儿棋风很好，下棋，落子不悔；旁观，观棋不语。碰到两个臭棋篓子，聂老头儿便觉无趣，眼皮一耷拉，似睡非睡，不过喊醒他，问他双方都走了哪一步，他却回答得步步不差。

聂老头儿早来晚归，一待就是一天，午饭随便扒拉几口便打发了，直到夜幕四合，棋摊儿的人散了，他才恋恋不舍地回去。

有人问他："你天天待在这里，咋不见家人来喊你？"

聂老头儿便期期艾艾地说："谁喊我呢？老伴儿没了，儿子成家，闺女出嫁了，没人喊我了。"

棋摊儿上偶尔来张生面孔。棋友们很友善，见来了新人，便有人主动让出位置，供他切磋。新人的棋力参差不齐，下得差的也就算了，但凡遇到功力深厚者，老棋友难以招架时，聂老头儿便双眼放光，主动出击，非将新人杀得落花流水而后快。

聂老头儿说："咱的地盘，咱的声誉，不能输。"

王老板的棋摊儿摆了两三年，也没人撼动聂老头儿的棋王地位，但凡他出手，鲜有人全身而退。

那年冬天，来了一位操天津口音的老者，六十多岁的样子，说是来给闺女看孩子的。天津客说他接送孩子，完了还要做饭、打扫卫生，平时没工夫，只有礼拜天才有时间出来逛逛。

天津客跟聂老头儿一样清瘦，说话慢条斯理，但棋力却非同小可。跟他对垒的小胖，也算这块棋摊儿数一数二的高手，结果连下了三盘，盘盘皆输。聂老头儿开始还耷拉着眼皮，这时双眼又闪烁出刀子样的光。小胖不服气还要下，聂老头儿却摆手说："你让让，我来吧。"

聂老头儿以当头炮盘头马开局，天津客应对的是仙人指路飞相局。聂老头儿攻势凌厉，天津客的防守却坚如磐石，滴水不漏。久攻不下，聂老头儿不免有些急躁，走出一步险棋，不料却被天津客抓住破绽，一举反攻，直捣黄龙。聂老头儿见败局已定，只好认输。

次局再战，轮天津客先行，却还是不急不躁的仙人指路。聂老头儿应对以过宫炮。如此开局，聂老头儿深有研究，只是平时对手太弱，他几乎不用，今天遇到对手了，才亮出绝招。

过宫炮属强攻开局，一侧严防，一侧强攻，一般人难以招架。不想天津客仍有条不紊，固若金汤。仿佛聂老头儿使的是少林武功，而天津客应对的是迷踪太极，见招儿拆招儿，借力打力。聂老头儿的凌厉攻势全被天津客一一化解。进入残棋，天津客不知不觉中占据了多一兵的优势。强兵过河半个车。聂老头儿不得不转攻为守，可惜已经晚了，又输一局。

两人在棋盘上硝烟弥漫，一共下了五盘，聂老头儿却只胜一盘，输得狼狈。观棋者唏嘘不已，聂老头儿也羞红了一张老脸。聂老头儿不服，仍要再战，可天津客抬头望望天，抱拳说："承让承让。"天津客说他还要回去做饭，明天再来，跟老哥讨教。

天津客已走了多时，聂老头儿仍盯着棋盘，嘟嘟囔囔。

聂老头儿第二天一早便来了，占了一个棋盘，只等再战天津客。聂老头儿说他研究了半夜，终于找到了破敌之策。

可是，直到下午，天津客也没出现。聂老头儿就那样眯着眼坐着，似小憩也像在沉思。

天色渐渐暗了，接着飘起了零星的雪花。晚饭时间到了，等待观棋的人渐渐散去，聂老头儿却不肯离开。

傍晚时分，雪花已大如鹅毛，超市的王老板吃过晚饭，出来收拾棋盘，突然发现聂老头儿仍稳如泰山地坐在那里。

聂老头儿身上落满了雪片，像尊雕塑。

南京往事

刘兆亮

那年，在西南一座城市里，我认识了老段。

老段并不过于老，1975 年出生，但长相比实际岁数往前赶了十多年，像是 1957 年出生的。在那座城市里，我们都是异乡人，偶尔朋友带朋友，赶一个并不重要的饭局，认识了，就成了重要朋友。

其实，我与老段一年也没约过几次饭，可能四次吧，但第一次吃饭，连了两场。

第一次见老段，是一年初夏，在一个叫黄泥岭的中餐厅。我坐在一张 13 个人的大桌边，记得是贴着左手边，来了一个戴着眼镜、胖乎乎、头发根根竖起、可爱型的中年人。他的短袖白衬衫扎进牛皮裤带里，脖子 V 领处趴着几颗豆大的汗珠子。

当时，这个中年男子来得不算早，也并不迟。从他脖下的汗珠可以判断，他想准时，不知是在路上还是在楼梯里，赶了一阵猛路。不然，哪里会有那么大的汗珠子——滴水藏海，汗里识人，他该是一个会尊重别人时间的人。

饭局里尊重别人时间，还包括，你端起或放下酒杯所说的话、所讲的故事，要是不好听，像老太婆的裹脚布，那就是耽误人家了。一顿饭，两三个钟头，人又多，每一句话，或者每一个段子，都要精彩，这样才让人觉得时间过得值得。

我很快就认识的老段，就是这样的人，把话省着说，说一句算一句，大家都觉得很合适。比如，相互敬酒，我们两个杯子碰到一起，他说："听口音，你不是这里人。来，为了能在异乡相聚，干。"

一桌 13 个人，一多半都是外地的，老段这句话，说得他们有了碰杯的理由，说得那个城市的人也有了借口喝酒："我们这个城市很包容，你们都会混得很好。来，敬你们！"

再和老段的杯子碰到一起，他又找了个理由："你是江苏人，我在你们省会南京念大学，你小，算是师弟。——来，师弟，再干一杯，等会儿加个微信。"

三个小时一晃而过，桌子大，对面说话都不方便，算起来，我和老段话说最多。

散场后，有几个人提议，大家认识还不够，到新牌坊大排档，再整几瓶啤的。

老段呢，说自己喝得眼睛发直了，还没喝啤酒呢，脑细胞一个个都像啤酒花正在往上冒，有股神经好像也在传递信号，它在跳，“多了”“多了”“多了”，这样，在跳。

老段这句半醉的话，真像个单口相声啊，大家都听乐了。

对了，老段是西南大医院的神经内科医生，博士。他把大脑里每一根神经当成高速公路网那样去研究，怎么能不堵、堵了怎么修，说白了，是让神经都舒舒畅畅的，精精神神的。

当晚，我们三五个人又去了大排档，是在一个朋友住的小区后门，也就是坐着吹吹风。

每人只要一杯扎啤、几根串串，顺便也等一个朋友的老婆下夜班。

我们才喝到半杯时，老段来了。他跳下出租车说：“好了好了，不跳了，稳住后我觉得还是得找大家，特别是师弟，喝点儿啤酒漱漱口。”

虽是初次见面，老段说的那些话，原来都不是“酒桌话”，而是真性情的心里话啊！

他刚坐下，又站起来说：“这样，我先去买几根冰棍，下到啤酒里，这样高端大气。”

我赶紧起身陪老段，到路对面小卖部。老段站在冰柜前，犹豫了一小会儿，是冰棍还是雪糕呢？最后他来了一句：“软的那种。”老段不晓得这里叫什么，老家是叫雪糕的，像雪那样柔软，还有奶油，比雪白，比花甜。

他先剥开两根雪糕，递给我一根先吃起来，再抱着五根，慢慢回到大排档。

老段说：“小时候，家里穷，哪里吃过软雪糕啊！都是五分钱一根的硬冰糕。上了大学更穷，连一根硬的也舍不得吃了。”

那个雪糕冰镇啤酒的夜晚，真的很高兴。我们等到一个朋友的老婆下夜班才散。老段跟那个朋友说：“兄弟，你等你老婆，是放着岗让她查，还是脚踏实地的爱？”我那朋友说了一句话：“兼有。”老段笑了一下说：“单线条比较好，不交叉，不然容易堵。”

告别时，老段拉着我抒情：“师弟，我对南京有感情啊！虽然，我没有在那个城市吃过一根雪糕，软的硬的都没吃过。”

中间，我们用微信联系了几次，老段很不“单线条”，说他除了给人看病，还在攻课题。老段嫌微信上打字慢，干脆电话拨过来说，课题一弄，人就兴奋起来，睡不着觉了，这些东西啊，真是好玩儿。“神经系统是一个比高速公路网复杂一亿倍的东西，我的脑细胞就是在头皮上、脸上给这些课题弄死的，小炮弹一样，炸得脸上坑坑洼洼，显老。”

一些大大小小的节日，我们也会互致问候。

有一次，他用错了一个标点，可能他还在研究人的神经为什么会有迟钝反应，为什么有犯错意识吧。总之，他的短信原文是：“师弟，端午快乐？”

看到了这个问号，我心底漾笑，这真是一个欢乐的错误、欢乐的祝福。不信，你琢磨一下，特别有老段的意蕴，可以换成这么一句：“端午了，你是快乐还是不快乐呢？”

又一年冬季，老段约我到南滨路吃“顺风 188”。又是一桌人，有男有女，算是事业有成的人，是在旅游大巴上或一次偶然的问诊中认识的。还有的是夫妻档，老婆在南京念过书，他一定让人家把老公带着，说不然会误会，会堵的。

第四次吃饭，就在前不久，我约的老段，到“加州花园”吃老火锅。老段又是穿短袖衬衫，脖子下解开双扣，又是趴满豆大汗珠，他总是那么努力地准时。

我们喝得满桌底凌乱的啤酒瓶，老段说，他得去个厕所，歪歪斜斜的，很像个醉样。

他竟是伪装去买了单。

我狠狠地怪他，老段来了一句：“我对南京有感情，谁买不一样啊！”我笑着问：“师兄呀，你是不是曾经有一段很美好的感情，搁在南京？”老段认真地说：“没有，没有，不然多堵啊！其实，我跟你说呀，要不是去南京念大学，可能留在山西老家挖煤了。我就是觉得，人不能忘记自己改变命运的时光。”

看来，老段没有醉，或者说，他真的醉了。

如今，我早已离开了那座城市，来到南京附近的一座城市打拼，还常跟老段联系。老段最深情最有诗意的话，也是在一次喝完酒之后的夜里说的。他说：“师弟啊，我又是帮人看病，又是研究神经高速公路课题，比较忙。等你有空了，帮我踩一脚油门，到南京地界，帮我看一看，南京……往事！”

退休邮递员伊琳卡

阿心

我的邻居伊琳卡是个孤老太太，退休前是邮递员。没错，不同于中国，匈牙利有女邮递员，就是那种骑自行车走街串巷、送信送报的人。许是对自行车有感情了，别人饭后散步，她却骑着自行车遛弯儿。

自搬到小街，每到圣诞节，我都送她小礼物，一瓶托卡伊葡萄酒啦，一盒椰蓉巧克力啦，甚至我们商店卖的女睡袍之类的，她都喜欢。收到礼物，她总是拥抱、布西（匈语：吻面颊）、致谢，然后，扫一眼房间："喏，我送你什么礼物好呢？"君子不夺人之爱，望着她家大大小小的工艺品，我微笑："不用不用。"她松了一口气，连说："谢谢谢谢！"

邮递员微薄的退休工资，勉强够支付伊琳卡一个月的吃喝和日常花销，我让她到我们商店买东西，说可以打八折。她挑了满满一篮子衣服，试来试去，问："我穿这件好看，还是这件？"又对着镜子照来照去，然后一件一件地往外拿，眼神是那样不舍，像是与情人离别。付款时，只留下两件。我说："你要是喜欢，给你留着，下月你发工资了再买。"她连忙赏我一个布西。

那年六月，伊琳卡家的樱桃熟了，一颗颗又大又红的樱桃叫人眼馋。周日，她唤我摘樱桃。那么一大棵樱桃树，反正老太太也吃不完，我索性拿了两个大塑料袋，边摘边尝。刚摘了一满袋，老太太忙说："算了，差不多了吧？"我脸红了，人家让你摘樱桃，许是意思一下，点到为止，自己却摘那么大一袋子，太贪。伊琳卡的脸比我还红，她轻声说："我还要拿到菜场上卖。"人家老太太全靠卖樱桃补贴家用，我简直无地自容。

今年，不知何故，伊琳卡的樱桃颗粒无收，便摘了一小盒红红的覆盆子送我。我尝了一个，酸中带甜。许是觉得覆盆子分量太轻，她又拿出一瓶杏酱，说是自己做的。老太太的自制杏酱，比超市的果酱强一千倍，说不上好在哪里，就是喜欢。我盘算着如何还人情。

机会来了，我家的母狗虎妞怀孕了，伊琳卡隔着围墙招呼我："待狗生了，可不可以送我一只小狗？”虎妞是德国品种罗威纳，小狗在市场上也能卖个好价钱。一窝好几只，送她一只无所谓，谁让我吃人家的嘴短呢！我点头应下了。

没等虎妞产崽，伊琳卡家就传来了汪汪的狗叫声。她在园子里拔草，一只白色卷毛小狗在一旁晒太阳。我不免吃惊：“伊琳卡，你买小狗了？”她说：“是啊。漂亮吗？”我说：“漂亮。”她说：“很贵，一万多福林哪！”价钱差不多是她工资的五分之一。

放着免费的狗不要，偏偏自掏腰包。况且，我家的是德国有名的看家护院犬，那小卷毛就是个跟屁虫，这老太太，傻呀？

“你不要我们家的小狗了？”我还是问了。她说：“我想了想，不合适。”我问：“为什么？”想必是她觉得罗威纳狗的市价不菲，不好意思要。

伊琳卡指着绿色铁丝围墙说：“妈妈在这边，孩子在那边，假如我是狗，会伤心的！”

我半天没说话。

从此，傍晚时分，伊琳卡的自行车前篓里，多了一个毛茸茸的小家伙。老太太骑车遛狗，潇洒自在的身影，成了我们小街的一道风景。

三千世界鸦杀尽

吴卫华

外面密绵绵的秋雨洒在梧桐树阔大的叶片上，又汇成小水流啪啪嗒嗒地落在下面交互的青郁郁的叶片上。在明亮的大红提灯照射下，空中仿佛闪着银毫晃动着亮波，薄寒微凉的气息填塞了整个暖香阁。暖香阁里一点儿也不暖，菊代子趴在栏杆上，看对面街巷上那个依靠在梧桐树下的男人很长时间了。从上向下斜斜看去，男人静静地坐在那儿，用一顶斗笠遮着面孔，怀里抱着一把武士刀。

男子一直箕坐在那儿，黄昏都降临了，细雨也霏霏许久了，他就像是个木雕石刻，甚至坐姿都没有变动一下。菊代子好像沉不住气了，拿了一把图案典雅颜色温润的紫色和伞，一手微微拉起和服下摆沿着木梯下楼。木屐先是在木梯上发出隐忍迟疑的咯噔咯噔声，及到了街巷里的青石路面上，碎步行进的木屐声就成了啪啪啪的清脆敲击音。

“柳八郎君，你好歹也是一个受人尊敬的顶级武士，这样招摇地坐在我家门口，是会被人非议的。”菊代子款款弯下腰，对戴着斗笠的男人软语相劝。

柳八郎抬起头，露出一张棱角分明的面孔：“菊代子小姐不答应，我就一直在这儿等。”

菊代子叹口气：“就算是我答应你，吉野丸也决不同意，毕竟我跟吉野丸有过誓约在先。”

柳八郎从地上站起来：“那我就更得在这儿等了，你若之先已与其他男人有过牛王法印之誓约，那我定将挥刀为你斩落那三千世界之鸦，自此你心之所属只为我一人。请告诉我吉野丸是谁？”

菊代子又叹一口气：“天黑了，雨也下得紧了，既然你不肯离开，就跟我去暖香阁小坐吧，我告诉你吉野丸是个什么样的人。”

在日本幕府时代，神社或寺院发行一种叫“牛王法印”的符咒，主要用于恋人在神灵前宣誓：若有违信，待鸦之三羽落尽之际，则是违信之人吐血身亡之时。

进了暖香阁，柳八郎摘下斗笠，现出为防止打斗时乱发遮眼而依例剃去额发的光额头：“吉野丸是谁？”

菊代子帮他脱去外面的武士羽织，又给他倒上一杯香茶：“吉野丸是长驿藩川幸家的亲信武臣，刀术卓绝，但他从不喜欢张扬自己，以致在武士中几乎没人知道他。我和吉野丸是在游春时认识的。”

柳八郎冷笑：“长驿藩弹丸之地，国小势弱，川幸家更是日薄西山，怎会养得出超一流的武士？我代表前松藩的武士，要跟吉野丸一决高下。”

菊代子满脸关切：“前松藩跟长驿藩相约为兄弟藩，千万别伤了和气。”说完这话，菊代子温柔地给柳八郎脱去直垂。那个晚上，柳八郎留宿在了著名艺伎菊代子的暖香阁。

三天后，柳八郎上门挑战吉野丸，两人的眼神都狠戾阴鸷，略略对视便拔刀相向。错综的刀光中，两条身影倏分倏合。随着柳八郎的长刀带出一道新鲜的血虹，决斗戛然而止。柳八郎振刀甩血，转刀入鞘，看也不看倒在血泊中的吉野丸，昂昂然离去。

吉野丸被柳八郎登门挑衅斩杀，彻底让长驿藩的武士羞恨激愤了。藩主川幸大怒，亲自组织军队攻打相约为兄弟藩的前松藩。几场征杀下来，两藩伤亡惨重，战斗力都耗损殆尽。跟两藩相邻成三足鼎立之势的东州藩突然出手，轻而易举地分别攻下了前松藩和长驿藩，坐收了渔利，实现了久已有之的兼并野心。

在东州藩的庆功宴上，艺伎菊代子赫然居上座。藩主康喜俊成向大家介绍菊代子说：“今天的大功臣是咱们的忍者凉宫千夏，她能歌善舞，身怀绝技，秘有忍术。要不是她施出反间两大顶级武士的计策，我怎么能轻易解决掉前松藩和长驿藩？”

众人起哄请忍者凉宫千夏唱一曲，随即有人拿来一把三味线。凉宫千夏把三味线抱在怀里，面向众人，一笑百媚生，再笑蚀骨髓，接着快速用拨子弹奏，丝弦劲荡，余音绕梁，她却轻舒歌喉徐徐唱出仙声：

三千世界鸦杀尽，与君共寝到天明。

九尺二间掌灯过，唇红犹附火吹竹。

如此蛊媚冷艳又带着戾气的誓言，让听的人都有种凉森森鲜艳艳的向死感。

忍者，意指秘密行动的人，为藩主或贵族执行特殊的谍报任务。忍者都有诡异的忍术，忍术又名隐术，即隐身术，和中国刺客的暗杀术相似，是一种伏击战术。忍者家族世代秘传，外界很难知其详貌。

秋花开

于心亮

秋日里，有两种花开在家门口，一是粉豆花，二是喇叭花。前者傍黑开，后者清早开。一个站在墙根下，一个攀在篱笆上，都不知道疲倦，今儿开、明儿开、后儿还开……要问啥时候种了这两种花，也说不出个子丑寅卯来，反正是，冷不丁一瞧，花就开了。

粉豆花色彩杂，红的、粉的、紫的、黄的……闹哄得不得了，翌日晨太阳一出来，花儿说谢就谢了，不拖泥不带水，随后结个黑色的种子，惹得孩子们伸手去捉。喇叭花则定时定点上白班儿，很奇怪怎么会有蓝色的花瓣儿，透着那么一股子小妖气，很是惹人眼。

奶奶坐在家门口，看花。粉豆花从夏天就开，没什么好奇怪的，可奶奶就是看不够。虽说秋风渐凉，手里却还拎着把蒲扇，偶尔扇一下蚊虫，瞧见路过的街坊，就道一声："吃啦？"街坊也问奶奶："吃啦？"奶奶就说："吃啦。"——其实奶奶没吃饭，不饿。

奶奶也说不清为什么不饿，反正是，没胃口，不想吃。

奶奶觉得这是个好事儿。

可街坊们却觉得不是个好事儿，说："你是不是病了？瞧瞧你的脸都黄了。"

奶奶就回家问爷爷，她说："你瞅瞅，我的脸什么色儿？"爷爷说："什么色儿？正常色儿呗。"奶奶说："你没觉得我脸色发黄吗？"爷爷说："发黄？发什么黄？你再变色，脸也黑得像个驴粪球儿……"奶奶就出门对街坊说："俺老头子说了，俺没事儿。"

奶奶除了不爱吃饭，也变懒了，不爱动。即使想动，也没劲儿。

三儿子瞧出不对劲儿，跟大哥、二哥、四弟说了……弟兄四个来一瞅，的确觉得不对劲儿，就跟奶奶说："咱去医院看看吧？"奶奶说："我没病，去什么医院？"儿子们又去跟爷爷说："咱们去医院看看吧？"爷爷说："就你们事儿多，你们愿去去，反正我不去！"

就送奶奶去了医院。医生一见奶奶，头一句话就说："怎么才来？"

一盆凉水就浇到儿子们头上。奶奶笑着说："才来还晚啊？又不是做客。"

奶奶得的是肝病。医生说："挂个吊瓶……试试看吧。"

奶奶不想住院，怕花钱，怕耽误工夫。儿子们就说："花再多钱，我们弟兄四个一平摊就行了，怕什么呢？"奶奶就挺惭愧地说："唉，做娘的不要脸了，给你们添麻烦了。"

奶奶就安心地住院了，她说："养儿子多就是好，关键时刻就看出来了。"

四个儿子就轮流来陪床，帮着看看吊瓶，帮着喊个护士什么的。大儿子来过二儿子来，二儿子来过三儿子来……秋天生产队正忙，正是挣工分的时候，耽误不得。其实奶奶也不寂寞，病房外头也开满了花儿：粉豆花、喇叭花、一串红、月季花、金钟花、万寿菊……

倘若瞧见坐在花丛中的病人，就打声招呼。病人亦会像奶奶那样笑："吃啦？"

随着秋风凉，秋虫的叫声越唱越远，病房也越来越静……

三儿子来陪床，奶奶精神头儿也格外好。三儿子说："生产队这阵子忙得很，我爹在饲养院伺候牲口也挺累的，等忙过这阵子，他就来看你。"奶奶就笑："那个老东西，精神头儿都用在牲口身上，你瞧见他哪时候关心过咱们娘儿几个来？……这个老东西！"

奶奶又说："我枕头底下藏了几个钱儿，你屋里的怀着孩子，逮空儿你把钱拿去买点儿什么吧……"三儿子说："那怎么行，我们弟兄四个。"奶奶说："你们弟兄四个，哪天轮到谁，谁才来陪床，唯独你，不论哪天都抽空来看看，我这做娘的，心里有数啊……"

窗外花儿真心开得热闹，院墙上、屋檐下……随便丢个种儿，也不用多费心，这样的花儿，那样的花儿，你开完我开，我开完它开！奶奶说："花儿开的时候，能听见声音呢！"

三儿子问："什么声音？"

奶奶就微眯着眼睛笑："跟你们兄弟四个小时候吵闹一模一样……"

过了一会儿，三儿子抬头看看吊瓶，发现吊瓶不滴了，就喊护士："吊瓶不滴了。"

护士过来看，看看吊瓶，看看针头，看看奶奶，就训三儿子："人都死了，还滴什么滴？"

三儿子跑回村。爷爷正蹲在猪圈里帮老母猪接生，他气恼地说："怎么拣这个时候死？你大哥在北坡抢种，你二哥在南泊抢收，你四弟在旗杆营挖水渠……都没空儿，你自个想办法吧！"

三儿子就跑回医院，借了个架子车，把死去的奶奶拉回来了。

冬夜

薛培政

那年，村里还没通电。腊月过半，连下两场雪，又刮起西北风，天刚擦黑，街上就不见人了。

一盏昏暗的油灯下，长根爹喝了碗玉米面地瓜粥，点燃自卷的喇叭筒烟卷后，又陷入沉默中，唯有唇边的烟卷一亮一熄地闪着猩红。

长根娘斜躺在被窝里，吃力地喝了小半碗粥，就说喝不下。她瞅了瞅正啃着窝头和咸菜的几个孩子，又把眼神转向男人，半是恳求半是催促道："当家的，要不，再出去问问，看谁家还杀年猪，大过年的，咋也得让孩子们尝点儿荤腥不是？"

"唉！找谁问哪！"长根爹重重地吸了一口烟，苦着脸叹道。

"都是俺这不争气的身子骨闹的，这一年吃药打针花的钱，该买多少肉呀！"长根娘说着，又落下泪来。

"你看你，又来了，人吃五谷杂粮，哪有不生病的？等天暖了，病好起来，拉下的饥荒，咱慢慢还。再说，离过年还有些天，总有杀猪的人家。"长根爹说罢，起身套件厚棉袄，戴上顶狗皮帽子，两手一揣要出门去。

"爹，俺也跟你去！"见爹出门，长根把窝头往桌上一搁，就要起身。

"小孩子家，你跟着干啥咧？"见爹心烦，他不敢犟嘴，悄悄地朝着娘使眼色。

长根娘说："让他去吧，黑灯瞎火的，也好跟你做个伴儿。"

见爹不再坚持，长根便跟在爹身后走出门去。

长根爹见不得女人落泪。以前，身材瘦小的她像个壮劳力，没白没黑地操持。也许是劳累过度，今年春上她一病不起。大小医院没少进，打针吃药也不见轻，后来让邻村中医看对症，这才好转起来。为给她治病，该卖的东西都卖了，能借的钱都借了，还拉下一腚饥荒。

其实，长根爹一直操心着割年肉的事。往年这时，他早去找杀猪户凑猪份子，预订下要割的年肉了。

这年，家里没有钱，他气短三分。进腊月，他见人凑猪份子，面上没事儿人似的，心里却像猫抓一样。

长根舅家杀年猪，可借人家的钱还没还上，咋有脸张口？长根堂叔家也杀年猪，人家开春要办婚事，急等着用钱，也不便张嘴……长根爹思来想去，只等生产队决算分红后，再借支买年货。

这年队里决算迟，借钱到手时，已过了杀猪旺季，他着实作难了。

夜深人静，灯熄犬吠，村子里漆黑一片，抬头是黑黢黢的天，低头是黑洞洞的胡同，只有呼呼的风在叫。

爷儿俩呆呆地站在树下，长根爹一句话不说，一支接着一支地吸烟。

过了一会儿，一阵咳嗽声传出，前边那座小院里亮起灯。那一缕微弱的灯光，让站在黑夜中的爷儿俩眼睛顿时闪亮了。长根爹低头望他一眼，使劲儿抹把冻僵的脸，拖着像灌了铅的双腿，带着他朝前走去。

嘎吱嘎吱踏着积雪，爷儿俩循着灯光，来到罗瘸子家门前。长根爹抬手想拍门，可抬了几次都没拍下去。他和罗瘸子有过节。犹豫着转回身去，可没走两步，他又突然折回身来，终于牙一咬脚一跺，拍响面前的木门。

罗瘸子是个鞋匠，靠交钱向生产队买工分。他家孩子少，日子略宽裕。他心热人善，每年喂成的肥猪，总拖到年跟前屠宰。有人笑他发善心照顾穷汉子，他也不否认："都是乡里乡亲的，能拉一把就拉一把。"

见他们上门，未等长根爹张口，罗瘸子道："知道你这一年过得不易，家里又摊上病人，给你留了五斤。别嫌少，将就着过年吧！"那一瞬间，长根忽然觉得一股暖流涌遍全身，鼻子酸得想掉眼泪。他见爹张了张嘴，想说些什么，也被罗瘸子抬手打断："啥话也别说，先把年过好，日子长着哩。"

回家的路上，风夹着细沙般的雪粒，打得脸上生疼，爷儿俩竟不觉得冷。进院后，长根爹没顾上喘口气，就朝屋里喊："孩他娘，咱家年下有肉吃了！"

沉寂的屋子里，顿时有了生气。快一年没吃肉的孩子们，一个个从被窝里骨碌碌地爬起来，一张张小脸就像一朵朵含苞待放的花儿。

几个孩子叽叽喳喳乐够后，又钻进窝睡下了，长根却翻来覆去睡不着。1974年冬夜里那一缕灯光，就像烙印一样刻在了他的脑海里。

多年后，创业成功的长根，成了一名远近闻名的慈善家。

是谁杀了伯仁

郑俊甫

人这辈子真是邪性，怕什么来什么。那天，一位好友喝醉了酒，附在我耳边悄声说："你兄王敦，脑后生着反骨。"我心一颤，手中的杯子差点儿落地。好友擅长卜卦，大小事经了他的嘴，无不应验。

我一直想找王敦聊聊。这个堂兄啊，一刻也不让老王家省心，整天磨刀霍霍，忙着操演他的军马。我修了一封家书，言辞恳切，希望他能收敛收敛，尤其是在皇帝面前。信还没有送到，王敦就闹腾起来，以"清君侧"的名义，浩浩荡荡，兵临江东。

在京的王氏几百号人，一时间惶惶不可终日。大家无头苍蝇似的，满城乱飞，最后都飞进了我的府门。没办法，谁让王敦是我堂兄呢！还是撒尿和泥一起玩大的。大家都想听听我的意见，是卷起细软溜之大吉，还是束手就擒坐以待毙？当然都不能。皇帝于我有恩，于我们王氏有恩，出了这档子祸及九族的事情，我心有愧呀！于是，我带着一众族人，齐齐跪到宫门外，负荆请罪。

辰时，日上三竿。宫门外来来往往的人，见了我们，掩面而逃，好像我们身上带着瘟疫。以前这帮人不是这样，以前他们为了迈进我的府门，无不使尽钻营之能事。

此一时彼一时，我老老实实地垂着脑袋，等着皇帝心生怜意，能够给我一个表明心迹的机会，却始终等不到。皇帝像是忘了，宫门外还跪着乌泱泱一群人，个个如同油煎。

午时，身边"噔噔噔"有了杂乱的脚步声。斜睨一眼，是伯仁！我的好友周伯仁！我的心中顿然照进阳光。

我与伯仁自幼相识，情同手足。这么说吧，但凡我有一口肉吃，绝不会让他喝汤。当然，作为大晋的才子，官居尚书仆射，伯仁也不需要我的眷顾。

如果说，我对伯仁有什么看法，就是他太孤傲了。一次，与伯仁闲谈，我拍着他的肚子，戏谑道："鼓鼓囊囊的，里面装的都是些什么？"伯仁一笑，轻飘飘地答道："里面空空洞洞，不过像你这样的人，足可容纳数百个。"又一次，皇帝大宴群臣，酒酣歌热，兴之所至，皇帝说："今日名臣共聚一堂，纵使尧舜之时也不过如此吧？"伯仁站起来反驳："如今的世道怎么能跟尧舜盛世相比呢？"皇帝大怒，下诏将伯仁下狱。数日后，皇帝愤怒平息，才将他放出。大家前去探望，为他压惊，伯仁却轻描淡写地说："就知道我死不了，没犯死罪嘛。"

你瞧瞧，这像什么话嘛！但是不管怎样，这么多年的情谊还是在的。况且，当年伯仁赴任荆州刺史，遇到了流寇，幸得王敦出手相救，才幸免于难。说起来，王氏于他，也算有再造之恩。如今，王家落到这步田地，他动动嘴皮，为我们求几句情，不为过吧？

我唤了一声伯仁。伯仁扭头扫了我一眼，视若无物，置若罔闻。我以为他没听见，提高嗓音又唤了一声："伯仁，我王家几百口的性命就都靠你啦！"伯仁这次头都没回，昂首进了宫。

这家伙，为了避嫌，六亲不认。我心中愤然。

大概申时，不，也许已经是酉时。我揩汗的时候，斜日的余晖已经隐入宫墙。伯仁终于出来了，歪歪扭扭，五迷三道。这个酒鬼，平时贪贪杯也就罢了，这个时候，我一家老小命悬一线，他还有心思饮酒！我心里虽恨，身子依然匍匐向前，扯住了他的衣袖，像是扯住了最后一根稻草。我得知道，皇帝到底打算怎样处置王家。

伯仁冲我翻了翻白眼，居然对身边的人说："我们一定要杀了王敦那帮浑蛋，好挣个天大的功名！"然后扬长而去。

我的心一下子凉透。

事情的发展像是一场戏。数日后，王敦大败朝廷大军，占领建康。入京后，王敦置瑟瑟发抖的皇帝于不顾，却开始笼络人才，意图重整朝纲。他跑过来问我："伯仁声望极高，应当位列三司吧？"

我看了王敦一眼，即便他是一个胜利者，我依然觉得他是一员叛将，是王氏宗祠的一块污点。但现在说的是伯仁，伯仁呀，我的脑子里满是他走过我身边时目中无人的样子。我选择了沉默。

王敦不甘心，追着问道："就算不入三司，也得做个仆射吧？"

我依然沉默。

王敦的眼里露出了凶光："如果不能用，就只能杀了他。"

我装作没听见，抬头看天。仿佛天上写着伯仁的宿命。

伯仁最终被捕，押至城南门外处死。据说，临刑前，伯仁面色不变，举止自若。伯仁死后，家被查抄，作为大晋高官，家里仅有五瓮酒、数石米、几篓旧絮，而已。

我说过，事情的发展像是一场戏。我和王氏一族，因为在王敦之乱中坚定立场，维护帝室，不但断绝了这位堂兄的勃勃野心，还激起了民众的高昂斗志。王敦之乱很快平息，我又回到了熟悉的位置。我开始着手整理宫中奏折，厚厚的一摞里，意外地发现了伯仁的奏章。竟然是历数我的功绩和耿耿忠心，言辞恳切，殷勤备至。落款的时间，正是我跪在宫门外的那天深夜。我这才醒悟，在宫里和皇帝喝得醉醺醺的伯仁，醒酒后的第一件事，就是给皇帝上表，替我这个所谓的好友鸣冤叫屈。

那天，我回到家，闭门谢客。我把几个儿子唤到跟前，一字一句地忏悔："吾虽不杀伯仁，伯仁因我而死。幽冥之中，负此良友呀！"

语罢，顿足捶胸，大放悲声。

冰糖和麦穗

何君华

认识冰糖和麦穗后，我才知道我还不是最惨的，她俩都比我惨，她俩被骗了钱，我起码还没被骗钱。

我是看到路口的红绿灯读秒变红的时候跑的。

一个月前，我被骗进了南城这个传销组织（当时，我还不知道这个叫传销组织，当时我们叫“公司”）。在这里一日三餐吃青菜，从早到晚就是上课，接受培训。我们不止在一个地方接受培训，我就是在我们要去另一个宾馆培训的路上跑掉的。

我一扭头，追我的人已经没了踪影，（或许根本就没人追我，在这光天化日之下，谁敢明目张胆地追我呢？）我只知道跑，往人多的地方跑，我一头扎进人海里，就这样跑掉了。

我身无分文，也不能说身无分文，我还有一百块钱，准确地说，是一百零三块五毛钱。出门前，母亲给我缝了一双鞋垫，我把钱垫在鞋垫里。要不是这双鞋垫，我这一百零三块五毛钱也保不住。

我跑进人民公园，在公园的公厕里藏起来。藏了一整天，我才敢出来。我听见有人在叫卖香蕉，我就买了一串香蕉。我饿了吃香蕉，渴了就喝公厕水龙头里的水，困了就在公园的长椅或是假山下面睡觉。

就这样过了十天，我的钱花完了，想死的心都有。要不是家里还有父亲母亲，还有弟弟妹妹，我想一头从百货大楼扎下去算了。

我在大街上漫无目的地走，走着走着，忽然听见一句湖北方言。我仔细听，那方言来自一爿小店，是一个女孩的声音。那女孩正在用湖北话跟另一个女孩聊天，那个女孩用的也是湖北话。

湖北话三里不同调，十里不同音，但我能听出来那是湖北话，而且应该是离我们家不太远的鄂北的方言。

我鼓起勇气上去跟她们说话，她们果然是湖北人，我就这样认识了冰糖和麦穗。

等冰糖和麦穗下班，她们把我带到她们的住处，那是一个离城区很远的郊区农村，她们租的两间小小的破败的房子。她们做青菜给我吃，那青菜跟“公司”里的青菜一模一样，但我从来没吃过那么好吃的青菜。

吃完饭我才知道，冰糖和麦穗也是被这里的“公司”骗来的，她俩还被骗了入会费，“公司”让她俩再联系家里人交入会费的时候，她俩明白了，她俩不愿意害人，就瞅准时机偷偷跑了。

冰糖说：“你不要再在这里找工作了，这里找不到工作，都是骗人的，你还是回去吧。”

“我想回去，可是我没有一分钱。”

麦穗说：“等几天，等我家里卖了猪寄钱来，我借钱给你买票。”

我不信。

过了三天，麦穗当真收到一张汇款单，一张六百块钱的汇款单——六百块钱，算来算去只够买两个人回去的票。

怎么办？麦穗肯定是要回去的，钱是她家里寄来的。冰糖肯定也是要回去的，她早就想回去了。我也是要回去的，我已经身无分文。

“怎么办？”冰糖说，“算了，你俩先回去吧，反正我在这里也有工作，等发了工资我再回去。”

我自私，真的，我若无其事地拿着原本给她俩的钱回去了。

走的那天，冰糖去车站送我们，紧紧地拉着我俩的手久久不松。车开出去好远了，我不经意一扭头，看见冰糖还跟在中巴车后面跑。终于她跑不动了，她就蹲在地上哭，眼泪止不住。

车到武昌，麦穗的父亲来接她。麦穗算好他们父女俩回家的路费，把她父亲身上剩下的钱都摸出来给我。

我是不是有点儿反应迟钝？眼泪这时候才流下来。我发誓，将来一定要将这钱一分不少地还给他们。我要了麦穗他们村村委会的座机号码，然后他们继续赶路，我也继续赶路。

过了七个多月，我准备给麦穗还钱。我打电话问麦穗：“冰糖回来了吗？”麦穗说：“还没有。”

半年多了，冰糖还没回来……这时我才知道，冰糖骗了我，她哪里有什么工资！真的，我太自私了，我一个大男人，何德何能让两个小姑娘这样帮我？我决定去找冰糖。

第二天，我再打麦穗家村委会的座机号码，不知为什么忽然成了空号。我再打，还是空号……

好了，我的故事先说到这里吧。我知道，这个故事说出来你可能不信，换作我也不信。我设想过许多次，在那样的境地下，换作我，无端借给一个陌生人这么多钱，我是做不来的，我肯定是做不来的，何况她们还那样毫不犹豫、坚定不移。

我想，我一定要找到冰糖和麦穗。尽管我不知道冰糖真名叫什么，也不知道麦穗真名叫什么，但我决计上路。

是的，我想我该上路了。

扒泥鳅

肖建国

我在家小住的第三天，光头又来了。

前两天，他都来过。一看院内都是老头儿老太太，还有流着鼻涕的小娃娃，他打声招呼就走了。

这次，他来得早。我刚洗漱完毕，打开院门，他就挤进来。

他喊我哥。秀文哥，到我家吃早饭吧，一个人锅上锅下的，麻烦。

我知道他这是客套话，他也知道我不会去。每年，只要我回来住，吃的、用的，都会事先准备齐全。我想过平常的日子。

光头说，今儿个天气好，我带你去扒泥鳅。

扒泥鳅？

是啊，是啊。光头黑瘦的脸上露出孩子般的笑容。

小时候，我多次和他一起捉过泥鳅。有时在稻田里，有时在渠沟里，提上小木桶，赤着双脚，下到泥里，忙得不亦乐乎。

光头与我同年，只是比我小月份。小时候，他头上好长疥疮，为方便抹药，他爹经常给他刮个光头。二十郎当岁，他离开乡村，到县城做小工，慢慢成了包工头，在城里买车买房，很是风光。

这两年才回来。回来后，他家的房子已破得不像样子。他买来绿色铁皮瓦，把屋顶重新苫住，用木头支撑起快要坍塌下来的房梁。就这样将就着住。

光头回来的原因众说纷纭。有人说，他发财了就忘本，把老婆给休了，跟一个年轻漂亮的洗头妹黏糊上了，结果小狐狸精把他的钱骗光了。有人反驳，小狐狸精多大个事，屁都不值。关键是他儿子蛋蛋，吸毒！吸毒知道不？ K 粉麻果摇头丸，一上瘾，既烧身体又烧钱。这下好喽，城里烧得光光的，只好回来。

对光头的往事，我只听不问。如果这是一块伤疤，何必要再揭痛他。

光头给我找来长筒雨靴、胶皮手套。我俩提着小木桶，像小时候一样，奔向后河的一个排水沟。经过光头家门前，我看到了蛋蛋。他双腿交叉着倚在门框上，脸瘦长，苍白，好像缺血一样，手里夹着一支烟，正眯着眼睛，贪婪地抽着。

我说，要不要叫上他。

光头说，算了，免得扫兴。

我们说话时，蛋蛋把咽进肚子的烟，极小心地从鼻孔里释放出来。他透过烟雾，瞟我一眼。光头说，叫伯伯。

我说，别为难孩子。把他带上，跟咱们一起去捉泥鳅。

我看到蛋蛋眼里掠过一丝光亮，随后，他摇摇头。

后河的排水沟，小时候我们常来摸鱼抓虾捉泥鳅。春耕时放水，河里的鱼往上蹿，塘里的鱼往下钻，顺着这水沟找新鲜。鱼儿们想不到的是，有人在张网以待。秋季水浅，杂草丛生，头顶刺刀的小米虾已茁壮长大。筲箕拢下去，就是活蹦乱跳的一大把。冬季少水，沟内黑油油的泥土下面，就是泥鳅的温床。泥鳅肉质细嫩，味道鲜美。那些年我们可没少吃。长大后才知道“天上龙肉，地下泥鳅”，大补。

走到水沟边，旷野极静，太阳懒洋洋地照着我们。从土坷垃里冒出的清新味儿，将我浑身上下裹得紧紧的。一切都是那么熟悉，那么亲切。这就是生我养我的故乡，这就是能让我彻底放松的天堂。

光头也显得异常兴奋，赤着脚就跳到水沟里。这可是初冬季节，水已有些刺骨。我忙喊他上来。

他说，秀文哥，我跟你在一起，要的就是这种感觉。

他撸起袖子，把双手伸到泥里，呼啦扒开一个缺口。我睁大眼睛仔细看，希望能蹦出一条泥鳅来。可除了泥土散发出的腥臭味儿外，什么也没有。光头连着扒几把，还是什么都没有。以前，可不是这样，几把下去总会闹出些动静。

光头说，秀文哥，我运气不好，你来。

我跳下去，让他洗脚，穿上雨靴再扒。

光头不肯，边扒边对我说，这点儿苦算什么。我刚到城里时，可比这遭罪多了，吃的是猪食饭，干的是牛马活儿。但我终于混出来了，混出来了！

光头舞动着双手，越扒越快，越扒越多，像要把浑身的气力全部砸在面前的泥土上。可我不知道珍惜。秀文哥，你说，面对外面的花花世界谁知道珍惜？标叔可比我们稳重有学问，当了那么多年的官，不照样被查办吗？在县城时，炳昌曾对我说过，德不配位，必遭其累。以前我不信，现在信了。

光头扒得大汗淋漓。那些勉强生长的杂草、枯黄的芦苇，统统被他埋在污泥里。

他把水沟的边边角角都扒到了，可连一条泥鳅的影子也没看到。

我落在了光头的后面。无意间，竟发现光头已扒过的泥巴里有条泥鳅在翻动。我急步上前，双手一捧，捧住一条灰不溜秋的泥鳅。它躺在我的手心里，似乎有些怕冷，紧紧地蜷起身子，窝成一个圆圈，不敢动弹。

光头从我惊喜的声音里也看到了泥鳅。他说，这就是希望，扒到了第一条，就会有第二第三条。

我问光头，要是在以前，我们扒出的这段距离，能扒多少泥鳅？

光头往身后看了看，想想说，最少两斤。

现在呢，才一条。你说，泥鳅都上哪去了？

这，我哪知道。

我说，都进城去了。

光头的脸腾地红起来，如同抹了油彩。秀文哥，你别嘲笑我了。

我说，没嘲笑你，我是在说自己。其实我们都是泥鳅。说完，我把手中的泥鳅重新放回污泥里。泥鳅摆摆尾巴，一头钻进泥里，瞬间就不见了踪影。

往回走时，光头向我请求，秀文哥，我想让蛋蛋跟你混几年，到你那文化公司去，熏陶熏陶，也许会好起来。我已经老了，不想让他也毁了。

看着光头满脸的汗水，我郑重地点点头。

然而，直到我十多天后要离开故乡，也没看到蛋蛋。

一条羊腿

李士民

好说歹说，爹总算把羊腿借来了。

那是 1987 年大年初三的傍晚，天空飘着零星的雪花。我清楚地记得，爹推开我家大门的时候，嘴里哈着热气，双手卖力地举着一条肥硕的羊腿。

我娘一个劲儿地夸我爹有本事，我哥不停地打着响指。这条羊腿确实来劲，就连我家的那头小猪，都跟着哼哼唧唧欢实起来。

知道我娘为啥夸我爹有本事不？因为平日里，我爹是一个没本事的人，这一回，我爹立功了。知道我哥为啥打响指不？因为这条羊腿，是借来让我哥走亲戚的，按我们这里的规矩，给未来的丈母娘拜年，是要带羊腿的。羊腿有了，我哥当然得意。

羊腿是从邻居有德家借来的。本来，有德是无德的。平时，借有德家一棵葱，也要辣辣你的眼；借有德家一根针，也要扎扎你的手。这回借羊腿咋恁大方？还不是因为我爹给有德一大包金黄的烟叶，有德才有德的！

其实，这条羊腿并不是有德家的，也是有德借来的。邻村的毛五，不单单会喂羊，还会打算盘，过年的时候把肥羊杀了，先借给等着给丈母娘拜年的年轻人，等拜年回来，羊腿一根毛都不少，因为我们这里还有一个规矩，拜年带的羊腿不兴留下的。所以，毛五不仅收下了有德的一瓶老酒，等有德儿子拜年回来，有德还要乖乖地把羊腿送回来。

毛五算盘打得好，有德也不是省油的灯。有德是大年初二晚上借来毛五的羊腿的，儿子初三去拜年，拜年回来，先把羊腿借给我爹，等初四我哥拜年回来，再把羊腿还给毛五。而且，有德对毛五也有说法，就说儿子走亲戚推迟了一天。这样，有德虽然赔了一瓶老酒，却赚了我爹一包烟叶。

吃亏的是我爹，搭上了一包好烟叶。可是我爹借来了羊腿，娘夸他有本事，所以，我爹也得意。

最得意的是我哥，大年初四一大早，我哥把崭新的自行车擦了又擦，自行车的后座，稳稳地放了一个新竹篮，那条夸张的羊腿，很体面地放在竹篮的最上方，羊蹄子很显眼地露出来，上面还系了一块鲜艳的红布。这样会无声地告诉村里人，我哥去给丈母娘拜年，是带着羊腿去的。当然，丈母娘村里的人也都明白，我哥是带着羊腿去的。

我哥就大摇大摆地出发了，故意从人多的地方过，还很懂事地扎下自行车，给村里人散烟。我哥散的烟是“彩蝶”的，我哥兜里还装着“莲花女”的，是准备给丈母娘村里人散的。

村里人对我哥说：“这条羊腿排场，你岳父会给你备好酒。”

我哥嘴咧得像熟透的老玉米，出村了。

太阳落到西边树梢的时候，我娘开始急了，一趟一趟往门外跑，一次一次朝远处张望。

我爹说：“急啥呢？人家丈母娘说家常呢，人家岳父批评教育呢。”

后来，我爹也急了。我爹站在村后的土堆上，眼都瞅酸了，也没瞅见我哥的影子。我爹说：“说家常，是好事；批评教育，也是好事。借人家的羊腿，是大事。”

村里的老年人猜测，我哥的丈母娘家，一定是请了村干部和小学老师当陪客。村干部能喝，小学老师会说，又喝又说，我哥就醉了。村里的年轻人推断，其实我哥回来得早，只是我哥的对象到村外送我哥，你送我一程，我送你一程，来来回回，时间就过去了。

我爹最担心的事情还是来了。那个有德，像是被狗咬了，嗷嗷地来我家了。有德黑着脸说：“天都黑了，羊腿不还没话可说了。”

还有我爹想不到的事情也来了。邻村的毛五像被一阵大风刮来的，张牙舞爪的样子，像一头狮子。

我爹急得使劲儿用脚踢门前的枣树，用笤帚抽打不识时务哼哼唧唧的小猪。这一踢一打，我哥还真回来了。

我哥是吹着小曲、歪歪斜斜骑着自行车回来的。

是的，大家都猜中了，我哥喝多了，我哥也和他对象说悄悄话了。关键是，我哥自行车后面的竹篮里，怎么就没有系着鲜艳红布的羊腿了呢？

我爹问：“羊腿被留下了？”

我哥说：“没有。”我哥喘了一口粗气，又说：“羊腿被岳父借走了，明天，我对象的弟弟走亲戚。”

我大爷的幸福生活

冷清秋

我们北方山区有个不成文的规矩——管女的叫大爷。不过，专指那些上了年纪，又失去老伴儿的女人。

就好像她们余下的时光不再是一个人活着，而是带着离世的老伴儿一起。

为什么管大娘叫大爷却不管大爷叫大娘，为什么管大娘叫大爷而不叫其他，从来没有人问，也没有人解释。一直沿袭下来的规矩，就这么叫了下来。

我大爷去世后，我大娘就变成了我大爷。

变成了我大爷的我大娘，比我大爷还要大爷。

记忆中，她原本是一个温良贤淑的女人，冥冥之中好像有谁暗中操纵着，一夜之间她就完全变了模样，甚至改变了性别，不再是她自己了。

这其实是一件很诡异的事情。

就好像与世长辞的不是我大爷，而是我大娘。

我大爷去世那天，我大娘便消失了，接下来出现在世人面前的是一个完全陌生的男人。

这个陌生的男人利用我大娘的躯体继续活在这个世上。

她不再梳光溜溜的后髻头，而是直接剃了个“寸寸灰”，望过去头皮上青楂儿一片。手腕上叮当作响的铃铛镯子收在了盒子里，和之前所有的女性衣物一起被压到了箱子的最底下。

在我们寨子里，这样的大爷为数不少。

她们不再穿女人的衣服，也不再佩戴和女性相关的任何配饰，当然更没有小碎步和轻言细语，甚至也没有了羞耻之心。

八月暑热的午后，披着男人褂子的大爷们三三两两从家里出来。

她们气气派派地和男人们一样出了门，大大咧咧地坐在当街树荫下的石头上一边乘凉，一边还抽着烟袋锅子。抽着抽着不知哪个大爷起头脱了自己的褂子，大爷们就一个个都把自己的褂子扒了，光着油腻腻的大膀子坐在树荫下和男人们一样谈笑风生。

有些大爷聊着聊着嫌热，还要拿起自己的奶子朝肩上搭一搭。

这样的稀奇事儿在我们那地方早都习以为常见怪不怪了。

大爷们像男人那样连着几天不洗脸不梳头——嗯，也用不着梳头。睡醒了拿手揉揉积存在眼角的眼屎就去地里掰棒子，掘洋芋，像男人那样撅着屁股拉大车。把烟袋锅别在男人一样粗壮的腰里，等停下来歇脚时就抽一锅，吧嗒吧嗒很惬意的模样。

当然也像男人那样旁若无人地扛犁下地，驾车入田，骑马，甩鞭子吆喝骡马，飙粗鄙的脏话，肆无忌惮地说笑，吧唧着嘴吃饭。

这些人当中，我大爷是最让我惊诧的一个。

之所以这么说，是因为那时候我正在渐渐长大。

我大爷一死，我大娘完全混淆了我那个年纪对于男女性别刚建立起来的基本认知——如果，不是三个月后的那场大雪。

北方的冬天粗鲁得很，根本不打招呼，说来就来。

三个月的时间，我也逐渐认同了我大爷像男人一样的存在。

那是一个清晨，正在热乎乎的炕头做美梦的我被一阵激烈的鞭炮声炸醒了。

直到中午端着一碗猪肉吃到嘴里，我才明白，我大爷居然要和外地来的木匠结婚了。

鞭炮就是他们放的。

这消息比我真正的大爷几个月前突然去世，比我大娘像我大爷那样粗犷地活着还让人猝不及防。

一切都发生得太过突然，但又像是早都安排好了似的。

腊月里木匠来寨里做活儿，借宿在我大爷家。当天夜里就下起了鹅毛大雪。大雪纷纷扬扬直直下了半个月。雪还没停呢，我大爷竟然要结婚了。

原谅我那时年少，又怎么弄得懂大人们的心思？

最先跳出来反对的当然是我大爷的儿女们。他们用尽了各种招式，据说还把那木匠痛揍了一顿，赶出了寨子。这样，我大爷自然是嫁不成了，几乎所有人都这么认为。可谁也没有料到，当天夜里我大爷卷了自己的东西就跑了。

至于后来，我大爷是不是追上了木匠，他们最后是不是在一起了，谁也不知道。

那天晚上，半明半暗的灯光里，我听见我娘感叹说：“人在冬天是想抱着一个人取暖的。”

我爹骂了句：“屁！”

然后，灯就被熄灭了。

会笑的故事

王占黑

有时候一个笑可以生发出很多。

于是他开始和我说话。花了 5 分钟我们发现，他儿子是大我 10 岁的高中校友，他爱人在我念初中的前一年从那里退休，他家步行 20 分钟能到我家，他和我爷爷同属猴。于是他开始止不住地讲他的过去，而我正好喜欢听人讲故事。

他 18 岁离沪，独自远赴长春学汽车制造，毕业留校当助教，不久遭遇“文革”，在延边插队两年，设法调回上海失败，只好转调禾城农机所直到退休。他的知识分子身份让他对婚姻左挑右拣，不惑之年才选中一位中学教师。他的孩子大学毕业后留沪工作，与同班同学结婚。前年他得了一个孙女，从此他过着和我一样周末通勤的双城日子。

他大概花了半小时讲完这些。其中夹杂了一些或许对他很重要的事，比如坚持跑到东北时与家人的争执、“文革”期间十几个被武斗致死的同学、拒绝省城学校的教书邀请、辛苦寻觅一个合适的爱人等等，并生发出好多感叹。

他说其实很后悔因贪图安逸而放弃教书的机会，还用窗外逝去的电线杆作喻，他说：“小姑娘，人生的机会千万要抓住，错过了你就不晓得它何时再来。”我没太懂，如果人能确认眼前的是机会而非陷阱，谁会傻到放过它呢？

他说：“常常觉得时间很混乱，读书那会儿的事好像就在眼面前儿，可是你看我都这么老了啊！很多事我到现在才懂，可是太晚了啊！有时候，我真不晓得这一辈子是怎么过来的。”

他还说：“这个世界上过去没有公平，现在没有，以后也不会有，你要做好准备啊小姑娘，努力不一定有好结果。”

他就这样一段接一段地说着，每段之间大概有半分钟的停顿，或许在构思下一段，或许是想听我的反馈。说到要紧处，他把脖子极力地向外伸，生怕我听不到。他的头发随着身体的前倾而颤抖，从头顶掉落到眼旁，他只好时不时地把它们拨弄回去，并不影响说话的速度。他不喝水，我不看表，直到我们下了火车。

等三号线的时候，他一直拉着我的手，叫我站到最前面来。我说抢不到座没关系，总会有人给你让座。他很生气地说，以前为了给爱人找座，他和一个小青年说了好久，对方坚持不肯让。“还是爱心座啊！”他激动地伸手指着斜对面座位上方的提示，像是场景重现。事实证明，一个吃过亏的八旬老人出手极其快，一阵混乱之后，我看到他拍着旁边的空座招呼我，脸上没有丝毫得意，也不喘气，在车起步的同时又开始笑嘻嘻地同我讲话。

他说起他的孙女和儿媳。他的行李是两只安利袋子，一只装着全套世界著名童话，他说这是在孙女出世前就买好的，以后要每周念故事给她听；另一只装满了番茄黄瓜，他说儿媳爱吃，特意跟乡下人买来不喷洒农药的。然后一路谈起生活之道：年轻人和老人相处最要紧的是嘴巴勤；老人要怎么领小孩才不会让小孩和父母生疏；他要如何每天给独自在家的老伴儿打电话……他的事情像树状图和俄罗斯方块一样层层铺开，说着说着脸就笑成了一团，只剩下一口凌乱的牙和长长的吊八字眉。几次大笑引来了旁人的关注，大家贴着柱子戴着耳机，皱眉或许是唯一能触发的表情变化。

有时他问起我的情况，我答不了几句就淹没在他强大的反响中，他大段大段的话不间隔地透露着自己的信息，事无巨细。我几乎可以按图索骥找出他的姓名住址。从四川北路的老家到中原路的兄家，从买二手房的贷款到儿媳的上班路线，从老伴儿的生活习惯到家里的花草虫鱼，好像是随意撒下过去的印迹，一笔连起来就是一条生命的路径。我头一次没有傻看着四周的人，百无聊赖地留意身边座位的更替，我只是听他讲，略应几句，点头，笑，低头看看地上那两只饱满的安利袋子。

快到上海火车站，他说他还有两站。我们就沉默了。他握住松散在地上的行李，身体保持一定节奏地前后晃动，似乎是在全心全意地等到站，时刻准备站起来走向车门。过了一会儿，人进人出，他突然转过来朝我笑：“我等会儿再换四号线坐两站，走 ×× 路过两个红灯就到了，回去直接吃晚饭。”说完又低头，继续保持前后晃动，头发照旧跟着乱颤，随时都有落下来的危险。

“宝山路到了。有机会再见小姑娘。”他朝车门走去，佝偻着背，一手拎一只袋子，很难想象他之前是怎么抢到座位的。临出门他又回过头朝我招手，站在玻璃窗外对我笑。可是进来的人越来越多了，他们阻挡了我望他的视线。车开动了，我什么都看不见。

到学校后，我给老王打电话：“你知道 ×× 路的农机所吗？”老王说：“你一直路过的呀。铁皮屋叔叔就住在旁边。”我突然觉得世界很小很神奇，不是因为世界上任意两个人可以通过六个人建立起联系，也不是因为陌生人同你的距离可以这么近，而是，就像小时候的描点画图，把一些散乱的痕迹连起来，你能看到一条生命的路径。

奇怪的是，在同一节车厢里，为什么有人可以对着你滔滔不绝，有人却面无表情地沉默一小时呢？沉默的时候，你就无法寻觅他们的路径，因为想象永远不能与真实重合。就像你永远无法从扑面而来的人气中，敏锐地感知到哪一个会和你说话。

洗澡的时候，我突然特别诚恳地拜托自己要过得精彩一点，我是说那种不可复制的精彩，不需要借助别人的认可来取得的精彩。

我不想在我老的时候，碰到一个朝我笑的同路人，我没有可以分享的故事来回报他。

哈鲁娜的呼吸

渡澜

格乐巴和巴尔思夫来看望哈鲁娜，却发现她冰冷冷地躺在床上。

“她死了吗？”格乐巴疑惑地问巴尔思夫。

“她应该是死了，格乐巴，那只总是问‘我是一只鸡吗？’的鸟标本被她放走了。”巴尔思夫说，“她怕那只鸟标本饿死在笼子里。”

“可是她没有写遗书。”

“她的确没写，可是保姆说，哈鲁娜几个月前在看如何写遗书这类的书籍。”

“她死之前一定会写的，巴尔思夫。她会给那些药片找个继承人的。”

“她这些年忘东西很快的。你是最了解的，她有一次忘记了自己晕车。”巴尔思夫弯腰用手指点了点哈鲁娜纸片一样的手，说，“她一定是死了。你看她的指甲看起来就像是薯片。”

“巴尔思夫，她还在呼吸吗？”

巴尔思夫将手指放在哈鲁娜的鼻孔下，在他开口说出答案前，格乐巴焦急地说：“我不相信你的手指。它现在像个兵器，而不是肉和骨头。”

“她没有呼吸了，格乐巴，今天是美好的一天。”

“你想得真美！我们不能相信她，她太健忘了，她也许没死，她只是睡前忘了呼吸……或者把呼吸落在什么地方了。”

格乐巴在屋子里到处翻找，房间的地板上是哈鲁娜厚厚的病历。药片们长年累月在这里打仗，蹄子猛踢，它们永远无法得到任何银行的信任。只有头孢是安静的，它们偶尔会举办庆祝活动，大多数时间都在哈鲁娜的痛苦上安然入睡。她被病痛折磨，生不如死。她漫长的生活中只有医生们淅淅沥沥，如雨坠落。格乐巴没有找到哈鲁娜的呼吸。

那边，巴尔思夫的手按在躺在床上的哈鲁娜苍白的胸膛上。

“她没有心跳了。”

“我同样不相信你的手掌，巴尔思夫，它已经是迷路的勒勒车了——而且它还在郊区租了房。”

“格乐巴，哈鲁娜死了。”

这是个肯定句。巴尔思夫显得严肃、庄重。

“确定她死了吗？不是睡着了？”格乐巴一直在坚持求证。

“是的。”

“巴尔思夫，你太鲁莽了。我们总是往最好的那面去想，我们被骗了好多次了。她无数次停止心跳，当我们想埋葬她时，她就若无其事地睁开眼说：‘把我的氨咖黄敏胶囊拿来，孩子们。’每次都是这样。”

“你就是因为过于严谨才受苦的，格乐巴。”巴尔思夫说。

格乐巴只有 21 岁，比巴尔思夫小了整整 16 岁，却死板得像个老人。他的对错观令他小小年纪就创造出了令人咋舌的犯罪纪录。

“我杀死了一株芦苇，弃尸于水塘。”7 岁的格乐巴来自首。

“哈，快看——一起刑事案件！”人们哄堂大笑。

“你想要什么惩罚呢，孩子？”大人们笑着问。

“枪毙我。”他说。

大人们嬉笑着打了格乐巴一枪，然后将他摆成小桌子，在他背上玩起了“沙特拉”。最后是哈鲁娜将脏兮兮的格乐巴抱回了家。她用一颗暖暖的杏子堵住了他额头上流血的小孔。哈鲁娜一直将他的脸轻轻压在自己的胸脯上，防止鸟儿飞来啄食那颗杏子。

“女士，我认为这是一件覆水难收的蠢事。”格乐巴在她怀里沮丧地说。摇摇晃晃的怀抱和杏子味令他昏昏欲睡。他悄悄抬头，发现眼前的女士不知被谁剃掉了全部的头发，头顶上有七个排列整齐的针孔和一个鸟标本。两个针孔之间可以看见一个微笑，一共是六个微笑。那个陈旧的鸟标本站在第三个微笑里，它没有内脏，但有一支香烟。哈鲁娜低头看他，头顶上的鸟标本一动不动，只有两个针孔因为她的动作跌了下来。两个针孔粘在格乐巴的耳朵里——复制品已然褪色，但仍给他带来了刺痛感。

她哪怕没有了头发也美得令人心醉，格乐巴想着，无暇顾及疼痛。

“我抱着你，如沐春风，孩子。”哈鲁娜说。

她虽然被病痛折磨，瘦骨嶙峋，但她无疑是个巨人。她有着庞大的、高高的栖居在宇宙里的爱，母亲的、父亲的、姐姐的、爱人的——甚至不属于人类的爱。她是另一种生物。远方的雷响扰乱动物，令它们惊慌奔跑。哈鲁娜的爱不亚于雷鸣，只要鸣响，所有动物都会奔向她。

“但愿她死了。”格乐巴看着床上的哈鲁娜，她没有呼吸，没有心跳。

哈鲁娜的保姆敲门进来，笑眯眯地说：“你们要在这里吃午饭吗？”

“当然。”巴尔思夫毫不迟疑地点了点头。

“那哈鲁娜怎么办？她自己一个人。”格乐巴执拗地站在那里。

“别管她了！她也是第一次死，让她躺在那里适应一下。她喜欢新鲜事物。”

饭桌上，保姆摆好饭菜，开心地说：“20世纪的伟大发明有两个，其中一个就是高压锅。”

“另一个呢？”格乐巴问。

“骗子。”她说。

“对，就是骗子。”格乐巴想着，眼睛紧紧盯着自己面前的羊肉汤。他用勺子搅拌着碗里的汤，让碗乒乓响个不停。这无疑是对保姆的蔑视，巴尔思夫恼怒地拍了一下他的背。

这是一碗不同寻常的汤，格乐巴无视巴尔思夫的恼怒，将勺子放在碗旁，将手指伸进了汤里。看着这一切的保姆神情越加悲伤。

“哈鲁娜的呼吸，在碗里。”

巴尔思夫赶忙俯下身将格乐巴拉了起来，低声道歉。格乐巴没工夫理他，他急冲冲地将碗拉到面前，再次将手指伸了进去。他轻轻划动手指，用指肚触摸汤里的葱和羊肉。它们正在缓缓地鼓动，像一条正要蜕皮的蛇一样尽力扭动——仿佛体内有一颗心脏正在生根发芽。

“没错，就是哈鲁娜的呼吸！就在这里！你看这些葱和羊肉都活过来了。”格乐巴激动地说，“我就说她没死！她一会儿就会坐起来，要一些肉蔻五味丸或者巴特日七味丸。然后她吃完药，就躺在那里痛苦地呻吟，两条眉毛间可以夹死一只鼢鼠。”

格乐巴睁大眼睛：“她刚刚就是睡着了，你却说她死了！巴尔思夫，我们空欢喜一场，今天才不是什么美好的一天！”

巴尔思夫盯着那个碗，犹豫了一下才开口：“你弄错了。”

“她没死！这太不幸了——她依旧在受苦。她把呼吸落在某个地方了，然后保姆没看见，将它炖汤了。你看这一碗的东西都活过来了，只有哈鲁娜的呼吸才有这么神奇的生命力。”

“我总是搞砸一切。”格乐巴回忆着童年的蠢事。他在甜甜的杏子味中回家了。格乐巴认为自己并不是完全失败了，至少在那清醒的夜晚，他终于意识到——哈鲁娜只不过是死了。

我过去的位置

索南才让

可可诺尔，一个湖。一片海，一个围绕着青色的风旋转的巨大冰块。那里有我过去的位置，而今我跳出来，但仍然在那里，唯独没有位置。我看见一只孤独的黑颈鹤。我在另外一篇文章中用它来做比喻，但我觉得我错了，我遥遥地向它道歉。那里是一片沼泽，这片湖北岸唯一的巨型沼泽，目测有五千亩的样子，相当于我的五个草场。沼泽地也是我的羊群愿意光顾的地方，那里有盐土，可能还有别的它们喜欢的东西。有一次我趴到地上舔了舔，是一股腐蚀的味道。也许这才是它们的最爱。时至今日，我遵循着传统，每年赶着它们来此地住上一段时日。这里有一大片稀疏的草地，看着好像没有多少草但羊吃了反而会更好，这些一根一根独立硬而有刺的冰草可以把羊身体里缺的东西补充起来。我说不上来羊身体里到底缺什么东西，但它们自己知道怎么做。十四天前我出门时，父亲要我描述一下进入沙漠后的步骤。他正在编制一条牛毛线的缰绳，现在估计快要完工了，我很期待。我就差一条好缰绳，马的其他装饰我都有了。我有一套马嚼子，是纯牛皮的，从军马场弄出来的，父亲的手段。我还有一副前后桥都用铜银包裹的马鞍，肚带有一个巴掌宽，用两个扣子才能扣得住。一旦扣好了，不论你和马跑多快多远鞍子都不会往前窜，下山也不会。父亲说肚带要用能抓马肚皮的东西，要糙要软。我想到了流水，但这太不靠谱，也显得我愚蠢。所以我说，阿爸，这是什么东西做的？父亲说，一个好马鞍最好的地方恰恰是最不起眼的地方，谁会想到——我是说那些不知底细的人——马的肚带是鹿皮呢，还是鹿皮中最柔软的地方。鹿皮？我看着这条黑乎乎的肚带，感受着上面浓烈的时间的味道。我问阿爸，这是什么时候的东西？阿爸说三十年前的一头鹿……越老越高级了。我再次无奈地想到，阿爸是否在说他自己？不然他干吗说越老越高级这样的话？我觉得他的感慨源自我几日前的放肆言行，他预感到我将变得像他年轻时一样不近人情不知好歹，所以借用这种微弱而婉转的方式在告诫我……但我不接受！其实，我见证了父亲和祖父之间既像兄弟又似仇敌的关系，打心底里感到享受，并且做好了切身之时的所有准备。因此，当我和父亲的关系变得微妙起来的时候，我的心情跳脱而愉悦，我仿佛回到了正常的环境当中，被保护起来了。我并不怎么理解他的这种处理方式，我是他儿子，他完全可以对我吼。但他和其他那些父亲不一样，他不吼，甚至从来没有凶过我。他大部分时候对谁都显得和气过了头，于是有人就欺负到他头上来了。我太看不惯。当久美为一片公草的承包权开玩笑地嘲笑父亲说你那几只羊能吃多少草时，父亲很生气，却没有说出狠话，只是说你还不让穷人的烟筒里冒烟了。他说出这样丢人的话后我生气了。我说久美你个老混蛋，然后给了他两拳一脚。在送久美去医院途中我还在想，父亲的言行如此软弱，是否他正处于道德困境中而无法自拔？他或许真是这样，我开始原谅他，但我没有原谅久美。他说话性质太恶劣，我以前就讨厌他，我的举动绝不突兀。父亲担忧我的处境，打发我例行每年一度的沙漠之行。自从进入沙漠，手机信号全无，也不知外面如何。但我想久美闹也闹不出啥花样，他很可能会要钱，那才是真麻烦。万一他要钱，就是我家的灾难，三万块钱什么也不会剩下，与其如此，还不如让我去蹲一蹲牢房。但坐牢对我的名声不好，我还没结婚，正在节骨眼上，父亲一定不会同意的。但赔钱更难，没钱了谁会和我结婚呢？久美胆敢过分我就杀了他，最多赔他一命。这么说似乎有点儿难为情，有点儿愚蠢，然而这就是我。

进入沙漠第十四天，我盒子里的卡片用完了。我把盒子放在沙地上，退后瞭它。一个很不正经的东西，串联着那么多不好的事情发生后的保存。我写的东西也很不好，但不好归不好，我舍不得扔掉一片。现在把卡片装回去，我想不起来写了什么，但很重要的感觉还在。我仿佛寄出去了很多重要的信件，一些救命的东西。我之前就已经数过，卡片共有六十六张，我一张不落全部写满。现在盒子就在几步之外，我撩着它，正午的太阳戳着脑袋，我的帽子被风刮走五天了，脸上的皮被晒裂了，翘了起来，早晨起来时有灼痛感。沙漠里的水咸味大，喝着还可以，但洗脸遭罪。我似乎记得写过这个事情，我说狗日的帽子像嫖客一样匆匆离去……世事如斯，心中的苦楚也得笑脸展示。我倒是不后悔打了久美，我逃离出来后有一大半时间根本不在乎这件事。第十二天才重新开始琢磨。第十三天我觉得形势依旧不容乐观。到了最后一天，我则认为大可不必这样，这年头谁没有过不去的坎儿？盒子里的更多的内容有了，我有一个计划，写过之后再也不管。我撩着它，然后踩住它，揉了揉，盒子沉入沙中。我的羊群早就翻过三座大沙山，踏上坚实的盐碱地了。回家的路，牲畜绝不迷茫。

大龟驮她去了

关漓

“平生，醒醒啦。”爷爷轻声喊。

平生睡得很熟，爷爷摇摇他，平生还没有醒。爷爷把他从被窝里抱出来，5 岁小男孩的小脑袋耷在爷爷肩膀上。平生无意识地搂着爷爷的脖子，哼哼两下，张了一半的眼皮又合上，手也松开。

“平生，太婆要走了。”爷爷拍平生的背，大概是怕吓到孩子，声音依旧是平静的，“太婆想看看你。”

爷爷踩着廊檐下的雨水，抱紧平生往太婆屋子那边走。他坐到太婆床边，把平生放下：“妈，平生来啦！”

平生 90 岁的太婆没有回答。

“妈——”

“太婆。”平生醒了，“太婆。”他伸出手，摸太婆的手。

“平生，太婆已经走咯。”爷爷说。

太婆好安静。平生还是抓着太婆的手。他不清楚过了多长时间，太婆的屋子被人挤满了。他四处张望，奶奶在哭，姑奶奶在哭，还有很多亲戚、邻居。只有爷爷不声不响地坐着。

“爷爷，我想回去睡觉。”平生拽住爷爷的胳膊央求。

“好，爷爷抱你回去睡。”

雨声里全是哭声，于是，雨变得格外吵。平生重新睡到自己的床上，眼睛一闭上就跌进梦里。平生梦到他在往下掉，往一种空里掉落。

再醒的时候，屋子里闹哄哄的，站着许多人，有认识的，有不认识的。

“爷爷！”平生喊。

没人理他。

平生下床，在椅子下面找到鞋子，他穿好鞋，往客厅里走：“爷爷！”

客厅里也全是人，两张桌子被拼在一起，桌子上放着红色的长形棺木。

“爷爷。”平生在人群里找爷爷。

平生哭了起来，他很饿，还没有刷牙洗脸，不知道要穿什么衣服，奶奶也不见踪影。小小的平生从客厅找到奶奶房间，找到厨房、厕所、院子。

“爷爷！”平生一边哭一边找，有人拉住他，给他半个馒头，又往他头上搭了一块红色的毛巾，扎成了一顶帽子的模样。

平生哽咽着，吞不下东西。

不断有车子开来，找不到地方停，又开走。人在持续汇集。院子里搭上塑料顶棚，一颗一颗很大的雨滴砸在顶上。不一会儿，雨水积得满了，哗啦一声，倾泻而下。院子里的人一阵惊呼，跳着脚往客厅躲。

又一辆车开到院子附近，从车上下来的是平生的爸爸妈妈。爸爸一下车就哭，妈妈一下车就在找平生。

“平生！”

他在一片无法辨析的嘈杂中听到妈妈的喊声。

他看到妈妈了，他朝着妈妈跑，不小心踩到泥坑，他拔出脚，鞋子留在泥巴里。妈妈见到平生，抱起他：“平生好乖。早上吃了没？”

平生手里还攥着小半个馒头。

平生以为，妈妈会好好照顾他，给他吃喝，帮他穿好衣服，换上鞋子，可是妈妈只抱了他一小会儿，就放他下来：“平生乖，去房间待着别出来，喊你再出来。”

“好。”平生觉得委屈极了，眼泪一下子滚到嘴边。他咬了一口馒头，很用力地嚼，同时，用力哭出声。

道士们坐着小卡车来了，他们掀开盖在拖车上的防雨布，搬下来许多东西。一些人敲起锣，一些人敲鼓，一些人吹唢呐，一些人唱歌，一些人吹哨。他们的鞋子上带着泥水走进客厅，所有的声响挤进客厅，震得平生脑袋嗡嗡响。平生说不清是热闹还是什么，这一天，比哪一年过年的人都多。不时还有人在院子里放一小串爆竹。

很快，装着米饭的桶被抬过来，揭开白色的棉布，热气腾一下蹿了出来。一大篮子的碗筷摆在桶边。平生被推来挤去，好不容易走到桶边，一双碗筷递到他手中，他抬头，却看不见是谁给他的。碗里，半碗米饭，平生端着碗去房间，坐在床沿上吃。

平生和时间一起，被众人遗忘了。只有道士注意着时辰，点蜡烛，摆画像，做法事。平生许多次去厕所，厕所里都有人，平生只能跑到雨中的草丛里撒尿。

平生觉得时间又快又慢，又短又长。每一张画像前都摆着蜡烛，他去看画像。有人念画像上的字，他一个字听不懂。道士又唱歌了，他也是一个字听不懂，有人喊："曾孙呢？快找曾孙来磕头！"

平生被拎到棺木前。

他终于看到了爷爷，不仅爷爷跪着，还有奶奶、爸爸、妈妈。平生忍不住哭，他搞不明白是因为高兴还是伤心，一家人都在这里，可是一家人都不跟他讲话。

他跟大家一起哭，一起跪着听道士唱歌。他听到自己的名字：曾孙平生。

他的名字，被道士编进歌词唱了出来。平生好奇地抬头，他望见棺木，知道太婆躺在里面。

"太婆。"他在心里喊。

一个仪式结束，众人去休息。

妈妈注意到平生，蹲下来跟他说："平生，你去睡一会儿。"

平生的两只鞋子都不见了，袜子都还在，湿漉漉脏兮兮的；裤子穿歪了，身上的背心妈妈从没见平生穿过。所有的人都戴着白色的毛巾帽子，只有平生的毛巾帽子是红色的，他一直没敢摘下。

房间的床上坐着人，他们招呼："平生，快来睡一会儿。"

平生在一个陌生人的身边，找到很小一块空的地方。没有被子，他把头上的毛巾拿下来搭在肚子上。爷爷总是要求他睡觉时搭肚子，说因为小孩肚皮薄。

平生在锣鼓、哨音、吟唱、唢呐、人声中睡着。好像一天过去了，他见到太婆站在镜子边笑眯眯地望着他："平生。"

"太婆。"

他醒了，很快又睡着。

"平生啊。"又是太婆的声音。

平生这次没有醒，他接着梦下去。太婆不说其他的话，只是喊他，一遍又一遍。

平生睡不下去了，屋子里闷热，虫子也多。他干脆起来，赤脚走到院子里。人少了一些，很多空的长凳，爷爷坐在其中的一条凳子上抽烟。平生坐到爷爷的身边。

"爷爷，我梦到太婆了呢！"平生告诉爷爷。

"平生好乖。"

"爷爷，我还梦到一只大龟呢！"平生接着说。

"什么大龟啊？"爷爷问。

平生指着院子里的桌子说："大龟就在那里。"

"大龟来干吗？"

"大龟驮着太婆。"平生说。

爷爷没再说话，继续抽烟。

“大龟驮着太婆去哪儿呢？”平生问。

“不知道呀。”爷爷说。

大龟驮着太婆去哪儿呢？平生只能自己去想。

“大龟驮她去了。”平生这样对爷爷说。

爷爷点头。

一瞬间，平生像是明白了这个世界上所有的事情。不仅是这里的太婆，还有很多很多的太婆——爸爸的外婆，妈妈的奶奶、外婆。那些被他喊作太婆的人，都是被大龟驮走的。

“太婆，再见啦！”平生对太婆和大龟挥挥手。

“平生，再见啦！”大龟和太婆回答。

大龟在雨水里慢慢地往前爬，太婆坐得稳稳的。大龟爬进小河里，从小河游进大海。大龟能游得很远，一直游到大海尽头。大海的尽头，就是天空。太婆从大龟背上下来，慢吞吞地走到天上。

“平生，再见。”

晚饭

茅店月

昏暗像一块年久的抹布覆盖着姑利山，空气里冷飕飕的，栗子树赤脚站在山坡上，显得瘦骨嶙峋。我和父亲走过石桥，没有人说话，似乎这个时节不适合说话。我们心里的想法都浓缩成霉暗的草籽，积压在那里，等着阳光充足的时候破土重生。父亲咳嗽了一声，习惯性地从盒子里抽出一根烟，点上。枯黄的火苗扑哧一下燃烧起来，又迅速湮灭，留下细微的辛辣味道。我讨厌这种气味，在漫长的生活里，我多次对父亲的爱好唠叨，我说："你为什么不买点儿干果呢？装在袋子里边走边吃，你为什么非要把自己熏得眯起眼？"往常，父亲会像个做错事的孩子，脸羞赧地红起来，随后又瞪着眼睛，朝我嚷嚷："大人的事小孩子别管。"现在，我不再是孩子，风吹日晒地长成了一个硬朗的男人，我有资格对很多事情评头论足，约束它们，打点它们。譬如眼下，我可以用得体言辞劝阻父亲，让他把烟丢掉，丢进桥下冰冷的河水中。可我却说不出一句话，我的喉咙发堵，血脉向内收敛，我跟在他的身后，一步一步，低下头，像是做错事的孩子。

父亲似乎没有觉察，烟头在幽暗的空气里忽闪着，那么飘忽。他手里提着两条冰冻的带鱼，还有一些卤肉和辣酱。这是父亲的一个预谋，在镇子上，他繁忙地出入低矮的店铺，搜罗年货。他扭头看着我，用略带兴奋的声音说："你看看，我们往年吃的东西，是不是都买了。"我扫了一眼，袋子里装得满满的，青菜、糖果、干菜，都堆积在不同角落。我点头，用鼻音说"嗯"。父亲满意地转过身，朝前走了两步，又停下来，喃喃道："总感觉有什么东西忘记了。"他抓了抓头，陷入艰难的思考，终于，他想起来，要去买一包干枣。

现在，这包枣子就躺在我左手的袋子里，一声不吭，它不知道接下来会发生什么。但这一切，父亲都计划好了，他会把枣子洗干净，和其他干果一起，放进蓝花瓷盘子里。年老的祖母会从里屋出来，开始生火做饭，用细碎的糯米混合着各种干果一起蒸，直到它们熟透。"别动，这是给祖宗吃的。"祖母很多年来都一贯如此，似乎怕谁一口吞掉刚盛到盘子里的甜饭。她守在案板跟前，大声嚷嚷着，随后又换上一种温柔迷离的声音，面朝灯火，祭祀那些隐藏在屋子角落的先祖。灯光是那样缥缈，照着她黧黑的面孔，也照耀着接踵而来的日子。

我们走得很慢，或许是迎着风，步子迈不开。父亲的脚步有些踉跄，如同他这个年纪的人一样，父亲的身体已不再灵活，甚至很羸弱。他右腿受过伤，左边的肋骨断过几根，年轻时，生命的假象掩饰了一切，他生龙活虎地爬山下水，去很远的滩地收割芦苇。但那些伤，一直在，它们是幽暗的霉菌，潜藏在骨头里，缓慢生长，现在，开始大肆侵蚀父亲的身体。父亲似乎依旧没有感觉，面容平静地吸烟，用手指娴熟地弹掉烟灰。风从姑利山深处吹来，阴冷的空气带着腐叶的气味，黏稠而忧伤，让人感到寒冷。父亲哆嗦了一下，突然转过身，回头看着我说："你去理个发吧，头发那么长，看着不精神。"我说："头发长暖和，省帽子钱了。"父亲抿着嘴笑，他把带鱼从左手换到右手，背弓着，光从侧面切割过来，让他看起来像一只苍老的虾米。

是的，他是一只孤独的虾米，衰老，没有人说话。母亲过早地离开了他，在连绵的日子中，他独自待在一间宽大的房子里，逆光坐着闷头抽烟，喝水、做饭、上班、洗衣服，他开始学着自己打点生活，拙手笨脚像个孩子。然而，他不是。他有自己的孩子，有自己年老的母亲，他总谋划着在一个特殊的时刻，带着孩子回到母亲那里，吃一顿丰盛的晚饭，热气腾腾的。于是，腊月将近的黄昏，我跟着这苍老的虾米向原野深处游去。

天已经黑下来，枯草在路旁哀唱，而风却流离失所四处浪奔。我们要回到那个低矮的村庄，在那里做一顿丰盛的晚餐，靠着被烟火熏黑的立柱慢慢咀嚼。我有些迫不及待地往前赶路，近了，我们看到了村庄细小的灯火，一点一点，从枯枝的黑痕中透过来，忽闪着，那么瘦弱。父亲狠狠吸了口烟，然后掐灭烟头，把它扔进幽蓝色的夜空。他的脸上，雕琢着一种隐秘的幸福。我们穿过柴火味儿浓稠的空气，轻飘飘地路过每一个门楼，最后停在一座瓦房前。这里，就是祖母的房子，它是个陈旧的巢穴，经年风吹日晒，让它看起来像一个破损的陶罐。祖母就是从这个陶罐中跑出来的，她穿着大襟褂子，黑而宽大，发髻歪到一侧。她站在悠悠的夜色里，矜持地笑，用讨好的口气对父亲说："累了吧？先进去洗洗。"

在上房里，我靠着弓背椅子喝茶，祖母则像陀螺般旋转着，炒菜、烧水、给灶膛里喂柴，父亲蹲在她旁边，小声地说着悄悄话。我闻到了浓厚的松木的气味儿，在灶膛里燃烧着，发出毕剥的声音。我知道，那是二叔用三轮车从木器厂拉回来的。他是个木匠，做一手漂亮的木活儿。我又喝了一杯水，然后努努鼻子，站起来，朝正房走去。那里，一张四方木桌上已经摆满了各种菜，蒸着热气，我坐在下首的木凳上，想尝一口焖肉。这时，祖母和父亲端着鸡蛋汤走进来，坐在桌子另一边。父亲拧开一瓶葡萄酒，刚要往杯子里倒，祖母就喊起来："先喝点汤暖暖。"她眉毛扬着，表情异常夸张，似乎在阻止一件危险至极的事。说着，她盛了一碗放到我跟前，然后心满意足地回到座位上，嘴角带着丰沛的笑容，陷落进庞大的阴影里。

事实上，那顿晚饭是失败的，我们并没有仔细品尝，包括鸡蛋汤，它太咸，湿黏的感觉仿佛爬虫穿过。祖母继续在阴影里沉默，看不到表情。她眯起眼打盹儿的瞬间，父亲和我果断地将汤倒进泔水桶，他又把葡萄酒拿出来，肆无忌惮地倒满杯子，一仰脖，咕咚一声灌进喉咙。或许，酒劲儿上头，或许，父亲困了，他倒在椅子上，吸着烟，含含糊糊地跟我说话，又好像在自言自语，声音细小而混沌，最后，简直和门外掀动草帘子的风声混为一体了。

猪肺汤

阡麻香

电视里的这个男人，和一般中年男人没什么两样，微凸的肚子，方脸双下巴，暗淡粗糙的皮肤。这个男人正在厨房里灌洗猪肺。

这是一档平民美食节目。节目每一期会挑选一位热心观众，前往观众家里，详细地拍下他某一道拿手菜的制作过程。在一片夸张的吹捧和赞叹声中，摄像机会拍下主角把菜亲手端到亲友面前的镜头，然后介绍在场的家人朋友，大家象征性地品尝一两口，再你一言我一语拘谨地称赞一番。如果编导或主持人有心思，或许还会加些甜蜜温馨的小细节。比如撺掇儿子亲爸爸一口，比如要妻子分享和丈夫的相处之道，等等。

小川从来不看这类婆婆妈妈的节目。但这次她停下了手里的遥控器，因为那个中年男人她认得。

她记得十几年前的一个夏天，她和妈妈汗流浃背地坐了几十个小时的硬卧，在咣当咣当的铁轨声中穿越了无数山川河流后，终于在上海火车站的站台上见到了这个男人。他当时穿着略皱的灰色西装，还打着一条暗红色领带。妈妈把小川从身后拽出来，把她推到这个男人跟前，说："叫爸爸啊，爸爸你都不记得啰？"

小川跟着妈妈、爸爸和一堆行李，辗转一个多小时来到了一个居民区，从此便在上海落下脚读起书。

爸爸从前在家乡教高中语文，也算是远近闻名的才子了。三年前他只身一人来了上海，找到一份小学语文教师的工作，待安好了家，这才将小川和妈妈接来。在家乡的时候，小川最爱赖在爸爸身边。爸爸会扛着她去看运动场新来的马戏班子表演，带着海鸥相机背她去山顶的烈士亭拍照，骑着摩托车带她去江边游泳打水漂，把她放在自行车前座上一起去菜场买猪肺回家煮汤喝……小川小时候不知道爸爸的这些生活情趣和爱好有多可贵，直到长大后她发现这个时代的大多年轻男孩子只喜欢打升级 DOTA 德州扑克，才知道爸爸原来是那么一个很酷很带劲儿的人。

小川到上海不久，和爸爸之间因分别三年而产生的陌生感就迅速消融。爸爸妈妈会在周日一人骑一辆自行车，轮流载着小川行走在上海的大街小巷。因此小川对这个城市，虽从前未曾谋面，却很快熟络起来。她最爱坐在爸爸的自行车后座，被推上过江轮渡。轮渡的出发地是尚待开发的荒蛮浦东，对面是曾经十里洋场、如今情调十足的浦西外滩。爸爸有一回指着身后远去的一个在建建筑说："那就是东方明珠，等建好了爸爸妈妈带你上去看看。"还有一回，经过一个洋气的西餐厅，爸爸回过头说："等宽裕点儿了带你来吃……"诸如此类的"等……就……"，是小川初到上海的生活里经常听到的句式。因此她对未来，充满了各种可预知的期待。

来到这个城市的另一个好处是，又可以吃到猪肺汤了。猪肺汤并不是小川家乡的本地菜，不知道爸爸从哪里学来的，间或做给家人吃。爸爸的朋友听说这道菜，表示要尝尝，他就笑着推托："这辈子我只给她俩做这汤，你们等下辈子吧。"

与从前在家乡一样，爸爸隔三岔五就会用自行车驮着小川，去菜场挑选新鲜的猪肺回家做汤。每次清洗猪肺，要花很长的时间。需要用水把它充满直到鼓鼓胀胀，再从一个细小的出口里挤出来，反复很多次，切成小块后还要再冲洗许久。小川虽是个小姑娘，却对这个血腥难看的过程有着诡异的兴趣，每次都会靠在水池附近，一看就是很久。

在等待猪肺汤慢火煮好的一两个小时里，妈妈就进厨房来把其他的饭菜完成。妈妈总说爸爸太聪明，当初假意教她做饭，结果教会徒弟清闲了师傅。上海的夏天湿热，冬天阴冷。小川喜欢夏天闷在厨房里和爸爸妈妈一起窝出满头的大汗，也喜欢冬天躲在厨房里煤气灶附近笑话爸爸眼镜上经常蒙上的蒸汽。家里的厨房并不大，小川在中间蹭来蹭去，其实是挺碍手碍脚的。每回爸爸妈妈要赶她出去，她都赖着不走，说也要向大师傅学习。

爸爸离开这两个学做饭的徒弟，和学校里学做教师的徒弟住到一起去，是几年之后的事情了。

如果硬要回想一下和爸爸的最后一次碰面，小川只能想起来，那天爸爸在卧室门外敲了好久的门要跟小川告别，妈妈竟也在一边帮腔说爸爸以后会回来看她。但小川笔挺地躺在床上很久很久也不肯出来，大叫着再也不想见爸爸了。小川这股对爸爸的倔和怨，果真让爸爸再也没有出现过。偶尔他打来电话，小川也不愿意听。

妈妈在后来的年岁里，也没有试图给小川找过新爸爸。也是的，对小川和妈妈来说，那样的一个爸爸和丈夫，有谁能比得上呢？

电视节目里的男人告诉主持人，猪肺一定要反复清洗，吃起来才又香又嫩，这是最关键的。他每说几句话，唾沫就会积聚到嘴角两边。他意识到了就去舔一舔，然后过一阵子唾沫又聚积起来。小川回想年轻时候的爸爸把自己收拾得多飒爽，西装领带、汗衫牛仔裤，即便也是穿电视上那样一件白色背心，也帅气得不得了。谁知到老了，也不过如此。

到了亲友品尝环节，终于见到了爸爸的第二个女人。那个女人也有些年纪，看上去并不比妈妈好看多少，竟也是一副良家妇女安分守己的样子呢。主持人对她调笑："叔叔很疼你的哦，是不是经常做给你吃呀？"女人并不动眼前的汤，说："平时就我们两个人吃饭，做菜很简单，我又不吃内脏的，所以他从来没做过啦！"主持人又问："叔叔是不是很有生活情调的呀？"女人笑着说："是的，他经常周末带我出去玩的，外面饭店吃吃，公园逛逛，很舒怡的。"

小川想起那时这个男人也是这么带着妈妈和自己，周末出去玩，外面饭店吃吃，公园去去。他曾经给自己和妈妈那么多承诺，比如东方明珠、西餐厅、锦江乐园以及只为母女俩做猪肺汤之类的。真要算起有哪些是坚持下来的，只有猪肺汤这一个没有食言。

小川突然意识到，爸爸这种有生活情调和腔调的男人，和谁在一起都会是这样。与其比照着爸爸找一个男人，那还不如去找一个没有那么多情调，但只对你是特别一种的寻常男人。

节目快近尾声的时候，小川听见妈妈买菜回家开门的声音，于是匆匆换了台。吃罢饭收拾了收拾，小川心血来潮地带着妈妈终于上了一次东方明珠。她挽着已经比自己矮半个头的妈妈，看着黄浦江对岸的风光，发现，原来心心念念的东方明珠江景，也不过如此喽。

等待

恩雅

乔乔在等爸爸回来，乔乔一整天都在等爸爸回来。

乔乔的爸爸是个修伞匠，一大早就骑着自行车带着工具箱出门了。乔乔觉得爸爸这次出门跟以往不一样。以往妈妈还在，等待是妈妈的事情。现在妈妈不在了，等待就成了乔乔的事儿，一块石头从妈妈手中转移到他的胸口，乔乔觉得沉甸甸的。

吃过早饭，乔乔拿着弹弓走到院子里。从院墙向院子中央蔓延出一片野生鸢尾，之前乔乔只觉得这些蓝蝴蝶似的花好看，可此刻他忽然想起听谁说过鸢尾易招蛇。

乔乔尽量让自己穿着塑料凉鞋的双脚离花远一点儿。他想如果真有蛇爬出来的话，他就用弹弓把它打死。

乔乔从口袋里掏出一个小石头装在弹弓兜里，环视着自家院子。花丛边缘，一大块黑色物体缓慢移动着，就像一块黑色破布被风吹动一样。他蹲下来仔细看，是蚂蚁，一大片蚂蚁，密密麻麻成群成群的蚂蚁。

蚂蚁们不知为何聚集在这里，它们不像是在搬运食物。乔乔想它们一定是在开一个重要会议。原来地上的蚂蚁跟地上的人一样多，而它们也有重要的事情需要聚集在一起商量。

妈妈活着的时候看见喜鹊落在树枝上就说要捡钱了，看见公鸡跟母鸡打架就说中国要跟美国打仗了。如果她还活着的话，看见这么多蚂蚁聚集在自家院子里，肯定又要说出一个非凡的意味。

大早上看见蚂蚁意味着什么呢？乔乔正想得出神，虚掩的大门忽然开了。

“爸爸，您回来了，爸爸！”乔乔向门外跑去。没有人。

乔乔站在门口。门前是一条土路，邻家英子最近常在这条路上练习自行车。英子是一个机灵的手脚麻利的姑娘，会带着狗在雪地里逮兔子，会爬树掏鸟窝，会翻墙捉蝙蝠，可就是不会骑自行车。

乔乔见她在这条路上都练习三个月了。多简单啊！不就是双手握紧车把，双脚用力蹬吗？可英子就不行，不是撞到树上就是直直地向墙根骑去。幸好这条路是土路，没有铺砖块或石子，否则，她一定会摔得头破血流的。

真笨啊！一开始她推着一辆蓝灰色的破自行车练习，这辆自行车很快就被她摔坏了，父母就又给她买了一辆小一些的新的红色自行车。她最近还添了一双粉红色的雨靴。她想要什么就有什么，谁让她是英子呢！

“我可以当她的老师。”乔乔想。

“英子，英子，你出来练车吧，我给你扶结实，保证不摔倒，英子……”乔乔透过英子家门缝喊道。英子家也没有人。乔乔一下子就觉得爸爸、英子，这个世界的所有人，都去了另一个星球，丢下他一人在这条路上。

爸爸去哪里修伞了？爸爸真厉害，什么样的伞都会修。整个青春镇的坏伞都是他修好的。可最近几年，找爸爸修伞的人越来越少了。大家都买新的了。反正新的又不贵，坏的旧的就丢掉，买新的就行。没多少人会费心思把旧的伞保留着，等修伞匠来了。

想到这里乔乔有点儿难过，没有用武之地，爸爸就像是会一种很厉害的武功，却无处展示身手。如果今天没有一户人家让他修伞呢？那他不就一把伞都修不了，一分钱都挣不到？

要是天不像现在这样晴，太阳不像现在这样亮就好了，要是阴天或者下雨就好了。这样，就会有更多人找爸爸修伞了。

还是不行，如果下雨的话，爸爸上哪儿躲雨呢？要是爸爸没有出去就好了，要是爸爸有一份不用跑这儿跑那儿就能挣到钱的工作就好了。

院子里有一张小竹床，乔乔把它拉到荫凉处，躺在上面，看天上的云。蓝蓝的天像蓝色钢笔水一样蓝，白白的云像刚摘下来的棉花一样白。乔乔不眨眼盯着一条云，想看清楚它是不是在动，结果他自己却睡着了。

也许因为睡觉姿势的问题，他很快开始梦魇，像是在做梦，又像是醒着，他无法动弹，头、胳膊、腿，甚至十指都动弹不得。他试着抬起沉重的眼皮，用牙齿咬下嘴唇，用拇指触碰食指，不管用，他向昏昏沉沉的睡眠之中越滑越深。

在他再次完全陷入睡眠沼泽之时，远远地传来掏出钥匙开门的声响。门开了，有人进来。是爸爸，一定是爸爸，爸爸回来了。这下好了，爸爸一定会把他唤醒，可怕的睡眠终于要结束了。

可爸爸却径直地从他身边走过去了，他要去哪儿？乔乔看见自己躺在竹床上大喊：“爸爸，爸爸，爸爸！”他的嘴巴张得很大，却发不出一丝声音。

爸爸回来的时候，月亮已经出来了。

“你知道我今天见到什么了吗？船！我还坐船了，跟坐车一样，头都是晕的。你没有见过船吧？我今天一共骑了一百多公里，一直骑到黄河边，骑不动了，没路了，得坐船。”爸爸说。

乔乔躲在门后不肯出来，不肯说话。

“你哭了吗？你这孩子呀，哭什么呢？我不是回来了吗？我不是回来了吗？出来洗洗脸，别揉眼睛，我不是回来了吗？”

乔乔在门板后面哭得更凶了。

爸爸冲了个凉水澡，躺在床上很快沉沉地睡着了。乔乔白天睡得多了些，现在一点儿都不瞌睡。他安静地躺在爸爸身边，一动不动。眼角有一点点痒，蚊子趴在小腿上，他都不动一下。

爸爸一天骑了一百多公里，多累啊！他需要休息，他不能打扰他睡觉。

月亮经过英子家房顶后，往西继续移动。乔乔的胳膊有点儿麻了，腿有点儿僵硬了，浑身都不自在起来，但乔乔却感到一种深刻的幸福。他感到这个世界，这个世界的所有人，包括他自己，都像月亮一样美好，这世上的一切无一不是美好的。

穿校服的人

阿痴

我要记录的，是在种种复杂的暧昧、调情、逗乐、依赖、习惯、眷恋、占有中的……某种我感觉到的、难以抵抗的力量。很多人都讨论过它，我也许并不能说出新意。

在漫长的读书生涯里，初中、高中、大学、硕士，如果要说起来什么让我撞到自己，这样的事情和人都非常少。我的生命缓慢流淌，所过之地一片荒芜。现在回想起来，那个惊鸿一瞥、穿校服的人，是生命意志给我的最早的警示。

尽管我没有与他说过一句话，交流过一个眼神。

初二那年的期中考试，不知道为什么，教导主任玩了一个新套路，让我们初二的学生和初三的学生一起，混杂而坐，间邻着考试。

在我看来，简直就是为上下两个年级创造无数个谈恋爱的机会。

我对于高一级的学生们充满了好奇与亲近的渴望，可能因为在本年级我一无所获。

穿校服的人，正坐在我的旁边。

我一眼都没有看他，完全凭我左半边的手臂和肩膀感受他的存在。

瘦骨嶙峋。稍长的头发。安静，极其罕见地安静。好像没有 ego。不指望别人看到他，也不期待别人重视他。

他穿校服的方式是独一无二的。宽松的校服被他穿成和服的样子，露出瘦削的脖子和肩膀。

那个年纪的男生，大声说话与大幅度动作才是正常的，他们太希望被女孩子重视、调戏了。

我因此感受到他极其稀有的品质，并被震动。

更不要提我那个时候被一个疯了似的男生追求，每天骚扰我的花样层出不穷，宛如我的儿子，求我跟他说句话，看他一眼。

这样考了三天，他就无声无息在我身边坐了三天。

考完，他无声无息地在门口和他唯一的哥们儿碰头（点个下巴），消失在校园里。

这个人让我想（思考）了好几天。

我决定打听打听他。

考试结束以后，各路纸条和求爱信就在两个年级之间穿梭不绝。每个人都有一条红线，通往陌生的一个人。

我没有。没有人跟我表白，我也没有跟别人表白。

几天以后放学回家的路上，我的几个闺蜜叽叽喳喳一直在说她们收到的求爱信息，我若无其事地问了问我旁边那个人什么来头。

最受关注的女生很快解答了我的问题："那个人啊，就住在我家旁边一个单元。"

我停住，啊了一声。

几天以后，那个女生说，我谈到的穿校服的人找人给她递了一个纸条，向她表白了。除此之外，每天中午回家吃饭，下午上学，他都会和他的哥们儿一起，在楼底下叫她的名字。

"神经病一样！"我们一起笑起来。

我再也没有提起过他。

但是我专门在闺蜜家楼下等过她下午上学，没有遇到他。

在校园里，我也着意寻找过他，见过几次，我在没有人知道的情况下，迅速逃离了。

我问过闺蜜，他家什么境况。她说："很普通的工人家庭吧。可能母亲没有工作。"

他是有点儿土的，也许是从乡下进这个大型国企讨生活的农民。

我们没有再讨论过他。很快，我也没有再刻意想要在校园里见他。贫穷，切断了我微弱懵懂的好感。我再次陷入少年生活无边无际的荒凉中。

这么多年过去了，我还是没有忘记一个穿校服的人。他像剑一样，插在我的记忆里。

情欲最初的萌动，也是生命力给我的警告。我一直对极瘦而安静的人有着格外的印象，几十年来一直如此。

他明知自己没法争也没法抢，就神态自若地不争不抢。乐于成全，乐于被人忘记。也许那就是我？我在一个不期然而然的时刻，遇到了另一个自己？

又也许，那是我希望做到的模样。

一次心动。

再没忘记。

租来的日子

碎碎

家里有一套空房要出租。新房，刚装修好不久，应该很好出租的，但是在中介登记了快两个月也没租出去。这一天，茉茉花了 5 分钟自己在 58 同城发了广告，付了 60 元置顶推广费，当晚就有人和她联系了。

对方看了房，问好房租之后，双方约定在周日签租房合同。

周日茉茉带上打印好的合同开车过去，租房的夫妻俩都过来了。男的不怎么说话，甩手掌柜，都是女的在说。女孩穿着超短裙，黑色短靴，肉色长筒袜。那种颜色，好像不属于冬天。那种打扮使女孩显得很活泼。女孩自称有两个孩子，放在老家，寒暑假才接过来住。

女孩的脸上有不少痘印，看不出来年龄，应该有 30 多岁了吧，茉茉感觉。但是她竟然称呼自己阿姨，这让茉茉感觉很不爽：自己看上去都有那么老了吗？

在那套三室两厅的房子里，女孩一一试用所有的家电家具：电视、冰箱、洗衣机、空调，热水器试冷热水，打开燃气灶试火；衣柜、电视柜、鞋柜，每个抽屉都拉开来试试；纱窗、玻璃窗一一推开，再合上……像个质量检验员似的，真叫一个仔细。

对自己的生活那么认真，她是有多热爱生活啊！茉茉想。

从头到尾都是女孩在试，并做点评，对东西的质量。男人手插裤兜跟着走了一圈，跟班似的。

试抽油烟机的时候，她发现油盒需要清理，便说："这个需要找人清洗，至少 100 块钱，你再给我减个 100 吧。"

这个女孩，怎么说呢，总在这些小钱上讨价还价，挺没劲的。前两天在电话里谈好房租之后，她要求茉茉打扫卫生。茉茉说："房子里没什么，擦一遍就可以了，给你减 100 吧，你自己找家政打扫。"她说怎么着也得 200。200 就 200。现在又来了，真是无聊。茉茉忍住不快答应了她的要求，只是脸冷了下来。

一个中年女人的冷脸。但是冷脸也挡不住女孩的活泼，她像是步入了一个新世界，带有发现一切的兴趣和热情。女孩和男人说话的时候叫他“老公”，那是属于恋爱时节才有的亲昵感，好像男人的名字就叫老公。

签合同交换彼此的身份证复印件时，茉茉看到身份证上女孩的出生日期，是90后，还不到30岁，但她看上去的样子、说话办事的风格，比她的年纪要大一些。90后的人，该不该叫自己阿姨呢？茉茉又在心里推算了一下。

坐在沙发上签合同时，女孩说：“哎对了阿姨，上个月我们刚刚拍了一套婚纱照，这两天就可以去取，我们能不能把照片挂墙上啊？”

“呃……你要挂在哪里呢？”茉茉想拒绝，又觉得不太好说，在面对这么明目张胆地秀恩爱的时候。

“客厅挂一个，卧室挂一个。餐厅那里挂六个，六个是那种小相框的。”

“那会伤墙吧，墙上会留下洞。”茉茉说。

“用那种膨胀螺丝，创面很小的。”女孩说。

“……还是不要挂了吧。我们家里的墙，都不挂东西，还有我们单位，刚搬的新楼，领导也都不让挂东西，怕伤着墙面。”

“那我们……就把照片竖在地上吗？”她笑起来，用征询的眼光看着她老公。

她老公也勉强地笑了一下，干干的，没说什么。

各种交接手续办好，茉茉走向停车场开车时，忽然感觉莫名的难过。坐在驾驶座位上，没有打火，看着车窗外的阳光，她怔怔地坐了一会儿。难过。为她刚刚拒绝女孩要在墙上挂婚纱照的请求。

墙上有没有挂婚纱照的房间，一定是不一样的。婚纱照定格了两个人一生最美的时刻，照片的鲜艳明亮，会提醒幸福，提醒甜蜜，提醒恩爱。走到卧室，看到床头上方婚纱照里王子公主的笑意盈盈，会让两个人有更多更来劲儿的性生活吧？

有没有婚纱照的房子，风水是不一样的。空气结构不一样。挂上婚纱照，两人一定都不好意思吵架，不好意思冷战，每一天都生活得像婚纱照上的场景和格调一样。必须的。

可是自己，刚才拒绝了他们。这让她难过。好像她就是那个被拒绝的人。一个小小的要求，让人心酸。好像他们的生活质量已经受影响了。就是这样。

茉茉回到家，和爱人孩子一起吃饭时，说起这事，然后问男人：“要是你，会同意他们挂照片吗？”

“肯定不同意啊！挂什么挂！租人家的房子还挂什么婚纱照啊?! 墙弄坏了多难看。”男人说。

男人和她的态度一样，而且更坚定。这没有让她感觉安慰。那些硬邦邦的话，反而让她的心里更难过了许多。那种不好的语气，好像说的是她。男人怎么会懂得婚纱照的意义呢？他们不懂的。

租的是房子，并不是日子。谁又不是这个世界的租客呢？向上帝，向这个世界，租用几十年，流水席一样，时候一到，都要撒手离席。

茉茉端起饭碗，木木地嚼了一口饭。肯定是水添少了，米饭有点儿生硬，不好吃。她想，明天她要给女孩打个电话，告诉她："婚纱照，想挂你就挂吧！"说这话的时候，她可能会有点儿羞涩。

明天升起的，不是今天的太阳

莫小谈

又挨过一个雪夜。

憨叔起床，拉开门，太阳在天上，旧洋车躺在院落的雪里，凉风一吹，又添上一层浮雪。

憨叔来到水桶旁洗漱，一看，还好，水没有结冰。他取出一瓢来，呼啦一声倒进脸盆里，洗脸。

如果被憨婶看到，一定会责怪他："尽逞能，一把年纪了，也不怕激坏了身子。"

憨叔和憨婶相濡以沫一辈子，形影相伴，即便是到东墙根儿晒暖，也要出入成双。

那天，雪还没下，憨叔挨着憨婶坐："想娃不？"

"不想。"憨婶揣着袖筒。

"真不想？"

"真不想。不过——"憨婶又补了一句，"想孙子嘞！"

憨叔的儿孙住在城里，很少回来，他俩不喜欢闹腾，非要留在乡下享清净。

"看天，是要下雪喽，等家雀回巢，我给你捉几只，用家雀脑涂手，不皴。"憨叔转了话头儿。

憨婶拦着不让捉，说："别造孽，谁都是一条命。"

那一日，风和日丽，阳光照在身上暖暖的，他们一起回忆了好多以往的事儿。

年轻时，憨叔的本事大，娶了憨婶这朵花。憨婶起先嫌他家穷，不乐意，说："我是不会踏进你家门的。"憨叔不死心，赶了小半年工，才换回一辆永久牌的"洋驴子"来，跟憨婶说："你不愿踏进俺家门，我驮你进门总行吧！"

憨婶竟无言以对，加上被憨叔的真诚打动，就过了门。婚后，二人相敬如宾，从未红过脸、置过气。

憨叔洗完脸，进屋烧饭。昨晚的玉米面糊糊没喝完，他倒进锅里，再添一碗水，又馏了两个馍：“咱俩还一人一个，比赛，看谁先吃完。”

其实，家里有肉也有菜，但他不想吃，就没有热。饭后，憨叔到东墙根儿晒太阳，独自一个人。

“说走就走了，哪有半点儿的舍不得？”憨叔嘟囔着嘴。

那天，老两口儿坐着晒太阳，憨婶突然问：“还记得桂英不？”

“记得，东胡营的。”

“嗯，走喽，前天下午走的。听说，她闺女回娘家，在门口喊：‘娘，娘，开门。’敲了半天也不开，撞门一看，桂英趴在床沿，走喽。”

“哦。”憨叔捧着茶缸喝水。

“还有留栓，也走喽。”

“谁？”憨叔有些惊讶。

“三队的留栓，晌午出去放牛，太阳落坡后，只有牛回来，家人就去找，结果发现他躺在河边草地上，身子骨都硬喽。”

憨叔没吱声，抬眼看着天：“太阳落到一竿子喽，不晒喽，不暖和喽。”

“就是，落坡喽，回屋。”

晚饭，憨婶熬的红薯粥，又烙了三张饼，两人比着吃饭。晚上，二人上床休息，一人睡一头儿。

将睡未睡时，憨婶突然问憨叔：“你说，为啥冬天的太阳，说落就落哩？”

“今天落，明天升。”憨叔说。

“那终究是明天的太阳。”

“都一样。”

“不一样。”憨婶说。

沉默一会儿，憨婶说：“你本事大，有能耐你别让太阳落。”

“好，赶明儿我把它支起来。”随即，憨叔问憨婶，“你怕死不？”

“怕。”

“嗐，恁大年纪了，还没活够？”

“没，孙子没结婚，他二舅还躺在床上，花奶奶的外布衫也没做完，我不能死。”

“瞎操心，睡吧。”憨叔说。

夜里，雪扑簌扑簌地下。憨叔被冻醒了，一摸憨婶的脚，凉的，就拉拉被子给她盖上；又睡一觉，再一摸，憨婶的脚还是凉的，又拉拉被子给她盖上。第三次，憨叔突然心里发慌，他叫了一声：“老婆子，冷吗？”憨婶没应声。憨叔又喊：“老婆子，老婆子。”憨婶还没有应声。

憨叔赶紧拉开灯，下床，凑过去又叫几声：“老婆子，老婆子。”

见憨婶不动弹，憨叔一屁股坐在床沿上：“太阳落坡了……”

今天是憨婶的头七，憨叔决定干一件有本事的事儿。

憨叔拿来一把铁锹，围着旧洋车铲雪，随后又取来扳手、钳子、钢锯条等，一堆的工具。

憨叔要拆下一个车轮，然后将它拦腰锯开，做成一个半圆。

这对憨叔来说，除了费点儿时间外，并不是一件难事儿。太阳偏西时，憨叔完成了任务。

他又搬来一个梯子，爬上西厢房的屋顶，将那半个轮圈开口向上，固定在上面。然后，憨叔回到东墙根，反复调整位置后，坐下。他死死地盯着西坠的太阳。

慢慢地，太阳下落；慢慢地，太阳落进那个敞开口的半圆；慢慢地，太阳的下沿触及轮圈的下沿。

憨叔闭上眼，在想：有轮圈支住，太阳该不会落坡了吧。

但憨叔有一个遗憾，他认为做工时，会有人走来和他对话：“憨叔，你这是弄啥哩？”

“截半个轮圈。”

“截它干啥？”

“支太阳。”

“支它干啥？”

“怕落坡。”

“今天落，明天升，都一样。”

“不一样，不一样。”憨叔想，他会这样回答来人的问话。

庞然大物

穆萨

他一向认为这是个令人绝望的巷子。虽然容得下车辆进出，但会车时必须有一方退到丁字路口。虽然房屋造得还算整齐，但只有拮据的老年人和没想头的年轻人才甘于在此度过余生。就连环卫车清理垃圾槽时都表现得十分不屑，临走要在地上留下许多残渣。他的上班时间比环卫车稍晚，因此每天早晨他都踏着垃圾残渣，捂着鼻子走出巷子。而今天不只如此。

一个庞然大物趴在巷子边一辆餐车旁边，餐车的各个缝隙布满了前夜、前前夜的油渍和米饭粒。庞然大物姿势难看，一动不动。他的头埋在左臂里，右臂似乎曾企图抓住什么，最后只好伸出五指抠着地上的水泥缝。晨风吹过，垃圾残渣被吹到他的腋下、他的膝弯……他想绕开那庞然大物，可巷子太窄，再绕也只有三步之遥，因此他清楚看到庞然大物身穿灰色T恤衫，背上还印着个显眼的“V”字。即便没有“V”字，由这体形也一看便知，他是巷子口便利店那位老阿姨的儿子。

他感到一阵不适，早餐在胃里已快待不住了。便利店的门紧闭着，老阿姨看来还不知情。好在一辆警车已赶过来停在丁字路口，两个穿制服的警察向这边走来。也许是环卫工人看到了，报了警。这样一来，他也不必费心去敲开便利店的门，不必通知老阿姨，不必承担看到的责任。于是他快步走向公交站。

他走了，胃里的不适感却停留了一天。地上没有血迹，也没有打斗的痕迹，走过时似乎闻到些酒味儿，却又不像，也许是垃圾残渣的酸臭味儿。他究竟是怎么死的？想到那个画面，他就有些晕车。于是他去想便利店的老阿姨。她已六七十的高龄，突然失去儿子，该如何承受？说实话，他对这庞然大物向来没有好感——正当壮年，身宽体胖，却整日瞎混，嬉皮笑脸，丝毫看不出生活的压力对他有什么影响。尽管如此，却看得出老阿姨一直宠着他。

宠坏了，他想，要是没宠坏，恐怕也不至于落得今天这般场景。然而我呢？我没有被宠坏，生活的压力天天鞭策着我，我不也和这庞然大物一样住在这毫无悬念的巷子里！不一样——他是个没想头的年轻人，而我只是暂居；他心甘情愿，而我只是暂居……天灰蒙蒙的，他把不适感带到单位，同事看出他脸色有些发黄。发黄又如何？红润又如何！他想。早上的画面又出现在他脑子里，庞然大物就那样趴着，等待警察处理，再等待亲人处理，最后等待大地的处理……就像路边死了一只猫、一只狗甚至一只麻雀、一只老鼠一般……处理掉尸体，处理掉痕迹，世界恢复原样。除了亲人的悲痛，没有什么和坟墓一起留存下来。而最后的最后，悲痛和坟墓也终会消失。

吃午饭的时候，他尽量选一些缓解不适的菜。吃晚饭的时候，他脸色已不再发黄。想起那个画面，他的晚饭已不会在胃里待不住。可是想起那个巷子，他的郁闷、焦虑、暴躁……一切糟糕的情绪似乎都涌上心头。

走到丁字路口，他已能够想象老阿姨悲痛地哭泣，亲友和邻居们聚坐在便利店门口，丧葬物品一应俱全……他还没有见到过人们在这样狭窄的巷子里举办丧事，那一定非常简陋。不知道按这里的习俗，这样的场景会持续几天……然而巷子还是往常漆黑的巷子，路灯在巷口意思意思，就不再深入。路上的照明全靠两侧房屋的灯火。垃圾车留下的残渣被车辆和行人轧扁，不会再随风而动。巷口的便利店照常营业，老阿姨坐在柜台处，打了一个很长的哈欠。这时候，一个庞然大物突然从便利店门口蹦出来，迎面跑向巷子外。老阿姨紧跟着站起身，用苍老的方言骂道：“回来！再喝酒你就不要回来！”

庞然大物和他擦肩而过，笑着向他挤眉弄眼。他转身看着庞然大物的背影，看着那背上巨大的“V”字扭来扭去，渐渐走远。

木楼梯与高跟鞋

王溱

这房子年代久远，木的，她租住的是顶部一个阁楼。跟许许多多租住在这条旧街的白领一样，选择这里是因为便宜，且有格调。掉漆的外墙有一种沧桑美，高跟鞋笃笃笃踩在木楼梯上更是别具风情。

哪怕为了这木楼梯，她也必须坚持穿高跟鞋。

当然偶尔也有例外。像今天，为了照顾磨破的脚指头，她改穿运动鞋去上班，结果在镜子前左看右看总觉得哪里不对，把披肩发扎成马尾，再换个素一点儿的口红，还是觉得不对。下楼梯的时候，每踩一步都听到嘎吱一声，像是楼梯也在抗议。仿佛还有无数只眼睛同时看向她，来自墙壁上的、窗台上的、摇晃的吊灯上的，甚至漆黑的木楼梯底下的……她逃一样地跑下楼，冲到街上，冲向公司。直到进了公司，她还是觉得那些眼睛一直尾随着她。她不敢像往常那样昂首挺胸抱着文件去影印，而是斜侧着身子，迈着小碎步溜进影印室。偏偏她喜欢的那个业务部的帅哥也抱着文件进来了，她赶紧低下头假装没看见，匆匆影印完又抱起文件小跑着回到工位上，做贼似的。

这感觉糟透了！这一天都糟透了！

回到家她把运动鞋甩在门口，光脚冲过去仰倒在床上，呆呆地看着天花板。天花板当然也是木的，但是拼得很乱，层层叠叠，横七竖八，她猜想当初建造这屋顶的工匠是怎样的心情，大概就是没啥心情。每次她想凭眼睛识别出哪一根横梁是在哪一根的上面，总是以失败告终。并非她眼神不好，她眼神好着哪，第三根横梁末端有个蜘蛛网，有只小虫子正在网上挣扎，她都看得一清二楚。小虫子好几次快要逃脱了又被看不见的细丝拉了回去。直到那只小虫子不再挣扎了，视线之内没有任何活物了，她才懒洋洋地爬起来，给自己冲了一盒泡面。

嘀嘟，手机响了一声。当然，此前一直叮咚在响，她都没理，这个“嘀嘟”声则是设了特别关注的，是来自顶头上司的消息。她条件反射地抓起手机。上司敲着桌子交代过了，任何人任何时候任何情况下都必须在三分钟内回复。

果然是布置工作。

她匆匆把笔记本电脑从包里掏出，盘腿坐在床上就忙碌起来。

她是那样投入，全然不顾这样坐腿铁定要麻掉。床头的泡面已经不再冒烟了，汤却溢了出来；床底下有只老鼠弄倒了什么东西，慌慌张张地蹿出来；头顶上那只蜘蛛放弃了眼前的美餐落荒而逃……她感觉到床似乎在晃动，腿上的屏幕抖得有些看不清。她并没有太在意，这种破旧的木房子稍微晃一晃也是常有的事。她用手按住屏幕费劲地读上面的字，直到房门外响起咚咚咚奔跑的声音，还有人大喊："地震啦！地震啦！"她才意识到不妙，把电脑合上往胳膊下一夹就往门口跑，刚跑几步腿就麻得迈不动了。她只好扶着墙龇着牙忍着，试图轻轻动一动以期望麻劲儿快点儿过去。这一来反而让她惊慌的心渐渐冷静了下来，反正都动不了，惊慌也没用。刚才那阵摇晃已经过去，看起来也没多大事。过了一会儿，房子又摇晃起来了，幸好她的腿也稍微缓和过来，能慢慢地移动到门口了。她在心里默默估算了两次震动的间隔，愈发淡定了，顺手又把手包拿上。

门口有两双鞋，摆得整整齐齐的高跟鞋和东一只西一只的运动鞋。她略犹豫了一下，把脚套进了高跟鞋。就这样，她左手抱着电脑，右手拿着手包，像电视里的女王或者什么名媛出场那样，缓缓地从木楼梯上走下来。

租住在这栋楼的，大多是年纪不大的男孩女孩，刚毕业不久，这会儿都已经跑到楼下叽叽喳喳拿着手机左拍右拍，看到她下楼的那一刻，他们瞬间静了下来，目光齐齐地望向她。她的高跟鞋在木楼梯上发出了优雅的笃笃声，那声音穿透了时间，超越了空间，镇住了所有人。如果非要说那笃笃声有什么节奏的话，应该是莫扎特歌剧《魔笛》的序曲那种节奏，高傲的，神秘的，与木楼梯这个天然的大音箱产生共振。

但这只是片刻的事，很快，大家又恢复了喧闹，叽叽喳喳地讨论这鬼地方怎么老是地震，讨论这房子这么旧了会不会塌，甚至讨论房子要是塌了算是谁的责任。她下楼后自然也加入了讨论，且思维敏捷用词生动，赢得很多人赞同或仰慕的目光。在一群光着脚或者穿着拖鞋的女孩当中，她鹤立鸡群。

房子又轻微晃了几次之后，终究安静了下来。

满脸疲态的房东太太开始把人往楼里赶："都睡觉去，睡觉去，摇几下而已，没什么大不了的。"

见大家还犹犹豫豫不动，房东太太又说："怕什么，房子是木的，而且顶上我都叫人加固了好多层了，掉不下来的，放心。"

可大伙儿还是不敢上楼。房东太太不耐烦了："淡定！遇见啥事都得淡定！那么怕死能成什么事儿！”冷不丁指着她说：“瞧瞧人家！”

她一惊，猛地想起什么，尖叫一声把高跟鞋一甩，打开胳膊下的笔记本电脑，盘腿就坐到地上。

“惨了惨了完蛋了完蛋了……”

大眼睛的蚕豆花

蒋静波

蚕豆花开的时候，妹妹长得更加白胖了。

妈妈生下妹妹后，有一段时间，将我托给在镇上供销社饮食店上班的奶奶照管。奶奶做点心、卖点心时，我爬上椅子，靠着柜台，看柜外稀稀落落的顾客用几分钱换成竹筹，再用竹筹换点心；或站在店堂内看街上人来人往。

我家到镇上有五里路，要经过两条河、一座桥、两个村，要走一段村路和一段公路。村路是泥路，雨后有好几天的泥泞，时有蛇出没；公路是沙石路，汽车开过扬起一阵灰沙，奶奶说公路上撞死过人和狗。对我来说，镇上远得像在天边，路上处处藏着未知的危险，我从不敢一人走。

那天，灶锅里煮着咸菜蚕豆，妈妈往灶膛里放一段柴根，吩咐我坐在灶膛前小凳子上，一边看管灶火，一边照管睡在摇篮里的妹妹。妈妈上楼，“嗒嗒嗒”踏缝纫机去了。

我双手握着火钳，伸进灶膛，东拨拨西拨拨，一膛红黄色的旺火反被我拨灭了，黑烟熏得我流泪。我学着妈妈的样，用火管对着柴根吹，吹得烟灰乱飞。我顺着凳子爬上灶头，在灶头打起瞌睡猫，猫“喵”的一声逃走了。我掀开锅盖，吃了一粒蚕豆，有些生硬。

“呜呜呜——”妹妹轻轻地哭了。楼上的妈妈说：“你给把把尿吧。”

我去抱胖妹妹，第一次抱不动，第二次费力地抱了起来。我回到灶火间里，将妹妹放在腿上，正要把尿，妹妹腿一蹬，我俩同时跌倒在地。我的手撑着地，压在她身上，她先大哭，后来闭着眼，张着嘴巴，很长时间没有发出声音。

我看着自己摔出血痕的手，想，妈妈一定会下来抱我，哄我，像以前一样会亲着我的手，拿出小糖哄我。谁知妈妈将地板跺得“噔噔”响，咆哮道：“你把妹妹怎么了？看我下来打死你！”

妹妹摔了，我不是有意的。自从有了妹妹，妈妈很少抱我了，也不疼我了。以前每天晚上睡觉时，妈妈总是拉着我的手，与我一起玩“解树”的游戏。我们边摇着身子，边念着：

大木匠解大树，
小木匠解搭柱，
解出一碗碎米珠，
爹一碗，娘一碗，
瘌头娘子舔粥碗。
…………

最后我总是倒在床上，妈妈抱着我说“瘌头娘子睡觉啦”，才闭上眼睛。有了妹妹，妈妈再也没有与我“解树”，没有叫我“瘌头娘子”，现在她还要下来打死我。我的眼泪掉了下来。

看看地上的妹妹，我想把她放回摇篮，却怎么也抱不动，我突然害怕她会很快死去。

逃！我马上拎一只小杭州篮，放进一个瓦罐，爬上灶头，铲了半罐蚕豆。妈妈下楼重重的脚步声越来越近，我飞快推开矮门，踢走门前的鸡，沿着河岸，穿过石桥，飞奔而去。

“阿波，回来——”隔着河，妈妈在声声呼我，我没有回头。

我的鞋子粘了一大坨泥巴，沉得走不动，幸亏已到了后胡村的河边，我到埠头去挖泥巴。河里的小鱼游来游去，多么自在！要是在往常，我准会拿淘米箩去舀。一只只红蜻蜓在河面低飞，或在岸边芦苇上停一停。我也没有心思跟它们玩。我知道姑妈的家就在这个村，但我不想停留。

我沿着公路的边沿走，汽车来了就站住，闭上眼睛。田野上成片的蚕豆，厚厚的绿叶间开着紫花，每一朵紫花上的两只大眼睛水汪汪地看着你。

不知走了多久，头发蓬乱、双眼红肿的我终于站到了奶奶的柜台前。奶奶一脸吃惊地奔出来，一把抱起我，问我出了什么事。我终于放声大哭，泪水湿透了她的衣襟。

奶奶把我放在高脚凳上，给我洗个热水脸，用柔软的毛巾替我擦去鼻涕眼泪，涂上凡士林，又梳好辫子，脱下我的鞋子，说声“看你这双鹅鸭脚（奶奶将粘满泥巴的脚称为鹅鸭脚）哦”，就去擦洗。店里的公公婆婆嬷嬷伯伯都夸我本事大，有孝心，带蚕豆来给奶奶吃。

奶奶端来一碗馄饨，我一口气吃了下去，然后长长地叹了一口气。奶奶和店里的人都笑了。奶奶将蚕豆重新煮了，和店里人一起吃。

没多会儿，爹爹来了，也是一双“鹅鸭脚”。我忙躲到奶奶身后。奶奶拉过我，说：“别怕，他大还是我大！”一向严肃的爹爹蹲下来，笑着伸出双手，我怯怯地走了过去。他说：“我从来不知道你有这么大本事，以后叫妹妹向你学习。”

“她没死吗？”

“怎么会死？”

我满是委屈，又哭了起来。

奶奶在瓦罐里盛满了生馄饨，用纸包了好多油条、大饼，对爹爹说：“这只属于阿波一个人，让她去分。”

爹爹说：“你长大了，认路了，就做开路先锋，领我回家吧。”

一路上，看到汽车，我不再闭上眼睛。经过后胡，我来到姑妈家，拿出两根油条两只大饼，给表哥表姐。到了泥路，爹爹抱起我，我看着他的“鹅鸭脚”越变越大。

妈妈抱着妹妹，站在泥路尽头的石桥上。“姐姐来了，快快叫。”妈妈对妹妹说。又白又胖的妹妹，额上、鼻上涂着紫药水，像一朵盛开的蚕豆花。她在妈妈的怀里蹬着跃着咯咯笑着，胖胖的双手朝我挥舞。妈妈蹲下来，说“瘌头娘子回来了”，一只手搂住了我，我也搂住了妹妹。妹妹的口水流到了我的脸上，湿湿的，暖暖的。

路边的蚕豆花，睁着一只只乌溜溜的大眼睛，笑眯眯地看着这一切。

屠牛

赵淑萍

书生落第而归，雇一叶小舟，晌午时分到一小镇靠岸觅食。

小镇牛肉闻名遐迩，嫩而且香。据说，方圆百里所贩牛肉均来自此镇。

书生要了一碟牛肉、一斤老酒，独斟独饮，所有烦恼都抛到九霄云外，心情豁然开朗。想着要在此处歇息一晚，书生于是安顿好船家，自己带着醉意在街上胡逛。

渐渐地，他闻到了血腥的气息。

前方屠宰场上，一个膀大腰圆的屠夫，正准备宰一头肥牛。

书生好奇心起，不由驻足观看。屠夫见这读书人有些面生，一下子起了劲儿。——天天宰牛，小镇上的人早已熟视无睹，书生这一眼，让他感到了自己的重要。

牛知道自己死期将至，竟然流下大颗的眼泪，还跪了下来。屠夫一时有些犹豫。

书生看到牛的眼神，不由得想起前些天在贡院，狭小的号舍里，蚊叮虫咬，为防舞弊连捎带的干粮都被切开。赴考场，一次次，他觉得自己就像是去挨宰，无非，是挨命运的宰割。这次，他又被“虐杀”了一次。

书生思至此，再次将目光投向屠夫——那是期待的目光。

屠夫三代宰牛，他十多岁就开始动刀，练了一手好技艺。可是，世人都喜啖牛肉，却从不关心他的技艺，今天就露一手给这个外乡人看看。他熟练地将牛的四肢捆了。然后，用锤子击打牛头。牛挣扎了一会儿，渐渐地没了动静。这时，屠夫拿出一把尖刀，明晃晃，凉飕飕。他一刀刺进牛的心脏，又快又准。牛抽搐一下就不动了。顿时，鲜血如注，地上一片殷红。书生禁不住打了个寒战，醉意全消，却隐隐有些兴奋。

接着，屠夫开始剥皮，分解牛身上的各个部位。他动作娴熟，如入无人之境。

书生想起“庖丁解牛”，感觉自己就是梁惠王，而“庖丁”正为他进行一场美妙绝伦的刀技表演。他看得投入，目光中流露出嘉许。

屠夫剖开牛肚子时顿了一下，原来母牛已怀小牛，胎盘都快成形。怪不得母牛朝着他下跪呢。屠夫的额头上沁出了一层汗，转头见书生正目不转睛、屏气敛神地盯着他，心里一凛，刀子便下去得更坚决了。

当晚，书生依旧叫了一碟牛肉、一斤老酒。但是，他分明觉得牛肉煮得有些老，他甚至怀念起那股新鲜的血腥味来。及至酒酣，他回到客栈，连衣服也没脱，就上床睡去。

恍惚间睡至半夜，有两个青面獠牙的小鬼上门，用铁链拴住书生的脖子，然后押解着他来到一个阴森森的地方。在那儿他看见一个人，有些眼熟，正是白天见到的屠夫。

书生顿时酒醒了大半。

一个面目模糊的判官问："大胆狂生，你可知罪？"

书生蒙了，说："你们是不是抓错人了？"

判官对屠夫说："你说与他听。"

屠夫说："我杀牛时，他在帮我一起杀。"

书生对屠夫说："你血口喷人，我只是在一旁观看，未发一言。"

屠夫说："你的目光唤起了我炫技的本能，我施展全部本事，就是为了表演给你看。"

书生说："确实，我第一次亲眼看到杀牛。"

屠夫说："要不是你来看，我就不会来劲，牛也不会受那么多的苦。"

书生还想辩解，只觉得眼前一亮，像从黑暗里突然走向光明，原来是一面巨大的镜子悬在他眼前。书生看见镜子里的屠夫执刀宰牛。书生还看到自己兴奋的眼神。白天的情景再现，只是没有血腥气息。

书生不服，说："我只是看看而已。论行不论心，难道还要拉我一起来分担罪责？"

判官说："有心便是有罪，亏你还是个想考取功名的读书人。"

接着，两个小鬼把他使劲儿一推……

倏地，书生醒来，见天已大亮，自己一个人躺在客栈的床上，梦中情形历历在目。随即而来的念头，就是赶快离开这个小镇。他去坐船，又路过那个屠宰场，屠宰场已关门歇业。他听路人说屠夫暴毙。顿时，一股血腥气味扑面而来。书生心里慌乱，直奔码头而去。

书生到家，父亲正在长吁短叹："昨晚做了一个怪梦，梦到当年我救过的一个人，说他本想结草衔环来报答我家，可是他昨日在牛肚子里，就被人杀了。"

夏日摇滚

羊白

在所有的动物里，我认为马最具有肉体美。飞驰的骏马，俊朗、飘逸，哪个男儿不喜欢、不心潮澎湃呢？

可是农村里多的是牛。牛的力气大，脾气也好，任劳任怨，我们太熟悉了。

驴呢，介于马牛之间，个头儿最小，样子不好看，叫声难听，但驴耐力好，拉车推磨是一把好手。而且驴个子小，转弯儿灵活，再者食量也小，好经管，用农村人的话说就是皮实。

我七岁时，父亲遭批斗，被罚去饲养室喂牛。饲养室在村外，离村有三里路。考虑到生活起居不方便，也为了能更好地照料牲口，父亲申请后，我们全家搬到了饲养室，与牛马同吃同住，为社会主义农村事业做贡献。

那时拖拉机还少，牛马驴骡可真是重要。父亲尽心尽职，不敢有半点儿差池。

远离村庄，平时我一个人玩儿，没意思，就跟牲口玩儿，看它们如何吃草，如何甩尾巴，如何嘶鸣。

饲养室的后面堆着木头。有事没事，我爱爬上去，在木头上走桥梁。玩得没意思了，就坐在木头上，腿晃荡着，手托着下巴，观察畜生们的一举一动。

牛老实，马俊秀，骡子高大威猛；驴呢，矮小丑陋，起初我并不喜欢。然而，我渐渐地发现，灰突突的驴，却是它们之中最乐观的一位。有事没事它都爱亮嗓子，而且是一声比一声长，一声比一声响，似乎就它嗓门儿大。那时我还不知道有“苦驴”这一说法，就是觉得这家伙精神头儿好，尤其在一个孩子寂寞无聊时，这昂扬的声音就像是号角，在义无反顾地宣泄着什么、反抗着什么。听久了，倒有几分喜欢，其不管不顾的架势，就像后来特立独行的摇滚歌手。那时崔健还没出道，它可算得上是摇滚先锋。

渐渐地，我也伸长脖子，吭吁吭吁地学起驴叫。父亲听到，瞪我一眼，撂给我一句：“闲得没事学驴叫啊！”

从那之后，父亲对我严厉起来，逼着我识字，要我努力，好好学习，天天向上，将来有个好前程。

我心里抵触，却已学会了讨巧。我知道父亲不喜欢我学驴叫，我就当着他的面学马叫，仰天嘶鸣。父亲会兴奋地给我讲一些关于马的典故、成语，什么田忌赛马、伯乐相马、一马当先、万马奔腾、马到成功等等，看我"孺子可教"，父亲很是高兴。

可父亲一走，我就学起了驴叫，有股恶作剧的痛快。

好在母亲不怎么批评我，听见也只是笑笑。有一次，我一本正经地问母亲："学得像吗？"

母亲说："像，像撒欢的小毛驴！"

我得意起来，接着学，直到那头灰驴也吭吁吭吁地应和起来，就像有两头驴在铆足了劲儿开演唱会，似乎把嗓子都快喊破了，可就是停不下来。

难听至极！也爽快至极！

夏天父亲怕我私自去河里游泳，出门干活儿时，会把我锁在饲养室里。马牛驴骡，是我最好的玩伴儿，也算是我的同学。父亲给我讲过一个故事。说一个人知道一个天大的秘密，但他却不能讲出去，因为会招来杀身之祸。那个人被这个不能说出的秘密折磨得难受，最后，他挖了个地洞，忍不住的时候，就把秘密讲给地洞。父亲大概怕我和牲口亲密接触不安全，有一次，他神秘地对我说："驴耳朵里有秘密哩，不要去乱抓。"

他不让我抓，我偏要抓。有一天实在是热，外面知了高声叫，牲口们吃饱后东一条西一条地卧着，眯眼睡觉。我也困乏，却不想睡，突然想起了父亲讲过的故事，心想自己有什么秘密呢？想来想去什么也没有。失望之余，我盯着驴耳朵，精神为之一振。我从木头堆上爬下来，蹑手蹑脚，就像探险似的，有着不可遏制的激动，还有一点点奇怪的恐惧。

牲口们都睡了，饲养室里实在是太安静了，连我的呼吸都能听见。我蹑手蹑脚移到灰驴的身边，我不敢惊动它，跪下来，慢慢地，把我的耳朵贴到它的耳朵上，我是真想听听，它的耳朵里究竟有什么不可告人的秘密。对于我这样的没秘密的小娃娃来说，有秘密总归是让人羡慕的。我凑上去，听了半天，却什么也没听见。再一看，驴的眼睛不知什么时候已经睁开了，它继续躺着，湿漉漉的眼睛明亮地看着我，似乎在说："小样儿，我早识破你了，把耳朵里的秘密藏了起来，你休想得到。"

我有点儿来气，抱着它的脖子，抓住它的耳朵，蹂躏它，用手指去钻它的耳朵，掏耳屎一样要把它耳朵里的秘密掏出来才肯罢休。

驴被弄疼了，它摆头挣开我，站起来，吭吁吭吁地叫了起来。

神秘的氛围，瞬间被打破了。牲口们陆续醒来，外面阳光火辣辣的，父母也回来了，一切都恢复日常。似乎刚才的一切，根本就没有发生，或者被一种奇怪的力量藏了起来。除了我知驴知，不会有人知道我们干了什么。这，如果也算秘密，我要不要讲给父母？

为了证明我不是没有一点儿秘密的小娃娃，我和灰驴一样，选择了把心事放进耳朵里。

当饲养室的门大开，阳光刀子一样射进来。我们相继跑到院子里。在白杨树的树荫下，我踮起脚搂着灰驴的脖子，像是对秘密的掩护，又像是同谋，我们若无其事又郑重其事地继续亲昵着。突然之间，灰驴吭吁扯了一声，然后马嘶牛哞，院子里顿时欢腾起来，有了狂欢的兴奋。

连不善音乐的骡子，也优雅地跳起方步。父亲正在喝水，他目瞪口呆，然后是哑语。因为他的呵斥已经失效，很轻易就被淹没了。我心领神会，扯开嗓门儿抓住时机吭吁吭吁地叫起来……一股不可遏制的力量、造反的冲动，把我们的夏日摇滚推向高潮！

面无表情

穗子

一老一小走进面馆时，我正在等属于我的那碗西红柿鸡蛋面。正午的阳光很好，南京也很好，我举起手机不断调整角度打算把窗外的梧桐拍得更好看，将来回味南京总得有个抓手。

门吱嘎一响时我回了头。老太太绝对是洋气的那种，金丝眼镜，白白净净；小姑娘却是脏兮兮的，像一团灰不啦唧的旧毛线跳了过来，我本能地皱了下眉头。

“白奶奶来了！老规矩，菠菜素面一碗，牛肉面一碗。”服务员给我点面时细声细语的，这会儿居然喊了起来，显然老人家是老主顾。

我的面先上来了，我拿起筷子挑两下的工夫，她们已在我对面桌子坐下。吃面之前先挑几下是习惯，一来散一散热气，二来调和一下味道。我喜欢吃面，但今天不急着吃，明天就离开这个城市，我有一下午的时光可以消磨。

慢悠悠地吃，慢悠悠地看，看这对一白一黑奇怪祖孙。老太太七十来岁，头发是纯粹的月光白，脸庞是精致的象牙白，脱掉米色风衣后高领小衫儿是讲究的雪地白，气场超级强大，让人不敢小视。小姑娘四五岁的样子，头发是乱乱的黑，脸蛋儿是红红的黑，衣服是灰灰的黑。我难于接受这对组合，心里嘀咕起来。

那小姑娘也在看我，准确地说她是在看我的面条，视线随着我的筷子移动着。于是，我故意把面条高高地挑起来，却不急着往嘴里送。停了一会儿，小姑娘意识到我在逗她，便羞答答地把头埋到臂弯里。老太太并不责备她什么，只是说：“别急，别急。”“嗯，我不急。”小姑娘眼巴巴地盯着老太太的脸，乖乖地坐着，然后又把目光转向了我的面，仿佛不由自主。——看样子她是真的饿了。这么逗一个饿了的孩子确实不厚道，我开始正经吃面。

老太太拍了下孩子，小姑娘才把视线收了回去，看到是自己的面来了，脸立刻绽放成一朵向日葵。筷子终于有了敲响碟子以外的实际用途，小姑娘先是向下一低头，再抬起时嘴里已经塞满了面条。“慢点儿，别噎着！”老太太终于结束了自己用湿巾反复擦筷子的斯文，侧过脸问道：“好吃吗？”

“好吃，真好吃！”小姑娘又往嘴里叉了一筷子，后面几个字裹着面又让她给吞了进去，可到底是噎着了。老太太放下筷子急促地拍她后背：“急什么，一大碗呢，不都是你的？我是怎么跟你说的来着？优雅，优雅！”小姑娘憋得脸的黑气更加浓重，好容易咽下这口面后，才瞅着老太太的眼睛甜甜地说：“奶奶，我这就慢点儿吃。”

“你孙女儿真可爱。”我已经饱了，开始搭话。

“是。”老太太象征性地看我一眼，把手里的筷子伸进了面碗，边小口吃面边盯着小姑娘：“我都跟你说多少遍了？牛肉要一块儿一块儿吃，嚼烂了再咽。喝汤时不许那么大声儿。再不听话就不领你来了。”

“奶奶，我听话！”小姑娘急忙表态，“奶奶你真好，我爱死你了。”

老太太的脸上有了笑意，开始一根面一根菠菜地吃着，小姑娘也一根一根地吃。祖孙俩不时对视一眼，都笑吟吟的。多有爱的画面！我打开手机，把拍照声音消掉后偷偷拍了一张。

等碗见了底儿小姑娘也打起了嗝儿，老太太把小姑娘从椅子上拎起来，抚了几下她的肚子，说道：“出去遛遛吧。”看着孩子走出去，她还没忘了拿湿巾擦手。

既然有洁癖，为啥不好好把孩子侍弄干净？我不理解。

小姑娘走出去后老太太才把头转向我，面无表情：“哪里是我孙女儿，没那个福哟！小美是小区保洁工家的孩子，住楼梯间，弟弟刚出生不到半年，两个姐姐都被送回农村老家养活了。”

如果我像小美一样大，我也会说“奶奶，你真好，爱死你了”，眼下我只能注视着这个发光的老人家，微笑致意。

我低头把一百来张出行照片都翻看了一遍并在手机上编辑好后太阳都快落山了，老太太和小姑娘不知什么时候不见了。我把手机里的那一老一小的照片拿给店员看时，她也面无表情。

“白奶奶的两个孩子都在国外，去年老伴儿去世了。她每到中午都在街上转悠，找肯跟她一起吃面的人，吃完再坐上半个下午，一天差不多就过去了。她带过来吃面的人有百来个了，清洁工、农民工、流浪汉……带小美来的次数最多。”

在班车上看书的女孩

胡弃暗

你在这座被称为世界工厂的城市念完大学，然后进了一家世界五百强企业，负责企业文化和员工培训。

跨国公司很守规矩，严格遵照劳动法安排职工作息，只不过，你每天实际待在公司的时间远远超过八个钟点，却不算加班。自然没有哪个员工敢跟公司较真儿。上面总有合法合理的说辞的。较真儿是自讨没趣，弄不好还会把饭碗给砸掉。总之，这份差事既刻板又累人，一天撑下来，你就像车间里的机器，头脑发烫，四肢无力。

打过下班卡，走出办公楼，即便是昼长夜短的夏天，也只能与暮色撞个满怀了。你上了公司接送员工的班车，拣了个靠窗的座位坐下来，将疲倦的脑袋靠在钢化玻璃上。

窗外，刚睡醒的街灯多米诺骨牌似的迅速挨个儿放出黄灿灿的光芒，像千万根麦芒同时扎在脸上，让人本能地想躲，又来不及躲，也无处可躲。你神经紧了一下，又慢慢松弛，产生了恍如隔世的感觉，仿佛漂浮在光的海洋里，远近混沌一片，什么也看不清，目光便软得荡了下来，整个人慵懒到极点，连脉搏都懒得跳动，就想静静地蜷缩在角落里，尽力忘掉自己的存在。

一如往常的下班路上，忽然下起了无声的细雨，斜斜的雨丝密而直，孜孜地编织着无法定型的网，却将街灯的光线濡得化开了。暮色更浓了。你像是生了一场没有名字的重症，无论天空还是雨水、黑夜抑或光芒，都无法唤醒你的心脏，注入对于美好生活的憧憬。你有点儿破罐破摔的意思了。

你缩到最小，像只小刺猬，不愿受任何打扰。可是，偏偏有人碰了一下你的胳膊。只是轻轻碰了一下，并没有碰疼你，你却非常生气。从什么时候开始的，你变得如此暴躁、如此难以相处？

你转过头，恶狠狠地瞪了碰你的人一眼，恨不得在她脸上再挖出两个洞来。

是个女孩。不知是不是光线暗的缘故，她面色黧黑，一副孱弱可怜的模样。但你没有同情她的意思。你同情她，谁来同情你？“老师。”她细细的嗓音有些发颤。

你愣住了。是在叫我吗？你努力搜检记忆，却没有想起她是谁。

她告诉你，她是你培训过的一个操作工，就在一个月前，她刚进公司的时候。

她说讲台上的你气质动人。

她说她打心眼儿里把你当成一个和蔼友善的大姐姐。

她说是你使她对公司建立了最初的好感。

她始终面带笑容——那么怯弱的笑容。

你依旧没有记起她。你培训过的操作工太多了，她不过是几千人中的一个，你怎么可能记住她？但你开始感到歉疚，为刚才敌意的目光。

你注意到她手上翻开的书，16开的纸张。你问她在看什么书。

“计算机一级辅导书。”她说，接着连声赔礼道歉。

她说她不是故意要打扰你的。她今天上车晚了，没占到靠窗的座，只能坐在内侧，车厢里没开灯，她要看书，只能尽量往窗口靠，好借窗外的路灯光，一不留神就碰到你了。

你有一阵子说不出话来。她以为你还在生气，便轻轻为你揉胳膊，胆怯地问：“老师，刚才撞疼你了吗？”

你捏了捏酸酸的鼻子说：“车上颠簸，光线又差，这样看书对眼睛不好。”

她告诉你她住在十人一间的宿舍，大家白天在生产线上憋坏了，下班回到宿舍就叽叽呱呱拉拉扯扯，闹腾个没完，实在看不了书，只能抓紧在车上的二十多分钟。

你抓过她为你揉胳膊的手，握了一会儿说：“不要怕，我没怪你。你多大了？”

“十六。”她说。

“为什么没上大学？”

你原以为她会说家里穷，供不起她。

“中学时候就知道贪玩儿，跟着男生们疯，现在就只能做操作工啦。”她望着你的胳膊低声说。

你捏了捏她的手指，说：“其实都一样。”

她叹了口气，笑着问：“姐姐你相信命吗？”

你寻思该怎么回答，她兀自说了下去：“我不相信。我虽然现在只是个操作工，但只要勤奋用功，就不可能永远只是操作工！”

她改口叫你姐姐。她跟你谈命。你感到有股看不见的液体缓缓流进了身体，如同露珠滑过枯涩的草叶。你恍如真的做过谁的姐姐，还挺享受这种感觉。

在昏暗的车厢里，握着彼此被生活摆布得麻木的手，你的心头绽放出同病相怜的情愫，如同初春的花朵，心领神会地吮吸着寒风暗送的暖意。

她说她不信命，吧啦吧啦表了一通决心，口气是那样毋庸置疑，那样肤浅单纯，中学生作文的调调儿，使你忍不住要发笑，笑意却被感动堵在了嗓子眼儿。

她有什么可笑的呢？不通世故吗？可世故给你带来了什么？

她的眼睛清澈明亮，如同星辰，你的却幽暗如夜空。你很肯定，如果可能，你愿意成为她。

“来，”你柔声对她说，“我们换个座位。”

一个烧水壶和一屋蟑螂的遭遇

七里老塞

下午1点左右，这只烧水壶被一只男人的手握起，接水，放到烧水器上。电把烧水器的电热丝烧得滚烫，电热丝把水壶的屁股烧得滚烫，水也跟着滚烫了。

男人的手又把这只水壶握起，要给一盒方便面加水。突然，方便面盒下的桌子被一只女人的腿踢开了，方便面没站住，摔地上了。而水壶里的水没有料到有这个意外发生，原本即将与方便面合二为一共同升华为食物的水失去了升华的配方，不得不从半空中继续往下走，直到遇上硬且脏的地板，纯洁的形象瞬间破碎了。其中一部分水似乎不愿与地板为伍，从地板上跃了起来，却没多高，在重力影响下摔了下去，画出无数的弧线，其中一部分弧线的末端正好是男人的脚面。很快，男人的脚面上起了一个泡，不过，在起泡之前就爆发了一声惊叫。

接着，烧水壶被一股突如其来的力量甩了出去，一面正在掉漆的墙挡住了它的去路。这墙上记着很多数字，有买菜、米、油、煤气等等的钱数，还有买酒的钱数，以及几个能找到不同耳朵的电话号码，不一而足。烧水壶撞墙受了伤，被撞的地方凹了一块，水壶稍稍回弹了一小段距离，也在重力影响下摔了下去。这条弧线的末端是一些空的啤酒瓶，若是过去且没有这意外，这无辜的啤酒瓶必能通过女人的手在废品站实现最后的“瓶生”价值，而此时只能成为死无全尸的冤魂。

烧水壶落地有声，但被另外两个激烈地纠缠着的高分贝的声音给淹没了。其中女人的声音对这间狭小的屋子来说有些陌生了，很早以前都是低分贝的甚至温柔里带些甜美，之后才慢慢地有了变化，好似墙面慢慢地变得粗糙而丑陋了。

壶里的水从壶口解放了出来，肆意地在地面上奔跑，遇着垃圾也不绕道，比如彩票单、烟头、花生壳、宣纸团等等，遇着臭袜子就正面攻击……那些猝不及防的蟑螂就遭殃了，空长了那么些腿，也没跑过那无腿的水，最后葬身滚烫的水中。对这间小屋里的蟑螂来说，这样的灾难怕是头一回，值得载入史册。

滚烫的水仍在扩张版图，突然源头出意外了——烧水壶被男人的脚空运到另一个角落。壶又受了重伤，失去了原来的丰满。这壶像醉汉一般趔趄着，最后却稳稳地立住了。只是壶里的水怕是没有机会重获新生了，纵使有一轮烈日，但壶距阳光还有一只拖鞋的距离，也难以阳光升华了。

机会来了，一只脚过来了！不，两只！哦，三只，是三只，其中两只像麻花一样扭在一起！马上就能把壶踢翻了，还有30厘米！哦，两厘米！好快的速度！唉，可惜又快速地朝另一个方向去了，就差那么一点点。最后，水壶被一个原本居高临下的装满东西的纸箱打翻了，被纸箱死死地压在地上动弹不得，壶里的水趁机出逃。被一同压住的还有好些无辜的蟑螂。

四只脚在地面上不断地变换着站位，看不出任何功夫门派，有时其中一只或两只在空中画着毫无章法的三维线条久久未能落地——这绝不是抽象主义或立体主义画派的风格。有时替而代之落地的是一只或两只手掌。蟑螂们避之不及。四只脚同时在空中的情况也是有的，只不过脚掌通常不是朝下的。这些无处安放的脚和手掌以大胆而狂放的方式持续挑战着现实，似乎发誓要在这间狭小的屋子里完成一幅惊世之作，从此一鸣惊人。

平时安居乐业的蟑螂们，此刻早已慌了神，刚才在滚烫的水中逃脱的幸运者以比网络还快的速度向同胞们发出危险信号，各种声响、动静、从天而降的“炸弹”让它们惊魂四起，落荒而逃，它们宁静的生活从此被搅得不再安定。这局面虽然不是没经历过，但来得有些突然。

有些蟑螂通过门底缝逃了出去，却遇到一些匆忙的大脚。在这些大脚下，有幸运者，有不幸者。

接着，门口传来咚咚咚的拍打声。

屋里的战乱没有因此而停歇，又持续了一分钟。伴随着一声巨响，门开了。

干什么呢?！又干仗?！阿芳，你不是走了吗？这种人你还回来可怜他干吗？酒鬼，你到底是不是画家？中彩票了？再不交租就给老子滚！

岁寒三友图

行吟水手

作为乡间小镇懂文墨的人，石丑松、乔雪竹、庾瘦梅这三人以辞章书画闻名，但皆困于礼镇这块弹丸之地，声名不出闾巷，沦落市井，与引车卖浆者流为伍，过着并不“写意”的日子。在礼镇人眼里，只能算落魄的小文人。

石丑松跟他的名字一样，长得很丑，怎么看都不像个诗人，但他偏就是个雅人。石丑松这个诗人，书画并非其长项，诗词乃本色当行。他在院角筑一茅屋，在屋子前后栽植了菊花，为茅庐取名“菊斋”。每年菊黄蟹肥时，石丑松都要邀请乔雪竹和庾瘦梅前来赏菊，诗酒雅集。螃蟹他们是吃不起的，三人就以水果下酒，其乐融融。石丑松除了闲暇时读读书，写写诗，大多时间，他都得去街上卖水果。说得风雅点儿他是个诗人，说白了其实就是个果贩。石丑松一年三节不是在乡下买水果，就是在礼镇大街上卖水果。他的水果品种多，也新鲜，够斤两，价格公道，老少无欺，生意还不错。一家人每日糙米青菜地过活，亦说得过去。

石丑松一年里最得意的日子是元宵节。元宵佳节，春宵赏灯之会，百姓云集，诗谜书于灯，映于烛，列于通衢，任人猜度。出谜者，正是石丑松。当晚，礼镇耍龙舞狮之后，接下来就是公众猜谜的时间。那些写在纸灯笼上的灯谜，全是石丑松自拟的。各种灯谜中，他尤其喜爱出字谜。“春雨喜独眠，什么字？”石丑松信手拈来。大家在纸上、手掌上划拉着，和左右的人展开讨论。最后，无解。石丑松孩子似的哈哈大笑，讲开了：“有雨肯定没太阳，所以春无日。独眠，说明无夫。‘春’去掉‘日’、去掉‘夫’，答案不就是个‘一’字吗？”大家“哦”一声，恍然大悟。石丑松颇为自得，开心得不得了。

乔雪竹在礼镇开了家纸火铺，专卖丧葬用品。那年头，天灾人祸也多，可不少死人，生意勉强还行。他幼时临过《多宝塔感应碑帖》，几十年断断续续练下来，写得一笔好颜体。礼镇人不大懂书法，只是觉得乔雪竹的毛笔字写得很“黑”，像那么回事。他和石丑松、庾瘦梅是知己。他的字，那两人都认为一笔一画稳健圆融，火气尽敛，有简静、和雅之气。

乔雪竹一年中总有那么几回被礼镇办喜或者举丧的人家请去，替他们写婚联、挽联。那些人家觉得婚联或挽联毕竟代表了自家的“门脸”，是马虎不得的，便将乔雪竹请到家里去。待他净手后，敬上香茶，这才告诉他有哪几个房间须配上对联。这些规矩，其实乔雪竹都懂，是不须吩咐的。乔雪竹在现场研墨展纸，略一沉吟，便笔走龙蛇，所书内容，深得主家首肯。写毕，他看着主家将上下联贴妥当了，就朝主人拱拱手，扬长而去。随后，主人家便让帮佣给乔雪竹提一条鱼、端一碗梅菜扣肉，外加一坛老酒送过来。乔雪竹客气一番，收下了。红白大事，替人帮忙写对子，是不好收润笔的。当晚，他便邀石丑松、庾瘦梅前来一叙。

庾瘦梅的父亲是个乡间画匠。庾瘦梅幼承家学，并广学博览，到他父亲去世时，弱冠之年的他已经青出于蓝，画得有模有样了。庾瘦梅人到中年后，主攻画梅。他笔下的梅花，枝干瘦硬峭拔，风标独树，凸显出梅花的清奇冷峻，有空里疏香、风雪山林之趣。他在居室一壁画上梅花，取名为《梅香图》。画上由老友石丑松作诗，乔雪竹题字，写的是：“适才雪猛扑小窗，忽而无风也无浪。君有梅花我有诗，若有若无一缕香。”只是，靠画画，挣不了多少。他家开着个杂货铺，或多或少，也能弄俩钱，日子过得不咸不淡。

早些年，庾瘦梅初次去州里进货，干了一件长脸的事。却说那日，他初到州城，人生地不熟，随身行李雇请一个挑夫挑着，去找旅店。谁知刚进城门，挑夫三转两转，就不见了踪迹。一般人遇到这样的事儿，不是着急上火，就是自认倒霉。他倒不慌，借来一支画笔、一张白纸，唰唰几下就将挑夫的相貌画了出来，然后拿着画像去了警察局。很快，那个挑夫就被捉拿归案，庾瘦梅拿回了自己的行李。

这年，适逢灾荒。到了年底，大家的日子都不大好过。一天，三人便在一起商量：“快到年关了，咱们合伙卖一次春联和年画，赚他几个钱也好过年。”石丑松主动包揽了卖年画和春联的活计。他说：“弟既不能书，又不能画，抛头露面早成习惯，就由我负责到大街上去售卖，你二位坐等分钱即可。怎么样？”那两个都同意。于是，从乔雪竹的纸火铺拿来纸张，由石丑松动手裁成大大小小可供书画的尺寸。乔雪竹与庾瘦梅便提笔蘸墨，在上面写写画画。石丑松帮他俩在一旁抻纸研墨。三人忙得不亦乐乎。

不几日，到了该卖春联、年画的时候，孰料，石丑松起夜时一脚踩空，崴了脚，脚踝肿得老高，只能躺在床上。春联和年画是不能积压的，得及时卖掉，若留到明年，日久褪色，就没人要了。没法子，乔雪竹和庾瘦梅只好硬着头皮，在大街上摆了个地摊，又拉起一道绳子，挂上了书画。卖字画这活儿他们还从来没在大街上干过，站在大庭广众面前，他俩觉得蛮不好意思的。就这样卖了三天，到了农历腊月二十八下半晌，天下起了雪，那些春联、年画总算卖完了。一算账，除去乔雪竹的纸墨钱，还真赚了几个。看来，能勉强过个年了。晚饭前，乔雪竹和庚瘦梅将赚来的钱钞均分为三份，顺便在街市上称了两斤猪头肉，打了一葫芦酒，冒雪去了石丑松家。

两人进了“菊斋”，石丑松正对着冷清清的屋子发呆。乔雪竹和庚瘦梅将属于石丑松的那份钱交到了他手上。

石丑松愣住了。

“丑松兄，脚好些了吗？这点儿钱，是卖书画赚来的，明天让嫂子去购置些年货吧。”乔雪竹说。

庚瘦梅扬了扬手里的酒肉，笑着对石丑松说：“丑松兄，让嫂子快把火炉子捅开，添点儿炭，一会儿咱哥仨好好喝两杯。”

酒过三巡，石丑松的眼圈渐渐发红，说：“二位老兄，你们一来，我一下子有了精气神。弟有个不情之请，过会儿，咱们合作一幅画，瘦梅兄主笔，我出句，雪竹兄题写，就叫《岁寒三友图》，可好？”

“松竹梅岁寒三友，正好对景！”

“妙极！”

屋外，大雪飞扬。

大债主

罗俊士

柳家分灶是在生产队解散的第三年。柳大柳二柳三柳四都有了媳妇，媳妇在家侍弄责任田，男人外出打工，钱越攒越多，小日子过得蛮滋润。

柳五在工地每天能挣两元钱，辛苦了四个多月，中秋节前揣钱回家，点出一百元给爹，撺掇他养羊。

柳五说："我在山区打工可算开眼了，那些羊群大呀！比天上的云朵还稠，简直密不通风！"

那时一只小羊十元，柳爹不舍得零花一分，买了十只小羊。渐渐地，小羊长成了大羊。羊生羊，羊成群，柳爹索性把责任田转包给近邻，当起了专业羊倌儿。

柳五体格壮实，却不愿吃苦，当小工两年多就不干了，转头去市技校学裁剪。学员几乎全是女的，俩月不到，柳五就有了女伴儿。每当生活费捉襟见肘，柳五就坐长途客车回老家蹭柳爹。柳爹最疼爱这个老小，卖几只大羊，一分不留，全塞给柳五。柳五兜里鼓囊囊，脸上的笑意也鼓囊囊，临走不忘重复那句话："这个世界上，最亲的人是爹。"

柳爹花光手头儿的积蓄，还从亲戚邻居手里借了好多钱，把那三间土屋翻盖成了五间青砖红瓦房。

办罢婚宴，柳爹眉头紧蹙。柳五一脸不耐烦："羊能抵债，有人讨债的话，你就让他们牵羊。"柳爹真就让讨债人一只接一只往外牵羊。

柳五媳妇分娩了，是龙凤胎。柳爹放下电话，乐得直蹦高儿，冷不防被门槛绊倒，骨碌到六层台阶下，导致那条好腿脚踝骨扭伤。老伴儿不在家，去市医院伺候老四媳妇生二胎了。柳爹蹦跶着那条瘸腿，去小厨房烧水。水烧开，泡了一包方便面。吃罢方便面，给老五打电话，让他买些羊草送回来。

柳爹打电话有个特点，把要说的事情反复酝酿，压缩到一句话才摁号码。电话通了，他说："那啥……"绝对不超过一分钟，末了崩俩字："就这。"撂下电话，他自言自语道："老五总是罗锅子上树——前（钱）紧，干吗要给家装电话？说句话就得扔几毛钱，每月还得预交五块钱座机费，忒浪费了。”

清晨，柳五带回一对拐杖，笑嘻嘻地说：“龙凤胎有了，我们租赁的服装门市部也快装修妥了！”

柳五打开圈门说要去放羊，出门就把大羊一只不留全卖了。

“钱呢？”柳爹把手伸得长长的，“你把卖羊的钱给我！给我！”

柳五没给他钱，反倒阴冷着脸说：“媳妇做剖腹产手术、吃药、打针输液、婴儿护理、住院费……哪一项不得花钱？再说了，服装门市部即将开张，办执照、买缝纫机、买锁边机、招人、进料……钱少了能中？”

柳爹只得自己掏钱又买回羊来放养。柳爹耳闻目睹羊羔儿们整天嘶哑着嗓子“咩咩咩咩”呼爹喊娘，像喝了一大碗山西老陈醋，心里酸不溜丢的。

柳爹爱把放羊比作滚雪球。这不，数月后，羊群又滚大了，柳爹俨然赶着一大片白云。

柳爹多了个心眼儿，隔些日子，就卖两只羊，把钱藏进活期存折里。

柳五再回来，是骑着摩托车进家的。那辆“新大洲”响声忒大，邻居见他“嗵嗵嗵嗵……”来去一溜烟，连句客套话也不说，就都懒得搭理他，却不忘拿白眼扎他。柳五察觉别人的眼脸不对劲儿，自个儿心里也不是味儿，这才一反常态，见人就停车递烟，说：“吃了没？”“下地去？”“今儿天儿真热呀！”净是些没盐味的淡话。

柳五回来就干一件事，卖羊。卖多少大羊，柳爹总是落不着钱，气得直跺脚：“强盗！横鬼！老五你闻闻自个儿，还有人味儿吗？”这话他只在心里说，当着老五的面，照旧唯唯诺诺，一副谦卑相。

柳娘奚落他：“当面不说，背后乱说，你这是窝囊。”

柳爹说：“你不窝囊，咋不当面指责老五几句？”

柳娘说：“你等着，老五哪天回来，看我不数落得他脑瓜疼，骨头也疼。”

老五又回来了，柳娘嘴皮子张了几次，一句责备的话也没说出来。老五走后，柳娘戳指起了自个儿脑门儿：“啧啧啧啧……码好一大摞话，见到老五，我咋一句也想不起来了呢？”

柳爹说：“你那是缺乏勇气，也可能老五太霸气，把你唬住了。”

一晃十几年过去，柳五再不跟老爷子要钱了，因为他有钱了。他退掉租赁的门面房，转而在城边买间旧房开了个“超远制衣有限公司”，并且买了辆小轿车，存折里仍有数十万。

有时，响晴的天，呼隆隆就响雷下雨，雨大如瓢泼盆浇，还夹杂着乒乒乓乓的冰雹。这不，柳五媳妇患胃癌，到南北二京做手术数次。柳爹的活期存折拿出不久，柳五媳妇病殁了。

柳爹鬓发霜染，还在放羊，“喔！喔！喔……”那声音不像喊羊，倒像一个暮年人在啼哭，如泣如诉。

入冬后的一天清晨，柳五坐一位羊贩子的加长带棚三轮车过来了。羊，不论大小，全部装车。钱，一如既往，柳老爷子没见一张。羊价涨得惊人，老爷子的衰像也惊人。

转年秋末的一天夜里，柳老太太打来电话：“老五啊，老爷子饭量大减，走路老哆嗦，还跌过两跤，幸亏没有骨折……你赶紧回来看看吧！”她给另外四个儿子有的打过电话，有的当面说过，可他们硬是不当回事。四兄弟暗怨二位老人太偏袒老五，所以举凡二老有麻烦事，尤其生病，都拼比着往后躲。

拉柳老爷子去县城的路上，司机全神贯注地开车，柳五攥着老爷子的手，不敢松开一秒。老爷子一直唉声叹气。进到县医院，做罢检查，老爷子还在唉声叹气。直到住进病房，他那张遍布核桃皱纹的脸上才有了笑颜。柳五打量着老爷子，打量了又打量，禁不住打了个寒战：“看来，欠的债，终究要还的……”

分手时

郭建朵

陈来已经下了决心，他不想做我男朋友了。他说他不是我男朋友了。他希望不再是。他说“结束了”的一瞬间，我仿佛一脚踏空，掉进一个深不见底的黑洞。那一刻，我想，怎么办呢？我没法爬出去了，我将困在这里，我一生的幸福就要毁在这里。就像农民烧荒，火熄了，留下一堆灰，在黑洞里，我的幸福也将变成一堆灰。

这个突然的打击让我痛不欲生。但是，当“突然”两个字从我嘴里吐出来时，陈来跳下了他的自行车。两分钟前，他就是在自行车车座上对我宣布“结束了”的，他可能原本打算说完了就溜。

他说：“怎么能说‘突然’呢？一点儿也不突然，我老早就暗示过你。”我们站在一个免费开放的公园门口，知了叫得欢快，滚烫的水泥台阶上落了几片被太阳烤焦的树叶。穿着灰绿色短袖汗衫的陈来把自行车往前推了两步，把它停在绿化带边上的阴影里。我一屁股坐在草地上，他在我面前踱来踱去，时不时抬一下手，把它举过头顶。

“像你这么敏感的人，一个第六感像狗鼻子一样灵敏的人，我不相信你没有听出我的意思。”他像一个司机对着额头被前座靠背撞出包块的乘客为自己辩护。司机说：“怎么是急刹车呢？我一直在减速，最后才停下来的。”他觉得自己做的是一次堪称完美的、稳妥的停靠。

我渐渐想起来他给过我什么暗示。大概两个月前，那天下午，在陈来的住处，我们像以往那样把淡蓝色的窗帘拉拢，让屋里变得暗漆漆的。我们吃完一只西瓜，在床上四仰八叉地躺着。我们每次见面都是这样躺着，好像这是我们唯一可做的事情。他盯着天花板，忽然叹了口气。

“怎么了？”我转过去，用手轻轻抚摸陈来的头发。我想八成是他又想起了自己那点儿少得可怜的工资。在我问第二遍的时候，陈来抓住了我的手。他的手劲儿很大，同时我感觉到他又习惯性地开始抖腿。这让我觉得他肚子里可能又在酝酿一个大计划，或者又有什么好消息要宣布了。他要升职了？他的设计作品得了奖？我盯着他的眼睛，等着他开口说话，可是，我听到的是他又一次的叹气声。他把脑袋凑过来，贴着我的耳朵说："如果哪一天我不跟你在一起了，你不会发疯吧？"

"哦。"我忍着胃部的一阵绞痛，告诉他我想起来了。我问他："是不是那时候就开始了？"那时候他就遇到了那个人。那个人，他觉得可以在一起过一辈子。

陈来说："是的。我们开始有一段时间了。我不是故意瞒着你，我是怕你接受不了，万一你想不开……"

一定是他说的"开始有一段时间了"给了我刺激。我觉得胃痛好一些了。不应该胃痛。我想。至少，不该在他面前表现出"哪里不对"。我打断他说："有什么想不开的呢？"我好像谅解他了。看起来是这样。像田埂上一个暴跳如雷的男人，在别人的一支香烟、几句话的解释之后，逐渐平静下来。我的善解人意让陈来感动极了。他说："你真的没事吗？"他可能想起了一座火山，想起了它喷发前的平静。我笑着（勉强咧开嘴巴）说："没事啊，能有什么事？"陈来终于吁了一口气，他说这下他放心了。

他踢开支着自行车后轮的架子，拍拍车座，准备跨上去的时候，我说："那么再见。"不是普通的再见，是再也不见。我们身上都透出一股奇怪的兴高采烈。我希望他泼一盆水浇灭我这样的"兴高采烈"，我希望他说："再见个头！"可是他的眼睛分明亮晶晶的。他说："记住，明天开始好好工作。"我说："是的，我要努力工作。"

但是到了半夜，我还是忍不住拨了陈来的电话。他很快接起来，语气里没有半点儿惊讶，好像他熬这么晚，就是为了等这个电话。我哭着问他为什么，为什么认为我就不能跟他过一辈子。他失望地说——是他告诉我他很失望——"我就料到你会这样，我就知道你跟别的女人没有什么两样。"

但是他告诉我主意已定，不会改变了。

"我知道你会难过，毕竟我们在一起三年了。我也难过，但是有什么办法呢？"他说。

"可是没有你，我会活不下去。"以前在哪部电视剧里听过的话，现在被我讲出来了。

"愚蠢。爱情算个屁！你想想，每 0.1 秒钟就有一个人在向另一个人表白，每 0.1 秒钟就有一个人在向另一个人倾诉他的想念，爱情算个屁！"陈来在电话那端咆哮着，然后他说，"好了，就这样。睡觉。明天还要上班。"说完，他把电话挂断了。

可是我没法睡着。看着窗外渐渐变亮，我决定坐第一班公交车去找陈来。敲门时，我那几根屈起的指关节犹犹豫豫，显然没了之前那样的理直气壮。我想，那个人会不会在他那里？万一那个人在他床上，我该怎么办？

陈来开了门。他没有说“你这么早”，也不恼怒——因为我打断了他的美梦而恼怒。我害怕看到的一幕没有出现，没有那个人，房间里只有陈来。

他说：“你到底想怎么样啊！”他一脸无奈，睡眼惺忪。我想这都怪我，晚上不让他早睡，清晨又过早把他吵醒。

我说：“不想怎么样啊！”我向他道歉，我说：“昨天晚上我的表现太糟糕了，我不应该这么自私，我应该支持我爱的人去爱他想爱的人。”

陈来抬起头看我，他无奈的脸上现在又写满了迷惑。他说：“你到底在搞什么名堂？”

“没有啊，没搞什么名堂。”我紧挨着他坐下来。我向他保证，我会按他希望的去做，我会像他希望的那样，只做他的朋友。如果他愿意，我们还可以像以前那样——上床，只是，我不再是他的女朋友。

我的话让他如释重负。他低下头开始吻我，我也吻他。我们都有点儿迫不及待，但是一切还没开始，我又哭起来。

他说：“算了，你做不到的。”他说我做不到只把他当朋友看待，做不到心平气和度过在一起的每一分每一秒。

我哭着说：“我能做到，给我时间。”

他叹着气说：“你做不到的。”

我真的做不到，因为我马上跳起来，抓起书架上的镜子，把它狠狠地摔在地上。在他的“你疯了吗”的质问声中，我捡起那面满是裂纹的镜子，又一次朝地上摔去……我想我一定要把它摔得粉碎，直到确信没有人可以修复它，没有人能把它拼回原状。

无处可登临

马静

庄晓频在西安读完大学后就留在了西安，每天上班下班都要穿过城中的古城墙。

每次进出城门洞的时候，庄晓频都会有在历史里穿梭游走之感，仿佛自己是一尾在现实与梦境中游弋的鱼。

她对花朵悄悄地说："总有一天我要去城墙上看月亮。"

登城墙是件异乎寻常的事，总有机会去，庄晓频就拖着一直没去。因为没去，就常常挂念着，想得多了，就很自然地成了一份执着。

花朵是一条鱼，养在庄晓频案头的鱼缸里，像朵水里开放的花朵。

庄晓频不是鱼，也不是鸟，她的星座是摩羯座，摩羯座的女孩都是想环球飞行的热气球。星座书上都是这么说的。

庄晓频把心事说给花朵，花朵没有一点儿热切的反应，摆摆尾，继续吐自己的泡泡。她有点儿不甘心地把想去城墙上遛弯儿的想法也告诉了谢缅。

谢缅是办公室里的隐士，平日不声不响，一副城府很深的样子。只有庄晓频知道，他其实也有深藏不露的烦恼和快乐。两人私交不坏，在单位里，庄晓频愿意什么话都告诉他。

谢缅听了庄晓频的话，也不发表意见，故意带着坏坏的笑，压低声音哼《空城计》里诸葛亮的唱段："我站在城头看风景，耳听得城外乱纷纷……"

庄晓频笑着回应他，心里七上八下地做着自由体操，一句话整装待发却总是不能脱口而出："我是要和你一起去的。"

这时，庄晓频如醍醐灌顶，明白了自己一直要去城墙而迟迟不去的原因，原来自己是在潜意识里给自己安排了一个仪式。

仪式不是一个人可以完成的事，相思倒是一个人的相思。

庄晓频不得已承认了自己是暗恋谢缅的，她爱着这个北方的男子，就像她爱着这座北方的城。这暗恋有一个庞大的载体，就是城墙。每天穿过城墙的时候她就仿佛在亲近一个人。

庄晓频要去城墙的想法，没有在谢缅的面前第二次提起。或许，他把那当成一句小女子的傻话早都忘记了吧。

要知道，我们说过的那么多话不过是落叶残花，从耳边过去谁还认真计较？但也有例外，就有那有心的人喜欢捡一枚被秋色浸透的银杏叶做书签，不让它在泥土里腐化。

于是，就有一天，下班的时候，谢缅叫住庄晓频，说：“晓频，一起走，我们一起去登城墙吧。你不是一直想去吗？”

庄晓频听了，心里咯噔了一下，像单车正好好骑着呢就突然掉了链条。她想哭。

其实他们两个已经有好长的一段日子没有说话了。在没防备的情况下，谢缅突然主动地来和她说话，约她去玩儿，让她措手不及，不知是喜是悲。

本来关系极好的两个人，不知什么时候，突然就互不搭理了，也没有什么理由，就是有理由也说不出口。也许，熟悉到一定程度就要陌生了。

刚开始冷战的时候，其实倒蛮好玩儿的。毕竟在一个单位，谢缅要有事情对庄晓频说，就跑到庄晓频桌前看花朵，把要说的话对花朵说。庄晓频在一边捂着嘴巴笑。

笑过了，却感到涩涩的。庄晓频想，如果我真不理睬你了，你还能这样不在乎吗？便当真虎了脸，不留一丝笑意给谢缅。于是，两人后来就彻底不来往了，遇见了脸一歪，各自走开。

许多天不说话，两个人都生疏了，预热也应该有个不长不短的过程。所以此刻两个人重新搭话时，客气了许多，都显出些傻相了。

从单位的楼梯上并肩下来，他们边走边说。因为并排，互相也不看对方的脸，所以都节省着表情，所以让人感觉他们在矜持着。

等出了单位了，庄晓频才淡淡地说：“不想去了。城墙天天都要在眼皮底下过几遍，看也看腻歪了。”

谢缅感到奇怪，笑道：“这么说来，你倒是一个喜新厌旧的人了。你是随便说说，我却当了真。”

庄晓频发急道：“你若是真的当真，也不会当我是随便说说了。你说我喜新厌旧那更是没有道理。你倒是把什么是旧什么是新指给我看啊！”

谢缅沉默了一下，说：“庄晓频，我道歉。”

谢缅叫庄晓频的名字的时候语气很温柔，像一双温暖的手。庄晓频低着头，其实她特别想抬头看他的眼睛，还想用指甲掐他。

庄晓频平静下来，悠悠地说：“在西安，我最幸运的就是认识了你，我最痛苦的也是认识了你。”

她说着说着，很明媚很阳春三月地笑了起来。她顽皮地审问谢缅：“说，你为什么要带我去城墙玩儿？我为什么要和你去啊？”

谢缅夸张地叹了一口气，有点儿快活，有点儿无奈地说：“以后就没有机会了啊！你难道不知道吗？我就要结婚了啊！”

庄晓频没听清楚，大声嚷嚷着：“什么？你要结婚了？”

等确定了这则喜讯，庄晓频淘气地用脑袋顶着谢缅的后背，说：“喜糖拿来，喜糖拿来。”

她知道自己这个样子一定很反常，可是她只能躲在谢缅的身后，顶着他，不让他看到她的表情。

她知道，自己心里的城墙已经顷刻塌陷了，成了废墟。

在街上疯了一阵子，庄晓频突然毅然地一摆手说：“你走吧，新郎官，去陪你的新娘子去！”

两人分手后，庄晓频没有坐车，她特别想走一走，想一步一步地走到城墙的脚下去。虽然自己肯定是不会登到城墙上去看月亮了，但此时她是如此想念那座城墙。

庄晓频一个人踮着脚尖走到了城门洞里，像个胆怯的孩子。她试着轻轻一喊，果然有巨大而空洞的回声。心在胸腔里嗵嗵地跳着，也有小规模的回声在响。

庄晓频闭上眼睛，眼泪滚落。她听到一个声音在说：“这个通道就是城墙的一个怀抱。这里就是最亲近它的地方了吧。”

贾媒婆

安学斌

长白山区地广人稀，男多女少，保媒拉纤是个讨喜的行当。桦树镇上岁数的人，都尊敬贾媒婆。

许多闯关东的汉子，到桦树镇落脚，圈下地、打下粮，手里有了余钱，想找个知冷知热暖被窝的，满大街撒目，红衣绿袄、柳眉樱口的，都梳着髽髻，有了主了。遇上丫蛋，玩嘎拉哈、踢鸡毛毽的，还乳臭未干，可一打听，各个都定了亲，就等长到十三四过门儿。

汉子们只有一条道，拎上二斤肉、一坛酒、两盒槽子糕，一口一个大姨求贾媒婆帮忙。

别人做媒婆，凭的是嘴巧，瘸子说成骑驴稳当、麻子说成脸赛粉团，娶媳妇是撞大运，不掀开盖头啥底都没有。

贾媒婆骑一匹母马，穿红戴花，手提长杆烟袋，大街上想抽两口，烟袋往哪个抽烟的媳妇跟前一伸，媳妇就赶忙给她点上。街上大多数媳妇感激她，都是贾媒婆千程百里之外领回来的。

贾媒婆不在本地牵红线，她在抚顺、奉天、辽阳、营口有路子，专门给求说媒的汉子领媳妇。

她把女人从外地领过来，管路费，管衣裳，管梳洗打扮。不管是高矮胖瘦、黑白美丑、岁数大小，都让管她叫干妈，她管女人们都叫“俺闺女”。

女人领回来三四天，消除旅途乏累，脸色好、精神足，打扮利索，贾媒婆就让人捎信儿：“俺闺女来啦，过来瞅瞅可心不可心。”

那些腰包揣着袁大头的汉子早就等急了，听到信儿，争着抢着上门。一般讲，七八个汉子求说媒，女人也就三四个，汉子们看哪个都好，女人们两三个汉子里挑一个。

两人对上眼，贾媒婆美了，一路上的花费汉子先给，然后下聘礼，娘家一份她一份。姑娘从她家出门，操办婚事她包圆，卖衣料的、开裁缝铺的、卖首饰的、开杂货铺的，都上赶子找她做生意。汉子媳妇娶进门，贾媒婆的腰包鼓三鼓。

女人们抛头露面，跟贾媒婆离家千程百里到桦树镇找个主，都是泪包心、怨命苦，要么遭了灾荒、找条活路，要么被人遗弃、忍辱偷生，要么从良避祸、另寻前程，到了镇上有个看着顺眼的男人，有个吃饱穿暖的日子，要是生下个带茶壶嘴的，母以子贵，当了家、做了主，那就乌鸡变凤凰，重做一回人。

桦树镇人厚道。汉子累一天回家，吃上口热饭，晚上被窝里两口子能唠唠嗑儿就知足，丑点儿、岁数大点儿，照样当心肝。汉子有家，谢贾媒婆。女人守家望院，日子过得踏实，缸里有米，罐里有盐，夏有单，冬有棉，心满意足，也谢贾媒婆。

二十年工夫，贾媒婆领回来的女人，没有一千，也有八百，满大街干闺女，人们当面都不好意思叫贾媒婆，就跟孩子叫她贾姥姥。

日本人进桦树镇那年，给日本人在图们江边扛活儿的贾豁子抖了起来。贾豁子让黑瞎子祸害了几口，伤好落下了豁嘴的疤痕，露出半边牙花子。贾豁子认识带兵的鬼子头儿，会说几句日语，鬼子头儿封他当侦缉队长，他龇牙咧嘴地牵着狗，好像桦树镇装不下他了。

贾豁子年轻的时候输耍不成人，当地女人知根知底，谁也不正眼瞅他，他只好年年给贾媒婆送肉、送酒、送槽子糕。可是破了相，又老又丑的女人也不愿跟他，他四十大几还是灯笼杆子过年——影子做伴儿。

这回有钱有枪，贾豁子混迹烟花柳巷，厌烦了，想找个正经女人过日子。想到贾媒婆十几年白吃他的猪肉和槽子糕，白喝他的酒，气不打一处来，寻思让贾媒婆给他找个黄花闺女。他是官了，跺跺脚桦树镇就晃悠，媳妇必须拿得出手。

贾媒婆答应给他找，成了一应费用贾媒婆包圆，他只管在家等着做新郎。可贾媒婆领回来的都是“下蛋鸡”，长相做派还不如做露水夫妻的女人，贾豁子看着就不想沾边儿。又过去两三年，贾媒婆的门槛他没少踩，可是脸上的褶子多了，媳妇还不知道在哪个丈母娘怀里呢！

有人传老婆舌，说贾媒婆喝醉了，骂贾豁子做汉奸不知道砢碜，活该断子绝孙，想娶黄花闺女是做梦！

贾豁子一听急了，抓住贾媒婆的脖领子扇了一串大耳雷子，口口声声骂贾媒婆耽误他，嚷嚷道，十天之内必须给他张罗个十五六的小媳妇，否则就让贾媒婆全家不得好死。

第八天头上，贾媒婆告诉贾豁子，洮南府蒙古族人家有个小闺女想嫁给有钱有势当官的，不嫌他岁数大、破了相，让他去相看。

贾豁子挎着盒子枪，骑上大洋马，跟贾媒婆一块儿离开镇子，欢天喜地地去相亲。

过了个把月，贾媒婆回来了，有人问她贾豁子的下落，她说："我给他说成一门亲事，人家是十五岁的小丫头，让他当了上门女婿。"

光复那年，贾豁子回来了，瘦得像鬼。原来，贾媒婆把他灌醉，卖给了科尔沁草原牧主家做劳工。天苍苍，野茫茫，他无处可逃，被逼当了四年羊倌儿。

贾豁子找贾媒婆算账，贾媒婆带搭不理："你谢谢我吧，没我这一手，你当汉奸欺负人，早让政府毙了！谁让你信我的？活该！天下媒婆哪个说实话？四十大几的人还想找小丫头，我能叫你坑人？德行！"

贾媒婆口沫横飞，理直气壮。

一头发脾气的驴子

原上秋

我在去陵水镇的路上，迎面碰到彭三。彭三呵呵呵地笑过，把手里一头驴子的缰绳硬塞给我。他说："这是一头脾气好、能干活儿的好驴子，转遍四区八乡难找。"他说着，掰开驴子的嘴："叫驴，才三岁口，一岁相当于人的七岁，还是个小伙子呢。"

我看着驴相不错，就问啥价。彭三诡谲地拿过我的手，在手心里挠挠。他说："绝对划得来。"

我跟着彭三回到家里，从席子底下摸出 800 块钱给了他。他拿着钱呵呵地笑，边笑边伸出手，在驴子腚上打了一巴掌。驴子一惊，朝前涌动了一下身子。他说："咋样，还能骑呢，试试。"

以后的日子证明彭三说得不错，这头驴子真是我的好帮手。我的三亩地犁耧耙，全不在话下。关键是，大部分时间里，它从不尥蹶子。南堡庙会的时候，我让它驮了保全他娘，保全在羊各庄老说我的坏话，这以后就不说了。一次大雨前，我让它把小芬家收割的麦子抢回了家。小芬一直对我和驴子充满感激。小芬是陵水镇最好看的女人，两年前死了丈夫。有人给她提起了我，她一直在犹豫。

我对驴子的前世一无所知，彭三说他是在陵水镇集市上从一个老头儿手里买来的。他说，一分钱不挣。他的话没谁信。他是一个精明的头牯经纪，按现在的话说，是个会算计的生意人。生意人说不挣钱，就是挣得少了。如果说亏了，那只是够本而已。

驴子在我家里，忠实地扮演着奴仆的角色，对于平日里的劳役，从不反抗。这让我相信，驴子天生就是被人奴役的。当然，日积月累的信任，也让我对驴子心生一些好感，隔三岔五，它的生活总会有所改善。它最喜欢的食物是水泡黑豆，它能把黑豆嚼出豆腐的清香，在夜里，四处漫溢。仗着我的宠爱，驴子吃饱的时候会流露出调皮的神情，有时候还会把它的长嘴伸进我的口袋。我的口袋里只有草纸裹的卷烟。那是我解烦消困的宝贝。在地头和床边，我就会掏出来点上，逮上几口。缭绕的烟雾弥盖不住我的忧伤。

一天，屋外下着雨，驴子嚼烂了我的卷烟。该它倒霉，这天堆积的郁闷无处释放，我用锹把把驴子狠狠地揍了。驴子一直躲避，没有一丝反抗。它的好脾气助长了我施虐的气焰。那天我打累了才歇手。屋外的雨一直下，呜呜咽咽，像哭一般。其实，烟卷被毁只是一个由头。小芬在那个雨天，和一个男人见面了。好女人总让男人们惦记，就像开着的花总会招来蜂蝶。小芬早早地把消息告诉我就走了，估计她走不到家，大雨就倾盆而下了。小芬问我，愿不愿意跟她一起到一个很远的地方。驴子打了一个很干脆的响鼻，替我作答。驴子咋也想不到，它的谄媚会换来一顿莫名其妙的毒打。

我计划着把驴子卖掉，筹集和小芬一起奔向不明远方的盘缠。一头驴子换一个女人，对于一个渴望爱情的男人来说，绝对值当。

在去陵水镇的路上，我又遇到彭三。彭三的手里依旧牵着一头驴子，一头草驴。要知道，他是头牯经纪，驴子于他，就和农民肩扛锄头一样稀松平常。

我牵着我的叫驴有意凑近彭三，想打听一下集市的行情。没等我和彭三说上话，两头驴子发疯一般啃咬起来。

突如其来的状况让我和彭三手足无措。它们像两块不同磁极的磁铁吸在一起，我们使出吃奶的劲儿，怎么也拉不开。彭三还是懂得多一些，他大声喊：“你把缰绳拴在树上！”我把缰绳缠在了树上，彭三把相对弱小的草驴牵往一边走，总算将它们分开了。

我坐在地上喘粗气，看着神经了的驴子发呆。真想不到，平时温顺得像绵羊的一头驴子，遇见异性竟然这般癫狂。驴子依然骚动不安，用嘴啃咬着笼头，试图挣脱。等彭三呵呵呵地笑着牵着他的草驴走远了，它才稍微安静下来。

就在我解开缰绳重新上路的时候，驴子突然一个扭身，蹦跳起来，尥起的后腿重重地朝我踢了一下。我的腿当时就弯了，不能走路。

这是驴子第一次发脾气，也是最后一次。

在我回到家以后，它和我一样，遍体鳞伤地躺在了槽圈里。估计从此，它再也难以恢复起来。

我们就那样躺着，互相看着对方。

这是两败俱伤的结局，我们的爱情都泡汤了。昏黄的灯光下，我瞥见驴子的眼角挂着晶莹的小灯笼，一盏又一盏地变换。

我不知道它是在怨恨，还是为自己付出的代价懊悔。

古槐

曹洪蔚

青龙背胡同有一处旧院，院子里有一棵古槐。

住在大杂院里的人都不把这棵古槐叫老槐树，而是称它“老槐爷”或“老药槐”。

这些称呼是有来历的。据说，这棵槐树栽种于北宋年间，与陈桥驿的系马槐、招讨营的点将槐并称为“汴京三槐”。有一年的夏夜，狂风大作，雷电交加，那棵古槐上的一根被虫蛀空的枝丫，在狂风暴雨中突然折断，巨大的树枝掠过屋顶，落在一片空地上，既没伤着人，也没砸着房。住户们说，这是老槐爷仁义，护佑咱们呢。

还有，古槐能治病。若是谁有个头痛脑热或是心神不宁时，只要在老槐树下静站一会儿，就会感觉清凉馥香，沁人肺腑，很快就会痛消病除，六神归一。

古槐树身高大，表皮已呈炭化状，显出嶙峋的肌理，一派沧桑古朴。再看树冠，一边枝杈干枯，一边枝叶茂盛，不禁让人生发对岁月无情的感叹和对生生不息的理解。

正是为了享受古槐的护佑，汴梁人韩冷月和赵德厚一直定居在这里，过着悠闲的退休生活。

说起来，老韩和老赵还挺有缘。当年，老韩从技工学校毕业分配到了轴承厂工作，不久，老赵当兵退伍也被安置到轴承厂上班。过了十几年，老韩当上了厂长，老赵当上了副厂长，一辈子合作搭班子。两人还有一个共同的爱好：下象棋。只是，老赵是个臭棋篓子，一辈子没赢过老韩。眼下，老韩老赵都退休了，又都住在一个大杂院里，每天上午到老槐树下下象棋，雷打不动。

有一天，老赵连输两盘后，老韩就又如往常一样数落他：“知道你为啥一辈子当不了正职了吧，缺少大将风度。这棋道如官道，能反映出很多事情。”

听罢，老赵谦卑地笑笑，说：“诸葛亮再能掐会算，也只能辅佐刘备，这是命中注定的。何况我还不是诸葛亮，不聪明，也只能给你当一辈子副手了。离开你，我还真是有点儿六神无主了。”

老韩听罢，喝一口水，开心地笑一阵子，说：“明白就好。来，再杀一盘。”

退休后的日子，几乎每天都是这样度过的。

千年古槐依然挺拔而立，繁茂的枝叶还是遮天蔽日，可老韩老赵的日子却有了变化。

这天，大杂院格外寂静。9 点刚过，老韩和老赵各自掂着一个小板凳，来到大槐树下，摆开了棋盘。当老韩只剩下一个老将、一个相、一个士的时候，老赵居然还有三个兵。

老韩一时间有些发蒙，他站起来，拍了拍后脑勺，又抬头看看大槐树：既不缺枝，也不少叶，这是怎么了？

“老赵，你是不是偷偷拜师，又学了两招儿？”老韩的脸有些发青。

老赵只是嘿嘿地笑，就是不搭腔。

“再来，我不信你还翻天了。”老韩说着，又摆开了棋子。

一袋烟的工夫，老韩又被老赵杀得人仰马翻。

“老赵，你肯定有啥事儿瞒着我，咱俩一辈子搭帮，一辈子杀棋，有啥事不能憋在心里头，快说，咋回事儿。”

老赵又嘿嘿笑了：“老韩，下棋不就是图一乐吗？谁输谁赢别计较。看我，输给你一辈子，也没见少块骨头少块肉，有输有赢，愿赌服输，很正常的事儿。”

老韩听罢，眼皮儿像是被草棍儿撑了起来，眼瞪得老大：“老赵，你怪委屈啊，你输我一辈子，是你棋艺差，又不是故意让我的，有啥可委屈的？”

老赵又嘿嘿地笑，说：“你没动脑子想想，我再是臭棋篓子，能一盘也赢不了你？我是不想赢，也不想打破这种格局。多少年了，谁都知道，你老韩是厂里的象棋冠军，打败全厂无敌手。”

老韩呆住了，像是被将死的老将。

“这棋没法玩了。”老韩先起身掂起凳子走了。

下午，老韩才弄明白老赵赢棋的原因：昨天，厂里搞竞聘，老赵的儿子把竞争对手老韩的儿子打败了，当上了厂长，老韩的儿子当了副厂长。

这以后，古槐下面的棋摊儿消失了。人们常见两个老头儿轮流在古槐下面静站，一站就是老半天。

喜鹊登枝

高沧海

初二，媒人递信儿说，初六大李庄要来人。

我爹当然知道大李庄来人事关重大。

但我爹是个疲沓主儿，初六，还早着哩！

我爹手搭凉棚看天，这日头也是个贫命。你就是这天上的皇帝佬，何不坐在床上，喝一碗玉米糊糊肉末粥，再喝一碗红糖水冲鸡蛋花，穿大袍子蹬皮鞋，不忘提瓶好酒，比如沂河白干，慢慢来上天，没人会嫌你懒。偏偏急三火四，人一睁眼它就挂天上好几竿子高，容不得人好好喝一碗玉米糊糊粥。我娘催我爹："日子定了，那就按媒人说的来，快去他姑家和他奶奶家拉几口缸来顶数，问问肖大家里的，把她家的猪赶到咱猪圈里来，还有，豆地里的草该比豆还高了。"

我爹捧住脑袋："你烦不，还让人好好吃饭不？糊糊粥，糊糊粥，啥时能见天喝上碗红糖水冲鸡蛋花！"

红糖水冲鸡蛋花是我们这里待客的最高规格，得是贵客上门。

即将来的大李庄女女家，就是贵客。

大李庄的女女家相中了我哥，我哥当兵去了新疆。女方家上门来访是我们这里的规矩，人家金疙瘩银疙瘩的女女将来要在这里生活一辈子，一个锅里摸勺子的是什么样的人，走什么样的街，住什么样的屋，父母兄长都要一一把脉。看中人在相亲的过程里只是占了三分，看看家庭是否安康富足和睦，又占三分。有了这六分，女方家便可坦然喝下男方准备好的红糖水冲鸡蛋花，高声说笑，谈婚论嫁，皆大欢喜。否则，人家会抬头看天说道，日头高咧，田里的草要锄咧，圈里的猪要喂咧。任你桌上的红糖水冲鸡蛋花怎样鲜艳夺目，香气扑鼻，人家眼皮也不抬，迈脚就告辞，也不管媒人的一脸灰。亲事到这份儿上，十分里有六分不成，基本就算黄了。

我娘对我爹说："等事都办妥了，初六那天，有你喝的。"

我爹说："到他姑家到他奶奶家，就这几步路，缸盆那啥的，我一霎儿就办得，回头遇上肖大家的，我给她说说，我只给她一说借她家的猪使使，一说就中。"

我爹说："才喝了一碗玉米糊糊粥，清肠寡肚的，好难受，我喝口酒，喝口酒耍耍它。"

爹喝了酒，一头栽到炕上，直睡到红日西沉。

初三，我爹把最后一口酒倒进肚里，用筷子从已空了的咸鸭蛋壳里掏了三掏，又舔了一嘴后，大门响了。

天哪，大李庄的贵客来了，大李庄的贵客，提前来了。

大李庄的贵客在堂屋里转了一圈，我娘挣扎着从黑乎塌塌的床上抬起身来，为首的贵客伸出双手握住我娘的手说："大嫂，你身体不好，莫起来。"

没有传说里的十口大缸，每口缸里都装着满当当的粮食，没有画着喜鹊登枝的红塑料壳绿塑料壳暖水瓶，没有镶着红梅花的茶壶茶杯，更别提缝纫机收音机了。油星麻花的小方桌上，只有倒着的一个破酒盅，一个掏空的鸭蛋壳。喝得歪歪扭扭的我爹扶着门框说："不对，日子不对咧。"

贵客们交换一下眼神，来到院子里，猪圈里没有传说中的肥猪，也没有成群的猪崽儿。

我奶奶听说贵客来了，举着一包红糖风一样赶到我家。贵客站在猪圈边拱手说："老人家，日头高咧，田里的草要锄咧，圈里的猪要喂咧，告辞。"

白花花的太阳照着猪圈上的茅草，照着猪圈边上的一卷儿钱，是钱，真真切切的钱。我爹即便站在十步开外闭上眼睛都能嗅到钱的味道，他捡起来，一时通往村外那条路上风起云涌的都是我爹变了腔调的喊声："钱，大李庄的钱，大李庄的钱掉了！"

大李庄的贵客很镇定，为首的贵客淡淡地摆摆手，说他们谁也没掉钱。

我爹说："可是，可是……"

贵客说："回了。"

我爹蹲在猪圈旁抱着头，二十块钱哪，小学校里的邱麻子邱校长一个月才使多少钱。我爹仰起脸，闭上眼睛，一手儿沂河老白干，一手儿红糖水冲鸡蛋花，神仙呀！

我爹笑了，手里攥着钱，又呜呜地哭了。

我爹用我奶奶拿来的那包红糖冲了三碗鸡蛋花儿，他一碗娘一碗我一碗。爹一口气儿喝光了那碗鸡蛋花儿，一抹嘴，出去了。

爹用那二十块钱，买回来两头小猪崽。

两年后，正如媒人说的那样，我家每口缸里都装着满当当的粮食，有画着喜鹊登枝的红塑料壳绿塑料壳暖水瓶，有镶着红梅花的茶壶茶杯，肥猪满圈也就罢了，更重要的是，还有一台让人看不够爱不够的电视机。

大李庄的女女嫁过来了。

我哥悄悄说，女女她爹一高兴没留住嘴，如果爹那天捡了钱，没有追出来，这亲事就算黄了；即便追出来，却又买了酒吃，这亲事也算黄。女婿家穷，倒不是最要紧的，要紧的是人不能落了价儿。

夏天的夜晚

谢青衣

乌云已经堆叠起来了，夜黑得愈加浓密。

二环高架上空荡得很，公交车便开得很快。尽管耳朵里塞着耳机，陈米已经歪在椅子上昏昏欲睡了——她向来睡得很早的。下午与朋友约在玉林吃饭，食物不太令人满意，又换了家慢慢吃了甜品，等到上公交时，已经快十点半了。而到家，还有四十分钟的车程。迷糊中，脑子里交织上演着今天下午的种种：水煮牛肉辣得不行，歌手唱了《月半小夜曲》，赵青说她新买了橘色口红……

车窗啪嗒啪嗒地响，陈米才发现外面已经下起了大雨。下午原本是天高云淡的，她没有带伞。陈米先看了手机，没有新消息，十点四十三；又缩回脚看了看鞋，竟又是这双粉色的缎面尖头鞋。“唉，”她心中暗叹一声，“一双总与暴雨抗争的鞋。”

完全清醒了，陈米聚睛一扫，惊讶暴雨的深夜里，末班公交车竟还有如此多的人。她的位置是靠车头的倒着坐的那种，可以看到车里的概况。除了一群身着校服的学生叽叽喳喳外，多数人沉默着：化着精致妆容的年轻女生闭眼听歌，长睫毛微微颤动；小平头中年男人左手高举起一份文件，右手握撑住后颈，身体重复前倾后仰；一个手杵扁担的大叔靠在手扶栏杆上打瞌睡，军绿胶鞋染了一半水色，两个筐里枇杷已剩无几……

大家摇晃着挤在穿梭在雨中的车里，空气中充斥着汗味儿，却让陈米有一种体味到人间烟火气的温暖感。她学着中年男人的方式，啪啪两声转了转脖子，在心中暗暗盘算起来：下了 BRT，先要下一段长楼梯，雨大的话小黄车是骑不了了，希望有三轮……

“哼——”座位对面的小男孩儿突然学了一声猪叫，他大概三岁了，脸蛋儿胖得好像要填满人的眼睛，“妈妈，我是小猪佩奇，哈哈哈。”

他的妈妈穿着一身正装，右手一把把他按在座位上，左手拿着电话悄悄地做了个“嘘”的手势，又立马放回了耳边，一本正经。

雨声仍然不绝于耳，连有些座位上都是湿淋淋的，不知从窗户里漏出来的，还是上一位乘客湿衣的旧痕。

小男孩儿已经踩上了座位，用胖乎乎的手指在雾化的窗玻璃上画出了一只猪头。他妈妈把他从椅子上扯下来，拧眉道："小猪可不会去和小狗打架，你看你皮的，手还痛不痛了？"她抬起他的手臂，看了看抓痕。

看着这一幕，陈米突然想起下午的时候，赵青学着某个宫斗剧中的台词，幽幽地说："大概是心里苦吧，才总是想吃点儿甜的。"那时候，她刚刚发了一堆寂寞得想和朋友圈某男约炮的牢骚，正用小汤勺舀起杨枝甘露里的杧果。

小男孩儿和妈妈在太平园站下了车，两人一伞走下站台楼梯慢慢变矮，最后完全不见了。

过了五站，陈米下了车，她打开微信，删改好几次，忧心忡忡地看了漫天大雨之后，还是发给了那个熟悉的头像："下大雨了。"发完赶紧揣入了口袋，仿佛有一种投降般的羞耻感。

一个背着双肩包的年轻男人盘腿靠墙坐着，膝盖上放着苹果电脑，全神贯注噼里啪啦地打着字，黑魆魆的夜色里只剩他的脸映着屏幕的荧光。"他的鼻子倒是挺好看的，"陈米想，"赵青若是在，倒可以上去勾搭一番。"

站台墙壁大钟的分针已经指向了十分。陈米一鼓作气，终于沿梯而下跑进大雨里。

"挟带着一袋袋黑眼泪的雷云来自何处？"她踏着没过脚背的水，莫名其妙地想起聂鲁达的这句诗。

高架桥的底下藏着一辆三轮车，这是目所能及处唯一的一辆。车前身被塑料油纸前前后后围了个遍，只有油纸和车头的接缝处露出一双眼睛。

"走不走？"陈米绕着三轮连问了三遍，才有一个微弱的声音从里面传出来："走。"

"香语城多少钱？"

"十二。"

"可以说是惜字如金了，"陈米想，"虽说比日常价格贵了两块，又是深夜又是大雨也可以理解。"看看身上，裙子倒好，没有湿得贴在身上，鞋子却已经湿透了。跨上车的那一刻，陈米鞋底一滑，人就歪倒在了坐垫上。这狼狈样，竟令陈米有一种说不出来的快意。她心想："难道，是想让他看见了心生可怜？"

从车内才可以看见，前排的司机竟是个老妇人。头发白了一大半，穿着一件毛衣，没有七十岁也有六十岁了。陈米突然有点儿害怕起来，下意识地摸了摸手机，触到手机的那一瞬又放了回去。好在三轮车似乎和老人的声音一样没有力气，慢悠悠地倒车、转弯儿、向前。雨声噼噼啪啪打在车顶上，淹没了油门的嘟嘟声。陈米觉得，她像是身处大海里的一叶扁舟。

老人特意把车开进了小区，门卫看着这情况也没有多做计较。陈米躬身下车，一脚便踩上了头顶有遮挡的台阶，摸索半天才发现没有带现金。

“可以微信支付吗？”她有些忐忑。

塑料薄膜的缝隙里伸出来一张二维码，还有有气无力的咳嗽声。

陈米扫完二维码付了款，举手机给她看。楼顶有地方漏水，一滴水啪地正好滴在陈米头顶。

大概过了三滴水那么久。

“咋没得那个钩钩？”老人指了指她的手机。

陈米无语，点开“查看详情”让老人看到确实已付款成功。

老人一点头，又慢腾腾地倒车、转弯儿、向前。

“谁又没点儿故事呢？”陈米心想。她甩了甩湿漉漉的头发，好像要把之前的复杂心绪都甩走似的。

上楼、开锁、推门。屋里空空荡荡，早上吵架摔破的碗已经打扫了。可是，人不在。

半个小时后，陈米已经洗漱完毕躺在了床上。快要十二点了，楼底下打麻将的人们仍在吵吵嚷嚷。早上摔破的瓷碗中的一片，被遗留在了角落里，一只蚊子停在上面，似乎在贪婪地吮吸残留的油腥。一缕栀子花的幽香远远传来，陈米狠狠地吸了一口，试图调剂这无聊的夜晚。

掌嘴

李国明

村主任忙，忙着接待，忙着喝酒，忙着打麻将。伺候老娘的小事，就让小夫人去做了。小夫人是他和第一任夫人离婚后，又娶进门的这位，身材高挑，皮肤白嫩。有人说，小夫人是他哄来的；有人说，是她送上门的；还有人说，是他在风月场相识的。说法不一，没人细究。

小夫人最嫌弃老年人的味道。思来想去，她觉得德子合适，私底下就命德子去伺候婆婆。后来村主任知道了这事，也就默认了。

德子是村里的光棍，有五保待遇，他头一个月领到待遇时泪流满面。

村主任问："德子，我给你办成这事，高兴吗？"

"嘿，嘿嘿！"德子两眼眯成一条线。心想，今后给村主任当牛做马都行。

村里人羡慕德子，也调侃他："德子，你给村主任磕了几个响头，他才给你办了这门子好事？"德子依然嘿嘿地笑，他不知说啥，心里美滋滋的。

德子睡不着，后半夜又爬起来。给村主任送点儿啥呢？家徒四壁，实在没的送，可总得表达一下感激之情吧。

这时候，村主任还没睡，刚把小夫人搂在怀里预热。德子哪里知道，他的敲门声会坏了村主任的好事。

开门见是德子，村主任皱起眉刚要关门，只见德子咕咚咕咚，冲他磕了三个响头。

"滚，滚！神经病。"村主任骂着，咣当关了大门。

小夫人找到德子，说明了来由。德子像个磕头虫，除了"行，行，行，是，是，是"，再也没别的话。送走小夫人，德子为庆祝自己终于获得机会孝敬村主任，举起双手围着院子跑了十圈儿，高兴劲儿还没过去。

村主任打麻将，小夫人在一旁站着。村主任眼睛盯着麻将问她："给老娘喂饭了？"小夫人说："有德子呢，这点儿小事，用不着你操心。"村主任想想，小夫人这话确实没错，也就沉默了。

村里人见了德子，调侃他："德子，干脆你认村主任他娘当干娘算啦！"德子用鼻子哼了一声，可这话在德子心里暖融融的。

不久，村主任被评为全县尊老敬老模范。这一天，村主任去县上参加精神文明颁奖大会回到村口，右臂弯夹着一块奖匾。德子兴致勃勃地跑过来，要看看村主任拿的啥。村主任脸一沉，说："滚一边去！"德子就怯怯地哑了。

酒场上有人对村主任说："主任，谁不知道你的事迹都上电视了？全县尊老敬老模范！"村主任眉梢上挑，笑眯眯地端起酒杯，说："不孝顺父母，猪狗都不如。"村主任这话，一下子引发出阵阵掌声。

酒席结束，村主任上了牌桌，小夫人就通知德子来打包："德子，你过来！"德子一向把小夫人赏赐他的剩菜视若珍宝，舍不得一个人吃，就从中挑出一些炸鱼、炸虾拿给村主任他娘吃。

老太太糊涂了，每次德子来，她都冲德子说："儿啊，你工作忙，还来看娘。"老太太鼻涕一把泪一把，德子也跟着哭。

源源不断的剩菜，让德子活得有滋有味，酒量也见增长。这天，他一个人关上门，把剩菜分门别类，在桌上摆好，杯子也倒满酒，学着村主任的腔调和空气推杯换盏。酒后的德子飘飘欲仙，睡着了。醒来时，德子才想起，坏啦，怎么把给老太太送饭的事忘了！

德子抱着饭菜，跑到村主任他娘住宅的大门外，见大门外停了好几辆轿车。院里院外全是干部模样的人。

村主任站在老娘床边，连喊了三声娘："娘，县长镇长都来看望你了。"

老太太没睁眼，微弱的呼吸没一丝动静。

县长问："老人家早饭吃过了？"

"吃啦！我刚喂过她一杯牛奶，两个荷包蛋。"

话音未落，德子气喘吁吁地跑进门，怯怯地看着村主任，说："哥，都怨俺，俺睡过了，忘了给俺娘送饭。"

县长转向村主任："你还有个弟弟？"

村主任语塞了，刚要说啥，老太太开口了："儿啊，你来啦？"

村主任忙凑到娘耳边，大声说："娘，是我，县长都来看你了。"

老太太拉过德子的手，说："儿啊，儿不给娘送饭，饿得娘说话都没力气了。"

村主任又接连喊了三声娘，老太太一边咀嚼着德子用小勺送到嘴边的饭，一边问德子："儿啊，那个人大喊大叫，他是谁？"

"他是你儿。"

“儿啊，你瞎说。你天天守着娘，给娘端屎端尿，你才是俺儿。你说话的音儿，俺天天听，听不差。”

慰问团走了。村主任见县长出门时看他的表情不对，心里就七上八下，让小夫人把德子喊来。

“德子，你知道我为啥叫你来？”

“俺有罪，俺喝了酒，睡过了头，误了老太太饭时。”

“不光这，还有。”

德子抖作一团。

“德子，做人要光明磊落。抬起头，看着我说话。”

德子哪敢抬头！

“你胆子不小啊！连我娘的亲儿子也敢冒充，连我也敢冒充！”

“俺没冒充，俺只知道一天天伺候俺娘。”

“你说啥？还没冒充？”

“俺就这么伺候着你娘，一天天地伺候，时间长了，她就这么喊我儿了。”

“喊你儿，你就答应？”

“开始我没敢应，后来，可后来……”

“后来怎么着？”

“就应了。”

“德子，你说我对你咋样？”

“好！供我吃，供我喝，供我花。”

“我抽过你一根烟吗？”

“没！”

“喝过你一滴酒吗？”

“没！”

“那你说，这事该咋办？”

“啪！啪！”德子一边掌嘴，一边内疚地说，“哥，俺不敢啦，以后再也不敢啦！”

村主任还是睡不着，他总觉得县长出门时表情不对。

八仙庄的蛇仙

寇宏广

讲真的，谁也说不清究竟有几个仙来过，反正那是久远的传说了，只是一直没消散，依然弥漫在这个被神化了很久很久的庄子里。如庄头那棵垂柳，在那里很久很久了，一辈人都入了土，它依然仿佛没有任何变化，容颜冰冻的贵妇人一般守护在那里，凝视着庄子。

大能人躺了一个月了，抽了八十来年的烟袋，也跟大能人一起躺了一个月。用胶布缠了一圈又一圈的烟杆，在大能人耳边嘤嘤细语，讲述着彼此之间长久的友谊和精彩的故事。大能人是庄子里面长寿的，近几年，四五十岁的就走了好多，就连大能人都白发人送黑发人，送走了三个儿子中的两个。自从大能人躺下，庄子里的人都议论纷纷，是不是那个盘踞在深井里的蛇仙真的要走了？

之所以叫“大能人”，就是因为他太能，只要他说出来的话，差不多都成真了，以至于庄子里的人差点儿都以为他就是那个蛇仙。直到那个深夜，深井里发出来的呼喊，才让庄子里的人抹消了这个想法。不过，另一个可怕的消息在庄子里炸开了。

那口深井里，真的有蛇。对，在那个寒风刺骨的冬夜里，在深井里声嘶力竭呼喊的人就是大能人，他在去人家吃酒回来的半路上，掉进去了。当庄里人用绳子把大能人拉上来后才发现，大能人躺着不能动了，如一条将死的鱼一样，偶尔喘息一下。那一次，大能人在家里整整躺了一个月，之后奇迹般地能站起来走了，一个掉在深井里断了腰椎的人。

从那以后，大能人就更能了，整天坐在大垂柳下，反复讲述着那个冬夜在深井里与蛇仙相遇的故事。他说，他不是自己失足掉下去的，是蛇仙把他拽下去的，并且，蛇仙还深深地吻了他。对，他是这么说的，不止一次。

大能人是庄子里第一个见到深井里的蛇仙的人！这是庄子里最劲爆的新闻了，那阵子，庄里人宁可不追着看电视剧，也要追着大能人听蛇仙的故事。八仙庄，传说之前住着八个仙，不过现在沦落到只剩三个仙了，树仙、狐仙和蛇仙，但也只是传说。当大能人将传说变成现实，庄子里就炸开了锅。

大能人说在那个冬夜，当他晃荡到深井边时，感觉脚腕子一凉，人就被拽倒了，跌了下去。在下去的那一刻，大能人整个人是蒙的，脑袋里什么也没想。用他的话说，就是啥也没想呢，就嘭的一下落地了，那个快劲儿甭提了，比闪电都快。

跌下去之后，大能人说就见到了蛇仙——一个美女坐在他身边，然后就低头吻了他。他说那个吻是湿的，冰凉冰凉的，跟润了水的冰块一样。大家就凑近大能人问，被蛇仙吻是啥感觉。他笑了，笑得那么高深莫测。

除了蛇仙那个吻，庄里人还想知道蛇仙跟大能人说啥了。大能人说，蛇仙会保佑他长命百岁的。那年大能人才五十出头儿，现在，差两岁一百。

现在庄里人都在议论，大能人究竟能不能挺到一百岁。如果他能挺到一百岁，就说明那个蛇仙是真的。大能人躺了一个月了，越来越瘦，都要皮包骨了，精神状态也越来越不好，没说上两句话就睡了，就跟蛇冬眠一样。

当时大能人掉进深井里后，他还和庄里人说了一个惊艳的事。他说蛇仙很美，皮肤光滑泛光，重要的是没穿衣服。自从大能人说了这个惊艳的事后，每晚总会有人有意无意从那个深井边路过，但从路过的人面庞上那种饥渴难耐的表情上就可以知道，他们肯定不是为了求蛇仙保他长命百岁。

只有那次大能人掉井里，蛇仙出现过一次，之后再也没有人声称碰见过蛇仙。大能人也凭借着是庄里唯一一个见过蛇仙的人，操持着村里的婚丧嫁娶，谁家有事总会见到他进进出出忙碌的身影。这种忙碌一直持续到大能人在九十二岁时跌了一跤，那以后，再见大能人，他就拄拐了。他自己做的一根拐，用木头棍子削的，打磨得锃亮。把手是弯形，大能人说是蛇头，可大家总感觉不像，倒是像斗败了的鸡头。

大能人最终还是没有熬到百岁，就在他躺下去两个月后的那场夜雨过后，人们发现那口深井因为年久失修，坍塌了。距离深井比较近的几家人清晨给围观的庄里人讲，晚上雷大雨大的时候，就听见轰隆的一声响，好像是从地底下发出来的闷响。他们还以为附近的那个煤矿发生事故了呢，结果早晨倒夜壶时才发现，是深井坍塌了。

那口深井足有二十多米深，因为大家在拉大能人上来的时候，就用了二十多米长的绳子。至于这口井是哪个年代挖的，就连大能人都说不上来。他说从他记事起，那口井就在，那个时候就很老很老了，跟祖先一样老。

大能人只记得，他小时候还在那口井里打过水，甜甜的，比现在的饮料淡些。后来，庄子附近有了一个煤矿，再之后，井里就没水了。这也是大能人为什么夜里掉在井里没被淹死，井底早就干涸了。

就在人们发现那口深井坍塌的早晨，庄里也传来了另外一个消息：大能人走了。他临走前，三天三夜没吃没喝。庄里人得知大能人走了的消息后，都拥到了大能人家里。庄里人并非要去看大能人，而是想看大能人一直锁在柜子里的那个秘密。大能人掉进深井里密会了蛇仙之后，他说蛇仙给了他一枚印章，被他藏在了柜子里，还上了锁。

大能人幸存的唯一的儿子，颤颤巍巍用钥匙打开柜子，拿出一个破布包袱，拆了一层又一层，直到最后，里面才有一个纸包，纸包里裹着几张泛黄的薄如蝉翼的纸。当把那几张纸铺展在炕头上，所有在场的人都惊呆了，那根本就不是什么蛇仙留给大能人的印章，而是几张老地契。

庄里人一下子就把这个爆炸性消息传开了。原来大能人根本就没见过蛇仙，而是去深井附近寻找自己家藏在那里的老地契时掉下去的。更劲爆的消息是，原来大能人家祖上是庄里最大的地主。老地契上所记载的，庄里的耕地有一半是他家的，庄里的宅院也有五分之一是他家的。在动乱时期，大能人祖上就把地契都藏了，把耕地和房屋都分了，他家就成了贫农，一直到现在。

送米

李德霞

鸡叫过三遍，东边天泛起了鱼肚白。

村子里，响起狗的叫声，此起彼伏。

屋门“吱扭”一开，哥闪身进了屋，身后，带着一股子凉气。嫂子点亮煤油灯，撑起半个身子说：“又丢谷穗了？”

“丢了，还不少。”哥一屁股坐在炕沿上，顺手抓起旱烟袋。哥挖烟叶的手直哆嗦。

地里的谷子已经由青变黄，沉甸甸坠弯了腰，再过些日子，就可以开镰收割了。

哥是队里的护秋员，护秋责任重大。可最近几天，夜夜丢谷穗，害得哥吃不好，睡不香。

嫂子问：“你睡着啦？”

“哪敢睡啊？就打了个盹儿。黑咕隆咚的，那人离我就十几步远，咔嚓咔嚓折谷穗……”哥抽口烟，捶打着他的一条腿，“我是腿瘸，不然，他往哪儿跑？”

嫂子又问：“那人，是咱村的，还是外村的？”

哥说：“我一路紧撵着，看他进了咱村村东头，拐个弯儿，就不见了。”

“村东头？”嫂子嘟囔着，坐起来，边穿衣服边说，“我猜到那人是谁了，对，一定是他，跑不了的。”

“谁？”哥瞪大了眼睛。

嫂子看一眼窗外，压低了声音说：“是村东头的田大宝……”

哥说：“对，你这么一说，我觉得还就是他……瘦瘦的，高高的，两条蚊子腿，跑起来一晃一晃的……可是，我就是想不明白，他为啥要偷队里的谷穗呢？这要是被逮到了，后果不堪设想啊！”

嫂子分析说：“田大宝成分不好，是富农，口粮分得少嘛。”

哥说：“缺粮户多了去了，又不是光他一家。”

嫂子说：“田大宝媳妇刚生了孩子，媳妇喝不上粥，孩子没奶吃。俗话说，狗急了还跳墙呢！田大宝没辙，这才铤而走险的。”

哥“咚”地下了地，把旱烟锅往炕沿上一敲：“我这就找队长去！”

“回来！”嫂子拢拢头发说，“你这样做，田大宝他还有活头儿吗？”

哥两手掐着腰：“依着你，我就这样替他背黑锅？”

嫂子笑了：“啥黑锅啊？怪吓人的。咱是贫农，顶多扣你几个工分儿。”

哥的声音低下来：“这样不公平哩。”

嫂子下了地，边穿鞋边说：“今天，我回趟娘家吧。”

哥问：“回娘家干啥？”

嫂子往锅里加一瓢水说：“这个你别管。我保证，从今天晚上开始，田大宝他再也不会偷队里的谷穗了。”

吃过早饭，嫂子出了门。她先找队长请了假，然后挎着篮子往娘家赶。

天擦黑的时候，嫂子从娘家回来了。她的篮子里，多了条布口袋，里面装着几碗小米……

晚上，哥出门去护秋。

夜黑如墨。哥左拐右拐，来到村东头一户人家的院门前。哥轻轻叩响了那扇破旧的院门。

一阵踢踢踏踏的脚步声响过，院门打开一道缝，田大宝站在门里。

看见哥，田大宝神色慌张，退后一步说：“天成，你……你咋来了？”

哥嘿嘿一笑：“我不能来你家吗？”

田大宝弯下腰，低下头：“你……有事？”

哥从怀里掏出一个米袋子：“这是五碗小米，给你媳妇熬粥喝。”

那时，粮食金贵。五碗小米，是一家人几天的口粮。田大宝看着米袋子，不敢接。

哥说：“拿着呀！是我媳妇从娘家那边借来的，等你有了米再还我。你媳妇没粥喝，孩子没奶吃，熬煎人哩。”

田大宝眼里噙了泪：“天成，我不是人，我不该偷队里的谷穗让你背黑锅……”

“别瞎说！”哥一声喝，把米袋子往田大宝怀里一塞，转身起起伏伏地走了。

背后的田大宝，对着哥的背影跪了下去。

董爷

解高岩

董爷自然姓董，单名一个治字，光头，戴眼镜，离远一看酷似主持人孟非。董爷岁数不大，9月份刚过完37岁生日，为什么大家喊他董爷？谁也说不清。反正董爷随和，别人喊他就答应，大家习惯了，也就忘了这个名号是怎么喊起来的。

公司里只有一个人不喊董爷，就是经理老高。老高总是直呼其名，或者喊小董。对大家喊董爷他还颇有微词，几次在不同场合说："又不是七老八十，喊什么爷？一身江湖气！"大家笑笑，过后照样喊董爷。

虽然在称呼上心存芥蒂，但老高跟董爷却私交甚好，主要是两人有共同爱好——品茗玩壶。

老高喜欢紫砂壶十多年了，而董爷是近几年才好上这一口儿。虽说入门晚，但董爷爱琢磨，没事就拿一方格子布托个茶壶把玩。工作之余，老高有时把董爷叫到自己办公室，茶海前一坐，泡壶铁观音或者冻顶乌龙或者普洱——不能泡绿茶，紫砂壶保温性强，泡绿茶会因为加热时间长破坏茶中的维生素，所以龙井、毛峰之类是不能用紫砂壶泡的，普洱最好。——茶泡好了，氤氲袅袅，香气袭人，既品茶又养壶。两人抛开工作，开始聊紫砂壶。原来这紫砂壶有钮、壶盖、壶腹、壶把、流嘴、足、气孔七个部位。从制作工艺上细分，足有圈足、钉足、方足、平足，钮有珠钮、桥式、物象钮，壶盖有嵌盖、压盖、截盖，把有单把、圈把、斜把、提梁把，形状可谓纷繁多样。两人聊得兴起，往往忘了时间。

一次两人喝茶，老高提起公司看门的老孙头儿有个传家宝，明代紫砂壶，值老鼻子钱了。董爷问："你见过？""没，"老高悻悻地说，"跟他说好几回了，老家伙就是舍不得往外拿，命根子似的护着。"董爷呵呵一笑："换你也一样。"

这话说完没几天，老孙头儿却主动将紫砂壶送上门了。原来老孙头儿的儿子出去喝酒，骑摩托回家时一头撞在电线杆子上，头破血流，当场不省人事，幸好有路人打了120，又辗转联系上老孙头儿，这才没耽误事儿。

命虽保住了，但儿子一直昏迷不醒，ICU病房的费用一天几千块，两周下来，老孙头儿的积蓄就见底了，但后续治疗还得花钱。公司看他困难，组织员工搞了一次捐款，凑了几万块钱，也是杯水车薪，时间不长又花得差不多了。拿着医院的催款单，老孙头儿犯难了。就这么一个独生儿子，不能不救，老孙头儿思来想去，一咬牙，揣着祖传紫砂壶找老高来了。

偏赶上老高没在，出差去了。老孙头儿站在经理室门口一筹莫展，眼泪都快掉下来了。正巧董爷从旁边经过，问他："干吗呢？"老孙头儿把事儿一说，董爷说："我看看壶。"

老孙头儿从怀里掏出个蓝布包，小心翼翼地打开，里面是个古朴陈旧的紫砂壶。壶呈弧形，正反两面是浮雕佛祖像，全跏趺坐于莲花之上，四周桃形火焰包围，龙柄，弯嘴，蟾钮，圆盖，钉足，底刻"大明万历冬月沈君用制"楷书。董爷拿着壶翻来覆去端详，老孙头儿在旁边絮絮叨叨地说："我这是实在没法子了，等钱救命，再好的宝贝也得卖啊，毕竟那是亲儿子……"

董爷看看老孙头儿，沉吟片刻说："这壶我要了，3 万，成吗？"老孙头儿连连点头："成，成。"

这事儿很快就在公司传开了，大家对董爷的做法褒贬不一，有人说是趁火打劫，有人说是雪中送炭。不管大家说什么，董爷全没往心里去，每天还是乐呵呵地上班下班。

三天后老高回来了，一到公司就来找董爷，要看紫砂壶。董爷不往外拿，笑着说："那么贵的宝贝，再给我看坏喽。"老高软磨硬泡，董爷死活不答应。老高急了，眼珠子一瞪："小董，不管怎么说我也是领导，这么点儿面子都不给吗？"这下董爷没辙了，只好从柜子里拿出紫砂壶递给老高。老高接过紫砂壶上下左右、里里外外地看，造型、质地、手工、外饰、落款……看着看着，老高的眉头皱起来了，问董爷："3 万？"

"3 万。"董爷笑眯眯地回答。

老高叹口气，把壶放在桌子上："假的，顶多值 300。"

"我知道。"董爷还是笑眯眯的。

这事儿发生在董爷和老高之间，别人谁都不知道。别人知道的是从那天起，老高也跟别人一样了，喊董爷。

相家

路向东

我们那地方，年轻人找老婆，先相家。当然是女方相男方的家，一个目的是看男方是穷是富，另一个是看看男方家还缺少什么。一辈子的事儿，可不敢马虎，缺哪一样都作难。没过门时提出来，立竿见影。过了门再提，婆家就是不拒绝，那脸色也十有八九会晴转多云。

房子没啥看的，不说千篇一律，也大同小异。家穷的，土坯砌墙，上面苫的是麦秸，外观不打眼，功能齐全，遮个风挡个雨，完全能够胜任；家里条件好的，最多是砖包后墙，外光里不光。庄稼人实在，新媳妇过门了，总不能让住在外面吧。房子是不需要仔细相看的。还能看什么呢？人呗。男的看女的，一般是清楚的，就是嘴角长个黑雀子，也记得大小。女的看男的，就有些朦胧，不是光线不好，是不敢看。扭扭捏捏偷瞄一眼，硬是把小心脏看得扑通扑通跳个不停。其实，人还不是主要的。不秃不瞎，不瘸不拐，外面下雨知道往屋里跑就行了。

还有啥比人重要呢？

粮食茓子。

粮食茓子是用河里的苇子编织的，手巧的还在茓子上用红色的高粱秆编了花，也有编成字的。盛粮食的时候，把茓子一圈圈茓起来，人扛着粮食布袋往里面倒粮食。大户人家一般都有几个粮食茓子，一般人家也有，不过大都是被主人圈好挂在房梁上睡大觉。不是没粮食茓，是粮食太少，搁不住茓，一个盆一个罐就把所有的粮食存放了。

我五叔相家的时候，正赶上我家缺粮食。我家人口多，分粮食的时候也能用上茓子。人多嘴就多，很多时候，我家的茓子也是挂在房梁上的。五叔比我大八岁，面黄肌瘦的，看着老相。一家人都为他的婚事操心。还好，那时候的男女比例失调，女的比男的多。隔一段时间，媒婆子就领家来个姑娘。一个比一个俊，都是吃五谷杂粮，纯天然无污染。那眉眼那身段，活脱脱是棵庄稼苗子。奶奶高兴得见人就笑，好像儿媳妇就要过门似的。笑着笑着她又哭了——相了家，没一个说愿意嫁给五叔的。奶奶就骂五叔，骂他木讷，嘴笨，骂他长得老相。五叔很委屈，揣着手蹲在墙根看蚂蚁打架。

媒人捎话，说：“你家啥都好，就缺粮食茓子。”

粮食茓子不缺，房梁上还挂着两个。粮食不好借，一茓粮食少说也得五六百斤，正青黄不接的，一个庄的粮食集中起来也凑不够。

大伯也不与人商量，一个人跑到生产队的牲口屋里背了两大筐麦糠。他从房梁上取下茓子，把麦糠茓起来，到顶了，在麦糠上铺了一张塑料布。塑料布上倒了两大篮子红薯干儿，上面拢了一个尖儿。离远离近，咋看咋像粮食茓子。我问大伯：“咋不茓上麦子？”大伯瞪我一眼：“一边儿去，小孩儿家不懂，谁家会有那么多麦子？一看就知道是骗人的。”

媒人听说我家有粮食茓子了，很快就又领来了一个姑娘。

姑娘个子很高，比我五叔高半头。人很瘦，衣服就显得宽大，女人的凹凸被隐藏了，离远了看，根本看不到人。看见啥了呢？衣裳架子。

五叔和姑娘在东屋说话。与姑娘同来的本家嫂子像个特务似的，这屋转转那屋转转，转着转着就转到了粮食茓子跟前。那天就该出事，我和二弟人来疯，玩捉迷藏，二弟慌不择路，一头撞在茓子上。茓子本来就是虚的，这一撞，里面的麦糠露了出来。姑娘的嫂子很有经验，她环顾四周，看没人注意，就悄悄地蹲下，手伸进茓子里，使劲儿掏，掏出来一把麦糠。她煞有介事地吹，麦糠在风中飘落，手心里一粒麦子也没有。

这门亲事肯定是黄了。

晚上，一大家子在堂屋里开批斗会，你一句我一句，数落我和二弟。我妈脸上挂不住了，和大家吵，越说越多，陈芝麻烂豆子的事儿都抖搂出来了。五叔说：“都别吵了。大人的事儿，咋怨着孩子！本来就不该骗人家，人家傻啊，一进屋，她就说里面茓的不是粮食。”

蹊跷！姑娘咋知道的？一家人围在油灯下猜了一夜，也没有找到秘密泄露的原因。

后来，姑娘还是嫁给了五叔，成了我的五婶。我妈提起粮食茓子的事儿，五婶脸红了：“四嫂，你不知道，俺看了好几家了，穷得都跟扫把扫过一样。也不怕你笑话，别的要有一家茓了麦糠，俺都不会嫁给老五。”

五婶的逻辑是，有麦糠就会有小麦。过了门，五婶让五叔拆了茓子，两个人把麦糠背到风口。五婶耐心地捧着麦糠，一下一下地扬起，飘落的麦糠里，弹出一些秕麦，收拢到一块儿，足有一大瓢。五婶用这些麦粒磨了面，给我们做了手擀面片。

五婶现在发福了。你要是到俺村，村西头有个小超市，老板娘很胖，她从来不买衣服，就是跑到县城的服装店，也买不到她能穿的衣服。她就是我五婶。

五婶坐在一把很大的太师椅上，她只动嘴。瘦削的五叔，在五婶的指挥下，一会儿拿盒烟，一会儿拿包洗衣粉。五叔从顾客手里接了钱，赶紧递给五婶。

碗里的麦子

老癞

田里的麦子已经抽穗了，李大专门从县城里赶回来给麦子打药。李大从小就跟爹种麦子，爹以前是罗村里种麦子的好手，爹老了，李大又成了罗村种麦子的好手。

虽说李大现在搬到县城了，但是种麦子的手艺长在他的根里，和他一同扎在罗村的黄土里，是他的一个兄弟，怎么也生疏不了。

“娘，俺给你提溜了个大瓜。”还没进门，李大就在院里笑开了。

“大娃，你嚷嚷啥！”娘快步过去接了李大的瓜。

“娘，你咋了？”

娘不说话，掐了他一把，眼睛向偏门一瞟。

李大转头看去，栓子正倚在偏门上，目光铸在娘手里的瓜上。李大叹一口气，近前把栓子抱起，在空中抛了几下。栓子乐得大笑，娘趁机提着瓜进了里屋。

“你娘哪儿去了？”李大把栓子顶在头上“骑冠冠”。

“搓麻将去了。”栓子把李大的头抱得紧紧的，怕颠下来。

“吃晌午饭了不？”

“娘叫俺等她回来。”

李大把栓子从头上顺下来，向娘走去。

“娘，多摆双碗筷，栓子今晌午和咱们一起吃。”娘乜斜他一眼，下手就重了，案板被剁得啪啪响。

李大拍拍娘的肩，不说话，拉着栓子去东田里寻爹。

老远就看见一个人弓在麦地里打农药，好多年前他不穿的牛仔衣，在一片青麦子里很是扎眼。

“爹，你上来，俺来打。”

“大娃，后面两行还没打过。”爹收了喷雾器，向田埂走去，朝李大努嘴，示意他面前的都打过了。

李大背了喷雾器，细看了下，前面的药大多打到叶子上了。马上七十的人了，爹的确是老了，眼睛越发不好使了。栓子趴田埂上看爹卷旱烟，两只脚坠在田埂上晃荡。

日头高了，不一会儿，李大就出了一身的汗。麦子叶刺人，他全身火辣辣的，没一块舒服的。真是啥活计都不好干，幸好拆迁款要下来了。

“栓子，和你大爷回去把瓜切了。”李大招呼栓子。

“那你呢？”栓子脚尖碾着地，不挪步。

“这两行打完就回去。”

“好，俺给你留瓜。”栓子拉爹，爹不走，栓子自个儿跑了回去。爹还坐在田埂上，望着他。

李大叹口气，只能晌午过后再把那几垄重新喷一遍了。

李大把头上的汗水抹一把，甩开，汗珠子甩到了麦穗上，滚成一粒实实的汗粒子坠着，晶莹饱满。

等李大收了喷雾器，太阳已经挂正中了。

爹走在李大前面，在一片浓绿的田地里。爹的背和家里藏粮食的粮囤一样，微微凸起一点儿。

李大看得眼热起来，想起这许多年，自己真是没本事呀！爹娘老了还种着那么多田。现在只能等拆迁款下来，下来了，他一定把爹娘接到城里，可劲儿享一把福。

“英子咋没和你回来？”

“她在码屋，走不开。”

“码啥屋？前年不才码的？”

“这不说要拆迁了吗？屋多点儿好。”

“好啥，偷奸耍滑的，莫把家里小娃子教坏了。”

李大不说话了。爹老实了一辈子，不知道现在的世道，都这样。再说现在不多弄两个钱，过两年娃上学，爹娘要再有个病，他就是变成牛也拉不转这个屋。

转过两道梁，半山坡上，就是自家老屋。

栓子坐在门槛上，手里没有瓜。

“娘，瓜呢？”李大看屋里择菜的娘。

“给你冰着呢！”

“哎，我叫栓子给划了，你冰着干啥？”

“瓜不要钱呀？你哪回回来，你二婶子不有个事儿，把栓子丢家里？”

“瞎说啥，你大娃小时候没去他二婶子家吃过饭？”爹从里屋出来，提溜了瓜，划了块大的给栓子，又递给李大一块。

“我家大娃去过几回？这些年，早还回来了。”娘掐着一段青菜，斜眼看爹。

李大把那块瓜塞到娘手里，接了簸箕里的青菜。

栓子看一眼李大，头低了下去，手里的瓜，就那么拿着，半天不动一口。

李大碰碰栓子：“吃，吃。”

爹又划了一块，塞栓子手里：“吃，吃。”

“大娃，钱就是赚也要赚汗珠子换的。”爹就是放心不下他码屋的事。李大颠一下簸箕，端簸箕的手拿得很稳。

“你儿子哪有那些花花肠子？爹你就放心吧！”

“妮子要上初中了吧？用钱的地方可多？”

“除了辅导书，其他都好。”

“明年我打算把你二叔的水田给种上，今年谷价可又涨了。”

“种啥种？英子找着工了，一月两千，给人家看小孩儿。”李大火了。

“那妮子谁看？”爹卷起手上的烟，翻他一眼。

“妮子大了，哪还要人看？”李大的声音轻了下来。

爹又抽了口烟，烟雾熏得他眼睛发热。

饭还没吃上，英子电话来了——妮子得了急性阑尾炎，痛得在地上打滚儿。

李大骑了摩托车就往城里赶，顾不上和爹娘细说。

栓子追上来，指指车前的小筐，李大胡乱点了点头。他骑得飞快，一溜烟，就把爹娘的伫望甩在了身后。

然后一大堆琐事扑面而来。有风声，工厂的选址变了，李大家不拆了。李大白天跑政府，晚上跑医院，忙得恨不得再长双腿。

终于尘埃落定。娘的电话打了过来，说栓子死了，掉河里淹死的。娘问李大随多少钱。

李大想起摩托车小筐，掀开来，是一株麦子，种在一个瓷碗里，已经黄透了。麦穗没结出来，显见是还没有长成。碗里土块皲裂，很明显它是干死的。

李大眼睛有一点儿湿。这些日子过来，能实在地捧在手里的，竟只这一碗枯了的麦子。

拆迁款是彻底没指望了，政府说原先的工厂选址不合理，换到了城东。新码的房子赔了，发财的梦破了。

李大捧着瓷碗里的麦子叹气，转头骑了车就往村里去。明年，二叔家的水田还得种。

门牙

王在庆

我一溜烟地飞奔出胡同口，屁股蛋儿被自己两个脚后跟打得啪啪作响。在路边草丛里低头觅食的公鸡母鸡们一阵惊叫，扑腾着翅膀四散奔逃，两条半大狗蹦蹦跳跳追着我汪汪呜呜瞎叫唤。我拐过墙角，呼哧呼哧喘着粗气，紧贴墙壁探出眼睛，看着我家的胡同口，心口窝咚咚咚咚响得赛过戏台上武生对打翻跟斗时密集的锣鼓点。娘攥着半根秫秸跑出来，两手是面，在胡同口东瞅瞅西看看，然后对着和我完全相反的方向大骂："小三儿！看我今天不把你的两条腿打断！"二孬的娘也从我家胡同里跑出来，一把拉住娘："婶子啊，可别打俺三兄弟，都是小孩子家，一转脸又一块儿和尿泥去啦！"娘扔掉秫秸，拍拍手上的面，拉住抹眼泪的二孬："跑了和尚跑不了庙，等吃饭的时候我看小三儿回来不回来，我非打他一顿给俺二孬出出气！走，二奶奶给俺二孬烙饼去！"

看到二孬跟着他娘走远了，娘也消失在胡同口，我跳起来把早就抓在手里的瓦块朝那两条还在傻叫不止用心险恶的狗砸过去。我认为娘毕竟是个女人家，反应太慢。二孬娘告状的时候，我正蹲在爹身边看爹在腾腾蒸汽中给一只公鸡拔毛，空气中飘动着热烘烘的鸡窝味道和鸡们奓着毛羽在浮土中"洗澡"的味道，如果娘不咋咋呼呼地跑到墙根边捡秫秸，只要一伸手就能揪住我的耳朵！更何况区区一截儿秫秸，怎么能打断我的腿？娘对工具的认识和选择百分之百有重大失误！

我磨磨蹭蹭地在墙影树荫里往村外走，不时停下来把耳朵贴在墙上屏住呼吸听，呱嗒呱嗒的风箱声持续不断节奏轻快。我抬起头来看冒着火星的烟一会儿黑一会儿白，一会儿又什么颜色都没有，曲里拐弯往上蹿。我认真思考了一会儿，冲烟囱严肃地点点头，强忍住抱一捆秫秸把它给堵上的冲动。一个戴着金黄草帽的老头儿在五叔门前打着竹板，呱、呱、呱、呱，有气无力，还没五叔家的大黑狗叫得欢。等了半天，他一句也不唱。

我在村头大水塘边的树荫下坐下来，这就是案发现场。我本来在一朵大荷叶下严严实实地藏着，一群敌人在水里搜来搜去就是发现不了我，二孬偏偏坐在池塘边又挤眉又弄眼又咳嗽又傻笑坏了我的妙计，我爬出去一个别子就把这个汉奸特务卖国贼放倒在地。池塘南边的玉米地在微风里窸窸窣窣地响，我扭过头去看了半天，一骨碌站起来，猫腰钻进去。我蹲在地上把玉米棵子最下面的老叶剥去，左右看一看，喃喃自语，仔细“望闻问切”，或者干脆伸过头去咔嚓一下把牙齿咬进去，呲一下把流出来的汁液吸进嘴里。终于寻觅到如同甘蔗的玉米棵子了，去其叶，折其梢，咔嚓一下从根撅断。不一会儿，我从玉米地里钻出来，坐到树荫下，胳肢窝里夹着好几根玉米甜秆。我心满意足地挑出一根长相俊美的甜秆，把一头放在嘴里，准备用牙齿把皮剥掉。狠狠一口下去，只听到一声奇怪的“咔吧”，两个耳朵一时嗡嗡作响。我张大嘴巴，把这个老玉米甜秆慢慢拿出来，举在眼前，不由得瞠目结舌：玉米秆儿上赫然插着两颗门牙！

我想起了娘说的话，赶紧下到池塘边，黄浑的水面闪着一层细碎如鱼鳞的光。我俯身用双手捧了一抔送进嘴里，含着，娘说这池塘里的水能止住血。这牙可不能随便扔，娘说下牙要撂到屋顶上，上牙要扔到院墙下的阳沟里。我举着这根妖里妖气长着一对雪白门牙的青翠玉米秆，对着太阳光看了半天。门牙的断口参差不齐，上面镶着极其鲜艳的一点儿血丝。我把牙齿抠下来，紧握在手中，把玉米甜秆一根一根远远地扔到池塘里去，含着一口浑水，垂头丧气地往家走。

到了胡同口，听不见胡同里有动静，我从墙角探头往里张望，只有几只麻雀左蹦蹦右跳跳，神气活现。听不见呱嗒呱嗒的风箱声，烟囱被毒太阳晒得晕晕乎乎有气无力，一股两拃长清亮透明的气流颤颤巍巍往上冒，丝丝缕缕的香气一会儿左一会儿右一会儿上一会儿下地往鼻孔里钻，勾引得我满口津液。我高抬腿轻落脚往门楼下摸，好像胡同里埋满地雷。麻雀们满不在乎爱搭不理地蹦得稍远些，继续莫名其妙地啄它们自己的影子。一扇门板被摘下来横挡住大门口，门板上密布猪们羊们眺望庄稼地的目光。

我抬腿跨上门板，一侧身翻进门，躲藏在墙角往堂屋和厨屋瞅。爹在堂屋当门闭眼坐着，光着膀子有一下没一下地扇着蒲扇，弟弟坐地上编他的蛐子笼，不见娘和哥哥们的影子。我短促地吸吸鼻子，分析空气中每一种食物的香气。喏，这是那只大公鸡，那只每天站在墙头上喔喔喔喔把我吵醒的红冠子金羽毛的大公鸡，现在就在我家那口八印大铁锅里咕嘟咕嘟地炖着。这是泛着光的大紫茄子，娘不用刀切，直接撕掰成大块扔在锅里；这是拍在锅沿上的一圈玉米面饼子，像长长的牛舌头，贴着锅的一面焦黄酥脆，娘说这叫老鳖靠河沿……我听到自己的肚子里咕咕噜噜响个不停。我拼命向弟弟的方向挤眼睛，噘嘴巴，差一点儿就要跳到院子里了。弟弟头也不抬，专心致志持续着他的手工艺工作。有什么东西顶我的屁股，转身一看，是卧在墙边一刻不停磨着牙齿的大母青山羊的角。我不由火起，一脚踹过去，老山羊赶紧站起身来，咩咩地叫着，领着它的子女们走开了。

身后呱的一声脆响，我全身汗毛都支棱起来，回头一看，门楼外站着一个老头儿，头上戴顶金黄草帽，手拿竹板。又是呱的一声，山崩地裂一般，我急转身，腾一下跳过门板，从老头儿挎着的竹篮下钻过去，飞快地跑到胡同口，隐在墙角，探头看那个光打竹板一句也不唱像个哑巴的老头儿。我听见娘在门楼下说话的声音，赶紧缩回身来，贴紧土墙。听不见娘说话了，也听不见竹板声了，我慢慢探身去看，只见那个老头儿舒舒服服坐在门楼阴影里一个小板凳上，地上一碗水。马上又听见娘的说话声，我赶紧藏在墙后。几乎是同时，肉的油腻香气茄子的清甜香气饼子的焦酥香气顺着胡同滔滔不绝而来。我一下探出身来，只见那老头儿的金黄草帽立在墙边，一头鸡窝般乱糟糟的白发，左手端碗，右手执筷，碗底下夹个牛舌头般焦黄的饼子。他左一口右一口，嗞哈有声，我分明瞧见他粗大的喉结飞快地提起来又飞快地滑下去！

凭什么呢！我立刻从墙角站出来，雄赳赳气昂昂义无反顾地往家跑，一口气冲进堂屋，在哥哥弟弟们中间一挤坐在方桌旁，从馍筐里抓起一个焦黄的“牛舌头”，塞进嘴里狠命一咬，又立刻张着嘴嗞嗞有声地把饼子拿出来。娘看着饼子上的血丝叫了一声，一把托起我的下巴往里看。我得意扬扬地把左手伸到娘跟前，摊开紧握的拳头——手心里粘着两粒黑乎乎黏唧唧羊粪蛋般的我八岁的门牙。

黑犏牛

蔡永平

包产到户，生产队抓阄分牲口。王老大打开纸团，一蹦子跳起来，手脚乱舞，哈哈大笑："我是黑犏牛，我是黑犏牛。"

一头犄角弯曲、眼大如铜铃、全身黑毛如绸缎、身躯健硕的犏牛牵进了王老大家。王老大的几个崽子拖着长鼻涕，笑嘻嘻地围上来，伸手抚摸犏牛。

王老大斜了眼，虎着脸，几个崽子收了手，眼巴巴地看。

王老大和婆娘利索地把放杂物的小屋拾掇出来，牛住进了屋里。王老大有两个女娃、三个男娃，家里穷得叮当响。这牛，是最值钱的家当了。

王老大和婆娘是肯下力的庄稼人，有了地，有了牛，以后的日子就有了奔头。王老大满是褶子的脸笑成了一朵花。

东边的山头刚泛白，王老大起身披衣，牵着牛去山坳，择草嫩的地头、沟畔，牛伸动舌头，"唰唰"像割草般。太阳升上来，牛的肚子圆鼓鼓，王老大牵牛到小河上游，美美地喝饱水。

起早的村人跟王老大打招呼，王老大眯着眼说："人不亏牛，牛才会报答人哩。"

王老大回家，吸溜着喝了婆娘做的山药米拌面，吆喝起牛，扛起犁铧，下地了。

牛跟人性，干活儿跟王老大一样卖力。王老大"嗨、呔"发布命令，牛支棱着耳朵，甩动尾巴，直行、侧身、停步、转头，人牛合一，心有灵犀。牛鞭"啪、啪"掠过牛身，抽打在地上，这是王老大为牛助威。牛四蹄猛蹬，犁铧像劈波斩浪的小艇，剖开坚硬的土地。半晌，别的牛耕半亩，王老大的牛耕一亩。

下午日头偏西，卸了犁铧，王老大赶牛到小河边，用桶舀水，给牛洗澡、梳毛。牛拿头蹭王老大的身子，嗅王老大的脸，舔王老大的手。

王老大和牛又去山坳。星星满天，王老大背一捆嫩草，牛跟着回家。这是牛的夜草，牛无夜草不壮哩。

牛屋打扫得像堂屋一样干净，点燃艾草，牛卧在绵软的白土上，“咯吱、咯吱”反刍。晚上，王老大几次起身去看牛，扰得老婆睡不好觉。王老大夹起被子，去牛屋，在牛的反刍声中，呼噜噜睡得香甜。

村人说：“王老大把牛当成爹一样伺候呢。”

王老大和牛的辛劳，带来了丰硕的收获，王老大的庄稼是全村最好的，仓子里的粮食冒尖了。

王老大摩挲牛的脸庞：“有你，啥都有了。”牛仰起头，大眼看着王老大，“哞——”长叫了一声。

村人来借牛，王老大不推辞，絮叨叮咛要好好待牛。牛还回来，王老大扒拉开牛毛细细瞧。有些人家再来借牛，王老大把头摇成拨浪鼓，不借。

这天，王老大去亲戚家。二秃子来借牛，他家的牛犊还不能耕地。婆娘做不了主，经不住二秃子说好话、打包票，借了。

二秃子性了躁，牛鞭“啪啪”抽在牛身上，牛哆嗦。牛甩脖子、尥蹶子、耍岔子，地耕得费劲儿。耕了一天，一亩地没耕完。

暮色从谷底弥漫上来，别的地里干活儿的人、牛全回家了。二秃子吆喝牛，牛立在地中不动。二秃子挥起鞭子狠劲儿抽打，牛呼呼喷粗气，眼睛瞪得血红。

二秃子冲上来扯牛鼻子。牛低吼，乱甩牛头，犄角插入二秃子的胸腔，二秃子像风中的纸，鲜血飞溅出很远。

二秃子被人们送到乡卫生院，又送到城里医院。

王老大急急地赶回家，摸着浑身伤痕的牛，长叹气。牛低着头，紧紧靠在王老大身上，像闯了祸的孩子。

二秃子婆娘哭泣着找上门借钱，二秃子做手术要一千多元。

王老大从箱底翻出手帕，一层层打开，一堆零碎的钞票，八十三元，王老大塞给二秃子婆娘。

二秃子婆娘揣起钱，连声感谢，掉头急急去别的人家。

王老大辗转一夜，第二日早起，牵起牛去集市。

婆娘扯住缰绳不松手：“二秃子明知犏牛习性，下地要一起下，他还打牛，牛才耍性子，是他亏了咱家牛。”

王老大摩挲牛的脸庞：“唉，是咱家牛闯了祸呀！”

王老大掰开婆娘的手，牵起牛欲走。牛四蹄不动，亮亮的大眼睛流出了泪。

王老大不敢看牛，扭过头使劲儿扯牛。牛“哞——”一声长叫，一步三回头踏上了去集市的路。

午后，王老大到城里医院，把九百八十元钱交给了二秃子婆娘，二秃子婆娘捧着王老大的手，嘴唇哆嗦直流泪。

二十天后，二秃子出院。

金灿灿的夕阳下，二秃子牵一头犄角弯曲、眼大如铜铃、全身黑毛如绸缎的犏牛犊，推开了王老大的院门。

听大鼓书

王彦双

大雪纷纷扬扬下了一整夜，清早，周先生推开屋门，看见天地一白。尺厚的大雪却仍没能挡住来接周先生的马车，周先生又仔细叮嘱了小翠一番，才背起早已准备好的说书家什坐上马车。

周先生大名周怀瑾，大鼓书说得好，远近闻名。人们敬他，都称他一声先生。周先生五十岁，先妻两年前去世，一生不育，新娶的小翠姑娘年方二十。小翠在娘家时与人有染，坏了名声，没人敢娶。周先生见小翠肤白貌美、细腰丰臀，看着就心生欢喜，更奢盼着小翠将来能给自己生个一儿半女，所以反而出了比别的姑娘多几倍的彩礼，将小翠风风光光迎娶进门。

毕竟差着三十岁的年纪，小翠嘴上不说，心里还是嫌周先生老，对周先生不冷不热。在床事上，虽不拒绝，也不迎合。周先生豁达大度，也不以为意，从始至终都真心实意地对小翠好。

周先生出门说书，小翠表现冷淡，没有留恋，也没有不舍，甚至没说一句知冷知热的话，让周先生心里多少有些不是滋味。周先生当然想不到，他离家那天天刚擦黑，一道黑影就挤进了大门，一把抱住了小翠。小翠推了两推，没有推开男人，就任由男人吹熄灯火，拥抱她上了热炕，她的身体就扭动出与周先生在一起时不曾有的妖娆。

小翠的相好阿三，是她的一个远房表哥。腻在一起三天，新鲜劲儿就过了。闲极无聊，阿三说："都说周先生大鼓书说得好，咱明儿个去城里听周先生说书吧！"

"你疯了？"小翠被阿三的想法吓了一跳，"让他看见，不是玩儿的！"

"人多，天冷，捂严实点儿，他认不出咱们。"

小翠想了想，觉得也新鲜有趣，就点了头。

周先生说书是在一个很大的茶馆里，听书的人多，足有八九十位。阿三和小翠好不容易才在角落里找个地方坐下，阿三想到进门时四毛钱一张的票钱，可以称半斤猪肉了，心里不禁疼了半天。

只见周先生上台坐定，小鼓一响，满堂顿时寂静无声，弦响开腔，唱的是《剑阁闻铃》一段：

马嵬坡下草青青，今日犹存妃子陵。
题壁有诗皆抱恨，入祠无客不伤情。
万里西巡君请去，何劳雨夜叹闻铃。
…………

缠绵悱恻的唱曲很快把人们带入了故事的情境。小翠一时看呆了，也听呆了。进入表演状态的周先生神采飞扬，英俊倜傥，仿佛一下子年轻了二十岁，哪里还有一点儿老态？随着故事情节发展，那鼓声或轻或重，或紧或缓，仿佛击打在人的心弦上，让心都跟着一下一下地颤动。那三弦更是高低错落、缠绵缭绕，像一只温和绵润的手掌轻轻地揉过，让整个人被抓了痒痒般舒畅熨帖。

这君王一闻此言长吁短叹，说正是断肠人听断肠声！
不作美的铃声不作美的雨，割不断的相思割不断的情。
孤灯儿照我人单影，雨夜同谁话五更……

圆润的唱腔，清脆的道白，小翠和满堂听众一样，听得如痴如醉，高兴时笑颜绽放，悲情处泪落满脸。阿三也听得忘了自己的身份，和别人一样大声叫好。他才明白，为什么会有这么多人半斤肉不吃，却花钱来听一场书，这真是一种享受，让人忘了肉味的享受啊！

返回的路上，任马拉着爬犁在雪地上跑，两个坐在爬犁上的人都不说话。耳边仿佛还有说书声余音袅袅，久久不绝。

不知为什么，吃饭的时候两个人就开始看对方不顺眼，好像心里有气。躺进被窝，小翠给阿三一个后背。阿三像往常一样抚摸小翠光滑如缎的身子，身体却没有了一点儿反应。小翠感觉到了，问："你怎么了？"

阿三嗫嚅了半天："我……我那个不行了……"

"废物！"小翠恨恨地骂了一句，好像她心里的气才找到发泄口。

"贱货！"阿三怒冲冲地扇了小翠一嘴巴。

小翠的嘴角流了血，她感到了疼，但她感到痛快，她甚至希望阿三能多打她几下。小翠不说话，她静静地看着阿三怒冲冲快速地穿上衣服，一头撞开门，撞进了清冷的月光里，撞进了白茫茫的雪地里。小翠的心里忽然放松了，现在她才看清自己的内心，她是希望阿三走的，他走了，她才高兴。

一个人在家，小翠想清楚了很多事情。小翠奇怪，以前的自己是怎么了？周先生虽然年纪大些，但本事也大呀，多少人喜欢听他说书呢！他有文化，儒雅，成熟，知冷知热，这么好的一个男人不爱，自己怎么会去喜欢一个愣头愣脑的愣头青呢？

小翠发现自己越来越想念周先生，她就去翻周先生的书箱。想念周先生时，她就照书本轻轻地哼唱：

从古来巫山曾入襄王梦，我何以欲梦卿时梦不成？
莫不是弓鞋懒踏三更月，莫不是衫袖难禁午夜风。
莫不是芳卿心内怀余恨，莫不是薄幸心中少至诚……

临近年根时，小翠终于把周先生盼回来了。周先生刚进屋，没等脱掉大衣，小翠就迫不及待地火团儿一样扑进了周先生的怀里……

张胜利

刘夏

张胜利是我们鸡鸣村的干部子弟。当年他父亲差一点儿没选上村主任，但选举那天中午两个小时内，张胜利的父亲在从东到西从南到北紧急走访了一趟村里群众，分发了一摞口头支票加上一箱好烟，最终大家纷纷表示更支持张胜利的父亲。我们村被周围的几个村霸凌挤压多年，需要一个强有力的人物撑一撑。张胜利的父亲个子魁梧，一身酒气，说话豪气，左耳朵上总是别着烟；虽然经常说话不算数，但在高级香烟的烟雾缭绕中，大家一致认为，如果他面对霸凌村也说话不算数，倒不见得是件坏事。

之后数年，张胜利一直享受村干部子弟的福利，为人处世明显比我们这些同龄人要老练。每年冬天，我们学校旁边的小池塘结了厚冰，大家课余时间都去滑冰或打陀螺。张胜利往那儿一蹲，不怒自威，立刻就有同学两人一组，分别拉着他一只手跑起来，让他享受冰上飞的感觉。他读了几本书，时常发表一些高见。比如他对“我思故我在”这句话的理解，大意就是“敢想我就有”。听到有人嘲讽过去时代“人有多大胆，地有多大产”的荒诞，张胜利会摇摇头，带着点儿不屑地说：“很多人难以摆脱低下的处境，主要是缺乏想象力。创新力？想象力远比创新力更重要！如果没有想象力，创新力再大，都只能在地面上折腾，但有了想象力，你就能飞起来，这就是鸟和鸡的差别！”说这话的时候，张胜利把胳膊扇起来，仿佛驾着想象力的翅膀，像鲲鹏一样飞上九万里高空，几乎令大家说出“苟富贵，勿相忘”的话来。

不过大家也都知道张胜利的学习成绩，我们那时的高考，号称“千军万马过独木桥”，自然落水的很多。大家只知道他复读了，后来逐渐淡忘了。有一年我们几个邻近的大学搞戏剧节，我意外地见到了张胜利。他虽然有些变化，但我仍旧能认出是他。不得不说，张胜利有点儿帅哥的模样了。当时他专注地盯着舞台，陷入一种奇怪的热情之中，仿佛被闪电照亮了，满脸的兴奋。我觉得舞台上扮演朱丽叶的那个女生是他的梦中情人，美丽的朱丽叶正热切地呼喊着心中的爱人：“罗密欧，罗密欧，你为什么是罗密欧？不要认你的父亲，也不要姓你的姓！或者你不肯，你就起誓说你爱我，我可以再也不姓凯普莱特……只有你的姓才是我的仇人，即使你不姓蒙太古，你仍然是你。姓不姓蒙太古又有什么关系呢？它又不是手，又不是脚，又不是胳臂，又不是脸，也不是身上任何其他的部分。啊！姓个别的姓吧！姓名又算什么？我们叫作玫瑰的，不叫它玫瑰闻着不也一样甜吗？罗密欧也这样，不叫他罗密欧，他仍保留着他天生的完美。罗密欧，抛弃你的姓名吧！我愿用整个身心，补偿这身外的空名。”舞台布置得很精美，朱丽叶站在一个高台上深情表白，罗密欧站在下面痴情凝望，金风玉露一相逢，便胜却人间无数。

节目结束后，我正打算跟张胜利打个招呼，忽然听到有人喊他：“喂，王一同，你傻了吗？你是不是看上朱丽叶了？怎么那么兴奋？”他点点头：“是啊，我就是看上她了！你等着瞧吧！”他说着就朝舞台跑去了。我挤过去，问那个男生：“你好，请问刚才那个王一同是你同学吗？他好像是我老乡呢。”他点点头，原来大家都是老乡，他叫孙家昌，老家跟我们同乡不同村，相隔不过十几里路，跟张胜利都是学经济的。可是张胜利怎么改名叫王一同了呢？他大概看出我的疑惑，热心地补充了一下：“王一同原来叫张胜利，复读三年后考上大学，改名了。——啊，我知道你的意思，怎么姓都改了？他说随他母亲姓，家里也同意的。”我心里多少还是有点儿疑问，张胜利改姓名的事在我们村好像没大听说。但我没有深究，毕竟这是人家的自由。我告诉孙家昌我的电话，并让他转告张胜利，有空老乡们一起聚聚，大家相遇也是缘分。

再次见到张胜利是一年后了，我面临毕业，忙乱得很。某个周末，我在超市与张胜利不期而遇，他跟一个女生手拉手在一起。我跟他打了个招呼：“嗨，张胜利！”他似乎有点儿闪烁，迟疑了一下，把女朋友介绍给我。我笑着问：“是上次戏剧节的朱丽叶吗？”他先是有点儿吃惊，接着很开心地笑了：“是的，我的朱丽叶。我现在是莎迷呢！四大悲剧倒背如流，哈哈。听孙家昌说你是外语系的，哪天咱们聊聊莎士比亚，我给你背上几段听听！”我连忙表示钦佩，倒并不是恭维。我对莎剧只是走马观花粗浅一阅，印象最深的还是戏剧节的场景呢！像我这种只能寄希望于打人生后半场的普通女生，偶尔背背《简·爱》里的句子，做做灰姑娘的梦也就罢了，对帅哥美女组合的故事没多少感觉。“有莎士比亚做月老，你俩这爱情的起点够高的啊！”我打趣道。张胜利笑了笑，问我：“你去过嘉兴吗？我们刚从嘉兴回来，去朱生豪故居看了看。我现在不仅是莎迷，还是朱迷呢！太感人了，朱生豪翻译莎士比亚戏剧本身就是一个完美的悲剧。而且，他不愧是民国最会写情书的人。”我越发有点儿自惭形秽了，地理是我高考的痛点之一。“朱丽叶”做出小鸟依人的甜美样子，我注意到他俩手臂上都文有一朵红色的小玫瑰，心里飘过朱丽叶的爱情宣言，没想到张胜利还是个情种啊！不过话说回来，罗密欧与朱丽叶这对恋人好像最后结局不怎么样啊，我心里不厚道地想。因为杂事缠身，我跟他们说以后找个时间一起吃个饭，便匆匆走了。

毕业后的一天，我忽然接到孙家昌的电话："你知道张胜利的事吗？"我说："不知道啊，最近没什么联系。"他有点儿激动："他出事了！他冒名顶替人家王一同上了大学，最近被人揭发了！还跟我说是随了母姓，真是太离谱了！"

蟑螂

刘晶辉

一只，两只，三只。

星数了数，这么多蟑螂！可以说，尸横遍野。星觉得很得意，自己应该被授予一个“除虫英雄”奖章什么的。

星是一个做事仔细的人，并且醉心于在同一件事上不断创新，不拘一格。就说杀虫这件事吧，星买了蟑螂粘板、杀虫剂、除蟑丸，甚至花露水、蚊香，可以说十八般武艺都用上了。功夫不负有心人，现在这些小动物死的死、伤的伤，有的被粘板粘住了，有的被药水熏晕然后被星趁机踩死，有的干脆直接被星用苍蝇拍子一下子拍死。

有几只蟑螂在粘板上苟延残喘，星可以清楚地看到蟑螂轻微抖动的触须、嘴巴，还有小眼睛，很小的那种。

“刺刺”，星又邪恶地“落井下石”，抓起药筒，在粘板上补喷了几下，这小动物逐渐停止了最后的挣扎，气息逐渐微弱。恍然间，星竟然产生了一丝怜悯之情。

但它们终究逃不过星的魔爪，星观赏着自己的战果，就像朵拉玩弄自己的猎物一样，它们最后不免一死。可惜现在朵拉开始养尊处优，只吃主人喂的食物了，而且有一次在厨房发现一只小老鼠，朵拉竟比老鼠还要害怕，仓皇逃窜，真的让星觉得很生气。最后还是星用扫帚一扫帚拍死，还连带碎了几个碗，搞得厨房一片狼藉。

一只猫，怕什么老鼠！不会抓，至少不应该怕吧。

“堕落。”星不屑地说。

星今天刚搬进来的这个住处，环境很不错，星睡觉易醒，这里恰好很安静。房子面积也大，交通也方便。虽是旧小区，且在拆迁规划中，但是短时间内也不会那么快拆掉。星觉得在这么大的城市有这样的一个偏安之所，已经很知足了。

星这么多年摸爬滚打，已经练就了一身生存的本领。他知道去哪里找那种租金便宜的房子。星从来不找中介，因为中介收费贵，经常以次充好，最后还可能会借故不退还押金。星的很多朋友都吃过这种亏。星会找房东直租，这样可以省去中介费，房租还可以便宜一些。这个“新家”，就是星努力在附近“探访”许久淘到的。

租给他房子的是一对退休的老夫妻，儿子出国留学一直没回来。用老太太的话说，孩子调皮不爱读书，送他去外国读书见见世面也好。说这话的时候，爱子之情，溢于言表。

这个两室一厅的小房子，老两口儿住一间主卧，他们儿子那间一直空着。现在星来了就住那间。虽然房子不大，略挤一些，也总好过星一个人的百无聊赖。因为是老楼，星这个房间很久没有住人，蟑螂横行。星来以前，蟑螂几乎可以说是这里的主人，现在星来了，这些小东西要背井离乡了。

“这是人住的地方，不是你们住的，不能怪我残忍。”星调侃着。

“刺刺”，星又朝桌缝那里喷了两下。

还有最后一只，星仔细地搜寻着。

蟑螂的生存能力很强。现在冬月，本不应有蟑螂，可是城市整体温度高，室内有暖气，还有一些人类制造的垃圾、食品残渣，加之很多人不讲究卫生，脏衣服乱堆乱放，这都给这些小虫子构建了幸福的温巢。

蟑螂中也不乏佼佼者。就拿剩下的这一只来说吧，它具备强悍的战斗能力和丰富的斗争经验。书本错落开的断层和抽屉的夹缝之间、底部里侧、顶层边缘，以及水壶底座的小格子，这些肉眼不容易看到的地方，都是它活跃的场所，它在这些地方一闪而过，让星既不能拍打，也不好喷杀，简直无从下手。星眼看着这只虫子得意地在他眼皮底下招摇而过，却无可奈何。

星不胜其烦。你不知道什么时候打开一本书，找出一个小物件，这东西就会蹿出来一闪而过，吓你一跳，这让星的精神受到很大的创伤。

不过星也是久经沙场。终于，星在它爬出衣柜缝隙的瞬间，瞅准机会，一个巴掌拍过去，打死了它。星舒了一口气，虽然手上一摊血污，星却觉得很有成就感。

“看你往哪里跑！”星说，正要找纸巾擦掉手上的秽物，电话急促地响了。

星接电话。

“我儿子考试作弊，被遣返回国啦！今天就回国！我和你叔叔去机场接他，你赶紧找住的地方吧！”

电话里的声音焦急而不乏真诚。

星盯着自己掌心没来得及擦净的血污出神。

金大娘子的爱情

鹤童

金大娘子是满人，属正黄旗，一位正经八百的格格，跟她阿玛在宁远镇守进京要塞。辛亥革命打落了她头顶上的“大拉翅”，这个没缠过脚、会舞枪弄棍耍大刀的格格，自愿流落民间，过个平民日子。

想过平民日子，还真难。哪个敢娶大清的格格？这格格却说：“姑奶奶急啥？咱相中谁嫁谁！”听到这话，上财主家的公子少爷吓得躲她。

卖豆腐的跛腿男人不躲，看她饿了，还常常请她吃块豆腐。

她住进了跛腿男人的豆腐房。第一回一起睡热炕，她跟男人说：“我虽不是八抬大轿明媒正娶，但你记住，我是你的嫡妻，等你纳妾了，我是嫡福晋。”

从此，格格成了金大娘子。

一晃六年，金大娘子给跛腿男人生了三个儿子。孩子中流行“冲城”游戏，喊的号子是：

金大娘子耍大刀，
你的兵马随我挑，
挑哪个？
挑左边的小酸枣儿！

听到自己儿子也喊金大娘子耍大刀，金大娘子就冲过去，把他从手拉手的“人墙”中揪出来，“啪啪”打屁股。然后，她哈哈大笑：“咱有皇上御赐大刀，阎王爷都要怕咱三分。”

跛腿男人走路不稳，但从来不拄拐杖。那日，一群官员陪着一位官太太逛文庙。官太太一边登钟鼓楼，一边望祖氏石牌坊，看着看着，突然一侧乳房被人肩膀碰了下。官太太不干了，揪住跛腿男人不放，没完没了扇嘴巴。金大娘子急了，她拉开武打的招式，亮开嗓门儿大骂：“臭婊子，人家好山好水都长点儿树木遮掩，你把咂儿（乳房）露出来，是不是找打？”官太太蒙了，不敢言语。金大娘子捂着跛腿男人的脸哄劝：“没事儿了，咱回家，等哪天咱弄个大官儿当，让她家爷们儿乖乖地送她过来，给你当妾，想咋着就咋着。”

金大娘子受不住别人欺负，她突然改变了主意：“大清朝没了，可旗人还没死光，咱表哥还是直隶省省长。”她要找表哥王承斌，给自己男人弄个大官。

她当了几件值钱的东西，换成盘缠，进京寻亲。见了表哥表嫂，金大娘子痛哭流涕：“活得太憋屈了，表哥你一定给你妹夫弄个官当。”表哥问：“咱妹夫有啥本事？”金大娘子说：“会做豆腐。”

表哥哭笑不得，对表妹说：“要不当个武官？”他掏出一百块大洋，让表妹回家买草，越多越好，把方圆百里的谷草买光。

“买草干吗？堆到一起，还不捂烂？”

“明年开春，会有买家，你可漫天要价，也可拿草换官。”

表哥指着地图说：“张作霖会从这儿过，你把谷草堆在打虎山前的大道边上。”

听了表哥的话，她回家收了方圆百里的谷草，有的现钱，有的赊账。过了清明，时局突变，直奉两大派系开战，战马踏得地动山摇。百姓跑光了，只剩金大娘子一人看着谷草。几个军需官要买谷草，她说：“我表哥说，见不到张大帅，这谷草贵贱不卖。”一听来头不小，张大帅同意和她见面。

“你表哥是谁？”

凑近大帅耳旁，她说：“我表哥叫王承斌。”

张大帅哈哈大笑：“草我全要了。”他告诉军需官：“只要她能扛动，大洋要多少给多少。”

有了大洋，咱还怕啥！她突然改变主意，不用谷草换官。她怕自己男人当官受欺，怕动刀动枪搭上性命。于是，她扛回四千多块大洋。还完赊欠，挣了大半。

日本人来了，豆腐生意难做，金大娘子有家底儿心不慌。但冤家路窄，她在街头卖豆腐，遇上了打她男人的官太太。

当今，这女人是县长张国栋的夫人。她带着警察，故意找碴儿，说金大娘子偷税，上去给了金大娘子一个嘴巴。不等金大娘子反抗，警察用枪逼着，没收了她的豆腐摊儿。金大娘子被关进大牢，打得脸蛋儿肿成馒头，七天之后才被放了出来。

日本投降了，张县长带着几房姨太太跑了。国民政府追缴伪产，县长夫人三次自杀未遂，便交出了埋在假山石下的金银财宝。从县长官邸给扫地出门时，她已衣不遮体，走投无路。

看到她流落街头，金大娘子领她回家，为她洗伤涂药，给她换上平民衣裳，然后备足干粮，给了盘缠，让她先入关回老家避难。

县长夫人扇自己耳光，骂自己不是人。金大娘子说："你是我男人碰过的女人，就是我家的人。按满人的规矩，我是嫡福晋，我不能让外人欺负你。现在兵荒马乱的，我护不住你，也不好留你。"

金大娘子把她搀扶到车站，送上了火车。

老李，你在不在？

九峰云

我突然有话想对老李说，不知道他在不在。我打电话给他，电话一通就被摁掉。最后一次接通后，我分明听到很轻的说话声，但实在听不清在说什么，我急忙问他："老李，你在不在？在干吗呢？怎么不说话？"

电话被挂断。

这个老李，难道出什么事了？中风了？被人绑架了？让他别赌了就是不听！

我去老李家里找他，门居然没锁，这个老李，八成在家！我进去后大声叫老李，老李不应。我开始四处搜寻老李的踪迹，从录像带磁条上找到他写的小说里，从底层柜子里的老相片里找到红双喜烟盒里，从快见底的茅台酒瓶里找到床头的麦乳精罐里。我甚至把每一粒麦乳精都掰开找，哪里都没有老李，连他最喜欢的热带鱼鱼缸里都没找到他。

这个老李去哪儿了？

我打算去报警，老李的邻居王大姐叫住我："你怎么才来？他先走了，你们不是约好三点钟在三口茶楼见面吗？这都几点了！"

可我们没有约过呀……老李约了谁呢？反正至少有了线索，我赶往茶楼找老李。

到了三口茶楼，我楼上楼下找，老李的相好兼"战友"张阿姨正在奋战，我翻开她的假发疯狂地寻找老李，甚至被一根异常粗硬的假发给割伤了手。我尖叫着抽回流血的手指，改翻桌上的麻将，摸了一圈没找到老李，却摸到两张东风！我又在开水间、矮了一截儿的桌腿下找了一圈，不是被无故溅起的开水烫了，就是撞到桌角，身上青一块紫一块的，连一根这该死的老李的毛发都没有找到。

茶楼服务员小王看到我，热情地询问："先生您需要什么？"

"我要老李！老李来过没？他约了人来这里。"

小王说："你早说呀，老李刚走，和一个男人一起走的。"

"他们去哪儿了？"

小王说："这倒不确定，但是那个男人问过我最近的浴室在哪里，我告诉他四平路14号四海浴室经济实惠，很多老茶客都去那里。老李和那个男人也是朝那个方向去的，至于最后去了没，我就不敢断言了。"

我谢过小王，匆匆追去四海浴室。浴室不远，十五分钟就到了。到那儿我傻眼了，只有女宾部在营业，男宾部在整修，暂不开放。这个老李，这么多年了，你还惦记着女澡堂子？你个老色鬼好不容易憋了六十多年，今儿这是要现原形了吗?!这不是晚节不保吗?!我冒死冲向女宾部，保安当然不会让我靠近半步，我当然也必须大声叫喊："我是来阻止老李犯错误的！"

保安说："这两天只有女客，没什么老李，也没有人犯错误，我看你倒想进去犯错误，你再不走我们就报警了！"

我没办法，只能躲在马路对面的大树后，瞪大眼睛盯着浴室唯一的大门。过了一会儿，出来两个鬼鬼祟祟的女人，长发遮着脸快速逃离，关键她们背的包是老李的！还是我买的！我马上跟上去，她们坐公交车我也跟上车，她们下车我也下车。她们来到一个无人的树林，我躲在一棵大树后面，看着她们。她们居然开始脱衣服，身材还挺好，具备一切女人该有的特征。她们继而从背包里拿出另一套衣服，重新穿上，那是老李的衣服！难道老李被她们绑架了？她们绑架老李就为了拿走他的衣服去女浴室？这是哪种类型的变态？需要老李的衣服也不用对他动粗吧。

我冲上去，喝道："你们把老李藏哪儿了？快把他交出来！"

她俩胆子挺大，居然向我走来。我大脑当即短路，嘴里结巴着："这……这是要干什么？杀……杀……杀人灭口？"她们对看了一眼，不约而同地向我扑来，一人抓我一条胳膊。我正打算挣扎、喊救命，突然发现，她们一个变成年轻时候的我，一个变成中年的我。我当场蒙了，是遇到外星人了吗？她们说："割你、烫你、撞你、变成女人都没让你明白，看来我们的存在根本毫无意义！"说完便消失了。

我回到家里，点燃一支红双喜，冲了杯麦乳精，把最后一口茅台倒了进去。咖啡加白兰地叫爱尔兰眼泪，我给这杯饮料取名"老李的青春"。我喝着老李的青春，一边翻看老照片，一边赤裸裸地回忆起录像带里那个唱着摇滚的我是怎么迷失在茶楼里麻将桌上那个老女人又假又油腻的假发丛中的，惊叹自己停笔二十年，却不停用生命书写出最悲剧的小说。

空空的鱼缸瞪着我，分明在质问我："老李，你在不在?!"